# 中国古代文学

主　编　陈文新

副主编（按姓氏音序排列）
曹建国　谭新红　吴光正　周西宁

编　委（按姓氏笔画排列）
王同舟　吴光正　佘来明　张玖青
陈文新　周西宁　晏选军　曹建国
鲁小俊　谭新红

丛书总主编　王本朝

新文科·中国语言文学系列教材

国家社科基金重大招标项目『中国文学史著作整理、研究及数据库建设』（17ZDA243）阶段性成果

西南大学出版社
国家一级出版社　全国百佳图书出版单位

**图书在版编目(CIP)数据**

中国古代文学 / 陈文新主编. -- 重庆 : 西南大学出版社, 2023.11
新文科·中国语言文学系列教材
ISBN 978-7-5697-1894-2

Ⅰ. ①中… Ⅱ. ①陈… Ⅲ. ①中国文学 – 古典文学 – 高等学校 – 教材 Ⅳ. ①I212.01

中国国家版本馆CIP数据核字(2023)第189997号

**中国古代文学**

ZHONGGUO GUDAI WENXUE

**主编◎陈文新**

总 策 划:杨 毅 杨景罡
执行策划:钟小族 鲁 艺
责任编辑:鲁 艺
责任校对:路兰香
整体设计:魏显锋
排 版:陈智慧
出版发行:西南大学出版社(原西南师范大学出版社)
重庆·北碚 邮编:400715
印 刷:重庆新荟雅科技有限公司
幅面尺寸:185mm×260mm
印 张:16.75
字 数:372千字
版 次:2023年11月 第1版
印 次:2023年11月 第1次
书 号:ISBN 978-7-5697-1894-2
定 价:49.00元

本书资料

联系电话:023-68252455

# 总序

“新文科·中国语言文学系列教材”是由西南大学文学院和西南大学出版社合作出版的一套教材。在工作开展过程中，确立的编写目标，就是贯彻落实新文科理念。新文科建设勃兴于新时代，是对传统文科的革故鼎新。新文科新在哪里？它要求围绕培养堪当民族复兴大任的德智体美劳全面发展的时代新人，构建展现中国实践、凝练中国经验、体现中国智慧、发出中国声音的文科学派，形成交叉、融合、守正、创新的文科形态和目标。新文科之新，表现在多个方面。从学科维度，它主要体现在人文精神的主题变化、多学科交叉融合、信息技术的渗透和影响等；从历史维度，它是人文精神随历史发展而不断演变的必然结果；从时代维度，它是教育领域应对“百年未有之变局”和“人文学科危机”的产物；从中国维度，它是构建中国学科体系、话语体系、学术体系的必然要求，突出人才培养立德树人的中心地位。新文科之“新”不仅是新旧之“新”，更是创新之“新”。唯其如此，方能体现新文科的本质和核心要义。创新之意重在价值重塑和交叉融合。相对自然科学，人文学科具有以“人”为中心的价值理性，带有鲜明的主观性、民族性、理念性和意识形态特征。

新文科建设带来了一场革命，谈得最多的则是突破小文科思维，构建大文科视野，注重与其他学科的交叉融合。学科交叉和科际整合，已经成为推动学科建设的重要手段。新文科的最大特点是文理交叉。在方法论上，传统人文社科方法，转向运用现代科技、信息技术和人工智能，特别是运用算法，将文科的定性方法与定量方法相统一，彰显新文科的科学性。如何建设新文科，则需要在理论体系、学科体系、教学体系、评价体系上积极探索，强化价值引领、打造数字人文、彰显文科质性。建构新文科理论体系，应把握过来，面向未来，扎根中国大地，厚植华夏文明，坚定文化自信，着力阐释中国精神、中国价值、中国力量，提升中国学术的话语权，同时借鉴汲取人类文明一切有价值、有意义的思想成果，坚持守正创新，贡献学术新知和学理创见，不断扩展人类的知识疆域和理论边界。要深刻解读历史性变革中蕴藏的内在逻辑，运用中国理论解读中国实践，为新时代社会发展提供强大精神动力和理论支撑。

建构新文科教学体系，就要持续做好现有专业、方向、课程的更新、优化、改造、提升和赋能，同时加快新专业或新方向、新课程的探索与拓展。对现代大学而言，学科是引领，专业是方向，课程就是基础。我们主持编写的中国语言文学教材，主要针对汉语言文学、中文国际教育相关专业，它是中国大学最早开设的专业之一，最早出现于19世纪末，1980年代以后，得到了快速发展，对中国人文科学做出了重大贡献。它的专业课程一般分为三类，除必修的公共课程外，就是专业基础课程和选修课程。专业必修课程，即所谓的老八门，“文学”类有“文学概论”“中国古代文学史”“中国现当代文学史”“外国文学史”等，“语言类”有“语言学概论”“古代汉语”“现代汉语”等，再加上“写作学”。虽名称差异，如“文学概论”，也称为“文学原理”，“文学基本理论”，“写作学”也有称“文学写作”“创意写作”的。无论怎样，中文专业的基本课程总是脚踩在两条船——语言和文学上。学好基础课程，才会转身灵活。至于专业选修课，那是五花八门，多种多样，不同学校根据教师治学专长开设不同课程。围绕中外经典作家作品，可开设如杜甫、李白、苏轼、李清照、鲁迅、莎士比亚等作家专题课程，以及《诗经》《楚辞》《战国策》《红楼梦》《野草》等专书课程，还有某种文体及流派研究等课程。

这是中国语言文学专业的基本课程，因存在不同区域、不同层次、不同类型的差异，在统一课程名称下面，主要还是通过教材和教法来体现。编写“新文科·中国语言文学系列教材”，就意在向上接通新文科理念，向下立足专业差异性，特别是区域和层次差异，对中国语言文学专业课程加以进一步优化和完善，提升课程、教材、教学和学生的无缝对接，体现学生、学术、学科一体化发展。积极贯彻新文科理念，坚持以文化人、以文培元之宗旨，真切体验文学之“道”，感悟语言之“教”，倡导新语文思维，坚守语言文学的工具性与存在性、概念性与审美性、人文性与生态性相统一,真正践行新文科人才培养的特色、全面、综合之路,不断提高人才培养质量。

我们相信,一个时代有一时代的学科,新时代呼唤新文科。从传统文科到新文科,显然不是对传统文科的否定和颠覆,而是进一步推动传统文科与时俱进、自我转型、自我变革。这套教材的编写就是在原有教材和教学实践基础上,以原创性、可读性、可操作性为目标,着重培养中国语言文学的应用型、复合型人才,同时坚持体例统一,各有侧重,区分主次的编写原则。我们的倡议,很快就得到了国内兄弟院校的积极参与,一批知名专家、教授出面担任主编、副主编或直接编写,负责总撰和统稿,既保证了坚实的学术质量,又融入了丰富的教学实践。可以说,它是一套具有前沿性、学术性、科学性和实用性的专业教材。

# 目录 CONTENTS

# 第一章　先秦文学

## 本章概要

本章简述先秦文学发展历程，涵盖神话、《诗经》、史传叙事文学、诸子说理文学以及楚辞等多种类型。其中史传叙事文学包括《尚书》《左传》《国语》等，诸子文学则主要涉及儒道墨法等。先秦文学除《诗》、骚外，其余在后世则分属于历史或哲学，所以先秦文学是大文学观念。但先秦是中华文明的发轫期和思想文化观念奠基期，为后世包括文学在内的一切文化之本源，影响深远。

## 学习目标

1. 了解先秦时期文明之萌芽，文化之发展，思想、经济、社会之转型与这一时期文学之关系。

2. 理解先秦时期文献典籍的基本状况，熟悉这一时期的重要典籍及其注本，选取其中二、三种研读，背诵《诗经》中的一些作品、《离骚》等。

3. 关注出土文献，注重传世文献与出土文献的结合与互证。

## 学习重难点

### 学习重点

1. 中外神话的比较研究。

2.《诗》、骚传统与后世文学的发展。

3. 诸子思想与文风。

4. 出土文献与传世文献的互证。

### 学习难点

1. 中外文明文化的互鉴。

2. 大文化视域中的文学观念及其表达。

3. 经典的价值、阐释及影响。

4. 写本的诸要素与文本的流动性。

## 思维导图

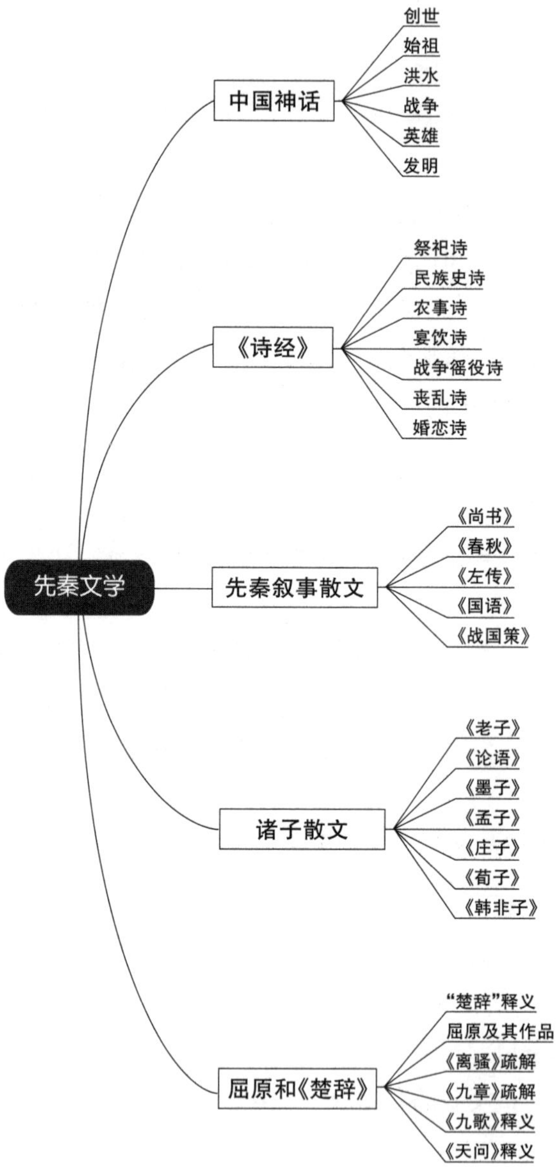
先秦文学
中国神话
创世
始祖
洪水
战争
英雄
发明
《诗经》
祭祀诗
民族史诗
农事诗
宴饮诗
战争徭役诗
丧乱诗
婚恋诗
先秦叙事散文
《尚书》
《春秋》
《左传》
《国语》
《战国策》
诸子散文
《老子》
《论语》
《墨子》
《孟子》
《庄子》
《荀子》
《韩非子》
屈原和《楚辞》
“楚辞”释义
屈原及其作品
《离骚》疏解
《九章》疏解
《九歌》释义
《天问》释义

# 第一节　中国神话

神话就是关于神的故事，而神是一切超自然力的对象化，它可能是自然万物，也可能是社会现象。借助对神的神圣叙事，人类试图建立理解世界的法则，解释尚不可知的自然和社会现象，表达其征服自然、改革社会的愿望，或者缓解对未知世界的莫名恐惧。神话诞生于人类的“童年”时代，它是那个时代的“百科全书”，凡后世之自然科学、历史学、哲学、文学等一切知识，都可以在先民创造的神话中找到踪迹。在先民的生活中，神话不是聊以消遣的故事，而是引导人们积极努力的力量源泉、原始信仰和道德智慧。它是知识，也是信仰，具有实用性、神圣性和权威性。神话解释世界万物，同时也在不断地被解释，因而内容日渐丰富，形式也逐渐多样化。而从艺术的角度看，神话天生就具有艺术的特质，它那瑰丽的想象和丰富的联想为后世的艺术创作提供了宝贵的资源。

## 一、神话思维与神话产生

从思维角度看，神话是主客体相互交融思维方式的产物。这种主客交融思维方式即神话思维，它大致具有以下特征：首先，神话思维的基础是万物有灵论。原始先民将世界与自己看成是一体的关系，万物都被看成是活的和有灵的，自然万物和自然现象以至各种抽象观念都被拟人化，和人具有同样的属性。其次，神话思维是一种具象思维。在这种思维方法中，一切都变成了有形的物象，变成了可感的事物。再次，神话思维往往伴随着强烈的情感体验。这是因为神话思维是物我一体的具象思维，对象被幻想成和自己有着十分密切的利害冲突关系的对象，并伴随着想象者强烈的情感体验。如同打雷让先民感到恐惧，于是雷神形象也是恐怖狰狞的。最后，神话思维具有象征性或隐喻性。这使得神话思维的表象不仅是它本身，也是某种绝对的真实的实体性的力量。因为原始先民还不能运用概念进行抽象思维，所以他们就借助一些具体的物象来表现某些具有神秘色彩的力量，借以表达某种信仰或渴望。

总之，神话思维作为原始先民的认知方式和表达方式，具有多重的意义和价值。神话中蕴含的审美价值不容忽视，神话思维也孕育催生了艺术思维。

## 二、神话现存状况

关于神话产生的时代，众说纷纭。考古发现，旧石器时代晚期的人们已经有了美的意识,并且已经出现了原始宗教意识。如北京周口店龙骨山的山顶洞人的丧葬,他们将不同年龄的男女合葬,表现了一种氏族血亲的意识。人骨上涂有赤铁矿粉,可能是最早的安葬仪式,说明原始的宗教意识已经产生。因此,神话可能产生于这一时期,因为早期神话与原始宗教源于一个统一体。

我国有悠久的文明史,神话资源应该非常丰富。考古发现中有大量神话材料,例如距今约九千年的河南舞阳贾湖遗址和距今约七千年的河姆渡文化遗址都出土了骨笛,大概是用于宗教或巫术的目的。河南濮阳仰韶文化遗址中西水坡墓葬出土的用蚌壳堆成的龙虎图案,西安半坡遗址出土的人面鱼纹盆,辽宁牛梁河红山文化遗址、广汉三星堆遗址都出土了与神话密切相关的材料。在传世文献中,《山海经》记载的神话内容最为丰富。此外,《诗经》《楚辞》都有大量的涉及神话的内容。先秦史书如《逸周书》《左传》《国语》《穆天子传》,先秦子书《老子》《孟子》《墨子》《庄子》《韩非子》中都有神话材料,汉代《淮南鸿烈》一书仍有如《女娲补天》《共工触山》这样的神话名篇,纬书中也有许多政治神话。

## 三、神话分类

神话分类是神话学的一个难题,目前并没有统一的分类标准。就我国神话内容而言,大致可以分为如下几类:(1)创世神话,主要回答“天地万物从哪里来”的问题,如盘古开天辟地神话;(2)始祖神话,主要回答“我从哪里来”的问题,如著名的女娲造人神话;(3)洪水神话,这类神话广见于世界各地,主要回答“人类灾后重建”的问题,影响最大的当属鲧禹治水神话;(4)战争神话,古代部落之间常常发生战争,是社会和文化重组的重要方式和动力,著名的如黄帝蚩尤之战,其结果则诞生了华夏民族;(5)英雄神话,它们的主人公通常是人,却被赋予神的名义,以及超人的智慧、信心和力量,成为人们崇拜的对象,如夸父逐日神话;(6)发明神话,如黄帝发明众多,被尊为中华文明的人文始祖。

## 四、我国神话特征

与西方神话比较起来,我国神话具有鲜明的民族特征。一是我国神话具有深重的忧患意识,诸神因而多成为人类灾难的拯救者。二是我国神话将人神化,神具有人一样的社会性,因而中国古代神话中的神多为人王,如黄帝、神农。三是我国神话体现了先民们的抗争精神,最典型的例子便是舞干戚与天帝抗争的刑天。

但很可惜的是,我国原本丰富的神话大多亡佚了,现存下来的散见于古代书籍中,零星片段,不成系统。我国神话的亡佚原因是多方面的,比如神话的历史化、神话宗教化等等。尽管如此,我们仍然可以感受到中国古代神话的文学魅力,及其对后世文学的巨大影响。神话文学化，神话故事演变成寓言，这是中国神话的一条发展变化之路，对《庄子》等文学产生了重大影响。神话为后世的文学创作提供了丰富的素材，与此同时，其深沉的情感力量也滋润了后世文学。中国神话尤其善于运用夸张的手法，并富有想象力，具有很强的艺术表现力，如女娲补天神话中，女娲用五彩石补天，这就解释了为什么天空彩霞满天，如山花烂锦，且不时又有陨石坠落。

所以，神话不特为宗教之萌芽，美术所由起，且实为文章之渊源。我们的民族精神、民族品格、民族文化，包括后世文学等诸多方面无不受古代神话的浸润沾溉，而神话也在后世文学中再获新生，并幻化出特异的色泽。

## 第二节　《诗经》

《诗经》是我国历史上第一部诗歌总集，原名《诗》。《诗经》收录诗歌305篇，故又称"诗三百"。它主要收集了自周初至春秋中叶五百多年间的作品，最后编订成书大约在公元前六世纪。这些作品产生的地域大体包括今天的黄河中下游及汉水上游地区，即陕西、山西、河南、河北、山东以及湖北的一部分。《诗经》的作者包括从贵族到平民的各个社会阶层。

《诗经》可以入乐，是用来演唱的。故《诗经》按音乐风格分为风、雅、颂三部分，国风是各邦国音乐，十五国风包括《周南》《召南》《邶风》《鄘风》《卫风》《王风》《郑风》《齐风》《魏风》《唐风》《秦风》《陈风》《桧风》《曹风》《豳风》，共160篇；雅是朝廷正乐，包括《大雅》31篇，《小雅》74篇；颂是宗庙祭歌，包括《周颂》31篇、《鲁颂》4篇、《商颂》5篇。

《诗经》中作品的收集，历史上有"采诗"说和"献诗"说两种。"采诗"说有《汉书·食货志》、何休《公羊春秋注》等，"献诗"说则见载于《国语》。所以，《诗经》有三个来源：从各地采集的诗篇，主要是《风》诗；公卿大夫至于列士献诗，主要是《雅》诗；朝廷乐官保留的仪式用乐，主要保留在《颂》诗中。

关于《诗经》编纂成书，司马迁在《史记·孔子世家》中认为是孔子删选而成，但争议很大，迄今无定说。秦火之后，《诗经》因为"便于讽诵"而得以基本保全。汉代《诗经》等先秦儒家典籍渐渐大行于世，《诗》又出现了鲁（鲁人申培）、齐（齐人辕固）、韩（燕人韩婴）等今文三家《诗》学，立为博士，成为官学，盛极一时。古文《毛诗》西汉不显，东汉以后，因马融、郑玄等推崇，遂盛行于世，并独行于后世。汉代形成的说《诗》传统对中国的政治、文化产生了巨大影响，对中国古代文学观念的生成与发展也起到了重要作用。

《诗经》的思想内容广泛，堪称周代社会生活的百科全书，先秦时就被称为“义之府”。根据诗的内容，我们可以把《诗经》分为祭祀诗、民族史诗、农事诗、宴饮诗、丧乱诗、战争徭役诗、婚恋诗等。但这只是一个大致的分类，其内容或有交叉。

## 一、祭祀诗

“国之大事，在祀与戎”(《左传·成公十三年》)，举凡一切重要活动，古人都要举行祭祀，因而祭祀诗是《诗经》中非常重要的一个门类。《诗经》的祭祀诗主要集中于《周颂》，祭祀的主要对象为周民族的先祖，尤其是周文王和周武王。祭祀诗的主要内容是歌颂先祖的盛德和功业，祭祀者对先祖充满了虔诚、敬畏和由衷的赞美，因而祭祀诗的情感基调是庄重肃穆的。

## 二、民族史诗

民族史诗是一个民族对自身兴盛壮大历史的文化记忆，《诗经》中《生民》《公刘》《绵》《皇矣》《大明》等诗是周民族史诗。如《生民》歌颂周人的始祖弃，弃不仅有神奇的诞生经历，而且开创了周人以农业立国的传统，既神奇梦幻，又细腻感人。如《生民》的第五章：“诞后稷之穑，有相之道。茀厥丰草，种之黄茂。实方实苞，实种实褎，实发实秀，实坚实好，实颖实栗。”用“方”“苞”“种”“褎”“发”等十个形容词，写出了庄稼不同阶段的生长状态，这正是从事农业劳动、熟悉农业知识的人才有可能写出来的。这里表面上是写农神后稷，实际上是他们对自己民族勤劳、智慧和具有丰富农业知识的歌颂。此外，《公刘》《绵》《大明》皆是对周人先祖或重大历史事件的歌咏传承。而《诗经》中周宣王时期征伐猃狁的诗篇，如《常武》《采芑》《六月》等，也带有史诗的性质。

## 三、农事诗

周人的始祖弃以教民稼穑而被奉为五谷之长，称为后稷。在周人看来，他们是以农业立国，所以《诗经》中农事诗十分丰富。《诗经》中农事诗既有宗教价值，也有历史价值。如《七月》这样的优秀诗篇，不仅具有文化史价值，更具有很高的艺术价值。《七月》共8章88句，380字，是风诗中最长的一篇。其以平静的口吻叙述了农夫一年的生活，可谓是一部用诗歌写成的农业历法，是诗歌版的《夏小正》或《月令》。《七月》表现出对自然非理性崇拜的超越，故能以自由的情感平等地面对自然，古朴平淡，而农人的喜怒哀乐自然蕴含于其中。这便是艺术的《七月》，把它看作后世田家诗的滥觞，也是毫不为过的。

### 四、宴饮诗

宴饮在周人的政治、文化生活中占有重要地位，举凡祭祀、朝聘等都要举行宴饮活动。而宴必有乐，故《诗经》中用于宴饮场合演唱的乐歌即宴饮诗，占有相当大的分量。宴饮的目的是“示容合好”，故宴饮诗极力渲染一种和谐融洽、欢快热烈的气氛，如《小雅·鹿鸣》中“我有嘉宾，鼓瑟吹笙”。但宴饮诗融洽气氛背后隐藏的交换关系，是臣子的颂扬与顺从，如《小雅·天保》就用“如月之恒，如日之升，如南山之寿，不骞不崩。如松柏之茂，无不尔或承”这样充满颂扬情感的语言向天子致以祝福和颂扬。

### 五、战争徭役诗

《诗经》中这类题材的诗大概有30首，相对较多。战争与徭役在《诗经》中一般被称为“王事”，对于重农尊亲的周人来说，“靡盬”的“王事”不仅使得他们“不遑启处”，也使他们“不能艺稷黍”，不能赡养父母。因而《诗经》中的战争徭役诗多表现出较为浓郁的感伤、思乡、恋亲的情怀，对繁重的王事多充满厌恶，凸显了较强的周民族农业文化的心理特点。如《小雅·采薇》中主人公的内心是非常复杂的，他满怀苦恼，渴望还乡。但“靡室靡家”“王事靡盬”，使归家无望，因而独自黯然神伤。即便是最终归乡，他看着天空飘着纷纷扬扬的雪花，身体又饥又渴，心里充满悲哀和物是人非之感，“昔我往矣，杨柳依依，今我来思，雨雪霏霏”，真让人嗟叹不已。

与战争诗相比，《诗经》中的徭役诗更加表现出对繁重徭役的愤慨和厌倦。无论是大夫还是下层人民，都同样厌倦无休止的徭役。如《小雅·四牡》描写了役夫久役在外不能供养父母的哀怨。《小雅·何草不黄》写男子服役，长期奔波于旷野，不能与家人团聚，因而怒火中烧。《卫风·伯兮》中的女主人公因为思念远戍的丈夫而痛苦不堪，甚至无心梳妆打扮。《王风·君子于役》也以思妇的口吻抒发了对役政的不满。无论是落雨归途还是黄昏孤立，渗透了征人思妇的无尽相思和悲哀。

### 六、丧乱诗

西周后期，由于王室腐败，戎族侵扰，统治秩序已被破坏，整个社会动荡不安。“二王并立”时期，尤多伤时悯乱之作。这些丧乱诗的作者多为士大夫，他们既惊心于天灾，把天灾当作上天对上层统治者的谴告，如《十月之交》；又对社会的黑暗进行了揭露，如《瞻卬》；也对统治阶层内部秩序的混乱和不公正现象提出了指责，如《北山》。但即便如此，诗人也不敢与上层社会公开决裂。他们可能会批评这个集团中的某些人，但不会对这个集团的存在提出质疑。

## 七、婚恋诗

《诗经》中婚恋诗所占比例非常大，成就也非常高，是《诗经》的精华之所在，也最为动人。如果细细划分，《诗经》中的婚恋诗又可以分为下述数种。男女求偶相思之诗，如《关雎》，情意深婉；男女欢聚幽会之诗，如《静女》，活泼俏皮；爱情受阻之诗，如《秦风·蒹葭》，如梦幻泡影；婚嫁喜庆之诗，如《桃夭》明艳动人；婚姻生活之诗，如《郑风·女曰鸡鸣》截取片段，尽显夫妇缠绵恩爱；生离死别之诗，如《邶风·燕燕》临别"泣涕如雨"，如《邶风·绿衣》睹物心伤"曷维其已"，如《唐风·葛生》人生而心死，只盼"夏之日，冬之夜，百岁之后，归于其居"；当然还有弃妇之诗，男子绝情而女子心伤，她们的幽怨一如汤汤淇水无岸无泮，如《卫风·氓》。

## 八、《诗经》的艺术特征

《诗经》首先是音乐艺术，然后才是语言艺术。所以《诗》的文本具有重章、叠句、重言等特征，都是具音乐特征的表现。重章，如《周南·芣苢》"采采芣苢，薄言采之。采采芣苢，薄言有之。采采芣苢，薄言掇之。采采芣苢，薄言捋之。采采芣苢，薄言袺之。采采芣苢，薄言襭之。"全诗三章十二句，只改变了六个动词而已，然而整首诗却以章节的重复构建出回环复沓的旋律，渲染出生动活泼的气氛，类似于民间小调，给人一种一唱三叹的美感。

叠句，如《关雎》中"左右流之""左右采之""左右芼之"。也有不同诗章叠用相同诗句者，如《汉广》每章的结尾都叠以"汉之广矣，不可泳思。江之永矣，不可方思"。这样的叠句很容易让我们想起歌唱中的合唱，应该是众人唱和之词。

重言，包括重言、双声、叠韵、双声兼叠韵、非双声叠韵等诸多形式，这其中最接近原生态的单纯性复音词是重言，如"关关""将将"之类，在《诗经》中数量最多，使用频率最高。《诗经》的复音词，尤其是单纯复音词，表现的正是音乐二音一顿的节奏特征。

与《诗经》音乐性相关的还有《诗经》的四言句式。《诗经》的句式以四言为主，是二节拍式节奏形式的体现，与周人的礼乐文化，尤其是以青铜编钟为主体的乐悬制度有关。音乐文学的文本特征使得《诗经》读起来朗朗上口，给人以音乐旋律的美感。

就表达的内容和情感来说，《诗经》则开创了中国文学写实的传统，具有非常深厚的现实基础。所谓"饥者歌其食，劳者歌其事"，无论是写他们的劳动还是他们内心对爱情的渴望，都是真实自然的，没有丝毫忸怩造作之感和粉饰雕琢之弊，从而形成了朴素、自然的艺术风格。而《大雅》《小雅》中诗人对统治者的批评，也同样是出自诗人忧戚国事之心，有些诗写的就是诗人自身的经历。如《诗经》中的丧乱诗，多揭批现实，指斥时弊，表达出鲜明的憎恶或哀伤之情。与此同时，《诗经》又具有生动的形象性和很强的艺术感染力，能灵活运用赋、比、兴等艺术手法。

关于赋、比、兴的含义，概言之，赋是铺陈叙事，比是打比方，兴则是以物发端，借他物引起所咏之词。三者之中，以“兴”最难把握。《诗经》之兴义在发端，亦可烘托气氛，起兴之物与所咏之词在情感或物形外貌之间有密切的关联。如《周南·桃夭》为新嫁娘之歌，用枝繁叶茂、花红朵朵的桃树比喻新娘的青春艳丽，并烘托出婚礼的热闹喜庆；或为某种原始崇拜物，借以表达某种原始宗教生活或文化礼俗，如《关雎》之鱼鹰鸟。比在《诗经》中的运用也非常广泛，有很高的艺术成就，如《卫风·硕人》对硕人容貌的描写。《诗经》之赋关乎叙事，如《七月》便是运用赋的手法，交代了一年四季中农夫的生活，有条理、有章法。甚或在《诗经》的整个表达体系中，赋往往起到铺垫的作用，没有赋的参与，《诗经》中的比和兴便无以立足。当然，在《诗经》中，赋、比、兴并不是独立的，如《秦风·蒹葭》综合运用赋、比、兴来表意造境，堪称杰作。

作为中国文学的光辉起点，《诗经》的出现标志着中国古代诗歌在三千年以前就已经取得了辉煌的成就。它那丰富的思想、高尚的审美情操和精湛的艺术手法，哺育了一代又一代的作家和诗人。而作为儒家的经典，它规范了后世文学的创作方向，塑造了中国文学的精神传统。

首先，《诗经》开创了中国古代诗歌的抒情传统。《诗经》中的诗篇都是短章，非常适合表现生活中的感人瞬间，如《汉广》《卷耳》；或人物内心一刹那间的悸动，如《黍离》《蒹葭》。为了宣泄感情或渲染某种氛围，《诗经》多用比、兴手法。正因如此，《诗经》中叙事诗比例很低，抒情诗占绝对优势。即便是诗中有叙事的成分，也是服务于抒情。自《诗经》成为经典之后，又加之“诗言志”“诗缘情”等诗学理念的助推，抒情诗一直是中国诗歌的主体。

其次，《诗经》奠定了以“风雅”精神为最高追求的诗学旨趣。“风雅”既指温柔敦厚的诗风，也指反映现实、干预时政的政治情怀。这与儒家积极进取的用世态度相符，也是汉代经学阐释的结果。汉儒以美刺说诗，重视发掘《诗经》的政治伦理价值，不仅影响了《诗经》阐释，也影响了后世诗人的诗歌创作观念。在后代的文学创作活动中，“风雅”成为人们追求的目标，尤其是当文学变革之际，“风雅”更成为文学革命的旗帜。无论是“感于哀乐，缘事而发”的汉乐府民歌，还是以乐府旧题写时事的建安诗歌，以及倡导“风雅兴寄”的陈子昂、慨叹“大雅久不作”的李白、宣称“别裁伪体亲风雅”的杜甫，都追求“风雅”旨趣，注重文学干预现实的功能。而这都和《诗经》的典范意义分不开。

最后，《诗经》确立了中国文学重视“比兴”的创作原则。在中国文学的创作方法中,兴寄、兴托、兴象等词都和比兴有关。所谓"比兴",就是说文学作品的形象必须要有寄托,要讽喻政治,批判现实,而不是空无所指。如果说"风雅"是文学创作的最高境界,而达到这一境界的手段便是"比兴"。所以,"风雅"与"比兴"是两个相互依存的概念。"比兴"原则的确立和汉代《诗经》阐释学分不开,尤其与汉儒以"比兴"说诗的阐释方法密切相关。汉代以后,无论是建安文学、阮籍的《咏怀诗》、郭璞的《游仙诗》,还是李白的《古风》、李商隐的《无题》,以及元曲、明清戏曲中的美刺讽喻作品,无不是对《诗经》"比兴"手法的继承与发展。而我国古典文学讲究韵味悠长、含蓄蕴藉的民族特色的形成,也与"比兴"原则有关。

就具体文本形式而言,作为诗歌总集,《诗经》自编辑成书以后,便成为后世诗人模拟的对象。自先秦至魏晋六朝,四言诗一直是重要的诗歌体式。尤其是早期的四言诗,非常接近于《雅》诗。而这对于中国文学追求"雅正"的美学风范产生了显著的影响。

## 第三节　先秦叙事散文

巫、史分途以及文字的出现,是人类文明的一大进步。中国史官文化发达,就甲骨卜辞看,殷商时期史官的分工已经很细。历史上有"左史记言,右史记事"(《汉书·艺文志》)之说,这使得中国古代记载史事的叙事文学非常发达。从甲骨文到青铜铭文,从《尚书》到《春秋》,再到《左传》《国语》《战国策》,史家之文由简而繁,由质而文,由片段的文辞到较为详细生动的记言、记事、记人,不仅其本身取得了很高的艺术成就,同时也开启了中国叙事文学的传统,对后世文学产生了广泛而深远的影响。

### 一、甲骨文和青铜铭文

甲骨文是我们今天能看到的最古老的成熟文字,其内容涉及祭祀、农业、田猎、风雨、战争、疾病等诸多方面。而从叙事文学的角度看,甲骨文短的只有几个字,最长的也只有一百多字,只能对时间、地点、人物、事件经过作极为简单的交代,它只是历史散文的萌芽。

青铜铭文以青铜器为载体,它主要承载的是祭祀功能。就已有的青铜器铭文考察,早期的青铜器主要借助纹饰以达到宗教祭祀的目的。大约到了商代中期偏晚开始出现铭刻,但多为刻工标志或家族符号。到了商代后期,渐有叙事意义的铭文出现，但总的说来，都比较简略。到了西周中期以后，铭文走向鼎盛，大量出现长篇铭文，如《毛公鼎》近五百字，已经接近于《尚书》篇章的字数。叙事技巧也日趋成熟，有的还写得声情并茂。如西周宣王时期的《兮甲盘》，记载如果淮夷敢不从命，就对他们进行惩罚和攻伐，若“敢不用命”，就“即刑扑伐”，声色俱厉，充满威胁的意味。但总体上说，青铜铭文由于受到了书写载体的限制，其行文大多力求简洁，叙事能力未能充分展现出来。真正代表先秦叙事文学水平的应该是《尚书》和《春秋》类史书文献。

## 二、《尚书》和《春秋》

《尚书》意为“上古之书”，分为《虞书》《夏书》《商书》《周书》四部分。它是中国上古历史文件的汇编，主要内容是记言，可分为誓、命、训、诰等几种文类。《尚书》中有一部分为后人根据口传史料等追记，如《虞书》《夏书》等。故《虞书》《夏书》所记史事虽早，其成书年代却较晚。《尚书》在春秋战国时称《书》，到了汉代，才改称《尚书》。儒家尊之为经典，故又称《书经》。据说《尚书》原有100篇，为孔子所纂辑，并为每一篇作了序。然经秦焚书后，汉初实存29篇，因为是用当时通行的字体写成，故称今文《尚书》。汉武帝时又发现一种古文《尚书》，比今文《尚书》多16篇，但因无人传教，后亡佚。到了东晋时，有个叫梅赜的人献出有58篇的古文《尚书》，成为后来最流行的本子，孔颖达为其注疏。其中33篇相当于今文《尚书》的28篇；另外的25篇，自宋代以来便有人怀疑其真伪，直到清代著名学者阎若璩始考定其为伪作，习称《伪古文尚书》。但近年来随着出土文献的发现，《尚书》的真伪问题又重启争论。

《商书》中《盘庚》《高宗肜日》《西伯戡黎》等是公认的商代作品，其中《盘庚》3篇可以算是《商书》中成书最早的，其文字古奥难读，较多地保留了原貌。这是殷王盘庚迁都时对臣民的演讲记录，虽然语辞古奥，但能感受到他讲话时充沛的感情、尖锐的谈锋，“若颠木之有由蘖”“若网在纲，有条而不紊”等比喻形象生动。

《周书》包括周初到春秋前期的文献，绝大多数可靠。除《文侯之命》《秦誓》外，其余都是西周初期的文献。虽多为诰辞，但也声情并茂，且意旨深远。如《无逸》写的是周公归政于成王时，劝勉成王要体恤下民，要知稼穑之苦，不要贪图享受。

《尚书》中春秋时期的文献，如《秦誓》，比《商书》和周初的文字要流畅得多，这标志着散文的发展。

《春秋》是春秋时期各国史书的通称。当时各国都有记述本国历史的史书，如《墨子》所谓周、燕、宋、齐之《春秋》。但诸侯《春秋》经秦火大多已不存，现存《春秋》是鲁《春秋》，上起鲁隐公元年（公元前722年），下至鲁哀公十四年（公元前481年），共242年历史，历12位鲁国诸侯。

《春秋》全书以灾异、礼仪、战争、朝聘、丧葬、会盟、即位等内容为主，采用纲目式的记载方式，文句简短，很少描写，语言严谨精练。据说《春秋》是经孔子修订的，他按照自己的观点对一些历史事件和人物作了评判，并选择自认为恰当的字眼来暗寓褒贬之意，如根据进攻的正义性与否，选用诸如袭、伐、征、克、平、灭、取等词来记述战争；又如根据杀的正当性与否，选用杀或弑来表示编纂者的赞成或批评的态度，这被称为"春秋笔法"。因此《春秋》被后人看作一部具有"微言大义"的经典，是定名分、制法度的范本。"孔子成《春秋》而乱臣贼子惧。"（《孟子·滕文公下》）《春秋》对后代史书以及文学创作，都有一定影响。

## 三、《左传》

《左传》是《春秋左氏传》的简称，为配合《春秋》而作。相传它的作者是左丘明，其人见于《论语》，孔子曾提到过他。《左传》是以《春秋》为纲的编年史，记事起自鲁隐公元年（公元前722年），终于鲁哀公二十七年（公元前468年），比《春秋》多13年。其末尾一段记事已涉及韩、魏、赵三家灭知伯事，据此可知，《左传》大约成书于战国初年，与《国语》的成书同时或稍后。《左传》当时即有写本，长期单行，与《公羊传》《谷梁传》并称《春秋》三传。西晋以后经传合一，成为今日所见的面貌。

作为一部历史著作，《左传》有鲜明的政治与道德倾向。它强调等级秩序与宗法伦理，重视长幼尊卑之别，同时也表现出"民本"思想，如庄公三十二年（公元前662年）引史嚚语"国将兴，听于民；将亡，听于神"。受此天道观或民本思想的影响，《左传》有不少地方揭露了暴虐淫侈的在位者，如晋灵公；也表彰了许多忠于职守、正直、有远见的政治家，如子产、季札等。

《左传》是先秦叙事文学的高峰。具体说来，主要表现在以下三个方面：叙事之工、行人辞令之美、人物性格之鲜明。

《左传》叙事，已具有明确的构思意识。无论是卜辞、铭文还是《尚书》，基本上本着实录的原则，不作有意的构思设计，忠实于自己的眼睛和耳朵。但《左传》体现出了鲜明的构思意识。《左传》叙事一般首尾完整，结构严谨，能把事情的来龙去脉交代得有条不紊。如《郑伯克段于鄢》，《春秋》中仅有"郑伯克段于鄢"这么一句话，而《左传》则详细交代了事情的来龙去脉，不枝不蔓，简洁明快。为了突出重点，《左传》作者还得当地处理了事件的详略轻重，主题意识非常明确。如《曹刿论战》重点在论而不在战，所以《左传》略言"如何战"，突出"何以战"。历来论《左传》者皆服膺其善叙事，尤其善写战争。如写秦晋殽之战，《左传》依次叙写了蹇叔哭师、秦师骄狂、弦高犒师、晋伏秦师、晋释秦帅等细节，无不情境逼真，惊心动魄。不仅揭示了秦师败灭的原因，而且借以申发劳师袭远者必败的战争观和政治观。其既有宏大叙事，也有个体叙事，读来引人入胜。

春秋时代人文鼎盛，诸侯、士大夫交接邻国，常称引《诗》《书》等先王典籍，和顺以言其志，委婉以道其情，体现出行人辞令之美。《左传》中，举凡求援、示好、警戒、嘲讽、批判无不称《诗》，甚至杀气腾腾的战争也能在赋诗中消弥无形。所以看似柔弱的诗篇，却是春秋时期颇具威力的软兵器。当然，《左传》也不乏雄词。如烛之武计退秦师，虽只是一百多字的简短说辞，却抓住秦国企图向东发展而受到晋国阻遏的处境，利用秦、晋两国都想称霸的心理，轻而易举地瓦解了秦晋联盟，保全了郑国。烛之武之言虽不似战国策士之滔滔雄辩，却也具有摄人心魄的力量。

因为善叙事，又善记言，再佐之以细节，《左传》成功地塑造了许多栩栩如生的人物形象。以公子重耳为例，因为受到骊姬的诬陷，被迫逃亡。历经重重磨难，重耳从一个颐指气使的贵族公子成长为一个成熟的政治家。《左传》利用几个细节交代了这一转变过程。如“乞食于野人”而欲“鞭之”，贪乐齐国生活而欲“死于此”，在秦国“公子使奉匜沃盥，既而挥之”等等。因为有了这些细节，重耳的人物性格才变得鲜活而丰满。

《左传》的语言也历来受人称赞，它继承了《春秋》词约义丰的优点，如以“舟中之指可掬”来形容晋军败后争相逃命的惨状。唐人刘知几评价《左传》语言特色曰：“言近而旨远，辞浅而义深。虽发语已殚，而含义未尽，使夫读者，望表而知里，扪毛而辨骨，睹一事于句中，反三隅于字外。”凡此种种，都表明《左传》堪称先秦叙事文学的典范，对后世叙事文学影响深远。

## 四、《国语》

《国语》是我国最早的一部国别史，也是《春秋》之后的一部重要历史著作。其记事上起周穆王，下迄鲁悼公，包括的时代大体为西周末年至春秋时期。全书共21卷，分别记载周、鲁、齐、晋、郑、楚、吴、越八国的史事，其中《晋语》9卷，齐、郑、越等国只有1卷，其余则2、3卷不等。

《国语》作者为谁，至今没有定论。司马迁在《史记·太史公自序》及《报任安书》中均有“左丘失明，厥有《国语》”之言，因而一直以来，人们都认为《国语》与《左传》作者为一人，并称《左传》为《春秋内传》，《国语》为《春秋外传》。但因为《左传》记事与《国语》颇有差异，所以近代以来《国语》的作者问题一直存在争论，如康有为认为是刘歆，郭沫若认为是楚左史倚相与吴起合著，也有人因为《晋语》最多而将《国语》著作权归之于三晋人。根据《国语》内容，或许只能说它是一部先秦的“语”书，并非一时一人之作。

作为一部汇编性质的史书，整理者也没有对材料作整齐划一的处理，所以《国语》看起来无论是材料的编排还是文风都不统一，较多保留原始材料的本来面目。就思想而言，大体说来与儒家思想相通，崇礼、重德、主恭敬、戒奢、戒淫、主忠信，尤其把礼和德抬到了很高的地位。在对待民众的问题上，《国语》也强调敬天保民。

《国语》既是一部史书，同时也是一部优秀的史传散文，具有很高的文学成就。唐代的刘禹锡称赞《国语》“辨而工”，宋代的陈造谓之“文壮而辞奇”。即便是对《国语》的思想存有非议，如柳宗元等人批评《国语》“好诡以反伦，其道舛逆”，但也不否认其“文胜而言庞”（柳宗元《与吕道州温论非国语书》），教人作文要“参之《国语》以博其趣”（柳宗元《答韦中立论师道书》）。如《周语中·襄王拒晋文公请隧》，面对咄咄逼人的晋文公，周襄王答应则失天子尊严，不与则得罪恃强有功的晋文公。周襄王的高明之处在于以天子的身份，辅以礼法的手段，柔中带刚地拒绝了晋文公的无礼要求。正面反说，挖苦讽刺，又软中带硬，以退为进，展示出高超的语言技巧，确是一篇绝妙文辞。在周襄王一番凌厉的语言攻势下，晋文公灰溜溜地败下阵来。

## 五、《战国策》

《战国策》是汇编而成的历史著作，作者不明，当是战国、秦汉间人纂集而成。文章多出于战国后期纵横家之手，最后由西汉刘向整理成书，定名为《战国策》。全书共33篇，分别记载东周、西周、秦、齐、楚、赵、魏、韩、燕、宋、卫、中山诸国史事。记事年代大致上接《春秋》，下迄秦统一，以策士的游说活动为中心，反映出这一时期各国政治、外交的情状。全书没有系统完整的体例，而是由相互独立的单篇构成。从思想内容上看，《战国策》集中体现了纵横家的思想和人生观，大量描写策士们奔走于诸侯之间，纵横捭阖的历史事实，反映了战国时代“士”阶层的崛起和士人精神的张扬。

《战国策》塑造了一系列栩栩如生的人物形象，尤其是描写了一系列“士”的形象。如《冯谖客孟尝君》中的冯谖藏而不露、装愚守拙、巧于试探，但又知恩图报、远见卓识、果断善谋，确乎“奇士”。而《荆轲刺秦王》更是将荆轲的形象写得神采飞扬、激荡人心。后世对荆轲的壮举心追手摩，感慨万端，也多是受到了《战国策》的影响。

另外，《战国策》多记策士之语，即纵横家游说之辞，彰显出辩丽横肆、铺张扬厉、气势纵横的风格。如《秦策一》中苏秦说秦惠王连横一段，便极尽夸饰，层层铺展，不仅辩丽宏富，亦气势丰沛。

《战国策》好用譬词，尤其善于引用生动的寓言故事。这些寓言常常简短精练又形象鲜明，寓意深刻又浅显易懂，有效地起到了说理的作用。如“鹬蚌相争，渔翁得利”“画蛇添足”“狐假虎威”“亡羊补牢”“狡兔三窟”“抱薪救火”“南辕北辙”“惊弓之鸟”等直到今天仍脍炙人口。

# 第四节　诸子散文

先秦时期是一个哲人辈出、文化勃兴的时代，诞生了孔子、老子、墨子、孟子、庄子、荀子、韩非子等诸子，哲学派别林立。这个时代的核心概念如道、德、和、同、礼、仁等也成为中国文化的关键词，而老庄思想、儒家思想、阴阳思想则成为真正意义上的中国精神宗教。总之，这是一个文化大繁荣的时代，它从各方面奠定了中华民族的文化特征。

学习先秦诸子散文，首先应该了解各派思想，因为文是载道的，道不同则文自然不同。

## 一、《老子》和《论语》

《老子》是先秦道家的"通见"之作，其核心问题是"道"。形上的"道"是万物本原，形下的道则指向人生哲理层面，是处世之道，常常是充满人生大智慧的睿思。《老子》一书的文学性主要体现在诗性思维特征和诗化的表达方式，显示出对人生的深刻感悟和睿智。

《论语》作为儒家经典，记载了孔子及其弟子的言行，成书当在孔子去世后。《论语》用世态度非常积极，体现出自强不息的进取精神。其中颇多言简意赅、富于哲理性和启发性的语句，显示了孔子对社会和人生的深刻认识。《论语》是语录体，篇章短小。它的文学性主要体现在对人物形象的生动刻画和言近旨远、词约义丰的语言特色。尽管其语言简洁、篇制短小，但孔子及其主要弟子的形象还是被很鲜明地刻画出来了。如孔子不仅是忠厚、达观、睿智的圣人，而见南子、应公山狃之召等也表现了他世俗性的一面，即凡而圣，亲切自然。其他如子路的粗直、颜渊的安贫乐道、子贡的能言、宰我的诡辩、子游的高孤、子夏的渊博等，《论语》都作了形象的描述。

## 二、《墨子》

《墨子》是墨家学派的著作，其思想的核心是"兼爱"。墨子相信自然的人具有竞争意识或者说自私的本性，即使在家庭内部也是如此。他说："子自爱，不爱父，故亏父而自利；弟自爱，不爱兄，故亏兄而自利；臣自爱，不爱君，故亏君而自利。此所谓乱也。"（《兼爱上》）所以墨子相信奖赏与惩罚的威力，相信贤明君主。墨子"尚贤”,也是为了辅佐君主实现治世的理想。既然人都有自私的本性,墨子主张“天鬼”。出于“兼爱”的立场,墨子强调“非攻”“节用”“节葬”,为民节财。

墨家的思想质朴和实用,所以对一切语言文字的表达,强调有切实的内容,以理服人,反对无益于实用的修饰与文采。又因为墨子非常注重言说的逻辑性,在逻辑思维方面很有成就,所以《墨子》一书说理朴实,不事雕琢,又逻辑严密、条理清晰,善于运用具体事例来说理,开创了诸子以寓言助说理的先河。

## 三、《孟子》

孟子是孔子之后最重要的儒家代表人物,有“亚圣”之称。孟子早年游历列国,游说诸侯,宣传自己的政治主张。晚年“退而与万章之徒,序《诗》、《书》,述仲尼之意,作《孟子》七篇”。

孟子具有强烈的使命感,即感于天下无道,诸侯征伐而“率兽食人”,又感于墨家、杨朱学说滋扰民众,蛊惑人心,故时人谓之“好辩”。孟子不仅好辩,而且善辩。孟子善辩体现在两个方面:一是讲究行文的技巧。具体可分为两方面:善于设置语言陷阱,所谓请君入瓮之法,比如孟子劝诫齐宣王行仁政,批驳农家主张,都是运用此种技巧;善于从正反两方面说理,如孟子与齐宣王论仁政。二是善用语言。具体又可分为两个方面:善于运用排比和反问句式来增强语言的力度,善于运用比喻来增强说理的形象性,包括寓言的大量使用,如“五十步笑百步”“齐人有一妻一妾”等。

孟子时代,士人的自我意识已经觉醒,又高度自信,故孟子也颇有策士气质。孟子认为自己是圣人之徒,是所谓有“天爵”者,所喜好的只有“古之制”。孟子轻鄙王侯,放言“民贵君轻”,称扬周武革命。形之于文章,《孟子》气势充沛。如《离娄下》论君臣关系曰“君之视臣如土芥,则臣视君如寇仇”,前所未有,后亦鲜有继之者。后世评孟子文章,往往集中于孟子文章的气势,如苏洵《上欧阳内翰第一书》说:“孟子之文,语约而意尽,不为巉刻斩绝之言,而其锋不可犯。”叶梦得也评价他的文章“如决江河,如蒸云雾,殆不可以文论,盖自其为道出之”。这些都是中肯的评价。

## 四、《庄子》

《庄子》是先秦诸子散文中最具艺术魅力的一种,对后世影响至巨。先秦时期,只有《荀子·解蔽》和《庄子·天下》提到庄子的学术,盖籍籍无名者。《庄子》一书原有52篇,后经西晋郭象删定,只保留33篇,分内、外、杂三个部分,流传于后世。

《庄子》哲学的本体论依然是“道”,这也是千百年来庄子被列于道家的原因。

庄子的道论主要突出道的超越性，是宇宙万物的本源。其次，道具有普遍性，无所不包，又无处不在。《庄子》之道还是一个不可分割的整体，其特性是“通”。

历来“老庄”合称，但庄子与老子并不完全同一，两者之间还是有一定的差别。比如道的现实替代物，老子说水最近乎道，而庄子则借助气来描述道，曰“通天下一气耳”。再如体道的层面，老子主要在政治层面来体悟道的玄妙，而庄子主要在人生的自由上体悟道。所以老子借道明天下治乱之理，秉承史官之品性，而庄子借道欲达到人生自由之目的，更具哲学家和诗人之气质。欲明庄子为文之风格，需明庄子的学术归趣。

庄子借道明人生自由之境界，他说：“至人无已，神人无功，圣人无名。”（《逍遥游》）三“无”之中，当以“无己”为核心。人能“无己”，自能无生无死，无依无待，然后达到真正的“逍遥”。但这样的人生境界，不仅一般人达不到，甚至也不能理解，故庄子特以“三言”展示自己“独与天地精神往来”“上与造物者游，而下与外死生、无终始者为友”的精神境界。故“三言”便是《庄子》一书的精髓之所在，《庄子》的艺术特色皆由此而来。

《庄子》“三言”浑然一体，相辅相成。然而以艺术的眼光来看，“三言”之中寓言最重要，所以司马迁说《庄子》“大抵率寓言也”。《庄子》一书中寓言有两百多个，长者千言，短者二十几字，有时甚至一篇文章全部由寓言组成。这些寓言大多“空语无事实”，也就是说，它们是用虚构的手法创造出来的。所以《庄子》的哲学完全可以称得上是“神话哲学”，《庄子》的思维是诗性思维，《庄子》的语言也是诗性语言。整部《庄子》便是用“象”构造出来的文本世界，诡丽恢宏又变幻莫测。

首先，《庄子》中充溢各种特征鲜明的形象。这些形象可以是人，也可以是物，还可以是无生命的意念。尤其令人诧异的是，庄子还塑造了一批形象各异的至丑之人，如《大宗师》中的子舆、《德充符》中的兀者王骀、申徒嘉、叔山无趾、恶人哀骀它等。这些人都是得道之人，是真正遗形去智而守护全真的圣人。庄子要独与天地精神相往来，在他的眼中，无此无彼，物我不分，一切相对立的界限都消失了。鲲化为鹏，其翼若垂天之云，击水三千里，抟扶摇直上九万里，从北冥迁徙至南冥。而蝶化为周，无周无蝶，有周有蝶，从而让人在庄周与蝴蝶的合分中，明白“物化”的道理。有周有蝶，全因有“我”；无周无蝶，亦全因无“我”，诚可谓“浑沦元气，参透化机”（刘凤苞《南华雪心编·齐物论》）。在叙事方面，《庄子》也能借助言语、行为、神态等诸多方面，把事件中的人物形象塑造得丰满生动，如《盗跖》一篇完全可以当作小说看。

其次，《庄子》之文有“断续”之妙。所谓“断续”之妙，意指《庄子》之文大抵由寓言连缀而成，看似不相关，实则一脉贯穿，圹中线引，草里眠蛇。如《逍遥游》说了一系列的故事,看似不相关,实则都是围绕"无己""无功""无名"展开。凡《庄子》文章的构思,大体皆可作如是观。

最后,《庄子》中语言自由灵活,确乎"谬悠之说,荒唐之言,无端崖之辞"。古往今来,人们一直以诗性语言来形容《庄子》中的语言,并将庄子比作诗人,如清人方东树说:"大约太白诗与庄子文同妙,意接词不接,发想无端,如天上白云,卷舒灭现,无有定形。"这正是《庄子》为文妙思奇想之所在。

庄子在哲学史、文学史上的地位非常高,其深邃的思想是中国传统文化重要的资源,影响了千百年来士大夫之为人处世之道,而其"汪洋辟阖,仪态万方"的文风也影响了中国几千年来的文学,正如闻一多先生所说:"中国人的文化上永远留着庄子的烙印。"

## 五、《荀子》

《荀子》乃西汉刘向编订,全书体例不一,前24篇是论说体,基本上一篇围绕一个论题展开。第25篇是韵文体,第26篇是赋体,最后6篇是问答体或语录体。一般认为前26篇出自荀子之手,而后6篇乃荀子后学所记。

荀子以儒学为宗,是先秦儒家的最后一位大师。荀子面临与孟子同样的处境,当时的儒学也受到了来自外部和内部的双重威胁。面对内外的挑战,荀子采取了兼收并蓄的态度,在继承孔子思想的同时,也吸收各家之长,对儒学进行了一定程度的改造,以期拓展儒学。所以李泽厚说荀子是"新时代条件下的儒家,他不是法家,也不再是像孔孟那样的儒家"。

在人性论方面,荀子吸收了管子、墨子等学派的思想,主张"人性恶",反对孟子的"性善论"。在荀子看来,孟子的性善论实际上取消了圣人和礼义存在的理据性。"凡古今天下之所谓善者,正理平治也;所谓恶者,偏险悖乱也。是善恶之分也已。今诚以人之性固正理平治邪?则有恶用圣王,恶用礼义哉!"(《性恶》)所以荀子强调学,"今人之性,固无礼义,故强学而求有之也;性不知礼义,故思虑而求知之也"(《性恶》)。学然后能为君子,乃至能为圣人,此所谓"涂之人可以为禹"(《性恶》)。尽管道路上的人皆可为禹,但并非人人都是禹,所以在治国方面,荀子强调礼、法并重,而非一味地崇礼抑法。这是荀子思想的根本,也是荀子学说的现实意义所在。在社会历史观方面,荀子主张法后王,反对复古,强调要从现实出发取历史经验,重视现实问题。在天人关系上,荀子主张天人相分,提出"天行有常",要"制天命而用之",反对庄子以人和天的主张,认为那是"蔽于天而不知人"。荀子的天道观不一味依顺天道而强调人为,在当时有一定的进步意义。正因为关注现实,强调富国强民,所以荀子的思想对法家有一定的影响,李斯、韩非皆出荀子之门,并非偶然。

荀子的散文多长篇大论，且能围绕一个论题展开周密详备的论述，析理精微又逻辑谨严，如《劝学》《修身》《礼论》《乐论》等，都是非常成熟的论说散文了。《荀子》议论常开宗明义，提出自己的主张，然后围绕此论点从各方面展开论述，以求论点鲜明，有条不紊。如《天论》开篇就提出要“明天人之分”，从正反两方面立论，论述“天行有常”，但天人有分，有“天职”，有“人职”。如此荀子便清晰明白地表达出他对天人关系的思考，强调了人所具有的主动性、能动性。

善于运用事例作论证也是荀子散文的一大特色，但荀子散文已不限于一般的举例明理，以具体说明抽象，而是用大量确凿无疑的可靠事实，来论证某些颇为玄奥费解的科学原理，以证代议，寓议于证，议证交融，合为一体，使文章更有文采，理论更加深化。像《解蔽》篇为了说明“凡观物有疑，中心不定，则外物不清”的道理，就一连列举八例为证。而且荀子举例已舍弃以寓言为例的常见写法，而是选用有根据的事实，使文章虽稍有铺陈，但更加清晰笃实，确实做到了理胜文奇。

孔子与孟子的语言、文章更富原始人道情怀因而更能感染人，而荀子散文更富人治精神因而更具理性思辨力量。但就行文而言，《荀子》并不枯燥乏味，同样文采斐然，这与《荀子》长于比喻有关。如《劝学》文辞丰赡，造语精练，写人状物，极具风神。

《荀子》中还有以“赋”名篇的文章，被认为是“赋”体文学的源头。其《成相》则用当时民间俗唱的形式写成，被视为“后世弹词之祖”。

## 六、《韩非子》

韩非（约公元前280—前233年）是韩国公子，“与李斯俱事荀卿”。其为人口吃，善著书，因为向韩王建议变法而未被采纳和信任，发愤著成《五蠹》《孤愤》《说难》等篇，秦王嬴政亦为之倾倒。

《韩非子》55篇，基本上是韩非本人的著作，其中有少许篇章为其弟子所作。这些文章大体上可以分为两类：一类是专题论说文，直接阐述韩非的思想；另一类是借历史故事或寓言以说理的文章，文学意味较浓。

《韩非子》代表了先秦说理散文的最高水平。具体说，《韩非子》举例切近现实，分析一针见血，行文逻辑严密，语言冷峻峭拔。尤其是《韩非子》行文的逻辑力量，远在先秦其他诸子之上。如《五蠹》从王者当以法为教出发，斥责“学者”“言谈者”“带剑者”“患御者”“商工之民”为毒害国家政体的害虫，行文逻辑极其严谨周详。《韩非子》之文善于运用各种逻辑辩难手段，三言两语便可置对手于死地。如《难一》运用二难推理，一针见血又轻而易举地指出儒家推举尧舜仁德治天下的缺陷，非常具有说服力。

《韩非子》的另一显著特色是善于运用寓言。《韩非子》一书中寓言多达三百余则，冠绝诸子。其寓言“取材平而不奇，实而不玄，很少以拟人化的动物或者神异色彩浓厚的神话传说为题材，也很少有虚幻的想象和神乎其神的奇异描绘。它往往以较为平实可靠的历史事迹或现实生活为题材，而且写得具体踏实”，①如《守株待兔》《刻舟求剑》等都是取材于现实生活或现实生活中可能发生之事，虽形制短小，但妙趣横生，又不失生活原味。

## 第五节　屈原和楚辞

### 一、“楚辞”释义

《诗经》之后又一次诗的高潮，便是楚辞的勃兴。“楚辞”最初的意义是指楚地的一种诗体文学，相对于《诗经》来说，楚辞是一种新型的文学体裁。这种新表现在它“书楚语，作楚声，纪楚地，名楚物”（宋·黄伯思《翼骚序》），带有浓厚的地方色彩，但也是多元文化的结晶。

楚地歌词最具特征的是“兮”字的运用。可以说，“兮”是楚歌的灵魂之所在，其位置灵活，不仅可以出现在句尾，也可以出现在句中，这就使得楚歌的句式变化多端。“兮”还具有连接词的作用，这使得楚歌能突破以《诗经》为代表的四言句式，而演变成五言、六言、七言等。尤其重要的是，“兮”具有拉长声音的作用，它使楚歌具有缠绵哀怨的情致。楚辞在风调、情趣等方面都与楚歌有明显的渊源承继关系。

而就楚地文化习俗来说，楚人好巫，巫风兴盛。这种巫文化的特质在楚辞中有充分的表达，如《离骚》极力展示乘龙凤神游的场景，《九歌》则直接记载了楚地的宗教祭祀情况，而王逸在《楚辞》解题中也揭示了楚辞与巫风之间的关系。巫风巫趣深刻影响了楚辞的审美取向。

除了音乐传统和文化习俗，楚辞之产生还有其深刻的经济发展背景。南方的经济发达，物质丰富，这使得娱神手段的艺术也承担了娱人的功能，在注重审美愉悦的方向上发展，充分展示出人们情感的活跃性。

但是楚辞又不是楚文化的单一衍生物，它也体现了南北文化的交融。至迟在殷商时期，楚人已经同北方政权发生关系，《诗经·商颂》记载商朝曾讨伐荆楚。至

① 常森．先秦诸子研究[M]．北京：人民教育出版社，2008：512.

商末，楚与当时位于今天陕西周原的周有了政治上的关系，在陕西周原出土的甲骨中，就有“楚子来报”的记载。而传世文献也记载楚子鬻熊曾“子事文王”，后来熊绎又被成王封于楚(《史记·楚世家》)。这些都证明了楚人对周朝的归附和周朝对楚人实际控制江汉地区的承认。但至周昭王时代，可能是为争夺今天湖北大冶至安徽南陵一带铜资源的控制权，楚人与周朝发生了摩擦，甚至周昭王也死于与楚人的战争中。西周末年，楚人与周人战争更加频繁，在周末的青铜铭文与《诗经》等文献中，记载了许多周、楚之间的战争。春秋时代，楚国迅速发展壮大，兼并了长江中游许多邦国，成为足以与整个中原相抗衡的力量。楚庄王为春秋五霸之一，一度有问鼎中原之志。战国时期，楚进而吞灭吴越，版图之大、人口之多为诸雄之最。

战争是促进不同民族间文化融合的一个重要途径。战争期间，朝聘出使频繁，赋诗咏志之风大盛，楚人也不例外，故《左传》等史书记载的楚国君臣赋诗之事屡见不鲜。而楚国又能招纳诸侯国的贤才为其所用，如《国语·楚语上》记载楚庄王为傅太子而问于申叔时。近年来出土的文物资料，也提供了许多证据。郭店简、上博简都出于楚墓，楚人对于中原文化兼收并蓄，并无偏见。就《诗经》而言，不仅楚器铭文诗化特征显著，更有《孔子诗论》这样的论《诗》专著，安大简《诗经》等文本。这也可以和《左传》等记载楚人引诗赋诗相互印证，证明楚人对包括《诗经》在内的中原文化的仰慕和接受。屈原出身于贵族，学识渊博，又有美政之理想，加之数次出使齐国，深受《诗经》等中原文化之影响，而楚辞中自然也包含着中原文化因子。故鲁迅先生说：“楚虽蛮夷，久为大国，春秋之世，已能赋诗，风雅之教，宁所未习，幸其固有文化，尚未沦亡，交错为文，遂生壮采。……周室既衰，聘问歌咏，不行于列国，而游说之风浸盛，纵横之士，欲以唇吻奏功，遂竞为美辞，以动人主。……余波流衍，渐及文苑，繁辞华句，固已非《诗》之朴质之体式所能载矣。”

屈原死后，楚人感屈原至诚，故屈原之文得以口耳相传而不绝。汉朝建立，因刘邦等都是楚人，所以楚风兴盛。二十世纪七十年代，阜阳汉简出土，墓主为第二代汝阴侯夏侯灶，墓葬下限为汉文帝十五年(公元前165年)。墓中出土了楚辞残简，这说明楚辞文本的出现当早于汉文帝十五年。就传世文献而言，贾谊骚赋已征引楚辞文句。汉武帝时，淮南王刘安作《离骚赋》。“楚辞”之名也产生于汉武帝时，《史记·酷吏列传》记载：“始长史朱买臣，会稽人也。读《春秋》。庄助使人言买臣，买臣以楚辞与助俱幸，侍中，为太中大夫，用事。”大约汉宣帝时，刘向编辑屈原等人作品，名之曰《楚辞》，东汉王逸为之章句。故“楚辞”之义：一曰屈原创立的楚歌风格的新诗体，一曰以屈原为主的一群作家所创作的文学作品总集名。

## 二、屈原及其作品

如果我们不考虑《离骚》等屈原的作品，屈原其人不见于先秦任何传世文献。因此自近代以来，有人对屈原其人的真实性提出怀疑，甚至认为，屈原是一个“箭垛似的人物”。直到今天，仍然有人对此持怀疑态度。但我们认为，尽管屈原不见于先秦文献，其真实性却不容置疑。盖因始皇焚书，“史官非秦纪皆烧之”，延及《诗》、《书》、百家语皆“杂烧之”，故先秦典籍十不存一，屈原不见于现存先秦文献一点也不奇怪。汉文帝时贾谊被谪长沙，他在《吊屈原赋》中明确地说：“侧闻屈原兮，自沉汨罗。”司马迁写《屈原列传》也曾亲赴长沙，“观屈原所自沉渊”。这说明屈原之事绝非汉人向壁虚构。

今天我们研究屈原的第一手资料当推《离骚》《九章》等屈原本人作品以及汉代司马迁的《屈原列传》《史记·楚世家》及刘向编撰的《新序·节士》等。根据屈原在《离骚》等作品中的陈述，结合《史记》《新序》等材料，大体知道屈原与楚王同宗，年轻时因为博闻强识，才华出众，入能与楚王图议国事，以出号令；出则能应对诸侯，接遇宾客，深得楚怀王的信任，任楚国的左徒。后来屈原受到了上官大夫等人的排斥和陷害，昏聩的楚怀王“怒而疏屈平”。于是屈原被免去左徒之职，转任三闾大夫，掌管王族昭、屈、景三姓事务，负责宗庙祭祀和贵族子弟的教育。

秦人离间齐、楚，破坏二者同盟关系，使楚国陷入绝境。屈原曾极力劝阻，而子兰等却力主楚怀王入秦，最后楚怀王入秦被扣，三年后客死于秦。楚怀王被扣，太子横继位，是为楚顷襄王。因为再次受到构陷，屈原在楚顷襄王时期被流放到沅、湘一带。

屈原流落沅湘，多年不还，而楚国的形势江河日下。时期顷襄王二十一年（公元前278年），秦将白起攻破楚都郢，迫使楚国东迁。而屈原则在美政破灭，报国无望的情况下，自沉汨罗。屈原死后不久，楚国便被秦国所灭。后人为了纪念屈原，把每年农历的五月五日作为纪念屈原的日子。

作为政治家，屈原是失败的，但作为诗人，屈原却取得了极大的成功。东汉王逸作《楚辞章句》，认为屈原所作有《汉书·艺文志》记载屈原赋篇，即《离骚》《九歌》（11篇）《天问》《九章》（9篇）《远游》《卜居》共24篇，至于《渔父》《大招》，王逸“疑不能明”，持两可的态度。司马迁在《史记·屈原列传》中还提到了《招魂》，而王逸的《楚辞章句》把《招魂》归于宋玉。这说明在汉代关于屈原作品已有了分歧。后来，《九章》中的《思美人》《惜往日》《橘颂》《悲回风》等的著作权也产生了歧义的说法。现在学术界比较统一的意见是，《离骚》《九歌》（11篇）《天问》《九章》（9篇）《招魂》等应为屈原作品，而《远游》《卜居》《渔父》则可能为后人依托。

## 三、《离骚》疏解

《离骚》共三百七十多句，二千四百余字，贯穿全诗的是诗人忧国忧民之心和批判社会的不屈精神，感情跌宕，文气磅礴，想象奇警，造境高远，不仅是楚辞冠冕，也堪称中国文学史上最伟大的作品。“离骚”的含义，司马迁解释为“离忧”，班固承之，解“离”为“罹”，以“离骚”为“遭忧作辞”；王逸则说：“离，别也；骚，愁也。”“离骚”就是离别的忧愁。此外，有人依据《大招》中的“劳商”，认为“离骚”即“劳商”的异读，为楚曲目名；或以为“离骚”即“牢骚”，全诗就是发牢骚以表达不满；也有人以为“离”即“乖离”，全诗所写关乎君臣乖离，世事乖离。比较诸说，以司马迁、班固之说为优。

《离骚》体制恢宏，内容丰富，情节曲折。从楚辞学结构思考，《离骚》属于二段式结构，即正文和“乱”，这与《哀郢》《怀沙》等相类，与《天问》《九歌》等一段式不同，也与《抽思》正文、少歌、倡、乱等相结合的形式不同。而《离骚》正文也可以简单地划分为两大部分。第一部分从开篇至“岂余心之可惩”，主要写人境。第二部分从“女媭之婵媛兮”到“蜷局顾而不行”，重点写神境。但人境、神境并非是单线的，其中颇多曲折，而转折的标志便是诗人内心变化，包括诸多的矛盾、犹豫、进退的艰难取舍等。

第一部分基本上是屈原现实人生的追溯，从出生到行修，围绕“纷吾既有此内美兮，又重之以修能”展开，表现诗人才德之美。当君臣相知之时，诗人信心百倍，宣称要为君主“道夫先路”，即告之以前王成败之迹。而“惟夫党人之偷乐兮”与“伤灵修之数化”让诗人遭到了第一次挫折，对应现实也许就是楚怀王第一次“怒而疏”之。这并没有击垮诗人的信心，他有新的希望，这就是“滋兰树蕙”，教育英才，还有他自己的“信姱以练要”。但当诗人发现他“余虽好修姱以鞿羁兮”，仍“謇朝谇而夕替”时，尤其当他发现时俗工巧、众人“追曲”，而自己却“独穷困乎此时”，先前所培育的芳草也昭质已亏，诗人的心态第一次发生了变化，内心充满了痛苦和彷徨。尽管“回朕车以复路”，却也有了“将往观乎四荒”的想法。在方圆不能周、异道难相安的情况下，诗人虽坚持操守，却也只能是“伏清白以死直”或“退将复修吾初服”。在“体解吾犹未变”的自誓中，也隐含了诗人对现实的失望。

第二部分是对神境的描写。屈原几乎全用幻想的方式，在神游中展开自己热烈的追求和渴望。所谓的“上下求索”，诗人寻找的既是拯救现实的未来之路，也是诗人自我心灵的安顿方式，诗人试图用游仙的方式摆脱现实的困扰。诗人先假设一位“女媭”对他加以申斥，认为他的“婞直”不合时宜。其实这未尝不是诗人内心对自我的否定，但实现美政、拯救君国的强烈渴望使他依然能够坚持“依前圣以节中兮”,所以他向古帝重华陈辞,重申自己的治国理想和主张。尽管在一定程度上否定了女媭的批评,但并不能打消自己内心的惶惑。在折中于重华之后,诗人伤心地吟出:“曾歔欷余郁邑兮,哀朕时之不当。”诗人上下求索,其中最主要的内容便是“求女”。但“求女”寓意为何,古今异说颇多。如果从实现美政的角度着眼,“女”代表了诗人理想的政治模式,它既不仅仅是贤君,也非仅仅是贤臣,或许应涵盖这两者。

诗人在想象中来到了天界,他“欲少留此灵琐兮”,想“聊逍遥以相羊”。而天帝的守门人拒绝为他通报,他感叹“世溷浊而不分兮,好蔽美而嫉妒”。这样的幻境折射出现实生活的影子。诗人“济白水”“登阆风”“游春宫”都与求女有关,所求为天女。但高丘无女,诗人“折琼枝以继佩”,这很容易让我们想起《九歌·湘君》中“捐余玦”“遗余佩”都是求女失败后的行为模式。然后他又开始求“下女”。但这些神话和历史传说中的美女,或“无礼”而“骄傲”,或无媒以相通。在“求女”失败时,诗人感慨“聊浮游以逍遥”,与《九歌·湘君》类似。但在求虞氏之二女失败后,诗人却说:“世溷浊而嫉贤兮,好蔽美而称恶。闺中既以邃远兮,哲王又不寤。怀朕情而不发兮,余焉能忍而与此终古”,再次在幻境中折射出现实生活的影子。

求女失败,诗人转而请灵氛占卜、巫咸降神以指点迷津。但无论是灵氛还是巫咸,都告诉他楚国已毫无希望,劝他离开楚国,另求君臣遇合的机会。而诗人在接受灵氛、巫咸的建议后,展示的却是驾飞龙,乘瑶车,扬云霓,鸣玉鸾,自由翱游于神仙幻境的情性。他“神高驰之邈邈”,却“忽临睨夫旧乡”,“仆夫悲余马怀兮,蜷局顾而不行”。诗人便直接从幻境中切入现实,表明自己最终还是无法离开故土。这算是第三次在幻境中折射现实生活的影子。

诗人在“乱辞”中这样写道:“已矣哉! 国无人莫我知兮,又何怀乎故都! 既莫足与为美政兮,吾将从彭咸之所居!”相对于正文的“过去时”而言,乱辞是诗人的“现在时”。政治理想的破灭,使他要追随先贤,以死来追求自己人格理想的完满与崇高。

《离骚》具有崇高的人格精神力量,它为我们塑造了一个伟大的“灵均”形象。这位光彩照人的主人公不仅有高贵的家世、吉祥而富有神性的诞生,而且有非凡的气度、美好的品质和伟大的理想以及为实现理想不惜献身的牺牲精神。在污浊的社会中,他是那样的超拔出众,“民生各有所乐兮,余独好修以为常”;与现实的黑暗势力作斗争,他毫不妥协,“体解吾犹未变兮,岂余心之可惩”;为实现美政理想,他历经艰辛却从不放弃,“亦余心之所善兮,虽九死其犹未悔”,“阽余身而危死兮,览余初其犹未悔”。所有这些构成的是一个鲜活的生命,有血有灵而且历久弥新,为后世文人景仰敬慕的理想人格范式。

在艺术成就上,《离骚》与《诗经》并称,成为后世文学的重要源头之一。它一方面继承了《诗经》的比兴传统,这就是王逸所说的"《离骚》之文,依《诗》取兴,引类譬喻。故善鸟香草,以配忠贞;恶禽臭物,以比谗佞;灵修美人,以媲于君;宓妃佚女,以譬贤臣;虬龙鸾凤,以托君子;飘风云霓,以为小人"。另一方面,在比兴的直接性和现实性方面有所突破。《诗经》虽有《相鼠》《伐檀》这样批判性很强的比诗,但总的说来是温婉含蓄的,而《离骚》则是直面现实,将物与我、情与景融为一体,成为某种精神人格的象征,增强了诗歌的批判力度。在篇制方面,《离骚》突破了《诗经》的短章规模,借助宗教的力量并汲取民间文学的营养,以鸿篇巨制委婉曲折地展示主人公的形象极其丰富的内心世界,从而极大地增强了作品的艺术感染力。在句式方面,它突破了《诗经》的四言格式,用灵活多变的"兮"字为串联词,创造出一种句式参差、骈散结合的新句式,不仅增强了作品的抒情性,也成为后世骚体文学之祖。正如刘勰所说:"自风雅寝声,莫或抽绪,奇文郁起,其《离骚》哉!固已轩翥诗人之后,奋飞辞家之前,岂去圣之未远,而楚人之多才乎!"

《离骚》带有鲜明的楚文学特征,具有巫文化特色。巫的本质在于天地通,人神合一。在《离骚》中,灵均可以驾玉虬飞升,可以役使百神,可以向重华陈词,命灵氛占卜,可以扣帝阍,游西极,充满了奇特的幻想。在这些幻想中,我们很难说灵均是现实的人物还是神话中的人物,他已经与神合为一体,具有了神性。《离骚》运用了大量的神话题材,成为保留我国神话较多的作品之一。同时他还写了大量的香草,这些香草是精神人格的喻体,也是降神的道具。所有这些构成了一个光怪陆离的世界,丰富了我国传统文学的题材和表现形式。

## 四、《九章》疏解

《九章》由9篇作品组成:《惜诵》《涉江》《哀郢》《抽思》《怀沙》《思美人》《惜往日》《橘颂》《悲回风》。这些作品并非成于一时一地,因而风格不一,比如《橘颂》基调开朗乐观,不仅描绘橘树的灿烂夺目的外表,也表现了橘树"受命不迁""深固难徙"的品质。它应该是诗人早年的作品,诗人借橘树表现他的抱负和理想,洋溢着积极向上的情怀。

其他篇章多为屈原在放逐期间所作,不仅内容情调、政治理想与《离骚》一致,其中有的篇章内容还与《离骚》存在相同和相近之处,如《哀郢》:"曼余目以流观兮,冀一反之何时!鸟飞反故乡兮,狐死必首丘。信非吾罪而弃逐兮,何日夜而忘之!"《抽思》:"昔君与我诚言兮,曰黄昏以为期。羌中道而回畔兮,反既有此他志。憍吾以其美好兮,览余以其修姱。与余言而不信兮,盖为余而造怒。"

与《离骚》比起来，《九章》篇幅短小，重在写实和直接抒情，不以奇幻见长。如《涉江》中景物描写非常出色，“入溆浦余儃佪兮，迷不知吾所如。深林杳以冥冥兮，猿狖之所居。山峻高以蔽日兮，下幽晦以多雨。霰雪纷其无垠兮，云霏霏而承宇”，诗人极其恰切地表现了景物的特征，以深山的幽邃晦暗和雨雪的凄清冷寂衬托出自己孤独无乐、寂寞悲怆的心境。楚辞中这类风光描写，对后世山水诗有一定的影响。

《哀郢》和《怀沙》应该是《九章》中较晚的作品，犹如实录，“民离散而相失兮，方仲春而东迁”写出了楚人离乡去国的流亡情景；而“发郢都而去闾兮，怊荒忽其焉极？楫齐杨以容与兮，哀见君而不再得。望长楸而太息兮，涕淫淫其若霰”，抒发了深沉的去国之痛。据《史记·屈原列传》，《怀沙》是屈原的绝命诗，其结尾“知死不可让，愿勿爱兮。明告君子，吾将以为类兮”，表达了诗人以死殉国的决心和追效前贤的信念。

## 五、《九歌》释义

“九歌”的名称见于《左传》《山海经》以及《离骚》《天问》等，它是一种古乐曲的名称，渊源久远。学术界一般认为，《九歌》是屈原根据民间的祭神乐歌改写而成的，其中也包含着诗人自身的某种感受，这是一种通达的看法。

《九歌》11篇中，前10篇各祭一神，末篇《礼魂》是送神曲。其所祭神灵包括天神：东皇太一（天帝，天神中最尊贵者）、云中君（云神）、大司命（主管寿命的神）、少司命（主管子嗣的神）、东君（太阳神）；地祇：湘君和湘夫人（湘水之神）、河伯（黄河之神）、山鬼（山神）；人鬼：国殇（战亡将士之魂）。其中《国殇》比较特殊，它是祭祀阵亡将士的，歌颂的是将士们视死如归的大义，“诚既勇兮又以武，终刚强兮不可凌。身既死兮神以灵，魂魄毅兮为鬼雄”。辞气慷慨悲壮，刚毅凛然。

关于《九歌》的祭祀模式，朱熹曰：“楚俗祠祭之歌，今不可得而闻矣。然计其间，或以阴巫下阳神，或以阳主接阴鬼，则其辞之亵慢淫荒，当有不可道者。”这种祭祀活动中的异性相接仍见于今天沅湘间民俗，祭祀中巫师把神灵想象成情郎或情妹，用情歌打动神灵，以达到降神的目的。这种人神相恋的祭祀模式中，人神相依相恋，喜怒哀乐一如世俗间男女相恋的情形，其中的恋爱、思慕、悲欢离合的种种情绪，缠绵悱恻，哀婉动人。这使得《九歌》非常具有人情味。比如《湘君》写湘君夷犹不行，似乎另有羁绊而留乎中洲，致使湘夫人哀怨伤痛。“横流涕兮潺湲，隐思君兮陫侧”，以无言写痛，而愈见其痛。“桂棹兮兰枻，斫冰兮积雪。采薜荔兮水中，搴芙蓉兮木末。”桂棹、兰枻本是用来渡水的，如何能击斫冰雪？薜荔何以能在水中？芙蓉如何能在树梢？诸多的错乱象征了爱情的失败，所以湘夫人唱出了“心不同兮媒劳，恩不甚兮轻绝”的歌，表达她对湘君托辞不赴约的不满。而《湘夫人》开篇便是一段凄迷景致:“帝子降兮北渚,目眇眇兮愁予。袅袅兮秋风,洞庭波兮木叶下。”深秋时节,秋风萧瑟,黄叶飘零。伊人不在,独立寒秋;烟水交织,情浓愁浓。短短四句便写尽了难以言说的凄迷惆怅之情,堪称一幅秋江候人图。清代贺贻孙《骚筏》认为“洞庭波兮木叶下”一句便可敌宋玉《九辩》一篇,亦非夸大之词。《山鬼》则是一首凄美的失恋之歌。山鬼是一位少女的形象,“既含睇兮又宜笑,子慕予兮善窈窕”,确乎娇媚动人。她盛装去幽会,可情人却始终不来赴约,使她陷入绝望和痛苦之中,故“思公子”“怨公子”。诗的最后写“雷填填兮雨冥冥,猿啾啾兮狖夜鸣。风飒飒兮木萧萧,思公子兮徒离忧”。似乎山鬼依然痴痴等待而不肯离去,而景物的阴冷凄清也映衬了山鬼的心境。。

总之,《九歌》善于写男女感情,借助自然景物烘托人物的心境,以达到情景交融的艺术效果。它的语言则洗练优美,情韵悠长。

## 六、《天问》释义

《天问》是一首奇诗。它以诗歌的形式、问难的语气,一口气问了172个关于自然、历史、社会、宗教、神话传说等方面的问题。其所表现出来的大胆怀疑精神,冠绝古今,而其中蕴含的深沉愁思也代表了屈原内心的忧愤。王逸认为《天问》为呵壁之作,证之以传世文献及出土文献,其说大抵可信。

“天问”即“问天”,相当于《离骚》中的“就重华而陈词”,尤其是其中关于历史事件的一系列发问,实际上是无疑而问,表现了屈原的批判性精神。从这一点来说,《天问》与《离骚》等篇的精神是相通的,故司马迁读《天问》犹如读《离骚》,一样的“悲其志”。

除了对历史的批判,《天问》还问了一系列自然问题,这与当时的哲学思潮有关。传世文献如《老子》以道为万物本原,《庄子·天运》也追问了自然的问题,近出的楚简如《恒先》等同样也是对自然的追问。屈原数次出使北方,应当受到了这种思潮的影响。

依据王逸所说,屈原作《天问》不仅抒发愤懑,也发泄愁思。诗曰:“薄暮雷电,归何忧?厥严不奉,帝何求?伏匿穴处,爰何云?荆勋作师,夫何长?悟过改更,我又何言?”悲剧性的力量贯穿《天问》,成为其诗学精神的重要特征。这也是《天问》能以诗的形式流传至今的原因。《天问》以四言为主,行文跳荡,或两句一问或四句一问,显示了诗人呵壁问难时情绪的起伏变化。

此外如《远游》《渔父》等皆有争议,或以为屈原,或以为宋玉,或以为无名氏。故略而不论。

《楚辞》与屈原不可分,后世文人喜爱《楚辞》在很大程度上也是受到了屈原精神的感召。司马迁《史记·屈原贾生列传》称赞屈原及其作品能和日月争光而光照千古，这一点得到了后世的广泛赞同。在我国历史上，大凡到了民族存亡的关头，屈原便成为一种具有强大精神感召力的象征，而《楚辞》的传播也就进入繁盛期。人们从屈原及其作品中获得一种上下求索、不屈服于黑暗势力的抗争精神，以及主动担当、直面悲剧的勇气。正如陆游在《哀郢二首》中所写的那样："离骚未尽灵均恨，壮士千秋泪满裳。"

《楚辞》是屈原精神的载体，也是光耀千古的文学杰作。与《诗经》相比，《楚辞》是个性鲜明的作品，它的风格是峭急的。它是屈原舞动的灵魂，也是不屈生命的抗争之歌。它率性任情，或热情洋溢，或切齿痛骂，或长歌当哭，或慷慨悲壮。在艺术方面，《楚辞》带有鲜明的楚文化特征，它尽可能地汲取神话和宗教的营养，借助幻想的方式，大量运用楚地的神话故事，其宏大的背景、壮阔的画面和浪漫的气质，具有激动人心的力量。在《诗经》比兴传统的基础上，《楚辞》大量运用象征手法来抒发情感，王逸将之归结为"香草美人"的表现手法，这是《楚辞》的贡献。与《诗经》相比，《楚辞》的篇章规模增大了许多，尤其是"兮"字的运用达到了出神入化的境界，句式灵活，情韵悠长，"兮"字是骚体文学显著的语言特征。

《楚辞》对后世文学的影响很大，它与《诗经》并称"诗骚"，成为中国古典文学的重要源头之一。刘勰在《文心雕龙·辨骚》中说："故骚经九章，朗丽以哀志；九歌九辩，绮靡以伤情；《远游》、《天问》，瑰诡而惠巧；……故能气往轹古，辞来切今，惊采绝艳，难与并能矣。……是以枚贾追风以入丽，马扬沿波而得奇，其衣被词人，非一代也。"刘勰之后，李白、杜甫、李贺等无不对《楚辞》心追手摩，称颂备至。直到现代，鲁迅、郭沫若、闻一多等也都受到了屈原及《楚辞》的影响。

屈原之后，楚又有宋玉、唐勒、景差等皆好辞而以赋见称。但唐勒、景差等生平事迹皆不可详考，作品著录也让人难以相信。唯有宋玉作品著录较为可信，对后世影响也较大。

《汉书·艺文志》著录宋玉赋16篇，《隋书·经籍志》著录有《宋玉集》3卷，均无篇名。文献记载的宋玉作品尚有争议，异议较少的只有《九辩》一篇。《九辩》之名，见于《山海经》《离骚》《天问》等，亦当是古乐曲名。《九辩》的主旨，王逸说是宋玉为悲悼其师屈原而作。就文本看，重在抒写贫士失职、怀才不遇、老而无成、报国无路的失意与愤慨。但与屈原作品比起来已经少了锋芒，其内容主要是悲秋、感遇、思君，是一种顾影自怜的哀愁，所谓"惆怅兮而私自怜"，缺乏屈原那样的抗争精神。

《九辩》在内容与形式上都受到了屈原作品的影响，其中直接袭用或间接采用《离骚》《哀郢》等作品成句的地方，共有十余处；复述屈原作品的内容，模仿屈原作品语气的地方更多，比如《九辩》最后的神游就明显借鉴了《离骚》。尽管与《离骚》

比起来,《九辩》被幽怨哀伤之情所笼罩,缺乏震撼力,但《九辩》也有其出色之处,景物描写很好地烘托了人物内心的感受,一、三、七章写秋色、秋声、秋意,都非常成功。如第一章"悲哉,秋之为气也! 萧瑟兮草木摇落而变衰,憭栗兮若在远行,登山临水兮送将归,泬寥兮天高而气清,寂寥兮收潦而水清",以"悲秋"二字直接点题,然后渲染秋天的萧瑟之景和肃杀之气,瑟瑟寒风中,草木凋零,北雁南飞,寒蝉无声。而这些与诗人孤独的背影相映照,作品也成功地塑造了一个"寒士"的孤寂形象。千百年后,马致远写《天净沙·秋思》用的仍是同样的笔法。

在行文方面,《九辩》的语言更加散文化。它的句子长短不拘一格,二字、三字、六字、七字、八字、九字、十字、十一字等,交互运用,灵活自然,错落有致。与之相应,在用韵方面,《九辩》也更加自由。有一组四句,句句用韵者;有两句一组为韵者;有六句成节,句句用韵者;有六句成节,间句为韵者;有七句成节,句句用韵者。《九辩》还大量运用双声、叠韵、叠字,这使得全篇的语言节奏灵活多变,自然跳动,在散文化句式中保持着音乐美。

宋玉《九辩》呈现出由诗向文转化的趋势,成为楚辞向汉赋转变的桥梁。其散体化的句式以及铺陈手法的运用都对汉赋产生了重要影响,是汉赋的直接源头之一。而他悲士不遇的感慨也被汉人继承,是汉赋非常重要的主题。所以刘勰在《文心雕龙·诠赋》中说宋玉作品是"别诗之原始,命赋之厥初"。

## 本章小结

先秦文学一向被视为零落的碎片,或认为开端于神话,或以所谓上古诗歌为首章。它包括秦代以前各个历史时期的文学,其主体部分是成熟的周代书面文学,尤其是春秋战国时期的文学。本章以大文学史观的研究方法,在中国古代政治制度史、音乐史、文字史等诸多学科已有研究成果基础上,解析先秦文学演变的历程。先秦文学是中国古代文学发生发展的最早阶段,这一时代由天下统一的分封到诸侯异政的分裂,再到中央集权的统一。文学作品的思想性和艺术性大部分也都体现了华夏范围内由分裂而寻求统一的基本时代特征。在这一阶段里产生了很多优秀作品,有成为我国古代文学先导的古代神话和古代歌谣,有标志着我国文学光辉起点的《诗经》,有作为后代史传体文学、小说和戏剧滥觞的历史散文,有体现战国时代百家争鸣之局面的诸子散文,有我国寓言文学鼻祖的先秦寓言,有光耀千古的浪漫主义杰作《楚辞》,等等。多彩灿烂的先秦文学奠定了我国两千多年文学发展的坚实基础。

## 学习评价

| 评价维度 | 评价项目 | 评价内容 | 评价标准 | 自我评分 |
|---|---|---|---|---|
| 知识 | 基础性知识 | 文学史各基础知识点 | 牢固掌握古代文学史基础知识；掌握代表作家、作品、风格特点；掌握文学史重要关键词；能够记诵并理解 | |
| | 体系性知识 | 对文学史的整体知识把握和理解 | 理解特定时段文学史的发展进程；熟悉各类文体的流变特征；掌握各文学流派、文学集团、文学运动的产生与特点，对一个时期的文学现象能够作出整体评价 | |
| | 背景性知识 | 影响文学史发展的背景知识 | 了解影响文学史发展的社会历史背景、政治思想背景、哲学宗教背景；了解社会生活特别是士人生活与文学创作的关系 | |
| 能力 | 专业能力 | 对古代文学作品的专业阅读与分析能力 | 拥有阅读古代文学作品的语言能力和文化知识背景；能够根据文学史知识对文学作品进行分析和鉴赏；能够对文学史现象进行解释；形成古代文学文本分析和理解的方法论 | |
| | 学习能力 | 文学史学习的态度、方法与技能 | 学习内在驱动力强；有自觉的学习方法和模式；能独立思考；能与他人充分交流，善于合作 | |
| | 创新能力 | 自我发展与提高 | 拥有良好的问题意识；善于利用前人研究成果；能够利用各种方式收集和处理信息并尝试解决问题；富于创新精神 | |
| 情感 | 素质培育 | 文学审美趣味 | 能够形成正确的文学审美态度和良好的审美趣味 | |
| | 情感培育 | 文化认同感 | 了解自身文化渊源，对优秀传统文化有认同感，树立文化自信 | |
| | 价值观培育 | 价值观实践 | 能够将审美态度和文化认同融入实际生活 | |

## 推荐阅读

1.程俊英，蒋见元.诗经注析[M].北京：中华书局，2017.

2.陈鼓应.庄子今注今译[M].北京：中华书局，2009.

3. 李零.简帛古书与学术源流[M].北京：生活·读书·新知三联书店，2004.

## 本章自测

### 1.填空题

(1)古代神话《女娲补天》，出自(　　　　　)。

(2)一般认为，按(　　　)标准，把《诗经》三百零五篇划分为风、雅、颂三类。

(3)《战国策》是由汉代学者(　　　)编辑成书的。

(4)《国语》的性质是(　　　　　)。

(5)《诗经》中的"三颂"是指(　　　　　　　)。

(6) 以"微言大义，暗寓褒贬"著称的史学著作是(　　　　)。

### 2.简答题

(1)简述我国神话的基本特征。

(2)简述《左传》战争叙事的艺术。

(3)简述《战国策》的艺术特点。

(4)简述先秦诸子及其作品的特点。

(5)简述楚辞"香草美人"的手法。

### 3.论述题

论述《诗经》的艺术特色及其对后世文学的影响。

## 参考文献

[1]章太炎.国故论衡[M].上海：上海古籍出版社，2003.

[2]闻一多.神话与诗[M].天津：天津古籍出版社，2008.

[3]姜亮夫.楚辞今绎讲录[M].北京：北京出版社，1981.

[4]童书业.春秋左传研究(校订本)[M].童教英，校订.北京：中华书局，2006.

# 第二章　秦汉文学

## 本章概要

本章系统、深入地论述了秦汉文学带规律性的特点外，还着力对秦代文学、汉赋、两汉史传文学、两汉诗歌以及汉代论说散文等内容做了充分讲述和细致分析，力图真实、全面地反映这一时期文学发展的本来面貌。

## 学习目标

1. 了解秦汉时期政治、经济、思想、社会关系特点对文学发展的影响。

2. 理解秦汉时期文学发展流变的主要线索，体会秦汉时期文学对美的创造与追求。

3. 掌握秦汉时期文学发展的基本状况，熟悉这一时期重要的文学现象、代表人物和代表作品，培养对这一时期作品阅读、记诵、鉴赏和分析的能力，感悟和把握这一时期文学的精神价值、美学特征与艺术魅力。

## 学习重难点

### 学习重点

1.汉赋及司马相如、枚乘、扬雄、班固、张衡等重要赋家及其影响。

2.汉代史传文学。

3.汉代诗歌。

4.汉代论说散文。

### 学习难点

1.了解汉赋的审美特征及其成因。

2.分析汉乐府民歌独特的思想光芒。

3.探讨东汉文人五言诗与《古诗十九首》的悲情表现。

4.探讨《汉书》与《史记》的异同。

## 思维导图

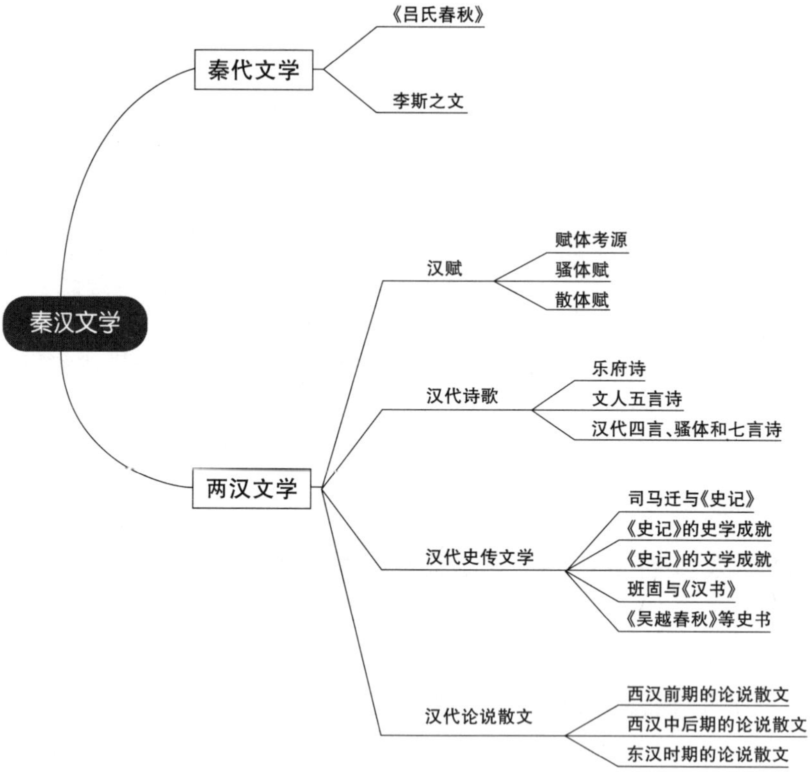
秦汉文学
秦代文学
《吕氏春秋》
李斯之文
两汉文学
汉赋
赋体考源
骚体赋
散体赋
汉代诗歌
乐府诗
文人五言诗
汉代四言、骚体和七言诗
汉代史传文学
司马迁与《史记》
《史记》的史学成就
《史记》的文学成就
班固与《汉书》
《吴越春秋》等史书
汉代论说散文
西汉前期的论说散文
西汉中后期的论说散文
东汉时期的论说散文

# 第一节　秦代文学

## 一、《吕氏春秋》

秦代文学以散文和诗歌为主，但《汉书·艺文志》著录秦代诗歌已不传，故可论者唯散文而已。《吕氏春秋》集战国末期诸子思想之大成，荟萃各类寓言故事，成为战国诸子散文的绝响。李斯《谏逐客书》顺情入机，不愧为“上书之善说”者。而秦简《日书》及《墓主记》等丰富了秦代文学史料，为我们研究秦代文学打开了新的视野，其文学史意义也不容低估。

吕不韦（？—公元前235年）本是富商，靠政治投机为秦相，召集门客编写了《吕氏春秋》。

《吕氏春秋》体系谨严，全书分12纪、8览、6论再加1篇序文，共160篇。吕不韦希望构建一个取法天地人的完整体系，把诸子思想全部纳入。

就文风而言，《吕氏春秋》有兼师诸子的特征，立论平实，摆事实，讲道理，具有逻辑性。在行文中，善用譬喻，接近《荀子》的文风。为论证充分，常反复其言；有些则行文整饬，有骈俪之风，如《尊师》等。

《吕氏春秋》善于运用寓言说理，其寓言或自创，如《刻舟求剑》《荆人遗弓》；或融合神话、历史传说，如《祁黄羊举荐》《禹遇黄龙》。其寓言具有较强的现实针对性，且短小凝练，三言两语便揭示出想要说明的道理，如《当务》等。

总之，《吕氏春秋》不仅在思想上包举各家，艺术构思和表现手法上兼具诸子之长，为先秦诸子散文画上了一个完美的句号。

## 二、李斯之文

李斯（？—公元前208年），楚国上蔡（今属河南）人，是秦代唯一可称为作家的人。早年为小吏，后从荀卿学帝王术，入秦后，得吕不韦信任，荐为秦王政的近侍。后因上书“并六国”，拜为客卿。秦始皇统一六国后，李斯为丞相。

李斯信奉法家，鼓动秦始皇焚书，治法严峻。秦始皇死后，李斯与赵高合谋，秘不发丧，并矫诏杀死公子扶苏，立胡亥为帝。二世登基后，李斯上书推行严刑酷法，鼓吹君王专制。后来赵高为专朝政，诬陷李斯谋反，李斯与其子被腰斩。

李斯的代表作《谏逐客书》，紧抓秦王想统一天下的心理，围绕逐客不利于秦这一中心申述。《谏逐客书》开篇就说：“臣闻吏议逐客，窃以为过矣。”接着列举客卿有功于秦的史实，直陈客卿不曾有负于秦。后宕开一笔，列举秦国喜爱珍宝、美女、良马、锦绣之事,指出重物轻人当属愚蠢。最后对比利弊,指出逐客是“借寇兵而赍盗粮”,不利于秦国统一,还将导致秦国危亡。在艺术手法上,《谏逐客书》善于铺陈,极富文采,同时又能灵活运用排比、对偶、设问等多种修辞手法,堪称“辞赋初祖”。

现存的秦代刻石之文大多也出自李斯之手。秦始皇统一中国之后,曾连续十年巡狩、封禅,到达峄山、泰山、琅邪、碣石、会稽等地,并刻石表功。这些刻石文大多保存在《史记·秦始皇本纪》中。

刻石之文源自铭颂,故内容以歌功颂德为主,语多溢美,辞多夸张,庙堂气息很重。但李斯刻石之文多法家语,如“普天之下,抟心揖志;器械一量,同书文字”,语言朴质,又清峻悍拔。在用韵方面,秦刻石除《琅邪台刻石》两句一韵外,其余都三句一韵,读起来节奏鲜明,又凝朴厚重,如《之罘刻石》:“维二十九年,时在中春,阳和方起,皇帝东游,巡登之罘,临照于海。从臣嘉观,原念休烈,追诵本始,大圣作治。建定法度,显著纲纪。外教诸侯,光施文惠。明以义理,六国回辟,贪戾无厌,虐杀不已。皇帝哀众,遂发讨师。奋扬武德,义诛信行,威燀旁达,莫不宾服。烹灭强暴,振救黔首。周定四极,普施明法。经纬天下,永为仪则。大矣哉!宇县之中,承顺圣意。群臣诵功,请刻于石,表垂于常式。”虽有粉饰之意,但辞气雄壮,也颇合秦君臣雄视天下的心理。刘勰《文心雕龙·封禅》中说:“秦皇铭岱,文自李斯。法家辞气,体乏弘润。然疏而能壮,亦彼时之绝采也。”比较准确地道出秦刻石之文的特质。秦刻石之文为后世碑铭之祖,汉魏以降,碑铭云起,莫不循其遗则。

## 三、秦简的文学价值

秦简是战国时期的秦国以及后来的秦朝的简牍总称,到目前为止出土的秦简比较重要者,如1975年底湖北云梦睡虎地11号和4号秦墓出土的简牍,内容包括《语书》《为吏之道》(末附魏律二条)《秦律十八种》《效律》《秦律杂抄》《法律答问》《封诊式》《日书》《编年记》《尺牍》等。1980年四川青川县郝家坪50号秦墓木牍,内容为律令。1986年甘肃天水放马滩秦墓简,内容为《日书》甲种、古地图7幅、《墓主记》《日书》乙种。1989年湖北江陵云梦龙岗秦墓简,内容为秦律。1993年湖北江陵王家台秦墓简,内容为《效律》《日书》《归藏》。2002年湖南里耶简,数量巨大,有三万六千多枚,内容多为官署档案,涉及当时社会政治、经济、文化的各个层面。关于秦简的文学价值,我们分以下条目进行论述。

睡虎地秦简《为吏之道》。《为吏之道》主要讲为吏者对待民众应有的态度和处理政事的基本原则,以法家思想为主导,兼容儒家。在艺术形式上,其句式以四言为主,第一段和第五段用韵。其中有《成相词》八首与《荀子·成相》相似,句式都是“三、三、七、四、七”,内容是说官吏应不谋私利,不讲空话,以身作则,区别贤否,确立等级,审能授官,伸张正义,打击邪恶,立法谨严,不能朝令夕改。这与《荀子·成相》也相近。所以睡虎地《成相词》的发现，为我们研究“成相”这一艺术形式提供了新的资料。其应该是流行于楚地的民间歌谣俚曲，最初源自下层民众的劳动歌谣，后经士大夫改造，用来表达他们的政治思想和对时局的看法。也有人甚至认为成相是赋的早期形式，即汉人所谓的“杂赋”。

放马滩秦简《墓主记》。《墓主记》的写作年代应为秦昭王三十八年（公元前269年），它记述了一个名字叫丹的人死而复活的故事。从简文可知，丹原本居住在大梁，因为将人刺伤，便惧而自杀。弃世三天后被埋在垣雍南门外。过了三年，犀武舍人认为丹罪不至死，公孙强便把丹从墓中挖出，停放三天后带到了北地郡。又过了四年，丹起死回生。丹复活后便向人们讲述鬼的爱憎，以及祭祀鬼神要注意的事情。关于《墓主记》在文学上的价值和意义，李学勤认为它是魏晋志怪小说的滥觞。《墓主记》以官方文书形式出现，与一般的道听途说不同，它反映了早期人们的生死观念，为我们考察志怪小说的缘起提供了有价值的史料。

此外，湖北江陵出土秦简《归藏》涉及神话故事的流传，如嫦娥奔月、牛郎织女等，具有重要的神话学价值。睡虎地《日书·诘咎》还写了极具世俗色彩的“群鬼”形象，在后世志怪小说甚至《聊斋志异》中也可以见到它们的影子。

## 第二节　汉赋

### 一、赋体考源

“赋”本义指税收，如《吕氏春秋·孟冬》：“收水泉池泽之赋。”

先秦时期，“赋”与文学联系，最早见于《周礼·春官》：“教六诗，曰风，曰赋，曰比，曰兴，曰雅，曰颂。”后人如郑玄、刘勰等多以“铺”释“赋”。“赋”的特征即善铺陈，直接对事情经过或事物形貌反复叙写，以求穷形尽貌。

“赋”与文学的第二个关联是“诵诗”。赋诗是古代士大夫必备的一项技能，即按照一定节奏诵读有韵或韵律感较强的内容。《左传》《国语》等也记载有大量赋诗的内容，如《国语·周语·上》：“瞍赋，矇诵。”而“赋”作为一种文体的名称，始于荀子。

先秦赋类型单一、形制短小，流行地域以楚地为主，可看作“隐语”在篇制方面的扩展，尤其是荀子的赋，只是一系列隐语的类辑。到了汉代，赋进入全面兴盛的阶段。汉赋的兴盛一方面是赋体文学自身发展的结果，与统治者的喜好、提倡也有密切关系，尤其是楚文化在其中起到了重要的铺垫作用。

汉赋类型繁多，如骚体、散体、四言体等。不同类型的汉赋既有共同的源头，如

《诗》《骚》,又各有其直接源头。汉赋的发展呈现阶段性,汉初以骚体赋最为发达;汉武帝时代,散体大赋勃兴,成就辉煌;东汉以后,赋逐渐抒情化,各体小赋成为主流,开启魏晋时代抒情小赋勃兴的先声。

## 二、骚体赋

骚体赋追摹屈原,表达贤人失志的怨愤,文尾多用"兮"字或以虚字为腰。骚体赋是汉代最先兴起的一种赋体文学,其勃兴有多种原因。统治阶级的喜好、提倡是重要的原因之一,与屈原及其作品的接受观念也有关。

贾谊(公元前200—公元前168年),汉初骚体赋的代表作家。贾谊年方二十,汉文帝很是赏识,准备授公卿之位,但贾谊年少才高,性格狂狷,引起元老周勃、灌婴等人的排挤,后被贬为长沙王太傅。赴长沙途经湘水时,贾谊作《吊屈原赋》,借以自悼,哀叹"逢时不祥",揭露世道混浊,抒发愤懑。把陷害贤良的权贵比作犬羊、蝼蚁,自喻为麒麟、凤凰、鳣鱏。这类对比凸显了贾谊人格的高尚和不愿同流合污的精神。贾谊作《鹏鸟赋》,借鹏鸟以自况,宣扬道家齐生死、等荣辱的思想。

汉武帝时期是骚体赋创作的一个高峰期,出现了众多骚体赋作家,汉武帝也有骚体赋传世。司马相如以大赋闻名,但也有《哀秦二世赋》《长门赋》《大人赋》等骚体赋,其中《长门赋》对后世宫怨文学影响很大。

武帝时期众多骚体赋中,《招隐士》水平很高。但作者未有定论,有说是淮南王刘安,有说是淮南小山。赋极力渲染了山中的幽暗阴森、孤寂凄苦,呼唤隐居山中的王孙早点归来。篇幅虽短小,但想象丰富,用词精当,多用双声叠韵词,语句或三言或四言、五言、七言、八言,几乎句句用"兮"字。句式回环往复,造境情韵幽深,音节铿锵浏亮,极富艺术感染力。

司马迁的《悲士不遇赋》作于他受宫刑之后,故以"悲哉! 士生之不辰"开篇,满怀激愤,句句含泪。句式的变化值得注意,比如"兮"字的自由取舍。将"×××之××兮,×××之××"句式去掉"兮"字,即为六言。这是西汉末至东汉年间常见的骚体赋句式。

刘歆的《遂初赋》是汉代第一篇直面现实、借古讽今的纪行赋,对东汉的纪行赋产生了很大影响。

班彪是班固的父亲,著名的历史学家,他的《史记后传》是班固作《汉书》的基础。《北征赋》写他避难去凉州的途中见闻,引经据典,感古伤今,写景抒情,真实自然。

汉代纪行赋的压轴之作是蔡邕的《述行赋》。蔡邕是汉末的大学者,才华卓绝。《述行赋》沿袭《遂初赋》,篇幅相对短小,历来受人称赞。在序中,蔡邕直接阐明对宦官以他善鼓琴而强征其入京之事不满;在赋中,他更是锋芒毕露,语辞非一般人所敢言。

骚体的纪行赋外，便是述志赋，如班固的《幽通赋》、张衡的《思玄赋》等。赋家在文中常表达归隐之志，寄寓宦海浮沉不得志的愤懑之情，流露出不平之气。张衡在被宦官诬陷的情况下，作《思玄赋》述玄远之道以抒发内心不平，其上下求索之精神一如屈原的《离骚》。

东汉骚体赋一方面是题材的扩大，另一方面是文体的规范化。现存的东汉骚体赋中，无论是带“兮”字，还是仅仅保留虚字句腰的六言，无论篇幅多大，几乎都是单一的句型贯穿始终，我们再也看不到《招隐士》那种跳荡的句式了。如张衡的《思玄赋》，篇幅较长，全篇几乎都是“○○○△○○兮，○○○△○○”（其中的“△”代表“之”“其”“与”“而”“以”“于”之类的虚字），行文缺少变化，缺乏美感。句式的僵化一定程度上削减了骚体赋的生命感，也束缚了它的艺术表现力。

## 三、散体赋

散体赋是一种以描述为主的文体形式，排比铺陈，直书其事。多以问答形式展开，三言、四言乃至八言、九言等多种形式的汇合，复杂多变，自由灵动。

散体赋兴起于汉初，吴王刘濞、梁孝王刘武、淮南王刘安门下都集中了一批赋家。他们有先秦策士之风，一起吟咏作赋，以咏物为主。

梁孝王门下形成的梁园作家群体中最著名的是枚乘，代表作是《七发》。《七发》虚构楚太子因为“久耽安乐，日夜无极”而生病，“吴客”前往探视，连说七件事启发他，《七发》篇名因此而来。《七发》在艺术上取得了很高的成就，从多方面奠定了汉赋的基础。

首先，在虚构的故事框架中，以问答的形式展开，使作者可以灵活选择叙事内容和叙述方式。其次，《七发》摆脱了《离骚》等抒情化结构模式，以铺陈为中心。文句更加整饬，具有散体大赋侈丽宏伟的特征。最后，《七发》的内容涉及多方面，皆此前赋作没有的题材，如羽猎、观涛等。后来很多赋作在题材上都可追溯到《七发》。当然，《七发》也出现了散体大赋的内在结构性缺陷，如“劝百讽一”“欲风反劝”等弊端。许多赋家效仿《七发》，以“七”为题，形成了“七”体文学。

司马相如（约公元前179年—公元前118年）字长卿，蜀郡成都（今四川）人。早年仕于汉景帝，为武骑常侍。因为汉景帝不喜辞赋，故辞官游梁。梁孝王死后，司马相如归蜀。汉武帝读到《子虚赋》后大加赞赏，故司马相如又出仕武帝朝。

《子虚赋》《上林赋》是司马相如的代表作，确立了汉代散体大赋的体制。两者存于《史记》《汉书》司马相如本传中，原为一篇《天子游猎赋》，其文意贯通，结构完整。萧统编《文选》分之为《子虚赋》《上林赋》。

《子虚赋》《上林赋》同样在虚构的故事框架内展开。楚国使者子虚出使齐国，齐王便悉发境内“车骑之众”,向子虚炫耀。游罢,子虚拜访齐国之臣乌有先生,借夸耀楚国的云梦泽和楚王游猎的盛况贬损齐王。乌有先生一边批评子虚,替齐王开脱;一边又言齐国疆域广大,品物繁富,想压倒子虚。最后,代表天子立场的亡是公,批评诸侯及其使者、臣下“不务明君臣之义,正诸侯之礼”。话锋一转,大赞天子上林苑侈丽和天子游猎声势浩大,表明诸侯之事不足观,从而抬高天子。司马相如极言天子的豪奢,是为了满足汉武帝的虚荣心。他对汉武帝的奢靡、好大喜功不满,故借天子之口发出“嗟乎,此大奢侈”的慨叹。赋的结尾曲终奏雅,这位天子自我纠正。这相对于上文的极力夸饰几乎可以忽略不计。

《子虚赋》《上林赋》的文风极度铺张扬厉,文笔繁富,辞藻华丽;只写游猎一事,却由三人叙述三种游猎场景。但重复使用“于是”承接上下文,单调乏味。在讽谏部分,《子虚赋》《上林赋》的“要言妙道”统一为儒家学说。这些变化是文化一统的产物,确立了后世散体大赋不可动摇的范式。

东方朔的赋除了《七谏》,还有《答客难》。《答客难》看似滑稽的正言反说,饱含作者沉沦下僚的痛苦和辛酸。在集权时代,文人的命运掌握在皇帝手中,所谓“抗之则在青云之上,抑之则在深渊之下”。枚皋的赋很多,但都是供皇帝取乐的“恢笑嫚戏”之作,早已不传。

武、宣、成、元时代是散体大赋的黄金时期,据班固《两都赋序》称,当时赋家辈出,至汉成帝时有赋千余篇。这其中最为人称道的是王褒和扬雄,都是蜀郡人,深受司马相如的影响。

王褒,字子渊,蜀郡资中(今四川资阳)人。《汉书·艺文志》记载王褒赋有16篇,但流传至今的很少,其中《洞箫赋》是第一篇专门描写乐器与音乐的赋。在思想上,《洞箫赋》受到《礼记·乐记》的影响,表现出儒家中和的音乐观,尚德音,重节制。句式上,或骚或散,“兮”字句缠绵悱恻,非“兮”字句则短悍促急,读起来极有音乐的美感。

扬雄,字子云,蜀郡成都人,少时好学,博览群书,但不好富贵功名。扬雄钦慕司马相如的赋作,他也希图在政治上有所作为,故在赋中常含讽谏,希望汉成帝能做贤君。《汉书·艺文志》记载扬雄有赋12篇,多留存至今,有《甘泉赋》《河东赋》《羽猎赋》《长杨赋》四大赋。这四大赋驰骋想象,铺陈夸饰,但讽谏意识更强,注重描述主观感受,消减文字堆砌,语句较平易。但扬雄未能突破司马相如散体大赋的范形,未脱离“欲风反劝”的尴尬处境。扬雄认识到赋的内在缺陷,提倡诗人之赋,反对辞人之赋。这些对东汉以后的辞赋创作和批评产生了较大影响。扬雄历经王莽代汉,对赋家似倡优一样的政治地位有了深刻的体会。后作《逐贫赋》《解嘲》愤世嫉俗,后又仿《周易》作《太玄》,效《论语》作《法言》。

东汉以后,散体大赋衰微了。有说因为经学衰落;有说因为盛世景象不再,散体大赋失去用武之地；有说道家学说的复兴推动人性的自觉，使赋家关注自我而鄙弃如俳优地被对待，等等。但散体大赋的衰落更重要的原因是它自身变革的结果。

自枚乘《七发》以来，赋家的主观愿望立足于讽谏，其手段便是夸饰，以夸饰彰显天子、诸侯的奢侈，借以批判它与社会、政治伦理的悖逆，却又陷入尴尬，不极力铺陈不足以彰显君过，而极力彰显直接导致“劝百风一”。

东汉散体大赋的代表作多为都城赋，如杜笃的《论都赋》、班固的《两都赋》、张衡的《二京赋》等。京都赋的兴起有其特定的时代背景，即自东汉建立后的迁都之争。单从这一点来看，京都赋的勃兴便与西汉散体大赋不同，其立足点是解决现实问题，而非彰显皇家威仪。在具体创作中，东汉大赋力图理顺“风”与“劝”的错位关系，但改变了西汉赋那种以夸对夸、以盛压盛的写作策略，而将西都宾等人对西都的盛夸置于礼义道德的对立面，变成了批判的靶子。张衡《西京赋》中虚公子说西汉帝王营造豪奢宫苑的目的是区分尊卑，树立尊严，是对秦朝政治伦理观念的继承。真正的上下尊卑及君臣和谐，应该体现在以礼乐秩序为核心的法度之中。宫苑建筑不应一味追求华丽盛大，符合“中庸”法度。赋中礼义道德的宣讲不再是点缀，而变成行文的重点，从而理顺了“风”与“劝”的关系。所以当班固矜夸其“义正乎扬雄，事实乎相如”，张衡自称“信而有征”时，实际上舍弃了相如赋的“壮观”和扬雄赋的“骋辞”。其后尽管有马融的《长笛赋》、王延寿的《鲁灵光殿赋》这样传统题材的散体大赋，但散体大赋的颓势终究不可挽回了。

东汉时期大赋衰落，抒情小赋勃兴。

西汉时已有篇幅短小而具抒情性的赋，如贾谊的《吊屈原赋》、司马相如的《哀秦二世赋》、司马迁的《悲士不遇赋》等，但数量少，未成为赋体主流，并且多以“悲士不遇”为主，题材单一。东汉时期，抒情赋不仅有纪行、述志这样的新题材，即便是西汉的旧题材，东汉辞赋家也赋予其新的艺术特质。

永和三年（138年），张衡对朝廷极度失望，上书“乞骸骨”，写下著名的《归田赋》。《归田赋》被视为汉代抒情小赋成熟的标志，为千古田园赋之祖。文中先交代归隐的原因：自己与世不合，念及人生短暂，决定长辞世事。接着描绘了大自然的勃勃生机，仲春时节，草长莺飞，良辰美景，令人陶醉。再写归隐后的自在生活，优游啸吟，弋鸟垂钓。最后写自己抛开世事，超然物外。《归田赋》标志着大赋向小赋的转变，同时诗化技巧对魏晋诗体小赋有导夫先路的作用。

张衡之后，出现了以赵壹的《刺世疾邪赋》为代表的政治抒情小赋。《刺世疾邪赋》是赵壹从死牢中被友人救出后写的，“刺世疾邪”鲜明地揭示了作品的主题。东汉末年，宦官与外戚轮流执政，大兴党祸，许多正直文人因此被禁锢。朝廷公开鬻爵，明码标价。赵壹满怀激愤，作赋揭批社会的黑暗，黑白颠倒，是非不分，考其原因，乃“实执政之匪贤”。

# 第三节　汉代诗歌

## 一、乐府诗

“乐府”有多种含义：官署名，汉代歌诗名，魏晋南北朝时期用乐府旧题所作的诗，唐代的“新乐府”或“系乐府”，宋元时期的词、曲亦称乐府。总之，汉代及以后的诗歌被称为“乐府”，或因其与音乐有关，如汉乐府、词、曲；或因乐府诗题而得名，如魏晋乐府；或因“感于哀乐，缘事而发”的精神而命名，如唐代的新乐府。

“乐府”最早为官署名。1977年，秦始皇陵附近出土的错金甬钟上铸有“乐府”二字。汉初名物制度承袭秦朝，故汉初已有乐府之名。《汉书·礼乐志》记载汉武帝“乃立乐府”，因此，后人认为汉武帝成立了乐府。对照传世及出土文献，这里“乃立”非指“始立”，而是指扩大乐府规模。汉武帝扩充乐府是为了制作礼乐以颂神。后人把这种适于演唱的诗称为“歌诗”，魏晋以后称之为“乐府”。

《汉书·艺文志》记载西汉歌诗314篇，大多亡佚了。今天所见汉乐府主要存于宋人郭茂倩的《乐府诗集》中。

汉乐府的内容主要有：

一是揭示社会矛盾、社会不公，这是汉乐府最重要的部分。如《妇病行》：“属累君两三孤子，莫我儿饥且寒，有过慎莫笪笞，行当折摇，思复念之！”描述了社会下层人民的饥寒交迫，在死亡线上挣扎的情景。《东门行》中的妻子看见丈夫拔剑出门，便苦苦哀求丈夫不要冒险，恐惧祸及池鱼，牵连孩子。但丈夫实在是走投无路了，因绝望而决绝，决定铤而走险。《孤儿行》写孤儿在父母生前死后生活的不同状况。父母在，“乘坚车，驾驷马”；父母死后，备受兄嫂的折磨，哭喊“居生不乐，不如早去”。汉代标榜以“孝”治天下，讲求人伦之道，举荐制度中就有“孝廉”科，所以《孤儿行》就是一幕含泪的讽刺剧。

汉乐府也展示了上层统治者的奢靡生活。如《相逢行》：“黄金为君门，白玉为君堂。”

二是描写汉代战争频仍，给人们带来家破人亡的深重苦难。如《十五从军征》：

> 遥看是君家，松柏冢累累。兔从狗窦入，雉从梁上飞。中庭生旅谷，井上生旅葵。舂谷持作饭，采葵持作羹。羹饭一时熟，不知饴阿谁。出门东向看，泪落沾我衣。

这首诗和《小雅·采薇》堪称合璧。《采薇》以“杨柳”“风雪”展示士兵一生时光的流逝，《十五从军征》则写士兵家破人亡。一生从军，到老却是孑然一身，让人痛心。

三是大胆表现男女感情。主人公敢爱敢恨，感情浓烈纯挚。如《上邪》：

上邪！我欲与君相知，长命无绝衰。山无陵，江水为竭，冬雷震震，夏雨雪，天地合，乃敢与君绝。

诗中的女子对感情无比忠贞，她一连列举五种不可能的情形，表达她永远不会与心爱之人分开。《有所思》中当得知恋人移情别恋时，女主人公便把当初的定情物——双珠玳瑁簪，拉杂摧烧、扬其灰，这一连串的动作写出了女子的极度愤怒。

《陌上桑》中的太守是一个被嘲讽的对象，而秦罗敷则是美丽与智慧的化身。《孔雀东南飞》中美丽而勤劳的刘兰芝和忠厚恭谨的焦仲卿本是一对恩爱夫妻，因为焦母不喜欢儿媳，焦仲卿只好让妻子暂回娘家。刘兰芝因为父兄的逼迫再嫁、焦母的凶横与丈夫的怯懦，走投无路，最后绝望投水，而焦仲卿也上吊自杀。这是一对夫妻的悲剧，而造成悲剧的幕后黑手却隐身于社会之中。

汉乐府中的弃妇诗是非常重要的题材。《上山采蘼芜》写一被弃女子路遇故夫，屈膝长跪，委婉陈词，而“新人不如故”的事实更增加了诗的悲剧性。

在艺术成就方面，汉乐府不仅有丰富的内容，反映了深刻的社会主题，也有优美的艺术形式，给人以美的享受。

汉乐府的叙事手法非常巧妙。《诗经》与楚辞以抒情诗为主，而乐府诗中的叙事诗有大幅增加，这些叙事诗也是乐府诗最精华的部分。除《孔雀东南飞》外，乐府诗大多是短篇。限于篇幅，善于选取生活中富有特别意义的片段，通过压缩叙事空间，把矛盾集于一个焦点。这样既可避免冗长叙事，又留下丰富的想象空间。如《上山采蘼芜》就抓住故妇路遇故夫这一生活镜头，故妇跪问，故夫作答。至于故妇何以被休，新人如何结婚，一概省去。而故夫的悔恨之词，恰恰成为故妇所受不公待遇的一个印证。《妇病行》叙述了几个片段，把这一家人的悲惨境遇浓缩在一起，给读者心灵造成巨大的冲击。至于丈夫和孩子最后的命运到底如何，却又省去了，让读者去想象。

汉乐府塑造了一系列有意味的艺术形象。乐府诗刻画人物与叙事一样，抓住一点以突出人物性格的某一方面。为此，汉乐府往往借助细节描写、对话等艺术手段。细节描写如《艳歌行》：“夫婿从门来，斜柯西北眄。语卿且勿眄，水清石自见。”女主人为游子缝衣，男主人归来内心不快，倚门斜视。诗抓住这一个细节，写男主人的心胸狭窄和冷漠，而流浪人生活的艰辛也尽在不言中了。传神的对话也是乐府诗塑造人物常用的手段。《羽林郎》中酒家女一句“男儿爱后妇，女子重前夫”，再加上“裂红罗”这样的动作，展示出酒家女不慕权贵的铮铮铁骨。再如烘托手法的运用。《陌上桑》中的罗敷出场，通过行者、少年、耕者、锄者的忘形渲染了她的美貌。而使君的愚蠢又与罗敷的智慧形成鲜明对比，不仅揭示了当时的社会矛盾，更为后人塑造了一个美丽聪明的女子形象。

汉乐府塑造的艺术形象以《孔雀东南飞》最为杰出。这首长篇叙事诗塑造了一批栩栩如生的人物，如明慧又刚强的刘兰芝、忠厚而又怯懦的焦仲卿、蛮横暴戾的焦母、攀龙附凤的刘兄等，无不各具面目。《孔雀东南飞》塑造人物时，诗人把人物置身于矛盾的漩涡中，运用铺叙手法，逐步展开，使人物性格鲜明突出。同时又运用了个性化的对话，注意细节描写、环境或景物烘托等多种艺术手段。

乐府诗的风格各不相同，或深婉或率直或悲怨或慷慨，但都被统一在质朴这一总体风格之下。所谓质朴，是指乐府诗感情的抒发不事雕琢，有浑然天成的艺术效果。其语言“质而不俚，浅而能深，近而能远”，尤能体现质朴的艺术特征。《江南可采莲》中，连用五句“鱼戏莲叶×”，看似至拙，却又至巧，反复吟唱表现出热烈的氛围和采莲女的清纯可爱。《孤儿行》《妇病行》等以口语入诗，更具表现力。

汉乐府民歌使用杂言体和五言体，前期以杂言为主，打破了《诗经》以来的四言传统。后期随着文人的逐渐介入，五言乐府渐成主流。杂言体诗在《诗经》《楚辞》中都有，然总体上不占主流。汉乐府诗则不然，它的杂言体诗自由灵活，从一字成句到十多字成句都有。杂言是汉乐府诗作为民间文学的又一种原生态形式，并非有意如此，但具有特殊的美感，是诗人感情抒发的自然需求。后世诗人如鲍照、李白等善于创作杂言乐府诗。相对而言，五言乐府对后世文学的影响更大。

## 二、文人五言诗

东汉班固的《咏史》写汉文帝时缇萦上书救父，事见《汉书·刑法志》。班固用史录的笔法，叙述事件原委，依次写来，结篇慨叹缇萦胜过男儿。就事论事，质实无文。在文学史上，《咏史》不仅是第一首文人五言诗，更是后世咏史诗的滥觞。

张衡的《同声歌》在汉代文人五言诗中也占有重要的地位。诗以新婚女子的口吻写出自己既惊且喜的心情，“情好新交接，恐栗若探汤”，摹状新婚女子好奇、胆怯的心理，微妙传神；“思为莞蒻席”四句想象奇特，写出新婚女子对丈夫的关爱及美好的心愿。结尾部分写新婚之乐，大胆、率直。总之，《同声歌》在艺术上较班固的《咏史》成熟，长于抒情的表达方式也对后世诗歌产生了深远的影响。《乐府解题》认为这首诗是“喻臣子之事君也”，张衡有意识地继承屈原作品的“香草美人”传统也有可能。

秦嘉，字士会，东汉陇西人。他的《赠妇诗》三首标志着汉代文人五言诗的成熟。诗用通俗的语言，叙写夫妇之情。这组诗首尾相连，叙事完整，以抒情为主。较之此前的文人五言诗，秦嘉已能运用多种手法来表达自己的情感，而且文气流荡自如,已经形成诗歌的内在节奏。

东汉后期,郦炎、蔡邕、赵壹等人的五言诗以表达文人失志而怀才不遇为主,对社会的不公及政治的黑暗进行了大胆的批判,同时也表达了全身远害的思想。如郦炎的《见志诗》、赵壹的《疾邪诗》、蔡邕的《翠鸟诗》等。

此外,萧统将作者不明的十九首古诗编在一起,统称《古诗十九首》。《古诗十九首》非一人之作,大约作于东汉中后期。

游子思妇的情怀是"古诗"的重要主题之一。一方面是游子对家乡的思念,"还顾望旧乡,长路漫浩浩"(《涉江采芙蓉》),"客行虽云乐,不如早旋归"(《明月何皎皎》)。值得注意的是,"古诗"中游子对家乡的思念大都以怀内为主,焦点是男女恋情。这与《诗经》有很大的差异。《诗经》的作者在慨叹"王事靡盬"时,往往忧心父母失养,表现出很强的道德伦理意识。而"古诗"的作者多是思恋妻子和情人,如"同心而离居,忧伤以终老"(《涉江采芙蓉》),"上言长相思,下言久离别"(《孟冬寒气至》),故园之思和男女恋情相融,带有强烈的个性化色彩。

《古诗十九首》许多是以思妇的口吻写的,表达对远方游子的关切。如《客从远方来》:

客从远方来,遗我一端绮。相去万余里,故人心尚尔。文彩双鸳鸯,裁为合欢被。著以长相思,缘以结不解。以胶投漆中,谁能别离此?

丈夫从远方托人捎来半匹绮,妻子倍感"故人心尚尔"的温暖,便将这段绮裁成合欢被,置身被中恍如丈夫的怀抱,以此表达对丈夫的思念和夫妻心意相通的喜悦。思妇对感情生活的渴望,在《古诗十九首》中也得到了表达。《冉冉孤生竹》虽不满独守空房,但尚属委婉。《青青河畔草》中的"荡子妇"发出"荡子行不归,空床难独守"的心声,个性张扬,与《诗经·伯兮》那种"谁适为容""甘心首疾"有很大不同。这是时代的新声,由此可看民歌对文人五言诗创作的影响。

人生无常、青春易逝的悲哀是"古诗"另一重要主题。《古诗十九首》的作者多为离家在外、企盼走上仕途以建功立业的宦游子弟。如"何不策高足,先据要路津。无为守穷贱,坎坷长苦辛"(《今日良宵会》),"盛衰各有时,立身苦不早"(《回车驾言迈》)等,都表达了对功名利禄的渴望,以求"荣名"不朽的期盼。但他们的努力常常落空,这种失败令人们顿起生命短促、人生无常之感。"人生天地间,忽如远行客"(《青青陵上柏》),"生年不满百,常怀千岁忧"(《生年不满百》)。《古诗十九首》的作者特意将短暂生命与自然界恒久之物进行对比,他们或寄慨于"青青陵上柏""磊磊涧中石",或感慨于永远不变的"金石"。试想百年后,物是人非是何等的悲哀。一切都成为引发人生悲慨的触媒,而节序物候的变迁尤其能引起人们的强烈反应,"四时更变化,岁暮一何速"(《东城高且长》)。《古诗十九首》中,坟墓和白杨是常见的物象，与死亡紧密相关，易引起人们对死亡的恐惧与想象：“驱车上东门，遥望郭北墓。白杨何萧萧，松柏夹广路。下有陈死人，杳杳即长暮。潜寐黄泉下，千载永不寤。”（《驱车上东门》）于是他们便寻求其他平衡。但《古诗十九首》的作者并不相信神仙和长生不老的传说，“服食求神仙，多为药所误”（《驱车上东门》）。他们要及时行乐，“昼短苦夜长，何不秉烛游！为乐当及时，何能待来兹”（《生年不满百》）。而“及时行乐”的内容，主要是生理欲望的满足，诸如“不如饮美酒，被服纨与素”（《驱车上东门》），“荡涤放情去”，不甘“自结束”。士子对功名的渴望以及追求及时行乐的思想，也是自我意识彰显的结果。他们似乎不愿意再受现实礼教的约束，只求无愧于今生。这包含着对自我价值的肯定和对自身需求的关注，是人性觉醒的表现。

《古诗十九首》的艺术成就很高。首先在于它所表达的价值观具有普适性。对于人来说，思慕男女感情，希冀功名利禄，渴望荣名传世，都为正常。孔子说富贵是人生之大欲，告子亦曰食、色人之性也。《孟子》在此之前，文学还不曾如此集中地表达过这些内容，《古诗十九首》算是第一次直面这一问题，并抒发了真实的感受，悲慨又旷达，能引起读者的共情。

其次，《古诗十九首》长于抒情，是古代抒情诗的典范之作，具有很高的艺术价值。它善于借景抒情，融情入景，构成浑然圆融的艺术境界。如《明月何皎皎》：

明月何皎皎，照我罗床帏。忧愁不能寐，揽衣起徘徊。客行虽云乐，不如早旋归。出户独彷徨，愁思当告谁！引领还入房，泪下沾裳衣。

皎皎明月，孤独的徘徊者，共同构成一幅月夜怀人图。月光的冷寂折射出怀人者的心境，传达出哀怨的情绪。《迢迢牵牛星》，通篇描绘牵牛、织女形象，而男女离别之情，已隐含其中。

最后，《古诗十九首》还善于以事传情，借助生活中的细节展示人物内心活动，使抒情带有叙事意味。虽语言平淡，却醇厚绵长，情韵悠远。如《西北有高楼》：

西北有高楼，上与浮云齐。交疏结绮窗，阿阁三重阶。上有弦歌声，音响一何悲！谁能为此曲，无乃杞梁妻。清商随风发，中曲正徘徊。一弹再三叹，慷慨有余哀。不惜歌者苦，但伤知音稀。愿为双鸿鹄，奋翅起高飞。

通过高楼听曲这一生活情节，展示了一个文人的孤独和苦闷。“不惜歌者苦，但伤知音稀”，既是替歌者惋惜，也是自身处境的写照。

在语言上，《古诗十九首》中多处化用《诗经》等经典的语句，如《东城高且长》中“晨风怀苦心，蟋蟀伤局促”，借对《秦风·晨风》之忧怀君子和《唐风·蟋蟀》之有节制行乐的否定，表达自己“荡涤放情志，何为自结束”的纵情享乐观念。与此同时，“古诗”又受到了乐府诗的影响，朴质平实，浅近自然。如《行行重行行》以“胡马依北风，越鸟巢南枝”虚写思妇对丈夫久行不归的怨怀，语短情长。

在中国古代文学史上，人们对于绝大多数的文学现象或作家作品都褒贬不一，唯有《古诗十九首》千百年来受到一致的称赞。刘勰《文心雕龙》称赞“古诗”是“五言之冠冕”，钟嵘《诗品》更称其“惊心动魄，可谓几乎一字千金”，都高度肯定了“古诗”的成就。

## 三、汉代四言诗、骚体诗和七言诗

汉代诗歌除了乐府诗和文人五言诗之外，尚有四言诗、骚体诗、七言诗等多种。其中四言诗在汉代应占有一席之地，地位不低于五言诗和乐府诗，但由于传播、接受等原因导致四言诗声名不显。

在汉代，儒术独尊，《诗》被奉为经典，号称《诗经》。正由于《诗经》的缘故，四言诗在两汉文坛的地位很高，统治者用于祭祀大典的乐歌，如汉初的《安世房中歌》、汉武帝时的《郊祀歌》，以及东汉明帝时祭祀光武帝的庙歌《武德舞歌诗》都是用四言体写成。此外，还涌现出一批文人四言诗和四言乐府、歌谣诗。在逯钦立《先秦汉魏晋南北朝诗》中，有两汉四言诗155首，完整的文人四言诗77首。就整个诗歌发展史来说，汉代四言诗的创作已是强弩之末，很难再现《诗经》时代四言诗的辉煌。但在汉代经学昌盛这一特殊的时代背景下，两汉诗坛仍奉《诗经》为圭臬，四言诗仍是两汉诗歌创作的主要形式之一。

《诗经》的四言诗是配乐的作品，所以音乐性是其重要特征。但汉代的四言诗，无论是文人创作，还是歌谣、俗谚，都不再配合音乐了，所以多以实词为中心，虽是二二节奏，却是一句表达一个完整的意思，句与句之间无需形式上的承启过渡，多采用对偶和排比的方式。如《汉书·王吉传》引“长安为王吉语”：“东家有树，王阳妇去。东家枣完，去妇复还。”又如仲长统《见志诗》之一：

飞鸟遗迹，蝉蜕亡壳。腾蛇弃鳞，神龙丧角。至人能变，达士拔俗。乘云无辔，骋风无足。垂露成帷，张霄成幄。沆瀣当餐，九阳代烛。恒星艳珠，朝霞润玉。六合之内，恣心所欲。人事可遗，何为局促？

全诗共18句，有14句是工整的对偶句。四言诗的这种变化主要是为了强化诗的文字表达功能，丰富诗的内涵。因为诗与音乐脱离了，表义完全靠语言。

在风格上，汉代文人四言诗用词精工，平典雅致。如韦孟临的《讽谏诗》整体风格像《诗经》的雅颂，其中多处化用《诗经》“不惟履冰”“穆穆天子，临尔下土”等雅颂诗的句子。而四言的乐府歌谣之类，相对来说，语言风格则轻松许多，如《箜篌引》：

公无渡河，公竟渡河！渡河而死，当奈公何！

临河而诉，泣不成声，悱恻缠绵，哀怨动人，是汉代四言乐府中的名篇。

代表汉代四言诗最高成就的当属《焦氏易林》。《焦氏易林》是一部《易》学书，本意不在于作诗，其四言形式并通篇押韵，明显受到《诗经》的影响。《焦氏易林》在阐发《易》理的同时，也阐发《诗》心，彰显诗的“刺世”功能，这正是《诗经》以来的四言诗精义之所在。

汉代骚体诗的勃兴既与政治有关，也与屈原作品的传播接受有关。从政治的方面来看，楚人是推翻秦王朝的主要力量，随着楚人当权，楚歌成为流行的音乐曲调。同时，汉代文人对屈原及其作品的喜爱也促进了汉代骚体诗的创作。

汉初项羽的《垓下歌》和刘邦的《大风歌》，一为英雄末路之悲吟，一为君临天下之感怀，都一样充满激荡人心的力量。

汉武帝刘彻是汉代著名的骚体诗作家，其代表作当属《秋风辞》：

秋风起兮白云飞，草木黄落兮雁南归。兰有秀兮菊有芳，怀佳人兮不能忘。泛楼船兮济汾河，横中流兮扬素波。箫鼓鸣兮发棹歌，欢乐极兮哀情多，少壮几时兮奈老何！

《秋风辞》实际上是一首典型的人生悲歌，借秋景秋色，抒发人生无常的感伤。汉武帝虽为一代雄才大略之主，但却沉湎于神仙方术，求长生不老，但终究难逃衰老和死亡的威胁。《秋风辞》慷慨悲凉，意境深远，汉武帝因此被称为“秋风客”。

东汉时期，随着抒情小赋的勃兴，骚体诗渐渐衰微。值得注意的是秦嘉之妻徐淑的《答夫秦嘉诗》，虽然每句都是整齐的五言，却又在每句中嵌一“兮”字，实为骚体五言诗。

妾身兮不令，婴疾兮来归。沉滞兮家门，历时兮不差。旷废兮侍觐，情敬兮有违。君今兮奉命，远适兮京师。悠悠兮离别，无因兮叙怀。瞻望兮踊跃，伫立兮徘徊。思君兮感结，梦想兮容辉。君发兮引迈，去我兮日乖。恨无兮羽翼，高飞兮相追。长吟兮永叹，泪下兮沾衣。

尽管比起秦嘉诗，这首骚体五言诗成就稍逊，但抒发离情，真挚悲婉，也可算是汉代骚体诗的名篇。

与四言诗、五言诗、骚体诗比起来，汉代七言诗创作尚处于摸索阶段，只有零星篇章传世。仅有的几篇也都没有流传下来。张衡的《四愁诗》是一首完整保留下来的七言诗。诗前有小序，交代了作诗的缘起和目的。这首诗以比兴的手法，写自己“思以道术相报，贻于时君，而惧谗邪不得以通”的苦闷。尽管它形式上仍有骚体诗的痕迹，但作为七言诗的滥觞，在文学史上仍有非常重要的地位。

## 第四节　汉代史传文学

### 一、司马迁与《史记》

司马迁（公元前145年或公元前135年—？），字子长，夏阳龙门人（今陕西韩城）。司马迁生于史官世家，父亲司马谈学问渊博，著有《论六家要旨》。

韩城地处山西、陕西的交通要道，春秋战国以来，这里发生多次著名的战争。二十岁之前，司马迁一直在家乡过着耕读生活，韩城的历史积淀对他撰写《史记》产生了深远影响。二十岁后，司马迁在《史记》中多次提及自己曾出韩城漫游。

元封三年（公元前108年），司马迁承袭父业，任太史令之职。《史记》的写作始于司马谈，司马迁襄助其事。司马谈死后，司马迁便独自撰写。在此期间，司马迁的人生遭遇重大变故。起因是李陵抗击匈奴，兵败投降，朝臣诋毁李陵。基于对李陵的了解与同情，司马迁仗义执言为李陵辩护。此举触怒了汉武帝，将司马迁处以“腐刑”。

司马迁出狱后被任命为中书令，继续撰作《史记》。到太始四年（公元前93年）他作《报任安书》时，《史记》已完成。司马迁约卒于公元前87年前后。

作为伟大的史学家，后人对司马迁褒贬不一。褒之者盛赞其有良史之才，“史界太祖”。而贬之者批评其思想不够纯正，谓其“是非颇谬于圣人”。但不论如何，这都无损于司马迁作为伟大历史学家的成就和地位

### 二、《史记》的史学成就

《史记》首先是一部历史著作。鲁迅称《史记》为“史家之绝唱”。《史记》开创了以人物为中心的纪传体史例。这种体制成为中国正史的标准体例。《史记》由十二本纪、十表、八书、三十世家、七十列传组成。十二本纪是全书的纲领，记载上自黄帝下至汉武帝约三千年的历史兴衰。十表是以时间为中心，八书以典章制度为线索，与十二本纪一起构成了历史概貌的描述，而三十世家构成了本纪的必要补充。相比而言，七十列传所刻画得更加精细。《史记》的五个部分组成了庞大的历史叙事网络，展示了波澜壮阔的社会生活。《史记》纪传体的体例博大精深，凝聚着司马迁悠远深邃的史识，有着独特的思考。

《史记》编撰形式蕴涵着历史的卓识，这卓识便是他在《报任安书》中言及的“究

天人之际，通古今之变，成一家之言”。

“究天人之际”的提出与司马迁的职掌有关。古人十分留意天体运行的观测，尤其是日月五星运动周期的观测。其精密与否直接影响到历法的周密程度，并因此对农业生产、宗教生活、思想信仰、皇权神威的混乱与否，发生重要的影响。太史公掌天官，作为太史令，司马迁不可能说完全理性地对待天，尤其是完全否定“天运”的存在。

“通古今之变”则以人之行事为重心，将历史的兴衰演变落到实处。天运固然重要，而人的主导因素也同样不可忽视，甚至比天意更重要，往往成为天意的主导。得道者得天助，失德者失天助。

司马迁的“究天人之际，通古今之变”固然有探寻王朝兴衰更迭之大势的用意，从传说中的五帝起始，叙述漫长的约三千年历史。但相对而言，司马迁还是更加关注秦汉的更迭，以及汉兴以后何以治天下的问题。

所谓的“成一家之言”便是坚持史学家应有的史识、史德，不以圣人是非为是非，不为王者而篡改历史真相。司马迁具有史学家应有的品格，像孔子那样，以一种文化担当的自觉，为天下确立准则。不因个人喜好而虚美，体现了“成一家之言”的价值取向。

## 三、《史记》的文学成就

鲁迅先生称《史记》是“无韵之离骚”，那么《史记》的文学成就有哪些？

首先，《史记》刻画了一系列栩栩如生的历史人物。《史记》是以人物为中心的纪传体史书，全书涉及人物四千多个，上自帝王将相，下至市井细民，重要人物数百名。司马迁善于抓住人物的特征，写人妙在传神，极富感染力。

在人物选择上，司马迁偏好那些“倜傥非常之人”。自扬雄以来，后世人多指司马迁“爱奇”，认为这是司马迁离经叛道的表现，因而多持批评的态度。

司马迁笔下的“奇人”有以下几类：(1)处于弱者地位而富于抗争精神，在与强者的博弈中显示出刚烈气节，精神上反而占有压倒优势的刺客；(2)社会地位低微，为上层统治者所不齿，而品节高尚，取得卓著功业的滑稽、游侠；(3)身居高位，禄厚势重，而不居尊自傲，凭势凌人，能屈身就下，敬贤礼士的公子；(4)那些命运偃蹇、遭际坎坷而忍辱负重、坚持不懈，最终功成名就而流芳千古的人物，如勾践、伍子胥、商鞅、苏秦、张仪、孙膑、屈原、贾谊、韩信、季布、李广等。

司马迁对这些人倾注了大量的心血，也寄托了自我的人生悲慨。《李将军列传》是《史记》中最为动人的篇章之一。“飞将军”李广，仁爱士卒，有勇有谋，但命途多舛，受到当权者及其亲信们的排挤、陷害，以至于自刎身亡。李广含冤而死，唤起司马迁的切肤之痛，譬之为下自成蹊的无言桃李，意极钦慕而笔极酣畅。

《史记》不仅选择奇人，而且致力于写出奇人之“奇”。《史记》写人每每能写出人物的独特特征。同为谋者，张良不同于范增；同为勇者，廉颇异于樊哙。此外，或奇在貌，或奇在性格。如项羽为西楚霸王，力能举鼎，气吞山河。但这样一位莽直之人，有时却又表现出侠骨柔情，如垓下被围、四面楚歌时，项羽悲歌慷慨，自为诗曰：“力拔山兮气盖世，时不利兮骓不逝。骓不逝兮可奈何！虞兮虞兮奈若何！”不仅他自己“泣数行下”，而且“左右皆泣，莫能仰视”，确乎悲切之至，让人读来唏嘘不已。而他在鸿门宴前，向刘邦道出曹无伤之事，却又展示出其性格简单的一面，缺少心机。

《史记》写人，不仅表现人物的外部特征，而且描绘出人物的内心活动。《史记》不像文学作品那样直接写人的心理活动，而是通过人的行事尤其是细节描写来展示人的内心。运用细节刻画人物性格，看似闲笔，却是传神之处。

班固的《司马迁传》称赞司马迁善叙事理时，言及司马迁叙事有“事核”的特点。所谓“事核”，便是指司马迁叙事有坚实的历史依据。

在材料真实的前提下，司马迁精心剪裁，其叙事缜密清晰，井然有序。司马迁叙事取舍精当，一些看似无关的闲笔，实则是巧妙布局，为下文叙事作了很好的铺垫。如“鸿门宴”一段，在让人紧张得透不过气的气氛中，司马迁却花笔墨写帐中饮酒的座次，这好像是累赘之笔，故班固《汉书》叙述至此便删去了这段文字。实际上这是班固不了解司马迁的用心，或说这是司马迁叙事的妙处。这段座次描写为下文紧张的交锋布置了一个场景。而项羽坐尊贵的东座，刘邦坐卑微的北座，也反映了双方的地位及性格。

刘知几曾指责《史记》的叙事有弊病：“同为一事，分在数篇。”其实，这正是《史记》高明之处，后人称之曰“互见法”。司马迁的“互见法”具有史学和文学的双重意义。运用“互见法”，将一个人的事迹分散在不同的地方，而以其本传为主；或将同一件事分散在多处，而以一处的叙述为主。这不仅避免了叙述的重复，也是为了使每一篇传记都有审美意味上的统一性，使传主的形象具有艺术上的完整性。如项羽，其人性格非常复杂，难以用一种标准来评价他。为了突出其英雄形象，本传对他几乎全部作正面描述。而把他许多政治、军事上的错误放在《淮阴侯列传》中去写，借韩信之口，指出项羽的匹夫之勇、迁逐义帝、失天下之心、妇人之仁等诸多缺陷。至于他政治上的幼稚愚蠢则多放在《高祖本纪》中描写，并拿他与刘邦进行对比。

《史记》中还有“迭见法”。二者的区别是：“互见法”中的事件是详与略的关系，而“迭见法”中的事件则是重复的关系，但不是简单的重复，而是“有意味的重复”。

《史记》勾勒出特定时期关乎天下的重大事件，勾勒出历史发展大势。通过多种手法的相互补充，《史记》作为中国第一部纪传体通史、第一部正史起到了很好的范例作用，有着崇高的历史地位和彪炳千古的历史影响。

在具体的叙事中，《史记》常常带有很强的倾向性。如《秦始皇本纪》以秦始皇之好大喜功、穷兵黩武来影射汉武帝。而且《史记》叙事也深受《春秋》影响，善用“春秋笔法”。尤其是在行文叙述中，司马迁往往借他人之口，道出自己的看法，于叙事中寄寓论断。此可谓寓寄褒贬于句外。

司马迁还在每一篇的论赞中表达对史事的看法。《史记》的论赞既有对史事的客观评价，也表达了自身的体验，故多慨叹之语。如《晋世家论赞》谓晋文公“即位而行赏，尚忘介之推，况骄主乎”，便是借晋讽汉。

《史记》的语言具有洁、峻、朴的特点。所谓“洁”，是指语言精练明洁，生动传神。所谓“峻”，是指语言高峻脱俗。作者仿佛置身历史的顶端，驾驭全局，冷眼旁观，对人、事做出准确的评判。所以极高洁、极峻伟便复归于平淡、朴质。

司马迁有意利用当时通俗的语言。他引用先秦《尚书》《左传》等典籍，只留原意，用的是当时通俗的语言。这些原本通俗的语言都收到了很好的表达效果，并形成《史记》之质实、朴拙、厚重的审美风格。

《史记》对后世文学影响很大。唐宋古文的主要样板就是《史记》，韩愈、柳宗元等还采用“史记体”撰写人物传记。自明清以来，围绕《史记》形成了“《史记》评点学”。清代，桐城派古文家们所倡导的“义法”“文法”“笔法”等也是来自《史记》，《史记》事实上成了桐城派的古文范本。这些丰富了我国古代文论的内容，对后世文学创作，尤其是古文创作产生了深远的影响。而如果从取材的角度看，后世尤其是明清小说、戏曲，很多故事都取材于《史记》。

总之，《史记》是中国古代文学史上的一座丰碑，对后世文学产生了深远的影响。

## 四、班固与《汉书》

《史记》记事止于汉武帝太初年间，其后一些学者如刘向、刘歆、扬雄、班彪等都曾做过续补《史记》的工作，其中以班彪的《史记后传》65篇成就最高。光武帝建武二十年（公元44年）班彪去世，其子班固承袭父业，在《史记》和《史记后传》的基础上，开始了规模浩大的《汉书》编撰工作。班固晚年遭人陷害，被捕入狱，冤死狱中。《汉书》以班固为主撰，先后经过班彪、班固、班昭、马续四人之手，历数十年终告完成。

《汉书》是我国历史上第一部断代史。其记事上起汉高祖元年（公元前206年），下至王莽新朝地皇四年或者汉更始帝元年（公元23年），前后共230年。全书共有十二帝纪、八表、十志、七十传，总计一百篇，一百二十卷。其体例主要是在《史记》基础上加以变化，力求更加谨严合理。《汉书》删去了“世家”，把《史记》的“书”改称志，又新增了《史记》所没有的《刑法志》《五行志》《地理志》《艺文志》。《汉书》完备地记载了诸如司法制度、地理沿革、文化典籍等历史状况，成为后代史书的标准。在内容上，汉武帝太初年以前的内容，基本上沿袭《史记》，但稍有调整，如增加了《惠帝纪》，把《项羽本纪》《陈涉世家》改为列传等。

《汉书》与《史记》相比，具有平实、谨严、整齐的特点。平实是指它思想正统，不作险怪惊奇之论，叙事说理不离中正之道。在取材上，班固出于正统观念，对历史人物或赞或批，对于那些虽奇伟却无益于维护正统观念的人士如刺客、游侠、滑稽、日者等不予立传。而在具体的叙述中，班固也是冷静客观，娓娓道来。如班固在《贾谊传》中记录了他的《陈政事疏》等政论文，把贾谊视为一个政治家。谨严是指《汉书》体例一定，章法严密。班固谨遵儒家矩矱，将项羽、陈涉入列传，为惠帝刘盈补传。班固将韩信与黥布、彭越等谋反诸将合传。在行文上，《汉书》谋篇布局严密有法，记事详备而删减精当，尚剪裁而词少芜蔓，循规蹈矩，合于矩度。班固为文张弛有度，谨严重法，具有骈化的倾向。

《汉书》于《史记》之外，记载了众多的历史人物，秉承不虚美、不隐恶之史家传统，为我们留下了许多精彩的篇章。如李陵在汉代是一个有争议的人物。在《史记》中，限于材料，司马迁只用了区区几百字为之作传。而班固在《汉书》中发挥其良史之材，着重写了李陵的英武及其赫赫战功。在传中引用司马迁《报任安书》中对李陵的评价，高度赞扬李陵，同时也为司马迁伸张正义。凡此种种皆表现出班固的史识与史德。在《苏武传》中，班固更是深入李陵的内心，描摹李陵内心的痛苦。班固刻画了性格鲜明的两个人物。一方面，班固表现了苏武忠君爱国的高风亮节；另一方面，班固揭示出李陵内心的悲苦。正如司马迁所言，李陵虽降，却仍在找机会报答汉朝。但汉武帝杀戮其母，族其全家，彻底绝了李陵的后路。所以罪不在李陵，在于刻薄寡恩的汉室朝廷。班固记李陵语、李陵歌，反复写到李陵“泣下沾衿”“泣下数行”。如果说班固颂赞苏武用的是直笔明写，其同情回护李陵则用的是曲笔暗写。

总之，《汉书》是第一部可与《史记》相媲美的史学巨著。后世学者喜言《史记》《汉书》异同，且多褒《史记》而贬《汉书》。其实，两者各有长短。

### 五、《吴越春秋》等史书

《吴越春秋》是赵晔所撰。赵晔字长君，会稽山阴（今浙江绍兴）人，生卒年不详。他早年为县吏，耻于朝迎暮拜，故弃官拜经学大师杜抚为师，学习《韩诗》。他的著作除《吴越春秋》外，尚有《诗细》《历神渊》，已佚。

《吴越春秋》是叙述春秋末年吴越争霸的史实，内容采自《国语》《左传》《史记》，兼采民间传说，具有一定的文献价值，后人注释《史记》《文选》《水经》等书，征引了很多出自该书的资料。在体例上，《吴越春秋》兼有编年体和纪传体的特点，又因它揉合正史、野史、民间传说等资料，“纵横漫衍”，有不少夸诞成分，具有历史演义小说的特征，是一部介于历史与小说之间的作品。

《越绝书》旧称子贡作，四库馆臣根据书末《叙外传记》的庾词隐语，定为“会稽袁康所作，同郡吴平所定”。《越绝书》主体内容与《吴越春秋》相似，主要写吴越争霸之事，但较之《吴越春秋》更加“博丽奥衍”。总体上说，《越绝书》的文学性稍逊于《吴越春秋》。

## 第五节　汉代论说散文

### 一、西汉前期的论说散文

就内容看，散文实为两汉文学之大宗，除汉赋、史传外，尚有诸多门类。为了论述方便，我们概称之为论说散文，并以时代为序展开论述。两汉论说散文与世风相鼓荡，大抵西汉前期承周秦之余绪，为文尚有诸子流韵。西汉中期后，儒术独尊，文风渐分为两途，或论事说理仍尚气使才，疾言无所隐遁；或引经据典，委婉作论，尚敦厚之风，重章法之谨。东汉以后，经学独尊，思想一统，故持论谨严，而体归骈俪。

西汉汉高祖至汉景帝这一时期，思想界尚呈现出多元的趋势。当时黄老道家比较受推崇，但因为黄老道家本身具有比较大的包容性，所以不会构成对思想的钳制。加上西汉前期，尤其是文景时期施行比较宽松的统治政策，故文人思想相对活跃。西汉前期的帝王都比较留意“秦所以失而汉所以兴者”，这大大激发了文人的政治热情。故汉初文士多以鸿篇巨制抒发自己的政治激情，畅所欲言以构造自己的政治蓝图，展示了那个时代特有的精神风貌。在这样的时代背景下，西汉前期的散文以政论散文水平最高。

西汉前期的政论散文大体可分为著述类和单篇散文。其中著述类当以陆贾的《新语》和刘安集结众门客编撰的《淮南鸿烈》为代表，而单篇散文则以贾谊、晁错成就最高。

陆贾是汉代第一位政论散文作家，楚人，跟随刘邦参与反秦战争以及楚汉战争。陆贾能言善辩，颇有战国策士之风。他常常告诫汉高祖“居马上得天下，不可以马上治之”，并应高祖之请，撰著《新语》。《新语》主要是总结秦亡经验，为汉王朝提供历史借鉴，并以黄老道家思想为基础。全书分《道基》《术事》《辅政》《无为》《辨惑》《慎微》等12篇，其中《道基》为全书总纲，统摄全书。全书立论有创见，文字平实，通俗易懂。

《淮南鸿烈》是西汉鸿文，思想渊深，艺术成就很高。它是汉代皇室贵族淮南王刘安（公元前179年—公元前122年）召集门客编成。史称刘安喜欢文学，招致宾客方术之士数千，集体编写《淮南鸿烈》。《汉书·艺文志》还记载淮南王刘安本人及其群臣有大量赋作，可见淮南王及其门客是一个有成就的文学创作群体。元狩元年（公元前122年），有人告刘安谋反，刘安下狱自杀。其书名《淮南鸿烈》，乃取广大光明之义以喻道体。

从思想上来看，《淮南鸿烈》以道家思想为主线，兼容并包孔、墨、申、韩之说。作为一部理论著作，《淮南鸿烈》博奥宏富，无所不包，价值是多方面的，举凡天文、地理、政治、文学等，无不卓有建树，对整个汉代思想文化的构建作用巨大。

《淮南鸿烈》是汉初黄老道家文学的集大成之作，具有很高的文学价值。在写作上，《淮南鸿烈》受到了《吕氏春秋》《庄子》《离骚》的影响。在叙事上，它受《吕氏春秋》的影响，常常运用历史故事来帮助说理；又多用神话、传说来说理。其语言艺术被称许为奇诡、宏放、富丽、峭拔。

西汉前期以单篇论说散文而闻名者有贾谊、晁错等人，其中以贾谊成就最大。

贾谊以《过秦论》上、中、下和《陈政事疏》《论积贮疏》等彪炳千古。其《过秦论》上、中、下纵论秦国兴亡的历史发展轨迹，分析秦统一六国后的成败得失，开我国史论性论说散文之先河，是对后世散文影响很大的西汉鸿文。《过秦论》三篇依次论述秦始皇之过、秦二世之过、子婴之过，最后得出结论，对汉朝皇帝提出劝鉴。三篇文章原本当合成一篇看，以第一篇气势最盛。实因秦国历史上，始皇帝功最高，国力最盛，错失也最大，故贾谊用力最深。全文峰回路转，跌宕起伏，说到秦国强大处，则语气奔激、重叠铺陈，极力彰显秦国的强大。说到陈涉的弱处，也重叠反复，极力彰显其弱。两相对比，发人深思，并以秦能克六国之强大，却不能胜陈涉之弱小，提出问题："一夫作难而七庙隳，身死人手，为天下笑者，何也？"最后干脆给出"仁义不施而攻守之势异也"的答案。

贾谊的《陈政事疏》《论积贮疏》则论汉室何以承秦之敝而兴，何以能长治久安，显示了他作为青年才俊的政治才干。

晁错与贾谊同侍文帝朝，但两人思想不同。贾谊更倾向于儒家，而晁错则以法家思想为治。他的政论散文主要有《贤良文学对策》《论贵粟疏》等，为人峭急深刻，为文也论理直切，辞气决绝。

《论贵粟疏》辞气恳切，布局行文极有特色。论理不从正面切入，而用曲笔，使得皇帝不会感到被冒犯，而更加容易接受他的重农贵粟的主张。

文章先结合历史指出“贵粟”的必要性，然后就“贵粟”与轻农的利害关系对比，指出现实中农民艰难度日、衣不蔽体、食不果腹，尤其是水旱天灾，农民要卖田地、子孙来偿债。而另一方面，法律虽然贱商人，但商人囤货居奇；男不耕，女不织，却“衣必文采，食必粱肉”。这种“商人兼并农人，农人流亡”的局面如果不加控制，必将危及国家统治，反面论证了“贵粟”的重要性。文章最后指出使民务农的办法及其优越性。

此外，邹阳作《狱中上梁王书》。邹阳初仕吴，因上书劝谏吴王不要反汉，遂与枚乘等去吴奔梁。邹阳为人有智略，“慷慨不苟合”，遭梁孝王门客羊胜、公孙诡进谗下狱。得知梁孝王欲杀之，邹阳遂上书伸冤，梁孝王得邹阳上书，便将其放出，待为上客。在这封狱中上书里，邹阳以大量历史故事讲述了君臣遇合有关忠信、相知、信谗等问题，并以“圣王制世御俗，独化于陶钧之上，而不牵于卑辞之语，不夺乎众多之口”期许梁王。他告诫梁王，只有“公听并观，垂明当世”，天下之士才会“尽忠信而趋阙下”。邹阳以“天下寥廓之士”自命，表明自己不“摄于威重之权”，不“主于位势之贵”，不“回面污行以事谄谀之人”，以此来彰显其高贵的品质和耿直的性格。

司马迁在《史记·鲁仲连邹阳列传》中说：“邹阳辞虽不逊，然其比物连类，有足悲者，亦可谓抗直不桡矣。”其所谓“比物连类”，乃是指邹阳将大量相关的事例连类排比，以增强文章的说服力。比如为了申辩自己的忠信，他用了四十多个历史故事作铺陈，雄辩有力，颇有战国纵横家铺张扬厉之文风。邹阳还能揣摩人心理，晓之以理，动之以情，从而来说服梁王。在语言上，邹阳的狱中上书句式整齐，语多骈俪，在骈文形成过程中有一定影响。邹阳此书是汉代较早的为个人不幸遭遇鸣不平的文章，其借古人书愤的写法，对后世散文影响较大。

## 二、西汉中后期的论说散文

汉武帝时期，是汉代最鼎盛也是一个具有转折意义的时期。此时汉代的国力强大，思想也逐渐走向一统，儒学取代汉初黄老道家成为新的统治思想。但盛极而衰，汉武帝之好大喜功及穷兵黩武也给国家带来巨大灾难，社会矛盾日趋激化，汉朝开始走下坡路。与此同时，儒家对君权的尊奉、对社会等级的强调，也正改变汉初黄老道家思想的兼容并包的思想态势，独尊儒术成为中央集权的理论基石。政治与文化的变革对西汉文风产生了显著影响，一方面，汉初的诡激之风仍在延续，如司马迁、东方朔、路温舒、贾捐之等人之文；另一方面，以儒术为核心的经学既是皇权的维护者，同时也成为批判皇权的理论依据。儒家散文引经据典，言归敦厚，这正是所谓的“汉文本色”，如董仲舒、刘向等人之文。

司马迁除《史记》外，尚有《报任安书》《悲士不遇赋》等传世。他的《报任安书》道述冤情，情深意悲，历来受人推崇。这篇文章虽为书信，然其文字张扬切激，实承汉初文风余绪。《报任安书》可以称得上是千古至情至性之文，语出自然而能动人心魄，不讲章法却自成章法，一腔忧愤从心中流出，故行止自如。

东方朔年长于司马迁，他的性格极幽默，如他二十二岁写的《上书自荐》便自我矜夸，称自己“长九尺三寸，目若悬珠，齿若编贝，勇若孟贲，捷若庆忌，廉若鲍叔，信若尾生”。后来他出仕，生活在满朝多唯诺而顺旨饰非的武帝朝，虽有报国之志，无奈武帝倡优蓄之，于是他便以“避世于朝廷者”自许。这样的政治遭遇与从政心态，对他的文风有一定的影响。如他的《答客难》《非有先生论》等都是以问答的形式，以滑稽的言辞，表达他内心的愤懑。语虽诙谐，内容则极严肃，开后世牢骚之文风。

汉武帝时期，政治上解决了一直威胁汉代中央集权的诸侯王问题，思想上罢黜百家，独尊儒术。董仲舒是一个关键人物。思想上，董仲舒号称明于《春秋》，尤重《公羊春秋》。他在传统儒家天人观的基础上，融合阴阳五行学说，用天人合一解释政治得失与自然灾害之间的关系，从而干预现实。他为文立足于儒家经典，极力发挥儒家君臣之义，尤其是《公羊传》的“大一统”之义。他的文章除了《春秋繁露》之外，便是著名的《天人三策》。《春秋繁露》是阐发经义之文，主要阐释《春秋》书法及“微言大义”。而《天人三策》发挥“天人合一”的哲学思想，提出“大一统”的理论主张。行文上，《天人三策》引经据典，贯通古今，娓娓而谈，明晰畅达，确有儒者敦厚之风。

扬雄是西汉末年的重要文人，一生郁郁不得志，好在其能淡泊名利，只想以文章扬名后世，故勤于著述。早年好辞赋，后以辞赋是“雕虫小技”而弃之。扬雄认为经以《易经》为首，故撰《太玄》；传以《论语》为首，故撰《法言》，二书皆传于后世。他的《太玄》多四言韵语，其中许多语句效仿《诗经》。而《法言》依《论语》设为语录体，文辞深奥，内容以宣扬儒家伦理道德观念为主，也兼涉道家。在杂体文创作方面，他受东方朔的影响，如《解难》《解嘲》之类都有东方朔《答客难》的风韵。他的一些奏疏和书信也有特色，尤其是《答刘歆书》一改艰涩文风，通俗流畅，真切感人。

### 三、东汉时期的论说散文

后人评两汉之文，常常扬西汉而贬东汉，古文家尤其如此。比如多因袭而少创造、讲究文辞骈俪等等，都成为诟病东汉文的口实。但东汉以后，“文章”观念益发自觉,为文重辞采也在情理之中。就文体而言,原有的文体如辞、赋在继承中有创新,新兴的文体如碑刻也日渐成熟。西汉之文雄奇梗概固然可喜,而东汉文之典雅雍容未必就是衰弊。故论两汉之文,应该兼包并蓄,因其短长,实事求是,不应心存偏见。

东汉论说散文成就最大,或者说最具特色者便是子书散文,如桓谭、王充、王符、崔寔、仲长统等都有重要的作品。桓谭是两汉之交人,因为不信图谶,被汉光武帝贬斥,最终抑郁而死。史称桓谭不喜章句,能文章,尤好古学,作品有《新论》29篇、《琴道》、书、诔、赋、奏计26篇。可惜包括《新论》在内的大多数作品都已亡佚,今天只能见到一些残篇。《新论》多综论古今,总结历史经验教训,为刘秀的新王朝提供借鉴,对当时的图谶之学抨击尤盛。如《新论·言体》言王莽"好卜筮,信时日,而笃于事鬼神",但终因"为政不善"而"见叛天下";及"难作兵起,无权策以自救解,乃驰之南郊告祷,抟心言冤,号兴流涕,叩头请命,幸天哀助之也。当兵入宫日,矢射交集,燔火大起,逃渐台下,尚抱其符命书及所作威斗,可谓蔽惑至甚矣"。穷形尽相,写出王莽的至死不悟与滑稽可笑。桓谭主张文质并重,有实际内容又有华美的形式方能算好文章。他受到了司马迁的影响,认为苦难的经历有助于作家焕发文采,也主张博采众长,广泛涉猎,认为这有助于提高作家的修养。钱锺书《管锥编》认为,《新论》如果为全篇,当可与王充《论衡》相媲美。而王充在《论衡》中也屡屡称赞《新论》,认为它与"《春秋》会一",可见王充也受到了桓谭及其《新论》的影响。

王充在中国思想史上有很高的地位,是东汉最负盛名的子书作家,他的《论衡》就被称为"思力绝人"。王充作《论衡》,前后历时三十余年,可谓殚精竭虑。关于《论衡》创作的缘起,他在《对作》篇中说:"是故《论衡》之造也,起众书并失实,虚妄之言胜真美也。故虚妄之语不黜,则华文不见息;华文放流,则实事不见用。故《论衡》者,所以铨轻重之言,立真伪之平,非苟调文饰辞,为奇伟之观也。"又在《论衡·佚文篇》中说:"《诗三百》,一言以蔽之,曰:思无邪。《论衡》篇以十数,亦一言也,曰:疾虚妄。"可见王充作《论衡》就是为了去浮华,求真实,对当时的虚妄之言、增饰之语持批判态度。对当时的图谶之学,王充更是斥之为"远见未然,空虚暗昧"。

以"疾虚妄"为宗旨,王充要求为文要立真诚、斥华伪以求真美。他认为文章在于实用,"为世用者,百篇无害;不为世用,一章无补"(《论衡·佚文篇》),所有故意"调弄笔墨,为美丽之观"的文章都与其追求"真美"的文学观相冲突,都在摒弃之列。王充的《论衡》很好地实践了他的文学观,比如在《论衡·实知篇》篇中,他对当时附加在孔子身上的神圣光环一一予以廓清。文章条分缕析,各个击破,征引史书,以驳斥谶记之虚妄不实,诚可谓言之凿凿,有理有据。

因为主张“疾虚妄”“求真诚”，务求有用于世，故王充为文主张独创，而反对模拟。正因为如此，《论衡》之文，刘熙载《艺概》称之为“独抒己见”，章太炎《检论》赞之为“分析百端”而“不避上圣”。不过，由于王充过分强调求真，以至于对作为文学手法的夸饰也一概否定，未免矫枉过正，失之于偏狭。

王充之后，又有王符作《潜夫论》，崔寔作《政论》，仲长统作《昌言》。这些论著大都揭露现实的黑暗，具有强烈批判性，语言则慷慨激昂，挟有悍拔之气，是典型的乱世之文。

东汉的奏议有一部分仍然沿袭了西汉奏议的写法，喜称引经典，尤其是谶言纬语以言事，充满神秘诡异之特质，如《后汉书·郎顗传》记载郎顗上书，便广引《易纬》《诗纬》《春秋纬》等。东汉初期和后期还出现了一些任气而发、言辞犀利的奏议，在文风上可与西汉末年刘向等奏疏相衔续。如章帝时的郑弘是一位骨鲠之臣，因忤窦宪而被免官。他的《疾笃上论窦宪书》由窦宪之恶论及章帝之非，措辞非常激烈。

到了东汉后期，奏议之逞气骋辞者，当以陈蕃为最。陈蕃是汉末有名的诤臣，有《极谏党事疏》《谏校猎疏》《火灾疏》《理刘瓆等疏》《论诛宦官疏》等，自谓上书“敢触龙鳞”。他的奏议大多言辞激切，如《谏校猎疏》谏止熹平六年(177年)桓帝驾幸广城校猎事，直言当今之世有“三空之厄”，即“田野空，朝廷空，仓库空”。《极谏党事疏》是因为李膺、范滂等被宦官构陷下狱，陈蕃上书极谏，把桓帝比作“亡国之君”。而他的《论诛宦官疏》更是把矛头直指当时炙手可热的宦官。奏议不避祸端，放胆而言，而且语言通俗，不避浅显。

东汉书牍大兴，就内容来分，有公文书牍，如朱浮的《为幽州牧与彭庞书》、臧洪的《答陈琳书》；有与友人书，如刘秀的《与子陵书》、李固的《遗黄琼书》；有诫子弟书，如马援的《诫兄子严敦书》、郑玄的《诫子益恩书》；有夫妻两地书，如窦玄前妻的《与窦玄书》、秦嘉的《与妻徐淑书》、徐淑的《答夫秦嘉书》；有遗命书，如李固的《临终敕子孙》、赵岐的《遗令敕兄子》等等。这其中不乏或辞采飞扬或感人肺腑的名篇，如臧洪的《答陈琳书》、李固的《遗黄琼书》。徐淑的《答夫秦嘉书》可睹汉人书牍之风采。徐淑诚然是中国文学史上少见的才女，也是一位至情至性的奇女子。她与秦嘉夫妻情深，秦嘉早死，其兄要她改嫁，她作《为誓书与兄弟》表明心志。后因“哀恸丧生”，也不幸早死。这封《答夫秦嘉书》是为答丈夫秦嘉的《与妻徐淑书》而作，当时秦嘉赴洛阳向朝廷进献计簿，徐淑有病在娘家养病，夫妻分离，故有往还书信。徐淑一方面劝慰秦嘉不要因夫妻之情影响功业，表达自己不能随行的遗憾，同时又深情委婉地想象秦嘉此行路途之艰辛，关切、相思之情溢于言表。尤其是信的结尾,“观王都之壮丽,察天下之珍妙。得无目玩意移,往而不能出耶”,把自己担心秦嘉一去不返的曲折内心展示无遗,又点到为止,实为妙绝之笔。整篇书信,文辞雍容,含蓄有致,且引经据典,四字成章,显示了徐淑深厚的文学素养。

碑刻在东汉文学中占有重要地位,《后汉书》列举众人创作,几乎都要列出碑、铭。以往的文学史往往认为碑刻是谀墓文字而不予重视,实则有失偏狭。碑刻文中有虚夸失实成分自不容讳言,但也有言近乎实、情近乎真的佳作,如蔡邕是碑铭高手,刘勰称他的碑刻“其叙事也该而要,其缀采也雅而泽;清词转而不穷,巧义出而卓立”。他为多人作过碑铭,自称“皆有惭德”,唯《郭泰碑》“无愧色”。碑文称颂郭有道之品德、器度、学识、修养以及士林对他的景仰,与《后汉书·郭泰传》记载基本吻合,并无溢美之词。

碑刻末尾一般都附有用韵语写成的赞铭,有些可以看作是诗。如1997年出土于陕西绥德县四十里铺的《公乘田鲂画像石墓题记》,其末附有一篇用骚体写成的诗,文曰:

> 哀贤明而不遂兮,嗟痛淑雅之夭年。去白日而下降兮,荣名绝不信(伸)。精浮游而猩獐兮,魂飘摇而东西。恐精灵而迷惑兮,歌归来而自还。掾兮归来;毋妄行,卒遭毒气遇匈狭。

文辞凄婉,与汉乐府中保存的《薤歌》之类的诗有异曲同工之妙。

碑刻行文一般有固定的套路,内容也有一定的要求,言辞典丽工整。但也有写得非常有趣的,完全可以当成志怪小说来读。如1991年出土于河南偃师蔡庄乡的肥致碑,记载了肥致的一些奇异之事。说他“少体自然之姿,长有殊俗之操”。其行怪诞,“舍止枣树,三年不下”,以致“枣树道人”声名远播。他道术高明,不仅能止灾变,还能万里取物。整个碑文充满了奇幻情节和道教色彩,是研究汉代道教和汉代小说的珍贵史料。

## 本章小结

汉代文学是在先秦文学的基础上产生的。秦代文学园地虽然荒芜,但秦代为后代开创了一个大一统的政治局面,汉代文学就是在这样的背景中产生的,无论诗歌、辞赋、政论散文、传记文学等,都取得了辉煌的成就,文学批评也开始起步。从文学样式看,秦汉文学主要在辞赋、史传文、政论文和乐府诗歌等方面取得较高成就,在历史上有较为深远的作用和影响。这些都决定了汉代文学在中国文学史上应有的重要地位,为后世文学尤其是魏晋南北朝文学的发展,奠定了坚实的基础。

## 学习评价

| 评价维度 | 评价项目 | 评价内容 | 评价标准 | 自我评分 |
|---|---|---|---|---|
| 知识 | 基础性知识 | 文学史各基础知识点 | 牢固掌握古代文学史基础知识；掌握代表作家、作品、风格特点；掌握文学史重要关键词；能够记诵并理解 | |
| | 体系性知识 | 对文学史的整体知识把握和理解 | 理解特定时段文学史的发展进程；熟悉各类文体的流变特征；掌握各文学流派、文学集团、文学运动的产生与特点，对一个时期的文学现象能够作出整体评价 | |
| | 背景性知识 | 影响文学史发展的背景知识 | 了解影响文学史发展的社会历史背景、政治思想背景、哲学宗教背景；了解社会生活特别是士人生活与文学创作的关系 | |
| 能力 | 专业能力 | 对古代文学作品的专业阅读与分析能力 | 拥有阅读古代文学作品的语言能力和文化知识背景；能够根据文学史知识对文学作品进行分析和鉴赏；能够对文学史现象进行解释；形成古代文学文本分析和理解的方法论 | |
| | 学习能力 | 文学史学习的态度、方法与技能 | 学习内在驱动力强；有自觉的学习方法和模式；独立思考；能够与他人充分交流，善于合作 | |
| | 创新能力 | 自我发展与提高 | 拥有良好的问题意识；善于利用前人研究成果；能够利用各种方式收集和处理信息尝并试解决问题；富于创新精神 | |
| 情感 | 素质培育 | 文学审美趣味 | 能够形成正确的文学审美态度和良好的审美趣味 | |
| | 情感培育 | 文化认同感 | 了解自身文化渊源，对优秀传统文化有认同感，树立文化自信 | |
| | 价值观培育 | 价值观实践 | 能够将审美态度和文化认同融入实际生活 | |

## 推荐阅读

1. 司马迁. 史记选[M]. 王伯祥, 选注. 北京: 人民文学出版社, 2018.
2. 曹道衡. 两汉诗选[M]. 北京: 中华书局, 2005.
3. 鲁迅. 汉文学史纲要[M]. 北京: 人民文学出版社, 2006.
4. 郭预衡. 中国散文史[M]. 上海: 上海古籍出版社, 2011.
5. 王运熙, 王国安. 汉魏六朝乐府诗[M]. 上海: 上海古籍出版社, 1986.

## 本章自测

### 1. 填空题

(1)秦代文学的代表作家是写了《谏逐客书》的(　　　)。

(2)《七发》的作者是(　　　)。

(3)《古诗十九首》最早著录于(　　　　)。

(4)"五言之冠冕"是刘勰对(　　　　　)的评价。

(5)被鲁迅在《汉文学史纲要》中誉为"史家之绝唱, 无韵之《离骚》"的是(　　　)。

(6)东汉赋体文学创作的发展趋势是(　　　　　)。

### 2. 简答题

(1)简析《陌上桑》的写美手法以及罗敷形象。

(2)简论古诗十九首。

(3)简述《史记》的历史影响和地位。

### 3. 论述题

(1)试述司马迁的家世、生平遭遇与《史记》创作的关系。

(2)论述乐府诗的叙事手法。

(3)试论述汉赋兴盛的原因及其艺术特征。

## 参考文献

[1]朱东润. 史记考索(外二种)[M]. 上海: 华东师范大学出版社, 1996.

[2]顾易生, 蒋凡. 先秦两汉文学批评史[M]. 上海: 上海古籍出版社, 1990.

[3]马积高. 赋史[M]. 上海: 上海古籍出版社, 1987.

[4]赵敏俐. 汉代诗歌史论[M]. 长春: 吉林教育出版社, 1995.

[5]曹道衡, 刘跃进. 先秦两汉文学史料学[M]. 北京: 中华书局, 2005.

[6]陈文新. 中国文学流派意识的发生和发展(2版)[M]. 武汉: 武汉大学出版社, 2007.

# 第三章　魏晋南北朝文学

## 本章概要

本章简述魏晋南北朝时期的文学发展历程,涉及诗歌、文赋、小说三大类型。文人诗以建安、正始、两晋、南朝、北朝分期叙述其流变,民歌分南北朝展示其风格。文赋依时间顺序略述代表作家作品。小说分志人志怪分析其特点。本章包含曹植、阮籍、陶渊明等重要作家以及三曹七子等文学集团,涉及一系列重要的文学史和文学批评史概念。

## 学习目标

1.了解魏晋南北朝政治、经济、思想、社会关系特点对文学发展的影响。

2.理解魏晋南北朝时期文学发展流变的主要线索,体会魏晋南北朝文学对美的创造与追求。

3.掌握魏晋南北朝时文学发展的基本状况,熟悉这一时期重要的文学现象、代表人物和代表作品,培养对这一时期作品的阅读、记诵、鉴赏和分析的能力,感悟和把握这一时期文学的精神价值、美学特征与艺术魅力。

## 学习重难点

### 学习重点

1.魏晋南北朝不同时期的诗风流变。

2.曹植、阮籍、陶渊明等重要诗人及其影响。

3.魏晋南北朝文赋对艺术美的追求。

4.志人志怪小说的特点。

### 学习难点

1.了解门阀世族问题对魏晋南北朝文学发展的影响。

2.分析玄学思潮对魏晋南北朝文学发展的影响。

3.理解魏晋南北朝文学集团的形成、特点、功能及其影响。

4.探讨魏晋时期人的觉醒与文学自觉。

## 思维导图

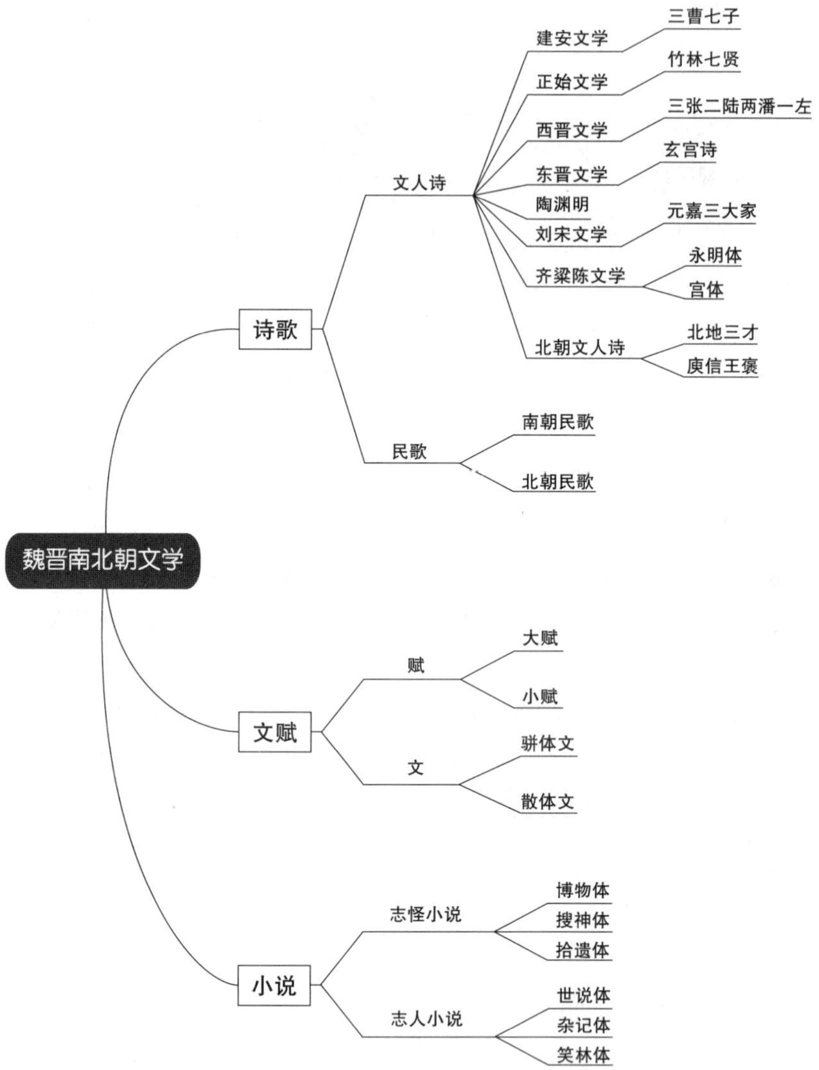
魏晋南北朝文学
诗歌
文人诗
建安文学
三曹七子
正始文学
竹林七贤
西晋文学
三张二陆两潘一左
东晋文学
玄言诗
陶渊明
刘宋文学
元嘉三大家
齐梁陈文学
永明体
宫体
北朝文人诗
北地三才
庾信王褒
民歌
南朝民歌
北朝民歌
文赋
赋
大赋
小赋
文
骈体文
散体文
小说
志怪小说
博物体
搜神体
拾遗体
志人小说
世说体
杂记体
笑林体

# 第一节　建安诗坛与正始诗坛

## 一、建安诗坛

建安是东汉末年汉献帝的年号，自公元196年曹操奉汉献帝移都许昌，改元“建安”始，至公元226年曹丕即位称帝，改元“黄初”止，共25年。文学史意义上的“建安文学”所涵盖的范围往往包括了黄初时期的文学创作在内。

“三曹”是建安诗歌创作的中心。这既是由于他们特殊的政治身份和地位，也是因为他们在诗歌创作中表现出的卓越才华和开拓精神。

曹操（155年—220年），字孟德。现存曹操的二十余首诗歌，全部是乐府诗。可以分为四类，第一类是《薤露行》《蒿里行》这种对当时历史事实加以记录的诗歌，如《蒿里行》记公元190年关东各路首领讨伐董卓之事，全诗读来犹如展开一幅汉末历史长卷，令人感慨不已。

第二类是抒发其政治理想和政治伦理观念的诗歌，如《度关山》《对酒》《善哉行》等。这类政治诗，就诗歌艺术本身而言并不出色，但是它们对于理解曹操的政治理想却相当重要。

第三类是表达生命感受的抒情诗歌。如《短歌行》，全诗以对酒当歌发端，以天下归心收尾，实际上是将普遍的对于人生价值的追问收束到个体的社会责任上来，带有鲜明的个性特征，极富感染力。又如《步出夏门行·观沧海》：“秋风萧瑟，洪波涌起。日月之行，若出其中；星汉灿烂，若出其里。”气势宏大，笔力雄健，正是诗人个体人格的投影。

第四类是游仙诗，如《气出唱》三首、《秋胡行》二首、《陌上桑》等。曹操的游仙诗，既有当时道教养生之术的影响，也有宴饮消遣的成分在其中，诗中包含着浓烈的对于现世生活的执着和不舍。

曹操的乐府诗脱胎于汉乐府民歌，却不限于乐府民歌的写作方式，为乐府诗开辟了新的道路。这种创新可以分为三类。其一是古题作品内容上的个人化，通过细节描写使得诗歌带上了个性色彩。其二是古题乐府内容的扩展，如《薤露行》《蒿里行》本是挽歌，曹操用以写汉末乱世，情感基调是一致的。其三是完全抛开古题本意，自铸新辞。如《陌上桑》本是写罗敷故事，《秋胡行》本是写秋胡戏妻之事，曹操则用之写游仙诗。

曹操在文学史上的意义，不仅在于其本身的创作，还在于他对文学的倡导。建安文学能够在长期战乱、社会残破的背景下勃兴，同他的重视和推动是分不开的，建安时期的主要作家，无不同他有密切关系。建安七子中除了孔融，均为曹操所用，而蔡琰、繁钦、仲长统等，也都托庇于曹操的荫护。

曹丕（187年—226年），字子桓，曹操次子。220年逼迫汉献帝禅位，自立为帝。曹丕现存诗作约四十首，古诗与乐府各半。其内容大体有四类。第一类是宴游诗。曹丕在邺下过着贵公子的生活，经常与文士宴游赋诗。铜雀园之游、玄武池之游皆有诗存世。这类宴游诗，一部分多个人感慨，间杂政治伦理和道德说教，如《短歌行》《秋胡行》（其一），另一部分侧重刻画景物，细致入微，文辞华美，并开始重视对偶。

第二类是个人的纪事抒情言志之诗。如《饮马长城窟行》《黎阳作诗三首》《广陵于马上作诗》等，记曹军各处征讨，气势雄壮，常怀个人理想。

第三类是游仙诗。曹丕不信游仙，游仙诗的写作多用于宴饮应酬，这是受时代风气的影响。

第四类是代言体诗。代言对象有征人、游子、思妇、寡妇等。《代刘勋妻王氏杂诗》《寡妇诗》《见挽船士兄弟辞别诗》《陌上桑》《杂诗》等都属此类。其中《燕歌行》（秋风萧瑟天气凉），委婉曲折而又清新流丽，情深语浅而又构思精巧，因其成熟的七言体式而历来被人们所重视。

曹丕的诗作诸体具备，三言、四言、五言、六言、七言、杂言无不尝试，这种勇气和魄力正是建安时代精神的集中体现。以曹丕为中心的宴游唱和，已开文人雅集的先河。

曹植（192年—232年），字子建，曹操之子，曹丕同母弟。因其终封于陈，谥号为"思"，故世称陈思王。曹植自幼颖慧，早年颇得曹操喜爱。后在立储之争中败给了曹丕，造成了他后半生的悲剧。曹植的诗以建安二十五年（220年）曹丕称帝为界，可分为前后两期。

曹植早期的诗歌，以《白马篇》为代表，诗中对游侠的赞美既表达了曹植对建功立业的渴望，也表达了他对理想人格的追求。这种理想人格忽而化身为《鰕䱇篇》里"抚剑而雷音，猛气纵横浮"的"壮士"，忽而化身为《结客篇》中"利剑鸣手中，一击而尸僵"的"结客"（豪侠之士）。这些抒情主人公虽然身份地位并不相同，但都是曹植理想人格的化身。再如他的《名都篇》，描写的是贵公子出猎游宴的场景，与《白马篇》的题材不同。但是，在所透露出的感情上，我们却可以发现共同点。两诗的重点，都在一个"捷"字，无论是游侠的"狡捷"还是贵公子的"巧捷"，突出的都是一种属于年轻生命的速度感和协调感，都是生命处于上升期所表现出的澎湃激情和勃勃朝气。曹植关注的是这种生命力本身,其早期诗歌是对于生命活力的赞歌。

对生命力的张扬,使曹植早期诗作带有一种独特的劲健爽朗的特色。曹植后期的诗歌中,这种理想人格并未改变。但是,由于生存境遇的变化,早期诗作中热情奔放的赞颂变成了冲突、压抑、失落甚至彷徨。如《野田黄雀行》:“拔剑捎罗网,黄雀得飞飞。”这是诗人理想人格与恶势力的冲突,是被压抑的生命与命运际遇的抗争,也是诗人心目中的世界与现实中的世界的激烈碰撞。诗人用幻想的方式解决了这种矛盾,但是现实中所受的迫害却有增无减。黄初四年(223年),曹植与白马王曹彪、任城王曹彰同赴京师朝见曹丕,曹彰于京城暴毙,归途中曹植与曹彪为监国使者所逼,被迫分道而行。曹植极度悲愤,写下了《赠白马王彪》。全诗格调悲哀,开启了正始诗歌的先声。

曹植后期另一类重要的诗作,是游子思妇之诗。这些诗作大多承袭汉乐府民歌的传统题材,抒写个体在特定环境中的感受,或思乡或思人,常以“孤独”为主题。但其中一部分作品,已与传统的“代言体”有很大的不同。并非纯粹代诗中的主人公抒发感受,而往往掺杂了自己的情感和观念。

曹植是一个情绪性的诗人,抒情在其诗作中占据了很大的成分。其情感的抒发有种种不同的方式。有时,曹植直抒胸臆,如《白马篇》《赠白马王彪》等;有时借助历史人物来表达,如《精微篇》《三良诗》等;有时用汉乐府民歌的游子思妇题材,如《弃妇诗》《怨诗行》等;有时借物抒情,如《吁嗟篇》《浮萍篇》等。这些抒情手段在曹植手中交织融合,很有表现力。曹植的抒情诗,已经跳出了汉乐府民歌那种“感”“兴”的传统写作手法,开始将情景事结合成一个有机的整体。曹植是建安时期最杰出的诗人,其天才和勤奋,加之自身的悲剧遭遇,使其获得了极高的成就。无论是质量还是数量,曹植都是建安诗歌的当然代表,也是诗歌发展史上的重要里程碑。

曹丕在《典论·论文》中论及当世文人时说:“今之文人,鲁国孔融文举,广陵陈琳孔璋,山阳王粲仲宣,北海徐干伟长,陈留阮瑀元瑜,汝南应玚德琏,东平刘桢公干。斯七子者,于学无所遗,于辞无所假,咸以自骋骥騄于千里,仰齐足而并驰。”“建安七子”因此得名。七人之中,除孔融以外,其余六人都依附于曹操,是“邺下文人集团”的组成部分。就诗歌而言,王粲和刘桢是其中翘楚。

王粲(177年—217年),字仲宣,出身名门,后成为曹魏名臣。其诗作散佚较多,目前留存者大体可分为三类。一类是归曹前所作,以《七哀》(西京乱无象)为代表。初平三年(192年)董卓之乱爆发,诗人离开长安,避难荆州。此诗写的就是避难途中的所见所闻。第二类是王粲归曹后跟随曹操出征所写的从军诗。这类诗歌带着明显的功业意识和进取精神。诗中有大量对曹操、对曹军、对邺下的赞颂之词。第三类是邺下游宴时唱酬应和之作。这类诗语言华美，讲究对仗。这些诗作对于诗歌技巧的探索和诗歌写作经验的积累，有着重要的意义。王粲是建安诗风的代表之一，刘勰在《文心雕龙·才略》中赞誉其为"七子之冠冕"，亦可见其影响。

刘桢（？－217年），字公干，为人狂放，有着强烈的道德期许。这种道德期许使得他面对乱世可以保持自己的独立与个性，诗中满溢着自尊与高傲。如其《赠从弟》（亭亭山上松），全诗气势豪迈，"高风跨俗"。

建安七子中的其他诗人，也都有一些较为出色的诗作。如陈琳的《饮马长城窟行》和阮瑀的《驾出北郭门行》，格调苍劲，语言质朴，保持了汉乐府民歌的风格特色。阮瑀诗多忧生、思乡、离别之叹，又有咏史诗两首，刻画三良殉穆公、荆轲别易水，营造当时场景颇为真切。徐干以写男女之情见长，其《室思》共6章，从不同侧面抒发妻子对丈夫的怀念。

## 二、正始诗坛

正始是魏废帝曹芳的年号，自公元240年至249年，共计10年。与建安类似，文学史意义上的正始往往是整个魏末的代称，从公元240年到西晋立国的265年，共有26年的时间。

正始时期最显著的时代特点，一是现实政治中的混乱残酷，一是学术思想上的玄学盛行。由于这两个因素，正始诗歌显示出与建安诗歌不同的特质来：英雄意识、功业意识消退，诗人转而抒写内心深处的彷徨、动荡、怀疑、忧惧，开始将自我的思考融入抒情。在正始诗人中，最具特色、成就最大的是阮籍和嵇康。

阮籍（210年—263年），字嗣宗，是建安七子之一阮瑀之子。曾任步兵校尉，世称阮步兵。阮籍的代表作是《咏怀诗》82首。这些诗非一时一地所作，在整体上却表现出某种一致性。其中有人与社会的冲突、人与命运的冲突、不同价值观之间的冲突、外在压力与内心追求之间的冲突、心灵自由与全身保命之间的冲突……这些冲突给诗人带来的是无尽的痛苦与悲哀，最终化为悲慨沉郁之音。

阮籍早期所持的是儒家价值观，其诗作中表现出"王业须良辅，建功俟英雄"的自我期许，但世事动荡，阮籍的英雄情怀和功业观念被完全打碎，他转过头来对其青年时期的理想进行了否定："布衣可终身，宠禄岂足赖。"当他认识到"天时有否泰，人事多盈冲"时，就转而标举适性逍遥："愁苦在一时，高行伤微身。曲直何所为，龙蛇为我邻。"他在精神上又由高远之慕转向了适性自足。

阮籍还曾高咏游仙："穷达自有常，得失又何求。岂效路上童，携手共遨游……俯仰运天地，再抚四海流。系累名利场，驽骏同一辀。岂若遗耳目，升遐去殷忧。"阮籍游仙的现实起点是人间的困扰，游仙的理想终点是立地飞升。但是，这种道教思想并不能真正说服阮籍,因此阮籍也就无法在游仙中实现与道逍遥,真正将世俗的限制和负累在更高的精神层面上蜕去。

功业无门,隐逸无由,游仙无路。人生可能的出路和价值寄托被阮籍一一尝试,又一一放弃。阮籍所见所感的世界,充满了孤独、危殆与辛酸:“徘徊将何见,忧思独伤心。”“独坐空堂上,谁可与欢者。”“独坐山岩中,恻怆怀所思。”“繁华有憔悴,堂上生荆杞。”“岂为夸誉名,憔悴使心悲。”“岂惜终憔悴,咏言著斯章。”“感慨怀辛酸,怨毒常苦多。”“挥涕怀哀伤,辛酸谁语哉。”“羁旅无俦匹,俯仰怀哀伤。”“终身履薄冰,谁知我心焦。”“一身不自保,何况恋妻子。”在他的诗作中,触目皆是秋风、严霜、蒿莱,满篇都是孤鸟、寒鸿、离兽、蟋蟀、蟪蛄。这使得阮籍的诗带有一种独特的深沉色调。这种深沉的情感,是阮籍诗歌最可贵之处。一方面,他眼睁睁看着司马氏颠倒伦常,杀戮英杰;一方面,却又必须“发言玄远,口不臧否人物”(《晋书·列传·第十九章》)。这种矛盾与冲突带来的痛苦,也正是其诗作超越前人、独树一帜的重要原因。

阮籍诗歌之所以引人注目,除了深厚的感情之外,还在于情感的抒写方式。阮籍之诗,其结构并不是按时间递进展开,诗句之间也不是单纯的因果关系,而是平行并列的各种意象,共同围绕在诗人之“意”周围,形成了一种具有多重解读可能性的抒情结构。钟嵘所谓“归趣难求”,刘勰所谓“阮旨遥深”,都与阮籍这种独特的抒情方式有关。

嵇康(224年—263年),字叔夜。其人风姿特秀,远迈不群,高傲刚直,不拘礼法,善音律,好养生,“尚奇任侠”,是“竹林七贤”中的领袖人物,在士林中声望极高。嵇康幼年丧父,成年后娶魏宗室之女,与曹魏政权关系密切。景元年间被司马氏构陷杀害。

嵇康诗作带着浓重的玄学意味,常用玄学的思辨方式观察自然,这使得他对于自然的认识和描绘与前人相比有了很大的不同。嵇康不局限于对现实世界中自然物象的描述,而往往采用自我建构的方式将抒情置于虚拟的自然之中。这种虚拟的自然往往作为社会现实之对立物而存在。如《五言赠秀才诗》(双鸾匿景曜),这首诗描述了两个世界:一个是意足自得的自然世界,在这里,诗人超绝尘世,自由而愉悦。但是,这种自由和愉悦被现实世界所打破,在现实世界里,充满限制、束缚与困顿。虚拟的自然还常作为精神本体之表现而存在。如《赠兄秀才公穆入军》(息徒兰圃),诗人在诗中“目送归鸿,手挥五弦”,塑造出与大道玄理冥合的理想人格形象。这种自然的虚拟化是魏晋诗歌发展中出现的新现象。

## 第二节　西晋诗歌与陶渊明

### 一、西晋诗歌

两晋诗坛以晋室南渡而分为两段,各具特色。

钟嵘《诗品序》云:“太康中,三张、二陆、两潘、一左,勃而复兴,踵武前王,风流未沫,亦文章之中兴也。”太康(280年—289年)是西晋文学活动最繁盛的时期,常被用作整个西晋文学的代称。所谓“三张、二陆、两潘、一左”指的是张协、张载、张亢兄弟,陆机、陆云兄弟,潘岳、潘尼叔侄以及左思。其中陆机、潘岳、左思的诗歌成就最高。

西晋的士人,既缺乏建安文人激昂慷慨的进取精神,又没有正始诗人深沉悲慨的忧患意识,整个社会弥漫着追逐名利的风气。文人多卷入政治,而往往以悲剧告终。晋惠帝时,以文采而屈节出入秘书监贾谧之门的二十四人,形成了“二十四友”集团,陆机、陆云、刘琨、左思、潘岳等皆在其列。诗坛上则大兴拟古之风,繁缛雕饰成为这一时期的诗歌特征。

陆机(261年—303年),字士衡,出身吴地名门,后入洛,受到张华等北方名士的器重。八王之乱中被杀。陆机的诗以拟古和赠答为主,尤其是拟古诗,占了其诗集中的大部分。拟古的主要对象是《诗经》、汉魏乐府和《古诗》。陆机对古代作品的模仿,其价值主要反映在诗的语言和技巧的锤炼上。具体表现为语言的雕琢、描写的繁复、句式的骈偶。如其《日出东南隅行》,此诗原题记罗敷事,陆机转而描写上巳洛水之游时女子的美貌。全诗无论在语言的华美雕琢还是在描绘的精工繁复上,都远远超过了前人,带有赋体影响的痕迹。诗中存在大量的骈偶句,数量之多,密度之大,均是前所未见。

陆机最为出色的作品,是其《赴洛道中作诗》二首。这两首诗是太康末年他应召北上途中所作,抒写客游之思、孤独之情。较之前人同类作品,显得造语新奇、对偶妥帖、富于表现力;较之他的拟古作品,又显得清丽流畅,无繁缛之苦。加之所抒情感为亲身体验,较之他的代言体诗更为真切感人。

潘岳(247年—300年),字安仁,出生于仕宦之家,少有奇童之名。成年后先是栖迟下僚,后与石崇等谄事贾谧。潘岳曾直接参与构陷愍怀太子,人品颇遭非议,后为赵王伦所杀。潘岳与陆机齐名,他的作品虽然辞藻华美,但不像陆机那样精雕细琢,较为明净疏畅。潘岳善写悲情,创作了大量优秀的哀悼之作。其代表作《悼亡诗》笔触细腻,感情哀婉,尤为出色。

左思(250－305年),字太冲,晋武帝时因妹左棻被选入宫,举家迁居洛阳,任秘书郎。晋惠帝时,依附贾谧,为“二十四友”之一,贾谧被诛后退出官场,专心著述,后病逝于冀州。

左思出身贫寒,其貌不扬,口齿迟钝,这三点都是其融入上层社会的障碍。故其虽因其妹得以跻身上层社会,与当时的名士相往来,但交往中难免受到歧视和排挤。仕途上的不得意、生活中所受的歧视与不公,加之左思极度高傲的个人性格,形成了左思诗歌雄迈劲健、慷慨激昂的独特风格。他在诗中反复抨击门阀贵胄、王侯贵族。其代表作品《咏史》八首,其二云:“郁郁涧底松,离离山上苗。以彼径寸茎,荫此百尺条。世胄蹑高位,英俊沉下僚。”其五云:“济济京城内,赫赫王侯居。冠盖荫四术,朱轮竟长衢。朝集金张馆,暮宿许史庐。南邻击钟磬,北里吹笙竽。寂寂扬子宅,门无卿相舆。寥寥空宇中,所讲在玄虚。言论准宣尼,辞赋拟相如。悠悠百世后,英名擅八区。”左思所称颂的扬雄,显然有诗人的自我期许在其中。这种自我期许并不仅仅限于擅长辞赋的文人,还包括段干木、鲁仲连那样的义士,荆轲那样的豪杰,许由那样的隐士。可以看到,这些历史人物,或能排难解纷或能与世殊伦或能自洁其身,都是诗人理想人格的一个侧面。站在这种理想人格的立场上,诗人的主体精神得到了极度的扩展,使得诗中的情感抒发充实饱满、激荡有力。

左思诗中除了对“豪右”的抨击,还有对寒士际遇的感慨,主父偃、朱买臣、陈平、司马相如……这些名士都有着跌宕起伏的命运。当其不遇之时,甚至“忧在填沟壑”,人生际遇的不可捉摸、不可把握为命运抹上了一层悲剧色彩。这种悲剧非一时一地,亦非一人一事,而是贯通古今、概莫能外。左思极为敏锐地将这一点提炼出来,将个人的不幸上升为一种普遍性的悲剧。

可以看到,左思的《咏史》实质上是咏叹自我,历史只不过是这个自我在不同角度的投影。换言之,左思的《咏史》更多的是咏怀。左思将阮籍《咏怀诗》的抒情方式运用于《咏史》,使得个人怀抱的抒发摆脱了史事的局限,一跃而成为诗歌抒情的中心。正因如此,左思可以以情驭事、以意驭事,极大地扩展了咏史诗的范围。或表达建功立业的理想:“长啸激清风,志若无东吴。铅刀贵一割,梦想骋良图。左眄澄江湘,右盼定羌胡。功成不受爵,长揖归田庐。”或表达对心目中理想人格的赞颂:“当世贵不羁,遭难能解纷。功成耻受赏,高节卓不群。”或表达对人生际遇的慨叹:“英雄有迍邅,由来自古昔。何世无奇才,遗之在草泽。”或表达对寒士人生价值的肯定:“贵者虽自贵,视之若埃尘。贱者虽自贱,重之若千钧。”抒情方式的立体化带来了抒情内容的多样化。

左思的《咏史》有两个显著的特点。一是主体精神的高扬,二是以情驭诗的写作方式。钟嵘标举的“左思风力”,正在于二者的结合。

## 二、东晋诗坛与陶渊明

在东晋诗坛据主导地位的是玄言诗。所谓玄言诗，是在东晋玄学昌盛的社会文化背景下，玄学中人以玄学思维方式来体悟、阐发玄理，表达其逍遥自足、自适任性的人生态度的诗。东晋的玄言诗人，早期以庾阐为代表，咸康永和间以孙绰、许询为代表，末期以殷仲文、谢混为代表。其中咸康永和间是玄言诗的极盛时期。

作为一种诗歌流派，玄言诗本身的价值并不高。但是玄言诗中反映的许多观念，却对诗歌发展有着重要的影响。如提倡人与自然的契合冥会就推动了山水游赏，孕育了山水审美精神，促进了山水诗的形成。再如其重直觉、重体悟的思维方式，也促进了古典诗歌审美情趣的成熟。

在这样的背景下，出现了伟大的田园诗人陶渊明。陶渊明(约365年—427年)，又名潜，字元亮，号五柳先生，私谥靖节，寻阳柴桑(今江西九江附近)人。29岁出仕，41岁时任彭泽令，仅80余日便弃职归田，躬耕务农，避世村居至病卒。陶渊明是魏晋南北朝时期最伟大的诗人，也是中国古典诗歌的代表人物之一。

陶渊明的思想倾向尚存争议。儒家、道家思想在其作品中均有体现，佛家的某些观念与其诗也有契合之处。但总体上不脱魏晋思想特征，秉持的是一种经魏晋玄学改造过的新自然观。

陶渊明思想中的儒家部分，主要体现为固穷守节的人格。陶渊明的曾祖是东晋名将陶侃，家族传统对其影响很大。其《饮酒》(其十六)云："少年罕人事，游好在六经。"但是，陶渊明所处的时代决定了他要么成为宗室内斗的工具，要么成为军阀篡政的帮手，这并不是他所希望的。当混战与杀戮、背叛与阴谋成为时代的主题时，采取不合作的态度就是对自我节操的一种保护，也是对儒学价值观的一种捍卫。因此，他反复赞颂"节""固穷""节义"，并以此自我激励。"历览千载书，时时见遗烈。高操非所攀，谬得固穷节。"(《癸卯岁十二月中作与从弟敬远》)"不赖固穷节，百世当谁传。"(《饮酒》其二)"竟抱固穷节，饥寒饱所更。"(《饮酒》其十六)这种对节操的标举显然是要为自己的生命价值和人生追求给出一个定位与解释。

陶渊明思想中的玄学部分主要表现为，直面生死的生命态度、重生轻名的生活态度和适性保真的人生态度。自汉末以来，感慨岁月易逝、人生苦短就是诗的主旋律。面对人生无常这一自然界的铁律，儒家给出的答案是建功立德以求身后不朽，道家给出的答案是服药炼丹以求白日飞升。而玄学认为，生死都是自然变化，从无生到有生、从有生归无生，都是自然而然的。陶渊明秉持的正是这种看法："有生必有死，早终非命促。"(《拟挽歌辞》其一)"死去何所道，托体同山阿。"(《拟挽歌辞》其三)"同物既无虑，化去不复悔。"(《读山海经·其十》)"纵浪大化中，不喜亦不惧。应尽便须尽，无复独多虑。"(《形影神赠答诗》)委运大化，也就是《归去来辞》所说"聊乘化以归尽"。坦然地拥抱生活，淡然地迎接死亡。

归隐田园是陶渊明适性保真的人生态度的体现。陶渊明说："少无适俗韵，性本爱丘山。"(《归园田居》其一)他在《归去来辞·并序》中谈及辞官归家也说："及少日，眷然有归欤之情。何则？质性自然，非矫厉所得。"在陶渊明看来，自然就是其本性，就是其"不得不为"的内在必然性。有自然之性，故有归欤之情，这两者是一而二，二而一的。陶渊明反复强调他归于田园的原因，不是事业无门，不是仕途险恶，而是个人的天性。诗人的自然天性得以表露，得以发展，得以任性而行，得以与自然相契相合，一体无二，这就达到了"真"。"此忘天地，遗万物，外不察乎宇宙，内不觉其一身，故能旷然无累，与物俱往，而无所不应也。"(郭象《庄子注·齐物论》)

陶渊明诗歌的艺术特色，可以用"真、淡、简"来概括。

"真"指的是其诗描写真实、态度真诚、感情真挚。如《归园田居》(其三)：

种豆南山下，草盛豆苗稀。晨兴理荒秽，带月荷锄归。道狭草木长，夕露沾我衣。衣沾不足惜，但使愿无违。

以士人身份从事农业劳动，陶渊明不仅身体力行，而且把他从事劳动的情状都写在诗里，显得真实而坦然，因而格外动人。翻开陶渊明的诗集，对自然的热爱、对朋友的亲厚、对妻子的感愧，这些毫无伪饰的真挚情感仿佛扑面而来。"真"是其诗具有永恒生命力的基础。

"淡"指的是其诗冲淡自然的审美风格。汉魏诗以悲情为基调，追求情感剧烈变动带来的审美效果。到了东晋，悲音大潮渐渐平息，士人们转而追求平静自然、任性自得的生活方式。陶渊明则将玄学哲理与诗骚传统结合起来，形成了一种冲淡自然的审美风格。如其著名的《归园田居》(其一)：

少无适俗韵，性本爱丘山。误落尘网中，一去十三年。羁鸟恋旧林，池鱼思故渊。开荒南野际，抱拙归园田。方宅十馀亩，草屋八九间。榆柳荫后檐，桃李罗堂前。暧暧远人村，依依墟里烟。狗吠深巷中，鸡鸣桑树颠。户庭无尘杂，虚室有馀闲。久在樊笼里，复得返自然。

描绘的是农家平和自然的生存状态，本色的生活场景与冲和闲远的精神状态完全融为一体。如严羽《沧浪诗话》所说："谢所以不及陶者，康乐之诗精工，渊明之诗质而自然耳。"又朱熹《朱子语类》说："渊明诗平淡，出于自然。"也指出其诗风"平淡"，究其所以乃是因为他"出于自然"，也就是说形成这种诗风的原因乃是因为其诗歌之表现极为自然，毫无矫饰，"淡"乃"真"的结果。

"简"指的是其诗语言的简洁省净。钟嵘云："其源出于应璩，又协左思风力。文体省净，殆无长语。笃意真古，辞兴婉惬。每观其文，想其人德。世叹其质直。至如'欢言辞春酒'，'日暮天无云'，风华清靡，岂直为田家语耶？古今隐逸诗人之宗也。”比起太康诗人华丽繁缛的诗风，陶诗语言极具概括力和表现力。如“蔼蔼堂前林，中夏贮清阴”之“贮”，“有风自南，翼彼新苗”之“翼”，无不准确精当。这些都说明，陶渊明的诗绝非原初状态的“自然”，而是对语言有着自己独特的美学追求。

# 第三节　南朝诗歌

## 一、刘宋诗坛

刘宋时期的重要诗人，主要有并称“元嘉三大家”的谢灵运、颜延之、鲍照。

谢灵运（385年—433年），出身于南朝最显赫的世族大家之一谢家，他在政治上的自我期许很高，然几度入朝几度被谴，最终以“叛逆”罪被杀。因为政治上的不得意，谢灵运在任永嘉太守、临川内史等职时，以营园林、游山水、探奇寻胜为主要生活方式，其诗歌创作，也以山水诗最为著名。

山水诗与诗歌中的山水因素是一对相联系又有区别的概念。在诗歌中描写自然景物的传统由来已久，然而山水诗作为一种诗歌流派，直至谢灵运才正式形成。一方面，过去诗歌中的山水因素，或依附于道德伦理，或散落于田园游宴，并不是独立的审美观照的对象；另一方面，这些山水因素始终处于附庸的、点缀的地位，并未构成诗歌的主体。永嘉乱中，北方士人随晋室南迁。为协调南北士族利益，北方世族多据会稽一带，而会稽正是“丰山水”之地。如果说江南秀美的山水风光构成了山水诗产生的现实条件，那么魏晋士人对于理想人格的追求，澄怀观道、体玄适性的人生宇宙观，就构成了山水诗兴起的内在动力。这是中国古典诗歌史上极其重要的一个转变。

谢灵运的山水诗，具有如下特点：

首先是山水描写独立、完整，细节丰富。在谢灵运手中，原先片段的、附庸的山水因素大为发展，景物描写趋向完整、独立。这种全面、完整的山水描写在前人诗作中是很少见的。其名作《石壁精舍还湖中作》可为代表。

其次是山水描写中时空观念的增强。山水赏会越趋自觉，时空观念也越是明确。谢灵运的诗往往通过对仗表现出较为严格的空间布局。如：“近涧涓密石，远山映疏木。”（《过白岸亭》）通过“远”“近”来标志空间距离。“舍舟眺迥渚，停策倚茂松。”（《于南山往北山经湖中瞻眺》）则通过“眺”“倚”两个动词暗示了人与景物的关系。“崖倾光难留，林深响易奔。”（《石门新营所住四面高山回溪石濑茂林修竹诗》）

则更是通过光影和声响来揭示空间关系，把声、光、色、空间等多种因素糅合在一句之中。

最后是善于描摹，注重炼字，多名句而少名篇。谢灵运常用对仗和偶句，这增强了诗歌即景绘色的功能。炼字的兴起在增强诗歌表现力的同时，也带来了一定的弊端。这就是所谓的“有句无篇”。如著名的“池塘生春草，园柳变鸣禽”。这是诗歌发展无法逾越的必然阶段。

谢灵运继承了魏晋以来诗歌注重景物描摹、注重辞采的一面，将描写的对象由园林转向山水，将描写的范围由片段转向整体，开创了影响极大的山水诗派，这是他最大的贡献。谢灵运的诗明丽精工，清新自然。因其志趣高远，故虽刻意追求形式之美，却不落俗套。当然也存在着明显的弊端，“玄言的尾巴”破坏了诗的整体美感；铺排过甚以致“颇以繁富为累”；过分追求新奇导致一些诗句拗口费解，不够流畅；过分追求对偶导致一些对句相当勉强，了无生气。但无论如何，谢灵运都是南朝首屈一指的大诗人。

颜延之(384年—456年)在元嘉诗坛上声望很高，与谢灵运并称“颜谢”。其诗多公宴赠答、应酬唱和之作，特点是“密”与“丽”。所谓密，指的是其诗经常针对同一内容，从不同角度反复申说。所谓丽，是指其诗色彩华丽、典故繁多。这两点形成了其诗丰赡绵密、藻丽典雅的特点。但颜延之比谢灵运更加注重对偶和炼字，往往使诗歌沦为纯粹的修辞载体，全诗淹没在典故之中，几乎“无一字无来历”。这种纯粹为炫耀才学而使用典故，使得诗作了无诗意，颜延之较有个性的诗作，有《北使洛诗》《还至梁城作诗》《五君咏五首》等。

鲍照(约414年—466年)，字明远，其乐府诗最为出色。他的乐府诗多用旧题，小部分自立新题。多为代言体，在代言中往往掺杂了作者自身的情感和寄托。如《代放歌行》云：“夷世不可逢，贤君信爱才。明虑自天断，不受外嫌猜。一言分主爵，片善辞草莱。岂伊白璧赐，将起黄金台。”

鲍照所处的时代，门阀是晋升最重要的因素。鲍照出身寒微，虽然受到刘义庆的赏识，却始终无法在上层社会找到一席之地。当功业之梦被门阀制度碾碎时，不满、抗争、愤懑就成为诗歌的主导情绪。其《拟行路难》系列慷慨淋漓、势不可挡，抒写诗人志向难伸、宏图难展，又鄙弃随波逐流、蝇营狗苟的态度。这种坚决态度使得鲍照的诗歌有一种力度美，而不会沦于自怨自艾的情调。如其六：“对案不能食，拔剑击柱长叹息。丈夫生世会几时，安能蹀躞垂羽翼？弃置罢官去，还家自休息。朝出与亲辞，暮还在亲侧。弄儿床前戏，看妇机中织。自古圣贤尽贫贱，何况我辈孤且直！”

除了这些直接表达自身情感的诗作之外，鲍照还有代言体诗，其主题不出游子、思妇、从军等传统主题。在这些代言体诗中，鲍照往往流露出自己的怀抱和情感来。鲍照还是较早写作边塞诗的诗人，在这些诗中，鲍照描写边塞风光、军旅生活，格调雄壮、语言奇崛。鲍照还有一些反映百姓疾苦、揭露统治者横征暴敛的诗，这种描写在南朝诗人中是极为少见的。

鲍照的诗风俊逸豪放，富于力度。读鲍照的乐府诗，往往有一种酣畅淋漓的速度感。一方面，鲍照得力于汉魏乐府诗和南朝民歌，有意学习民间语言特色，故能自然流畅，与当时流行的典密整饬的诗风相比显得俊逸不凡。另一方面，鲍照的乐府诗节奏明快。尤其是其开创的杂言式七言歌行，五七言交错，也不再每句押韵，而是隔句用韵或篇中换韵。这种错综变化的诗歌体式，极适于表达慷慨激昂、激荡不平的感情。

## 二、齐梁陈诗风

齐梁诗的主要特征，一是注重诗歌艺术形式的经营，尤其是对声律的讲求。二是出现了以皇族为中心的几个文学集团，文学创作和学术活动非常兴盛。如南齐竟陵王萧子良文学集团、梁武帝萧衍文学集团、昭明太子萧统文学集团、梁简文帝萧纲文学集团等。

萧子良为齐武帝萧赜次子，他自身文化素养很高，又能礼才好士，故一大群文士集合于其左右，形成了一个文学群体，史称“竟陵八友”。这个文学集团的主要贡献是创制“永明体”。永明是齐武帝的年号，永明时期诗歌发展最重要的事件是对四声的发现。

四声的发现有一些大的背景。首先，传统的诗歌声韵多与音乐有关，依照的是乐律。汉魏以来，随着诗歌的文人化，五言古诗已摆脱乐府而独立发展成为书面文学样式，即不再入乐。诗歌与音乐的分离要求有新的、供书面文学使用的声律系统，来满足诗歌创作的需要。其次，魏晋以来，清议清谈长盛不衰，参与者不仅关心玄理精义，更注重语言之美。音调、节奏、抑扬、韵律都是“娱心悦耳”的重要因素，而“音辞流畅”“整饬音辞”“别宫商”则成为清谈中的重要评判标准。这种对于声音美的讲求也深刻影响了文学创作。最后，随着佛教传入和佛经翻译的繁荣，梵汉转读也对音韵学的发展产生了重要影响，反切注音的出现即与此有关。

永明年间，周颙著《四声切韵》、沈约撰《四声谱》、王斌著《四声论》，声律研究盛极一时。他们将声律与传统诗歌音韵相结合，规定了一套五言诗创作应避免的声律上的毛病，也即后人所谓的“八病”。“四声八病”的提出，标志着诗人对声律的掌握由朦胧的、感受式的自发状态变成了清晰的、理性的自觉状态。这对于诗歌发展，尤其是对格律诗的出现无疑是具有关键意义的。

永明体的代表诗人，主要是沈约、谢朓。沈约(441年—513年)是当时文坛的领袖人物。沈约的诗有三个特点：语言清丽，情感哀怨，声韵和谐。其诗也讲究修辞，但是不像颜延年那样丰赡绵密、藻丽典雅，而较为清新自然。沈约虽博学，但并不堆砌典故，其诗较为浅显易懂。在抒情上，沈约偏好抒发哀而不伤、近于惆怅的淡淡哀怨，不似鲍照般激烈抗直，总体而言收敛含蓄。

谢朓(464年—499年)，字玄晖，是永明体的代表诗人，也是齐梁时期最为杰出的诗人。他诗中的思想感情，始终以身世忧惧为中心，并以此情感基调抒发思乡、归隐、欢会、离别等情感。在表达方式上，较少激烈的呼告和不屈的对抗，而多为迷惘、忧伤、无奈，往往以深度而非力度胜。谢朓写景也不像谢灵运那样追求对景物的客观描摹，讲究“巧言切物”，着力于精工，而是将自己的人生感情渗透进景物描写。如《晚登三山还望京邑》：“灞涘望长安，河阳视京县。白日丽飞甍，参差皆可见。馀霞散成绮，澄江静如练。喧鸟覆春州，杂英满芳甸。去矣方滞淫，怀哉罢欢宴。佳期怅何许，泪下如流霰。有情知望乡，谁能鬒不变？”全诗描景写物圆润流畅，一气呵成，既深婉含蓄又感人至深。又如《之宣城郡出新林浦向板桥》，“天际识归舟，云中辨江树”两句，意境圆融，似真似幻、朦胧难辨的景物恰与“虽无玄豹姿，终隐南山雾”相应，切合诗人“朝隐”的心理，颇能显示谢朓的性格特点。

作为永明体的代表诗人，谢朓在其诗中十分讲究声韵的和谐流畅和情思的意味深长，警句甚多，在南朝堪称独步。如“鱼戏新荷动，鸟散余花落。”(《游东田》)“日出众鸟散，山暝孤猿吟。”(《郡内高斋闲望答吕法曹》)“云去苍梧野，水还江汉流。”(《新亭渚别范零陵云》)“寒城一以眺，平楚正苍然。”(《宣城郡内登望》)“叶低知露密，崖断识云重。”(《移病还园示亲属》)均为佳句。谢朓的一些短诗，带有南朝民歌气息，去其俚俗，留其情致，加上语言精致，音调和谐，明白晓畅又富于韵味，对五言绝句的形成有着一定的影响。

谢朓的诗作不仅在当时享有盛名，对唐诗也有着深刻的影响。翻开李白的诗集，诸如“谢朓”“谢公”“小谢”之类的字眼，触目可见。这足以表明谢朓在中国诗史上的影响和地位。

永明体之外，又有宫体。梁简文帝萧纲在做太子时期，写了大量轻艳之诗。当时的属官徐摛、庾肩吾等推波助澜，文学侍从之臣竞相仿作，一时蔚为风气，形成宫体诗派。宫体诗辞藻靡丽，主要以妇女生活、体态举止、容貌、所用器物为描写内容，也有一些抒情咏物之作。其情调流于轻艳，诗风比较柔靡缓弱。比永明体更趋格律化，对律诗的形成有着推动作用。其辞采秾丽、音乐性强、用典多、描写细密，对后世诗人也有一定的影响。

宫体诗的形成与南朝民歌有着密切关系。梁陈时期，南方的民间谣讴由于各阶层人士的喜爱而日益兴盛。这些民歌多用妇女的口吻描写过往爱情的欢乐、相思的痛苦以及婚姻不自由的苦闷。风格较为侧艳。这种诗风通过乐府进入宫廷，正合帝王贵族偏安江左、溺于逸乐的心理。在文人诗层面，鲍照、汤惠休的艳体，沈约的《领边绣》《脚下履》，谢朓的《咏镜台》等都是宫体先声。除此之外，佛教文学中的一些女性情态描写以及色欲描写对宫体诗的勃兴也有影响。

宫体诗最大的问题，在于诗歌表现中情感的缺失。咏物与咏人，在宫体诗人那里其实是一致的，吟咏女性同样用的是咏物的手法。咏物中无兴寄，咏人同样没有情感可言。在对待女性的态度上，我们看不到热烈奔放或委婉缠绵的情感，看不到诗人心灵的参与。这一点是宫体诗与民歌中的艳情作品最大的差别。宫体诗人们受到了艳诗的影响，但这种影响只停留在表层，艳诗在宫廷中被抽去了情感内容，保留下适合宫廷诗人创作的题材和形式成分，成为应酬欢会时的佐料。

宫体诗在声律、对偶等方面都较永明体有了进步，语言吸收了文人诗与乐府民歌的优点，这些都有着积极的意义。它扩大了诗歌审美表现的范围，进一步推进了诗歌的律化，是诗歌发展史中不可忽视的一环。

除永明体诗人、宫体诗人之外，比较重要的诗人有吴均、何逊、阴铿、江淹、江总等。吴均诗风质朴，出语较有气势。何逊一生游宦而沉沦下僚，诗中常以秋景、夜景、夕景、暗景反映心理情感。阴铿人生经历与何逊相仿，诗风也有相近之处。然何逊较悲苦，阴铿较劲健，即使写悲，也悲中见壮，故诗中多壮阔的大江形象。江淹的诗以善于拟古著称，诗风清丽幽怨，善写伤感之情。江总是陈后主宫廷文人中名声最著者，所作诗歌辞采艳丽、音节流荡，颇具形式美。

## 第四节　北朝诗歌与南北朝乐府民歌

### 一、北朝诗歌

北朝是我国历史上与南朝同时代的北方王朝的总称，其中包括了北魏、东魏、西魏、北齐、北周等数个王朝。与南朝比起来，北朝文学无论在数量还是质量上都乏善可陈。北方本土作者，有被称为“北地三才”的温子昇、邢邵、魏收。温子升诗流传不多，大多篇幅短小，有明显的学习南朝的痕迹。邢邵诗仅存八首。魏收历仕北魏、东魏、北齐三朝，是《魏书》的作者，其诗较温子升、邢卲更近齐梁。

成就较高的，是从南方来到北方的文人，以庾信和王褒为代表。

庾信（513年—581年）字子山，早年陪同太子萧纲等写作一些绮艳的诗。梁武帝末，侯景叛乱，建康失陷，庾信被迫逃亡江陵，投奔梁元帝萧绎。后奉命出使西魏，其间西魏攻克江陵，杀萧绎。庾信被留在长安，官至车骑大将军、开府仪同三司；北周代魏，迁为骠骑大将军、封侯。

庾信的诗作，以其42岁出使西魏为标志，可分为前后两期。前期仕于梁朝，随其父庾肩吾出入萧纲宫廷，后与徐陵一起任萧纲东宫抄撰学士，形成所谓的“徐庾体”，其特征是轻靡绮艳，注重声律，讲究细节描写。

庾信后期的诗可分为两大类，一类是奉和应酬之作，另一部分则是自我的感怀抒情。庾信在北方身居高位，备受礼遇，也因如此，始终不得回南方。故其常有乡关之思、家国之痛，发而为《拟咏怀》27首。与传统抒情诗中的思乡主题不同，庾信的思乡并不仅仅是远离故土的孤独，而是一种文化上的隔绝带来的心灵绝望。这里的“乡”实际上是文化上的、心灵上的故乡，“汉使”“胡笳”“羌笛”等用语带有明显的民族文化意识。故庾信常有“倡家”“质子”之喻，其感情表达也格外激切。

庾信《拟咏怀》的艺术特色也相当明显。首先，是用典极多，这既与齐梁诗风的影响有关，也缘于庾信身仕北朝，无法直言的现实。庾信思想的复杂性也是其多用典故而很少直抒胸臆的重要原因。其次，庾信善用对偶、回环等手法，“残月如初月，新秋似旧秋”尤其精工警醒，看似写景之笔，却写出时光变迁中诗人的绝望与无奈，堪称神来之笔。庾信又常以散句入诗，甚至以散句作对，这使得他的诗虽典故密集，却带有汉魏诗的质朴之气，不致滞涩难通。在用字上，多用“望”“归”“空”“徒”“寒”“秋”“断”“绝”“独”“悲”“愁”以表达思乡、孤独、绝望之情。

庾信后的期诗作中，还有一些五言新体诗，也写得相当出色，其结构之精致，表达之含蓄，语言之精省，都已近于唐人。庾信晚年融合南北诗风，既有齐梁诗的形式美，又有北地的劲健厚重，加上其自身际遇造成的诗歌情感和抒情方式的独特性，使其成为南北朝诗歌的收束者，也为唐代新诗风的出现做了必要的准备。

王褒（513年—576年）在诗歌上的成就总体上不及庾信。其现存诗作多是到北方后所作，侧重抒发羁旅之情、故国之思和边塞风情。王褒善于描写秋日萧瑟凄寒之景，“秋风吹木叶，还似洞庭波”（《渡河北》）“关山夜月明，秋色照孤城”（《关山月》），都是选取典型意象，锤炼成看似平易实则精工的诗句。对于特定情感和景物的偏好，使得王褒的诗歌悲凄有余而劲健不足，“寂寞灰心尽，摧残生意馀”（《和殷廷尉岁暮诗》），这是王褒与庾信相比不足的地方。王褒还有一首七言歌行体长诗《燕歌行》，兼具南方文辞的华丽和北方的气骨，代表了七言歌行发展的新阶段。

## 二、南北朝民歌

南北朝民歌的时间范围并不完全与历史上的南北朝概念相对应，代表的是整个魏晋南北朝的民歌，而不限于宋齐梁陈。

南朝民歌大部分保存在宋代郭茂倩所编《乐府诗集·清商曲辞》中，主要分为吴歌、西曲两大类。吴歌主要产生于建业（南京）及周边地区，西曲主要产生于江汉流域。

南朝民歌的兴起，有三大背景。首先是整体动乱，局部偏安。南朝政权频繁更替，外战内乱不休，部分城市却得以聚集资源和人口，形成局部的偏安和繁盛。其次是思想开放，文化交融。儒家伦理的束缚力日益削弱，新观念、新思想层出不穷，重情尚意、追求人生的适性满足成为普遍要求。最后是风气更替，好尚大变。传统雅乐已无法引起南方上层社会的兴趣，新鲜、活泼的江南民歌进入了他们的视野，成为新的艺术风尚。

南朝民歌具有如下特点：

其一，曲调繁富，内容狭窄。南朝民歌曲调种类繁多，丰富多样，但这些民歌表达的情感内容却较为狭窄。以情歌为主，或写对爱情的憧憬，或写相思的痛苦，或写离别的悲哀，或写信念的坚贞，或写婚姻中不得自由的苦闷，都离不开男女之情。

其二，总体风格类似。吴歌之中，《子夜歌》单纯朴素，多写怀春之情，情感表达较为直接。而《子夜四时歌》则有文人修饰的痕迹，多以四时景物描写衬托情感抒发，表达较为含蓄蕴藉。西曲产生于江汉流域，这里商业发达，其民歌往往与长江水道相关，多描写旅客商妇的离别之情。相比起来，吴歌更加艳丽柔弱，富于闺阁气息，代表物象是罗帐、窗帘、屏风；西曲较为开朗明快，富于生活气息，代表物象是浪潮、篙橹、舟船。如“逆浪故相邀，菱舟不怕遥。妾家扬子住，便弄广陵潮”（《长干曲》）。

其三，情感鲜明突出，修辞手法活泼多样。南朝民歌大都是抽离了背景的纯粹情歌，我们很难看到诗人的身份、地位、志趣、遭遇，也很少有道德伦理、社会舆论的考虑。这些民歌多为女性视角，因此汉魏以来文人诗作中常见的忧生之嗟、功业之志、羁旅之愁统统让位，爱情几乎成为唯一的主题。

南朝民歌形式短小明快、语言自然。这对西晋繁缛雕琢、用典密集、艰深晦涩的诗风是一个反拨，也是对文人诗的重要补充，直接影响了五言绝句的形成。修辞上，南朝民歌主要运用夸张、双关、隐喻、勾连等手法，浅显易懂又回味无穷。如《华山畿》各诗写泪水：“泪落枕将浮，身沉被流去”“石阙昼夜题，碑泪常不燥”“牵牛语织女，离泪溢河汉”“泪如漏刻水，昼夜流不息”“长江不应满，是侬泪成许”。这些夸张的语言，非常具有艺术感染力。双关隐语的大量运用是南朝民歌的一大特色。如以“藕”双关“偶”，“莲”双关“怜”，“丝”双关“思”，以布匹之“匹”双关匹配之“匹”，黄连之“苦”双关相思之“苦”等等。这种民间式的机智对南朝民歌婉转缠绵风格的形成起着重要的作用。

虽然南朝民歌以吴歌和西曲为主，但南朝民歌中最杰出的作品却是《杂曲歌辞》中的抒情长诗《西洲曲》。全诗以五言四句一解为基础，用民歌中常用的钩接句法，将全篇贯穿为一个整体，读来回环婉转、似断似续、缠绵不尽，将相思之意表达得极为细腻优美。

南朝民歌对当时的文人诗有着很大的影响，鲍照、汤惠休之后，南朝诗人多有拟作，宫体诗的出现更与南朝民歌的影响直接相关。唐代许多诗人也深受其惠。

北朝民歌大部分保存在宋郭茂倩编《乐府诗集·横吹曲辞》的《梁鼓角横吹曲》中，《杂曲歌辞》和《杂歌谣辞》也收有一小部分。这些民歌大多是北魏、北齐、北周时期的作品，传入南朝，被梁乐府保存了下来，故称“梁鼓角横吹曲”。

北朝民歌的形成，有赖于其特殊的背景。

首先是北地独特的自然风光，与南方秀丽温润、千姿百态、错落有致的山水景色不同，北方景物的特征是壮阔、豪迈，是高天阔地，是千里平原。在这样的环境下，人们观察的是事物的整体而非细节，关注的是共性而非个性，吟唱的是现实的生活而非理想的情致。其次是游牧民族自身的文化传统和北方的长期战乱。无论是中原居民反抗异族统治的斗争，还是少数民族之间的战争，都伴随着残酷的血与火。这些都造就了北方的强悍气质。最后是北方经济和中心城市的衰落。南朝民歌产生于酒楼渡口，北朝民歌产生于草原马背，南朝民歌伴随的是酒盏与乐舞，北朝民歌伴随的是刀剑与马鞭，这自然造成了风格上的极大区别。

现存的北朝民歌仅有70余首，远不及南朝民歌的数量。但北朝民歌在内容上却广泛得多。其中有对北方风情的描写，如著名的《敕勒歌》：“敕勒川，阴山下。天似穹庐，笼盖四野。天苍苍，野茫茫，风吹草低见牛羊。”有北地对勇武的崇尚：“健儿须快马，快马须健儿，跸跋黄尘下，然后别雄雌。”（《折杨柳歌》）北朝民歌风味和气概均不同于南朝缠绵之辞，显得较为粗犷直接，并不讲求含蓄委婉。如写婚姻问题：“驱羊入谷，白羊在前。老女不嫁，踏地唤天。”（《地驱歌乐辞》）。其他如贫贱者的悲哀、勤苦者的激愤、孤儿的悲惨、战争的残酷、漂泊的凄凉，都在诗中一一展现，构成社会生活的画卷。与南朝民歌相比，北朝民歌反映的社会生活要宽广得多。

北朝民歌的直率粗犷、质朴刚健与南朝民歌的柔媚清丽、婉转缠绵恰相对照。北朝民歌较少修辞，也没有双关、隐喻等南朝民歌中常见的技巧，没有对景物细致精工的描绘，不追求音韵的圆转流利，纯以气势夺人、真率动人、写实感人。虽然很多民歌是翻译作品，我们仍可感受到这种鲜明的特点。这些特点正是南朝偏于柔弱的诗风所缺乏的，为后世诗人集南北之长、开拓新境界提供了重要的资源。

与南朝民歌相似，北朝民歌篇幅也不长，大多为五言四句。但其中的《木兰诗》却是罕见的长篇叙事诗，代表了北朝民歌的最高水准。全诗有三大特点：其一是人物理想化，情节戏剧化；其二是雅俗交融，详略得当；其三是叙事与抒情结合，细节描写与氛围渲染结合。这三点共同构成了完整的木兰形象。

# 第五节　魏晋南北朝的赋与文

## 一、魏晋南北朝的赋

建安时期的赋有三个特点:风格抒情化、篇幅小品化、题材多样化。

赋是汉代文学的主流。西汉以大赋为主,东汉以后,铺采摛文、体物写志的大赋逐渐转向文采清丽、咏物抒情的小赋。建安赋的代表作品,是曹植的《洛神赋》和王粲的《登楼赋》。

曹植的《洛神赋》全篇表达的,是"恨人神之道殊"的惆怅,是理想追求不得实现的悲哀。此赋善于在动态之中反映洛神之美,形象刻画细致生动,描写用词雅丽,是中国文学史上女性美描写的典范之一。全赋笼罩着一层迷离的感伤色彩,抒发了一种追求不得结果的遗憾和失落之情。

王粲的《登楼赋》是建安时期抒情小赋的代表作,此赋作于王粲流寓荆州,依附刘表期间。其时董卓作乱,天下不安。王粲远离故土,又不得重用,故时世动荡之叹、孤旅离群之感、壮志未酬之悲、时光飞逝之惧融于一体。全赋写景凝重浑厚,抒情婉转凄恻,达到了很高的艺术水准。

正始文坛中,较好的赋作有嵇康的《琴赋》和向秀的《思旧赋》。前者极写琴音之美,标举旷远、渊静、放达的审美态度。后者是向秀为怀念故友嵇康和吕安所作。嵇、吕因反对司马氏而死,向秀无法直言,只有将无尽的哀伤悲愤隐晦曲折地表达出来。全赋以闻笛而思琴,过旧居而怀故人为线索,既有"栋宇存而弗毁兮,形神逝其焉如"的丧友之痛,又有"叹黍离之愍周兮,悲麦秀于殷墟"的国变之悲,俊才罹难与邦国殄瘁,双重情感叠加融合,使"山阳闻笛"成为古典文学中的典型意象之一。

西晋时,由于天下统一,社会生活相对较安定,赋体写作盛极一时。大赋重新进入人们的视野,诸如左思的《三都赋》、潘岳的《籍田赋》、成公绥的《啸赋》等,在体制上都直追汉人。这一时期较为重要的赋作者有陆机、潘岳、左思等。

陆机最为出色的赋作是《文赋》。《文赋》既是重要的文学理论著作,也是精美的文学作品。在《文赋》中,陆机对文学创作心理、创作构思、创作灵感、文体风格、审美标准等问题一一作了阐述。这种阐述借助形象性的语言表达出来,可谓曲尽其妙。全赋构思精巧、遣词妍丽、声韵和谐,正是陆机文学观点的实践。

潘岳的赋题材很广,大体可分为四类。其一是以《秋兴赋》和《闲居赋》为代表的抒情小赋,其二是以《笙赋》《河阳庭前安石榴赋》为代表的咏物赋,其三是以《西征赋》《籍田赋》为代表的大赋,其四是以《寡妇赋》和《怀旧赋》为代表的哀悼赋。潘岳的咏物赋长于刻画自然风物，具有清丽婉畅的风格，且多有兴寄之意。潘岳又以擅写哀情名世，《寡妇赋》代妻妹抒发孤寡之情，《怀旧赋》伤悼岳丈杨肇及其子，抚往追昔，描景写物，俱悲怆动人。

西晋大赋中，左思的《三都赋》最为可观。此赋写作十年，问世后豪贵之家竞相传抄，一时洛阳纸贵。木华的《海赋》也是西晋赋的代表作品。此赋描写大海，将大海的气势磅礴、无边浩瀚、物产丰奇写得淋漓尽致、壮丽多姿。

东晋文坛被玄风笼罩，赋的创作陷入低潮，多沦为玄学的注脚。较好者有孙绰的《天台山赋》。陶渊明的《归去来兮辞》则是这一时期难得的一篇杰作。《归去来兮辞》之“辞”，是介于散文与诗歌之间的一种文体，可以看作是抒情的韵文，押韵的赋。在这篇作品中，陶渊明开篇即写乘舟返乡，充满了误入官场的自责自悔和对隐居生活的向往。接着描写隐居生活的平和安乐。结尾表达其安天乐命的人生追求：“聊乘化以归尽，乐夫天命复奚疑！”《归去来兮辞》语言精美而又浅显，辞意畅达而又雅致，感情真挚，意境深远，有着很强的感染力。除《归去来兮辞》外，《感士不遇赋》和《闲情赋》也是陶渊明的代表作。与《归去来兮辞》的偏于庄老不同，《感士不遇赋》反映了陶渊明思想中偏于儒家的一面。赋中历数前贤之困顿悲苦，而归之于“宁固穷以济意，不委曲而累己”，有激愤之情而无凄苦之意。《闲情赋》想象奇特，文辞妍丽，音韵流转，在《陶渊明集》中别具一格。

进入南朝，赋体复兴。刘宋一代，鲍照气骨沉雄，堪称大家。《芜城赋》是其代表作。芜城即广陵（今扬州），是著名的富庶之地。后两遭兵祸，繁华荡尽，凋敝不堪。两相对照，不由得使人产生天道无常，世事多变的感慨。全赋张弛有度，富于缓急错综之美，加上情感深沉，辞藻繁丽，读来催人泪下。

谢惠连的《雪赋》和谢庄的《月赋》也是刘宋赋作中的名篇。前者托言司马相如应梁王之请，后者托言王粲应曹植之邀，前者取意浩然贞洁之志，后者抒发感伤惆怅之情。前者善于白描，对雪景的刻画生动形象，如在目前；后者善用衬托，通过相关的景物点缀和人事活动描写来营造清静平和的月下世界。二赋清美流利、属对工整，屡为后人化用。

齐梁时期的赋家，以江淹为代表。江淹是南朝赋作最多的作家，其作品《别赋》《恨赋》堪称双璧。《别赋》通过对戍人、富豪、侠客、游宦、游仙者、情人等别离场景的描写，将这一主题发挥得淋漓尽致。《恨赋》分别描写帝王、名将、美人、高士之恨，而总归之于“自古皆有死，莫不饮恨而吞声”。总体而言，二赋都是将人生中普遍的悲情因素抽取出来，打破时空的局限、身份的差异来加以表现，从而揭示人生无可避免的悲剧本质。

庾信是南北朝最后一位赋作大家，其后期赋作，无论在思想性还是艺术性上，都代表了南北朝赋的最高成就。《哀江南赋》是其代表作。全赋以个人际遇写家国兴衰,体制宏大,感情深沉。赋中追述西魏攻下江陵,数万士女被掳往长安为奴,惨痛之情溢于言表。《哀江南赋》是中国辞赋史上的名篇巨制,全赋感情凝重、情怀慷慨、语言典丽、对偶工稳、文气流宕、笔意纵横,极富冲击力和感染力,堪称"赋史"。

## 二、魏晋南北朝的文

骈体文是中国古代特有的一种文体。其特殊性在于,它是从修辞手法发展出的一种文体,而不是从表达功能发展出的一种文体。所以,与骈体文并列的是散体文,而不是诗、赋、小说、戏曲。这里将魏晋南北朝的散文和骈文放在一起介绍。

建安时期的文风,重情尚气、清峻通脱,骈散分化进一步加剧。建安作者中,曹操是"通脱"之风的代表。其文质朴浑重、率真流畅,教令尤有特色。《述志令》是其代表作。面对朝野谤议,他坦然直言:"今孤言此,若为自大,欲人言尽,故无讳耳。设使国家无有孤,不知当几人称帝,几人称王!或者人见孤强盛,又性不信天命之事,恐私心相评,言有不逊之志,妄相忖度,每用耿耿。"这些语句充满自信和自负,不拘常例,无所顾忌。《求贤令》打破了汉代重德轻才的用人惯例,对时风、时人观念产生了巨大的冲击。诏令之外,曹操的其他应用文体也充满个性和感情色彩。

与曹操相比,曹丕的文章较为华美,带有感伤情调。《与朝歌令吴质书》是其代表作。建安二十二年(217年),北方大疫,"徐、陈、应、刘一时俱逝",同年王粲也逝去,加上212年去世的阮瑀,建安文坛顿时冷落。曹丕于218年写了此信给吴质,表达其思念和追忆之情。信中追怀昔日游宴生活。亡友逝去的悲痛、人生无常的悲怆,融入对往昔美好事物的追思和怀念之中,使得全文情调哀婉、如见肺腑。《又与吴质书》与之相比内容相仿,而情感表达更加沉痛悲怆。《答繁钦书》则以丽句佳藻见长。

与曹丕的感伤哀婉不同,曹植之文充满自我期许的豪宕情怀,文风也更加肆意奔放,才气挥洒。如《与杨德祖书》,充满热切的功业之心,这种热切的功业心在其晚年也未消歇。其侄曹睿在位时,他屡屡上书求用,《求自试表》云:"流闻东军失备,师徒小衄,辍食弃餐,奋袂攘衽,抚剑东顾,而心已驰于吴、会矣!"曹植的这些作品,言辞激切、披肝沥胆、发乎至诚,充满慷慨之气,而文辞瑰丽,已有较重的骈文气息,代表着两晋南北朝文学发展的方向。

建安七子中,孔融"体气高妙,有过人者"。其代表作《论盛孝章书》是孔融任少府时请求曹操搭救盛孝章的信,全文动之以情,劝之以理,诱之以招贤之志,正名之心,层层推进,文心细密。兼之感情深沉、辞藻华美,历来为人们所喜爱。

陈琳以章表书记闻名,《为袁绍檄豫州》《为袁绍与公孙瓒书》《檄吴将校部曲文》等俱是名作。陈琳之外,阮瑀也善章表书记,代表作为《为曹公作书与孙权》。此文意在与孙吴修好,故深切委婉又绵里藏针,情理俱下,恩威并施。虽为代笔,却颇能显示曹操的枭雄本色。

正始时期，玄学大盛，清谈成为时代风气，辩论说理之文兴起。代表作家是阮籍、嵇康。阮籍的主要作品有《乐论》《通易论》《通老论》《达庄论》及《大人先生传》。《大人先生传》是其思想的集中反映。全文意境宏大、思辨周密、文思跌宕，既有浪漫玄远的情思、瑰丽奇崛的想象，又有对现实的抗争和揭露，富于艺术魅力。

嵇康的代表作是《与山巨源绝交书》。前段清直刚毅，义正词严，后段嬉笑怒骂，个性十足。嵇康喜作翻案文章，《声无哀乐论》《释私论》《管蔡论》《明胆论》《难张辽叔自然好学论》等，文风犀利，极具胆略，颇合其刚直之性。

西晋之文，主要作者是陆机和潘岳。陆机有连珠体骈文《演连珠》五十首，由自然社会之事而及政治人生之理，行文正反相合，层层推进，由物及人，心巧辞熟，确如明珠磊磊自转。陆机还有《豪士赋序》《谢平原内史表》《荐戴渊书》《五等诸侯论》《辨亡论》《吊魏武帝文并序》《汉高祖功臣颂》等名作。潘岳善为哀诔之文，《杨仲武诔序》《夏侯常侍诔》《马汧督诔》《哀永逝文》尤为出色，风格缠绵凄怆、情深辞茂。

东晋时期，文风转向自然清疏。王羲之的《兰亭集序》是其代表。其深沉的人生感慨和宏大的宇宙意识足以与建安诸子相较，又兼文风疏荡，独具美感。

陶渊明是东晋大家，其文虽少，却篇篇出色。《五柳先生传》是其自况。全文以“不”贯穿始终，充满对世俗的抗拒，对真性的坚持。其用词洗练精准，语调舒缓自如，语浅意深。

进入刘宋后，抒情体物传统重新成为主流。但东晋疏朗散淡的文风对刘宋之文仍有影响。元嘉三大家中，颜延之文以典丽缜密见长，然往往牵于用典繁密和过分重视形式的病累，缺乏情致和兴寄。鲍照的《登大雷岸与妹书》，极写九江、庐山一带的地理景物之胜，又能由外返内，由景物而思及历史人生，故山川壮美，文心浩荡、感慨良深、余味悠远。

南朝还出现了一些俳谐文，如沈约的《修竹弹甘蕉文》、袁淑的《驴山公九锡文》等。孔稚珪的《北山移文》是其中代表。作者假借钟山神灵之口，对当时的假隐士、真官迷作了辛辣的嘲讽，全文以景物刻画之工，佐人事嘲讽之切，清音雅谑，相得益彰。

齐梁时期的写景文，成就突出。这些写景文多为书札类的小品，如丘迟的《与陈伯之书》、吴均的《与朱元思书》、陶弘景的《答谢中书书》。其共同特点是文笔清新、疏朗明丽，与齐梁主流的华藻丽句、绮语闲情、轻艳流荡恰成对比。

这一阶段的说理辩论之文，以刘峻的《辩命论》和《广绝交论》为代表。这两篇都是骈文，音节清壮，说理雄辩。尤其是后者，谱写人情世态、浮沉冷暖，激愤之情沉郁勃发，读来痛快淋漓。

史传之文，则有西晋陈寿的《三国志》、南朝宋时期范晔的《后汉书》。前者高简有法，质而不野。后者文采富丽，尤其是论赞部分，声律协畅，意精旨深，具有较高的文学价值。

北朝之文，以《水经注》和《洛阳伽蓝记》两大巨制为代表。《水经注》以注《水经》而得名，然较《水经》有极大扩展，文字增加了二十多倍，是一部影响深远的综合性地理著作。《水经注》的文学价值，主要是对山水景物的描写。这些描写有的取自六朝地志，还有一些是郦道元自出机杼的创作，郦道元往往将个人对山水景物的感受和评价融入文中，使山水摆脱了纯粹的自然状态，更富情致。

《洛阳伽蓝记》是记载北魏首都洛阳佛寺兴衰的地方志，也是北朝文坛的杰作。伽蓝原意指僧侣所居之园林，后多用以称僧侣所居之寺院、堂舍。北魏自迁都洛阳后，大修佛寺，盛极一时。后历尽战乱，毁败殆尽，后杨衒之重至洛阳，目睹盛衰之变，感慨万千，故作此记。此书虽以佛寺为主题，其情感基调却与鲍照的《芜城赋》相似，是借盛衰之迹写兴亡之感，佛寺实为串联历史社会变故的主线。塔的兴灭与国事之盛衰交织在一起，佛寺命运成为国家命运的缩影。

## 第六节　魏晋南北朝小说

### 一、志怪小说

中国古代的文言小说，主要包括三种类型：志怪小说、志人小说和传奇小说。其中，志怪小说成熟最早，志人小说其次，最晚的是传奇小说。魏晋南北朝是志怪小说的黄金时代，诞生了《博物志》《搜神记》《拾遗记》等彪炳史册的名著。这三部名著，分别代表了志怪小说的三个类别："博物"体、"搜神"体和"拾遗"体。

#### 1.《博物志》与"博物"体

"博物"体志怪小说成熟于汉代，而在魏晋南北朝继续发展。其作者多为博识多闻的学者。西晋张华是一位带有神秘色彩的人物，后来谈博物的，往往以他为代表。《博物志》的体例略仿《山海经》。卷十《八月槎》是《博物志》中格外富于情趣的一篇。文中乘槎登天，读者借助作品的描述进入银河，那是多么令人振奋的人生情态！就叙事技巧而言，《八月槎》也是首屈一指的。"此人"在茫茫的日月星辰之间，见到了城郭，见到了织女，见到了牵牛人，他究竟置身在"何处"？张华不愿平淡无奇地告诉读者，而是引入了一个神秘人物严君平，由他在篇末揭开谜底。如此处理题材，使读者感到银河系的广阔无垠与深奥莫测，而这就是我们说的第三人称限知叙事。

《八月槎》《异虫》等篇，其题材特征依旧是“博物”体的，但在表达方面，从侧重于表现物体或形态，到侧重于表现动作和情事，从注重表达空间里的景象平列，到注重展示时间上的情节延续，即减弱了铺陈式的描写，加强了线条式的叙述，这是传统“博物”体的变异。它使《博物志》在同类志怪中可读性更强，但也表明：“博物”体在达到鼎盛的同时亦臻于极限。它不得不借鉴“搜神”体的叙事手法。

**2.《搜神记》与“搜神”体**

“搜神”体是志怪小说的主要类型，至东晋初干宝的《搜神记》问世，“搜神”体在志怪小说中确立了其主导地位。尽管它的成熟要晚于“博物”体、“拾遗”体，却不愧为志怪小说的正宗。

干宝的《搜神记》是魏晋南北朝志怪小说的代表作。其题材来源，主要有两个方面：一为“考先志于载籍”，一为“收遗逸于当时”，即或抄撮于故书或采自魏晋时的传闻。由于干宝以极为认真的态度来从事写作，精心地加工整理搜罗到的材料，遂使《搜神记》成为不朽的名著。

仙、鬼、怪构成《搜神记》的主要形象系列。仙人集中在卷一，其中《董永》《杜兰香》《弦超》三篇别开生面。以下以《弦超》中女仙形象为例略作解剖。

其一，在两汉志怪中，求仙之艰难是被强调的重点，至于仙界的生活究竟如何，人们并不关心，而魏晋南北朝志怪作者，却对后者倾注了较多的注意力。他们无法为仙界的日常生活安排充实的、富于情趣的内容，遂推测仙人必然活得寂寞无聊。于是，与求仙相对的另一主题——思凡，便应运而生。

其二，在两汉志怪中，亦不乏女仙，如西王母等，但她们总是居高临下地俯瞰人世。汉武帝以帝王之尊，在西王母面前亦只能仰视。而干宝笔下的女仙就亲切多了。产生于晋代的虚构故事，将女仙世俗化、凡人化，正是魏晋知识阶层人格觉醒的标志之一。

其三，两汉志怪中的女仙，其容貌之美已得到大笔渲染，但对女仙的才情似未予重视。而《弦超》在简洁地交代成公知琼“非常人之容”后，一再写她长于诗、文，其文“既有义理，又可以占吉凶”，其诗可用于抒发别情，才色兼具，已近于唐人传奇中的恋爱女主角了。上述三个特点，表明魏晋南北朝志怪小说中的女仙形象已相当丰满。

《搜神记》中的鬼故事集中在十五、十六两卷，其中名篇颇多，如《河间郡男女》《苏娥》《秦巨伯》《紫玉》《卢充》《贾文合》等。《河间郡男女》所描述的坚贞不渝的恋情是异常感人的。在当时人看来，感情是可以超越生死的，河间女复活即是例证之一。卷十一《韩凭夫妇》亦旨在突出感情的永恒性，文中对感情永恒性的确信是与灵魂不灭的观念糅合在一起的。

《搜神记》中的怪故事集中在十七、十八、十九三卷。怪,也就是后世所说的妖精,系由年老的动物、植物、器物变化而成,是与人格格不入的异类。它们作恶多端,常干坏事,并不时幻化为男子,淫人妻女。物怪有时也幻化成求爱的女性,其中尤以狐狸精最善于蛊惑男子,如《阿紫》中的阿紫。后世称善作媚态迷惑人的不正派女子为"狐狸精",就是由这类故事演变而来的。

从《搜神记》中,我们还能了解到魏晋南北朝人对物怪的蔑视之意。无论物怪有多大的神通,人都不必害怕它们。采取这种态度的理由是充分的。第一,人有办法使物怪现出原形,只要带上一只猎犬或一面古铜镜即可;第二,方士可以服怪。如《搜神记》卷三《淳于智》所写;第三,气豪胆壮、风度旷达足以服怪。第三点与魏晋南北朝的士风相通,此类故事也较有趣,如《搜神记》卷十八中的《宋大贤》。

《搜神记》的问世,标志着"搜神"体在志怪小说中确立了其主导地位。它在中国小说发展史上的地位和意义,都应以此为基点来加以阐述,否则便不得要领。值得关注的有下述三个方面。

其一,"搜神"体在写法上与正史的区别至为明显。"搜神"体不强求完整和长度,即使是一个片段、一幅素描,也可以厕身其间。这是标准的志怪小说的写法。

其二,大量采用了第三人称限知叙事。所谓第三人称限知叙事,意味着作者只能从"这个人物"那里得到信息,作者不能告诉读者"这个人物"所不知道的东西。作家有意限制自己的叙事权利,这就增强了可信性。

其三,"搜神"体所向往的风格是简澹、雅饬。这跟正史的凝重厚实迥然不同。这种不同具有重要的小说史意义。"搜神"体臻于这一境界,理所当然成为志怪小说的正宗,并因此在风格上区别于其他叙事文体,尤其区别于历史著作。

### 3.《拾遗记》与"拾遗"体

"拾遗"体志怪在汉代已基本成熟,在魏晋南北朝时期继续推进,并取得了丰硕成果。葛洪的《神仙传》、王嘉的《拾遗记》是其代表作,而《拾遗记》尤为显赫,代表了"拾遗"体志怪的最高成就。它的问世,使"拾遗"体足以与"搜神"体、"博物"体鼎立而三。

《拾遗记》的外在框架是杂史和传记型的,前九卷以历史年代为经,最后一卷即第十卷则采用"博物"体的著述方式,以方位的移换为依托,依次记叙昆仑、蓬莱、方丈、瀛洲、员峤、岱舆、昆吾、洞庭八座名山的奇异景物。

《拾遗记》在中国志怪小说发展史上的地位不容忽视。《四库全书总目提要》说:"嘉书盖仿郭宪《洞冥记》而作……历代词人,取材不竭,亦刘勰所谓'事丰奇伟,辞富膏腴,无益经典,而有助文章'者与?"所谓"有助文章",从表面看,是用做辞藻、典故或闲暇的话柄,而实质则是摆脱实用性的奴役,从"经济"走向了审美,从历史走向了文学,其意义是重大的。倘若单从对小说影响的角度来看《拾遗记》,那么,至少有两点必须指出:一是《拾遗记》代表了"拾遗"体的最高成就;二是王嘉有意虚构情节，“词条丰蔚”，其辞章化倾向对唐人传奇影响甚巨。

## 二、志人小说

志人小说发轫于先秦，而成熟于魏晋南北朝。在其发生、发展过程中，逐渐形成了三大类别，即以《西京杂记》为代表的“杂记”体（野史）、以《世说新语》为代表的“世说”体、以《笑林》为代表的“笑林”体（笑话）。这里主要介绍《世说新语》及其所代表的“世说”体。

“世说”体是志人小说的主要类型。魏晋时期，先后产生了几部以名士的言行片段为辑录对象的笔记，但都已散佚。刘义庆的《世说新语》以之为基础并参考其他旧籍和传闻编撰而成。它是影响深远的“世说”体代表作。刘义庆（403年—444年），彭城（今江苏徐州）人，刘宋王朝宗室，宋武帝初袭封临川王，任侍中。宋文帝时官至南兖州刺史，加开府仪同三司。

关于《世说新语》的写作宗旨，在于“以玄韵为宗”（胡应麟《少室山房笔丛·九流绪论（下）》）。“玄韵”就是玄学的生活情调。刘义庆以展示玄学的生活情调为核心，这种创作观是对中国史学传统的双重超越。其一，超越了实用的目的而旨在陶情。其二，超越了史家笔法而建立起新的文体风范。

《世说新语》之简约，首先表现为情节、背景等的充分淡化或虚化。中国古代的正史，尤其是以人物传记为主的《史记》《汉书》等，对人物的家世、生平，通常要作完整的记叙，并注意交代时间和空间背景，一般的单篇人物传记亦然。但《世说新语》却截然不同，其中绝大多数片段根本不涉及家世、生平，各种背景，无论是时间背景还是空间背景，均未提及。这是有意的省略，而并非偶一为之，出于无心。其效果有二：其一，形式向内容显示出自身的独立性和主动性。《世说新语》记载多为唐人修《晋书》时取用，但《世说新语》的审美指向却大异于《晋书》，前者被誉为“简约玄澹”，后者则予人凝重之感。这是由于，讲究背景淡化的《世说新语》，其文体有着独特的风味：由情节化走向意绪化；经验世界的人为的完整性消失了，取而代之的是活跃的“玄韵”。而在《晋书》中，“玄韵”却被人为的完整性和庄重风格所窒息。其二，淡化或虚化有利于传神。传神是魏晋时代的一个重要艺术目标，而达到传神的途径是“略其玄黄，取其俊逸”，在写实的前提下传达出对象之“神”。《世说新语》省略掉无关“神明”的部分，选取对象最富于“玄韵”之处，以灵隽的笔墨刻画出来。

《世说新语》用语简约，其重要收获是创造了许多言简意赅的新的语汇。如“扪虱而谈”（《雅量》）、“传神阿堵”（《巧艺》）、“玉山将倾”（《容止》）、“土木形骸”（《容止》）、“木犹如此，人何以堪”（《言语》）、“千岩竞秀，万壑争流”（《言语》）、“飘如游云，矫若惊龙”（《容止》）、“兰摧玉折”（《言语》）、“悬河泻地，注而不竭”（《赏誉》）等。

这些语汇既令读者回想起作品所描写的细节，又传达出了某种“神明”，细腻与简约统一，这才是富于魅力的简约。

《世说新语》简约风格的形成，除了靠刘义庆的烹炼功夫外，在一定程度上也得益于魏晋清谈本身——因为清谈的特征之一便是用语简约。清谈以简为贵。这种“简”的语言一旦进入笔底，理应有其独特的美感。

以上是对《世说新语》及“世说体”的介绍。下面简单说说“笑林”体和“杂记”体。

诙谐与讽刺在中国有着悠久的传统。先秦的若干寓言，如“守株待兔”“郑人买履”“齐人有一妻一妾”等，都是出色的讽刺文字；“优孟衣冠”等与滑稽表演相联系的故事，也说明讽刺艺术很早就在社会生活中有了一席之地。两汉以降，笑话在数量上迅速增加，除载入经史子书外，大量地散见于各种笔记小说和丛谈作品中。西汉司马迁撰《史记》，特设《滑稽列传》；东汉班固的《汉书》亦专为“滑稽之雄”东方朔立传。三国魏邯郸淳的《笑林》则是我国第一部笑话集；刘勰的《文心雕龙·谐隐》曾将梁以前的笑话文学发展的历史分为两个阶段：先秦为第一阶段，其特色是“意存微讽，有足观者”，“辞虽倾回，义归于正”，以诙谐的方式达到讽谏的目的，如“优旃之讽漆城、优孟之谏葬马，并谲辞饰说，抑止昏暴”。秦汉以降为第二阶段，笑话的讽谏作用不再受到重视，作者满足于一种滑稽有趣的效果，即刘勰所谓“虽抃笑衽席，而无益时用矣”。《笑林》就属于这一时期。从“远实用而近娱乐”的角度看，它与《世说新语》等的趋向完全一致。隋侯白的《启颜录》亦属于《笑林》一类。

“杂记”体小说萌芽于与名人、名著有关的收集传闻的著述，如战国时代的《晏子春秋》、西汉韩婴的《韩诗外传》及刘向的《说苑》《新序》。这些著述，网罗遗闻轶事，已近乎笔记，但尚未获得独立的品格。东晋葛洪《西京杂记》的问世标志着“杂记”体小说已由经、史的附庸脱颖而出。《西京杂记》被后世引为典实的传说甚多，如“文君当垆”“匡衡好学”“秋胡戏妻”“五侯鲭”等。有些故事含蕴颇深，甚有兴味。南朝梁殷芸的《小说》是我国第一部以“小说”为名的“杂记”体小说集。

## 本章小结

魏晋南北朝时期的诗歌以人生问题为核心展开。建安慷慨高歌，正始沉郁焦灼，太康繁缛雕饰，东晋玄简淡漠，至陶渊明以其真、淡、简之诗风，开辟田园隐逸诗歌传统。刘宋山水初兴，齐梁声律始备，梁陈宫体盛行，影响深远。南朝民歌哀怨缠绵，北朝民歌质朴刚健。散文骈文各擅胜场，皆注重艺术美。小说以志人志怪为主，渐去史传而独立。所有这些，都为后世积累了丰富的素材和经验，为唐代文学的全面繁荣奠定了基础。

## 学习评价

| 评价维度 | 评价项目 | 评价内容 | 评价标准 | 自我评分 |
|---|---|---|---|---|
| 知识 | 基础性知识 | 文学史各基础知识点 | 牢固掌握古代文学史基础知识;掌握代表作家、作品、风格特点;掌握文学史重要关键词;能够记诵并理解 | |
| | 体系性知识 | 对文学史的整体知识把握和理解 | 理解特定时段文学史的发展进程;熟悉各类文体的流变特征;掌握各文学流派、文学集团、文学运动的产生与特点,对一个时期的文学现象能够作出整体评价 | |
| | 背景性知识 | 影响文学史发展的背景知识 | 了解影响文学史发展的社会历史背景、政治思想背景、哲学宗教背景;了解社会生活特别是士人生活与文学创作的关系 | |
| 能力 | 专业能力 | 对古代文学作品的专业阅读与分析能力 | 拥有阅读古代文学作品的语言能力和文化知识背景;能够根据文学史知识对文学作品进行分析和鉴赏;能够对文学史现象进行解释;形成古代文学文本分析和理解的方法论 | |
| | 学习能力 | 文学史学习的态度、方法与技能 | 学习内在驱动力强;有自觉的学习方法和模式;独立思考;能够与他人充分交流,善于合作 | |
| | 创新能力 | 自我发展与提高 | 拥有良好的问题意识;善于利用前人研究成果;能够利用各种方式收集和处理信息并尝试解决问题;富于创新精神 | |
| 情感 | 素质培育 | 文学审美趣味 | 能够形成正确的文学审美态度和良好的审美趣味 | |
| | 情感培育 | 文化认同感 | 了解自身文化渊源,对优秀传统文化有认同感,树立文化自信 | |
| | 价值观培育 | 价值观实践 | 能够将审美态度和文化认同融入实际生活 | |

## 推荐阅读

1. 胡国瑞. 魏晋南北朝文学史[M]. 武汉:武汉大学出版社,2013.
2. 王瑶. 中古文学史论(典藏版)[M]. 北京:北京大学出版社,2014.
3. 罗宗强. 玄学与魏晋士人心态[M]. 北京:中华书局,2019.

## 本章自测

### 1. 填空题

(1)“三曹七子”中的三曹包括:(　　)(　　)(　　)。

(2)阮籍是正始诗坛的代表诗人,其代表作是(　　　)八十二首。左思是太康诗坛的重要诗人,其代表作是(　　)八首。

(3)陶渊明诗歌的艺术特色是(　　)(　　)(　　)。

(4)《木兰诗》代表了(　　)民歌的最高水准,《西洲曲》是(　　　)中最杰出的作品。

(5)庾信的后期赋作代表了南北朝赋的最高成就,其作品中堪称“赋史”的名篇巨制是(　　　)。

(6)志怪小说的三个类别是:(　　)体、(　　)体、(　　)体。

### 2. 简答题

(1)简述“建安风骨”的内涵。

(2)简述魏晋南北朝时期士族与庶族的含义。

(3)简述晋宋之际山水诗兴起的原因。

### 3. 论述题

试论陶渊明诗的艺术特色

## 参考文献

[1]陈顺智. 魏晋南北朝诗学[M]. 长沙:湖南人民出版社,2000.

[2]陈文新. 传统小说与小说传统[M]. 武汉:武汉大学出版社,2005.

[3]周西宁. 从高树悲风到纵浪大化:魏晋自然观与诗歌新变研究[M]. 北京:中国社会科学出版社,2020.

# 第四章　隋唐五代文学

## 本章概要

本章简述隋唐五代时期的文学发展历程，涉及诗歌、词曲、文赋、小说四大类型。诗歌以初、盛、中、晚分期叙述其流变，重点介绍山水田园、边塞诗派，元白、韩柳等诗歌流派和李白、杜甫等重要诗人。词曲重点介绍花间、南唐两派。文赋以古文运动为中心论其流变，兼及晚唐骈文与唐赋。小说主论传奇之特征与发展。

## 学习目标

1. 了解唐代文学全面繁荣的历史背景，了解唐代社会生活面貌与文学发展的关系。

2. 在掌握基本文献、熟悉文学发展脉络的基础上理解并记诵各时期各体文学的发展状况、代表作家、代表作品及影响。

3. 理解唐代重要文学范式与审美情趣的形成及其对中华民族文化精神的影响。

## 学习重难点

### 学习重点

1. 唐代重要诗歌流派及其代表诗人、代表作品。
2. 古文运动兴起的原因、主要倡导者及其思想。
3. 花间词人与南唐词人群体。
4. 唐传奇的文体特征与发展进程。

### 学习难点

1. 了解唐代士人生活与文学的关系。
2. 理解唐代文学流派的多样性。
3. 分析唐代文学运动的兴起与影响。

## 思维导图

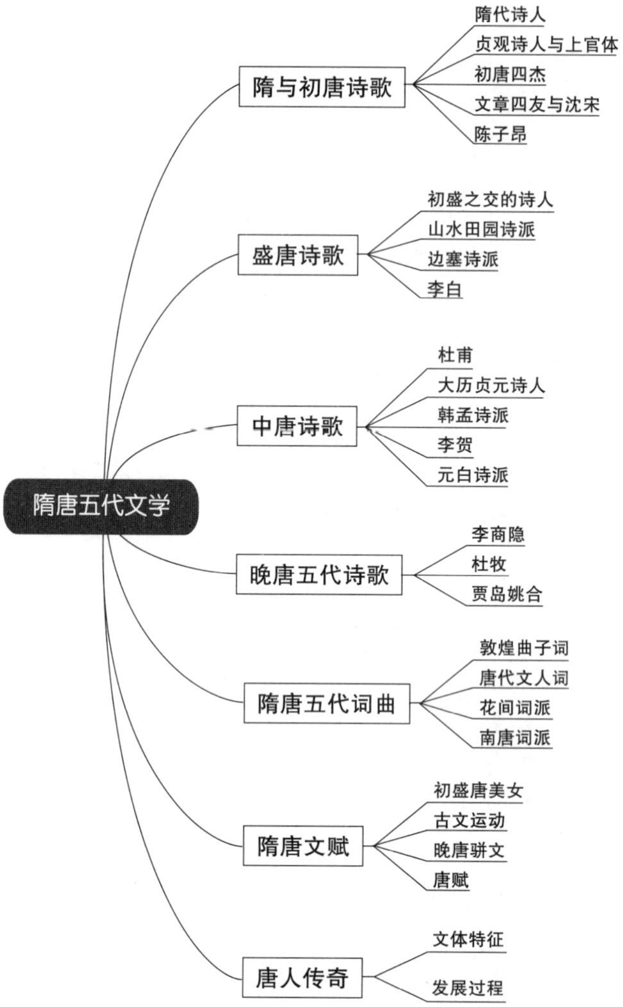
隋唐五代文学
隋与初唐诗歌
隋代诗人
贞观诗人与上官体
初唐四杰
文章四友与沈宋
陈子昂
盛唐诗歌
初盛之交的诗人
山水田园诗派
边塞诗派
李白
中唐诗歌
杜甫
大历贞元诗人
韩孟诗派
李贺
元白诗派
晚唐五代诗歌
李商隐
杜牧
贾岛姚合
隋唐五代词曲
敦煌曲子词
唐代文人词
花间词派
南唐词派
隋唐文赋
初盛唐美文
古文运动
晚唐骈文
唐赋
唐人传奇
文体特征
发展过程

# 第一节　隋与初唐诗歌

## 一、隋代诗坛

隋代的诗歌作者，以身份而言可分为北朝旧臣与南朝入隋的文人；以地域而言又可分为关陇豪族、江左士族、山东旧族三大集团。

关陇豪族源于代北武川，最能表现其文化精神的当数杨素与杨广。杨素的代表作品有《出塞》《赠薛播州十四章》《山斋独坐赠薛内史二首》等。杨广现存诗43首，其中成就较为突出的是一些乐府和模仿吴歌所做的乐歌。

江左士族入隋后多成为杨广宫中的文学之臣，作品基本上是应制之作。一些描写亡国之痛、思乡之悲、塞外征战的作品较为可观。其中成就最突出的是虞世基。

山东旧族是隋代诗人群中创作成就最大的，其代表作家有卢思道和薛道衡。卢思道的代表作有《从军行》《听鸣蝉篇》。薛道衡的诗多写思妇闺怨，如《豫章行》《昔昔盐》等。这些闺怨诗细腻委婉，哀怨之中暗含了作者政治失意的惆怅落寞。

## 二、初唐诗歌

自唐高祖武德开国至唐太宗贞观末年（618年—648年），主导唐初诗坛的是以李世民和其元老重臣为中心的贞观诗人群体。总体而言，宫廷诗是主流，江左诗风仍然占据着压倒性的地位。发展到贞观后期，形成了一种影响很大的诗风——上官体。上官体因上官仪得名，其诗风以绮错婉媚为本，具体表现为讲求对句，注重声韵，风格上偏于柔媚。就内容而言，上官体诗几乎全是应制之作。

初唐时期成就突出的诗人，多在宫廷之外，如王绩。王绩（589年—644年）一生三仕三隐，终归山林。其诗以田园生活为主，善于描写自然景物，并于其中寄寓自己的人格理想，表现抒情主人公心灵的自然和谐，其《野望》可称唐人五律之始。

与上官仪同时的王勃（约650年—676年）、杨炯（650年—693年）、卢照邻（约643年—689年）、骆宾王（约640年—约684年）是中下层士人的代表。他们被称为“初唐四杰”，代表着新的创作风气和精神面貌。

“四杰”都曾积极进取，渴望博取功名，施展才华。他们的作品中无论是建功立业的渴望，还是不得志的愤懑，都带有强烈的个性色彩，都是宫廷诗风所无法表达的。“四杰”之诗是理想之诗，充满雄壮慷慨之气。这种理想或借助诗中描绘的人物形象加以夸耀，如“不受千金爵，谁论万里功”（卢照邻《结客少年场行》）的游侠，“愿得斩马剑，先断佞臣头”（卢照邻《咏史》其四）的壮士；或直抒胸臆，如骆宾王《从军行》中的“不求生入塞，唯当死报君”，杨炯《从军行》中的“宁为百夫长，胜作一书生”。这是他们诗歌中富于理想的一面。而理想和现实的冲突又使他们反过来对社会人生、对历史变迁加以思考，这种思考因其源于自身际遇而带有浓烈的情感色彩，又因其超越自身际遇而成为士人们的共同体认。他们一边渴望塞外建功，一边清醒地看到“节旄零落尽，天子不知名”（卢照邻《雨雪曲》）的现实；一面注目于“帝畿平若水，官路直如弦”（杨炯《骢马》）的仕途之径，一面悲叹“无论去与住，俱是梦中人”（王勃《别薛华》）。这一点在他们的歌行体中表现得尤为突出。如卢照邻的《长安古意》，前段大幅描写长安的奢华生活，结尾却转入世事无常的感慨，这实际上是要为自我命运的淹滞寻求历史层面的解释和解脱。王勃的《滕王阁序》：“闲云潭影日悠悠，物换星移几度秋。阁中帝子今何在？槛外长江空自流。”秉持的也是同样的态度。骆宾王的《帝京篇》，核心也是“不遇”二字。

“四杰”的创作，主要集中于三大题材：宦游、送别、边塞。前二者又往往交织在一起。如王勃的《杜少府之任蜀川》：“城阙辅三秦，风烟望五津。与君离别意，同是宦游人。海内存知己，天涯若比邻。无为在歧路，儿女共沾巾。”宦游开阔了诗人的眼界，诗歌描绘的对象遂由台阁中的花草建筑转向了无限阔大的江山。骆宾王的一系列边塞题材的作品，更是苍凉悲壮，开唐代边塞诗的先声。

在诗歌形式上，“四杰”对五律的发展起了重要的推进作用。卢照邻和骆宾王还创作了不少七言歌行体。歌行体较少格律的束缚，可以写得格局宏大、气势磅礴。在一些咏物记事之诗中，“四杰”也表现出了他们的风格和个性，骆宾王的《在狱咏蝉》《于易水送别》等都是名篇。

与“四杰”同时或稍后，由进士科出身的一批诗人成为诗坛主力。他们主要包括并称“文章四友”的杜审言、李峤、苏味道、崔融和并称“沈宋”的沈佺期、宋之问。这些诗人的作品，在主要内容上仍不脱宫廷诗的习染，但他们在诗歌技巧方面却取得了很大的进步。“四友”中，成就最为突出的是杜审言。五律的最终定型，则由宋之问和沈佺期完成。作为典型的台阁诗人，他们将大量精力用于诗律的研究，确立了一套完整的平仄粘对的写作规则。这些规则与诗人的情思相结合，产生了一些较好的作品。如宋之问的《新年作》《渡汉江》，沈佺期的《遥同杜员外审言过岭》等。

在律诗体式定型的同时，一位年轻诗人登上了历史舞台，他就是陈子昂（659年—700年）。陈子昂倡导比兴言志的风雅传统，推崇劲健昂扬的诗歌风格，这些都对唐诗的发展产生了很大的影响。陈子昂的三十八首《感遇》是其理论主张的实践。或指斥边将无能（其三十七），或反对武后发动的讨羌之战（其二十九），或直接抨击统治者崇佛的荒唐与可笑（其十九）。其《登幽州台歌》更是千古绝唱：“前不见古人，后不见来者。念天地之悠悠，独怆然而涕下。”这是吊古伤今的生命之歌，也是个体自觉的高亢咏叹；这是一个伟大时代开启的号角，是诗歌王国辉煌大幕拉开前的序曲。天地无穷，人生有限，诗人因对这感受的卓越表达而获得不朽。

## 第二节　盛唐诗歌

### 一、初盛唐之交的重要诗人

陈子昂之后，诗坛出现了一批承上启下的诗人。他们是并称“二张”的张说、张九龄，“吴中四士”贺知章、包融、张旭、张若虚以及刘希夷等。

张九龄(678年—740年)的诗以《感遇》十二首为代表，以兴寄为主，虽有悲愤之情，却藏而不露，委婉醇厚。又有《望月怀远》，情景交融，浑然一体，是难得的佳作。

“吴中四士”中，贺知章(659年—744年)善七绝，其代表作是《咏柳》《回乡偶书》两首。包融(生卒不详)擅五古，长于描写隐逸生活。张旭(685年—759年)是著名的“草圣”，善于写春天的景色，笔下常带烟雨，出语洒脱浪漫。张若虚(约670年—约730年)之诗仅存两首，但其七言歌行《春江花月夜》却是千古传颂的杰作。《春江花月夜》本为吴歌旧题，张若虚将五言改为七言，一扫传统的艳情成分，将对人生、对命运、对宇宙大化的思索和感触融于一片似真似幻、空明澄澈的春江花月之中，进而注目于人间思妇游子的离别相思、哀怨愁绪，归结到“不知乘月几人归，落月摇情满江树”，余音袅袅，绵邈不尽。

“二张”“吴中四士”之外，还有擅长歌行的刘希夷(约651年—678年)。刘希夷稍早于张若虚，其诗以闺情、出塞、怀古为主，代表作为《代悲白头翁》。

### 二、王维、孟浩然与山水田园诗派

王维(700年—761年)是盛唐时期最著名的诗人，也是盛唐山水田园诗的代表诗人。他出身太原王氏，文名早盛。安史之乱中陷长安，署以伪官。两京收复后，降职复累迁，终尚书右丞。晚年无心仕途，专诚奉佛。诗歌之外，王维书画皆长，精通音律，是位多才多艺的艺术大师。

王维出身仕宦之家，长于盛唐之世，早年诗作充满进取精神。这些诗主要以游侠、出塞为题材，反映了王维的入世情怀。代表作如《使至塞上》。

王维青年时曾居住山林，中年一度居于终南山，后又得宋之问的蓝田辋川别墅，于自然风光多有亲近。张九龄被贬后，王维开始疏离政治，半官半隐，又兼崇信佛教,故寄情山水,诗风也渐趋淡泊,代表作如《汉江临泛》。这类诗作往往通过视角的变换,使描写对象产生立体感和层次感。手法颇类于文人山水画的构图方式。

除了这类作品外,王维还有一类反映人生志趣、刻画隐逸生活的诗作,如《终南别业》《山居秋暝》等。这类诗歌中的景物往往因诗人之眼而带上了难以言说的玄妙色彩,心灵与自然完全融为一体,如“明月松间照,清泉石上流”(《山唐秋暝》)“行到水穷处,坐看云起时”(《终南别业》)。诗歌技巧上的返璞归真表明诗人对宫廷诗歌传统的疏远,也反映出诗人淡漠朝堂的心态。

王维的绝句也可分为两大类型。在其中一种类型中,诗人以其空明之心对自然加以观照,在空寂中表现生命的生息变化,又以这些生息变化进一步反衬出整体的静寂,颇具佛家精神,如《辛夷坞》《鸟鸣涧》中的“涧户寂无人,纷纷开且落”“月出惊山鸟,时鸣春涧中”。在另外一种类型中,王维表现出的却是温暖的人间情怀。如“君自故乡来,应知故乡事。来日绮窗前,寒梅著花未”(《杂诗三首》其二),“渭城朝雨浥轻尘,客舍青青柳色新。劝君更尽一杯酒,西出阳关无故人”(《送元二使安西》)。这些诗语短情长,历来被人们所传诵。

王维既是画家,也是音乐家,这些对其诗歌创作都有助益。最突出的影响就是观察力的细致敏锐。这种敏锐有时表现在色彩的描绘上,如“日落江湖白,潮来天地青”,(《送邢桂州》),“荆溪白石出,天寒红叶稀”(《山中》)。有时表现在音响的捕捉上,如“雨中山果落,灯下草虫鸣”(《秋叶独坐》),“细枝风响乱,疏影月光寒”(《沈十四拾遗新竹生读经处同诸公之作》)。这些都使其诗作既有画面感,又有音乐性。

王维在当时与后世都享有盛誉,他的成就堪称盛唐文化的一个缩影。作为杰出的诗人、画家、音乐家、书法家,王维广泛地吸收盛唐文化的成果,打通艺术门类的界限,为诗歌注入了新的元素和活力。后人从其诗歌艺术中总结出一系列美学范畴,如“诗中有画”“妙悟”“神韵”等,对后世的诗歌发展和诗学理论的发展有着重要的影响。

孟浩然(689年—740年)是与王维并称的山水田园诗派的代表诗人。他出身于襄阳的一个地主家庭,接受的是传统的儒学教育。但他没有王维那样显赫的家世,几次入京求仕都一无所获,以隐士终身。

孟浩然的一生,始终在隐居、求仕、漫游之中度过。时人尊其为隐士,然于孟浩然自身而言,“弃轩冕”实为无奈之举,是济时用世之志屡屡受挫后不得已的选择。孟浩然曾受征于张九龄幕府,其时颇有一展壮志的雄心,诗作气势不凡:“八月湖水平,涵虚混太清。气蒸云梦泽,波撼岳阳城。欲济无舟楫,端居耻圣明。坐观垂钓者,徒有羡鱼情。”(《望洞庭湖赠张丞相》)然而他屡次求仕不得,又不肯屈己事人,于是只能以背弃流俗的姿态投身于山水田园。如果说王维对待自然的态度是“观照”,那么孟浩然诗中更多的则是“感发”,所谓“愁因薄暮起,兴是清秋发”(《秋登兰山寄张五》)。

孟浩然的诗写景淡雅优美,飘逸中带着淡淡的惆怅,往往从写景过渡到怀人,如《夏日南亭怀辛大》:“山光忽西落,池月渐东上。散发乘夕凉,开轩卧闲敞。荷风送香气,竹露滴清响。欲取鸣琴弹,恨无知音赏。感此怀故人,中宵劳梦想。”在风格上,如果说王维以佛家之心更多地看到万物之“寂”,那么孟浩然就以隐士之笔更多地描绘了万物之“幽”:“岩扉松径长寂寥,惟有幽人自来去。”(《夜归鹿门山歌》)

孟浩然历来被人称道的,是其举重若轻、似淡实醇、语浅情深的白描手法。如《过故人庄》:“故人具鸡黍,邀我至田家。绿树村边合,青山郭外斜。开轩面场圃,把酒话桑麻。待到重阳日,还来就菊花。”其诗作在体制和题材上都较为狭窄,自然冲淡、清幽超逸始终是其主导风格。作为较早大量写作山水隐逸诗的诗人,孟浩然以其创作促进了盛唐山水田园诗的发展,对后世产生了深远的影响。

与王维、孟浩然诗风相近的,还有储光羲、常建、裴迪、綦毋潜、卢象等诗人。其中储光羲(约707年—约762年)存诗较多,较好的作品是《田家杂兴》八首和《杂咏》五首。总体风格真朴古雅,生活气息较浓。常建(708年—765年)则偏于清幽空寂,近于王维,代表作如《题破山寺后禅院》,对孟郊、贾岛等的诗风有所影响。

## 三、高适与岑参

高适和岑参是盛唐边塞诗人的杰出代表,并称“高岑”。二人都有戎幕经历,擅长以古体诗抒写边塞题材,为诗坛作出了重要的贡献。

高适(约700年—765年),字达夫,是唐代诗人中少有的位居高官而封侯者。其最出色的作品却大多写于其坎壈落魄之时,晚年诗作相对较少。

高适先后三次出塞,对边塞生活有着切身体验,集中反映高适对边塞战争看法的,是其第一次北上归来后,创作的名篇《燕歌行》。诗中有描写男儿的气概、大军出行的壮阔场景、战事的紧张激烈、兵将待遇的悬殊、征人思妇的悲哀、拼死搏杀的残酷、临危不顾身的壮烈、对古时良将的缅怀……这些共同融合为一个丰满的艺术整体。全诗骈散结合,平仄互换、古中带律,气势沉雄、骨力浑厚,是难得的杰作。

边塞诗之外,高适还有一些抒发自我怀抱的作品。如《封丘作》,诗中表现了诗人性格的傲岸与对百姓遭遇的同情,真实感人。高适的一些绝句也写得气骨沉雄,不同凡俗。如《和王七玉门关听吹笛》《别董大》,都是视野阔大、情思壮阔的佳作。

高适的诗作,殷璠的《河岳英灵集》称为:“多胸臆语,兼有气骨。”所谓“多胸臆语”,指的是高适诗真实感人,而“气骨”则是指高适诗中的豪迈意气、独立人格与进取精神。这些共同构成了高适浑朴厚重、雄壮劲健的诗歌风格。

岑参(约715年—770年),出身于官宦家庭,官至嘉州(今四川乐山)刺史,世称岑嘉州。岑参前后两次在边塞共六年,写作了七十余首边塞诗,在盛唐诗人中首屈一指。这些诗作展现了边塞奇伟壮丽的景象。如《走马川行奉送出师西征》，诗中描写的狂风大雪、沙石严寒都是中原地区感受不到的。又如《白雪歌送武判官归京》，此诗本是送别之作，诗人却把目光放在了壮丽的塞外雪景上。“忽如一夜春风来，千树万树梨花开”，将漫天风雪化为绚烂春色，足见诗人心中的豪情和非凡的想象力。又如《轮台歌奉送封大夫出师西征》：“上将拥旄西出征，平明吹笛大军行。四边伐鼓雪海涌，三军大呼阴山动。”渲染大军出征的气势，读来使人志气昂扬，雄心勃发。

从这些诗中我们可以看到岑参的边塞诗与高适的不同之处。高适笔下的边塞始终是个政治概念，始终与战争、民族、离别等相关联，因此写来较为深沉凝重，饱含着诗人的思考；而岑参笔下的边塞更近于地域概念，诗人能够较超脱地对塞外景象加以欣赏，因此写来瑰丽奇崛，色调更为明亮。高适的诗往往夹叙夹议，直接抒发爱憎悲喜之情；而岑参的诗则以描写为主，寓情于景。高适较为质实，主要利用意象之间的组合营造整体意境；而岑参则善于利用比喻、夸张、想象等手法，充分地加以铺陈渲染。

除了七言歌行外，岑参的绝句也多有佳作。如《逢入京使》：“故园东望路漫漫，双袖龙钟泪不干。马上相逢无纸笔，凭君传语报平安。”不假雕饰，感情真挚而细腻。

除高岑之外，盛唐诗坛有一批位卑名高、胸怀壮志的诗人。他们以才学自许，以功业自励，虽落拓不遇，却风骨凛然。王翰、王之涣、王昌龄、李颀、崔颢是其中的杰出代表。

王翰（生卒不详）家资富饶，生活狂放。其诗作大多吟咏沙场壮士、青春少女，代表作为《凉州词》。王之涣（688年—742年）一生沉沦下僚，其诗常被当时乐工制曲歌唱，名动一时。今仅存六首，均为佳制，《登鹳雀楼》《凉州词》等都是传诵千古的名作。

王昌龄（约698—757年）的诗主要以边塞、闺情、送别酬赠为主。其边塞诗气象阔大，格调劲健。代表作如《出塞》《从军行》七首。“明月关山”“黄沙长云”“羌笛琵琶”，这些意象既为王昌龄的诗思提供了载体和背景，也决定了其诗歌的主要基调。王昌龄还有许多反映妇女生活的诗，主要描写少女情态、少妇闺情和宫中幽怨。其送别酬答之诗多用明月秋雨等意象。《芙蓉楼送辛渐》（寒雨连江夜入吴）最为人称道。王昌龄最为出色的诗多为七绝，被后人誉为“七绝圣手”，代表了盛唐的时代风貌和审美特征，是后人模仿和学习的范本。

李颀（690年—751年）以歌行最为出色。其存诗中绝大部分是古体诗。其边塞诗的代表作有《古从军行》，诗中写到了战争给“胡儿”带来的痛苦，这在唐诗中是极为少见的。李颀多才多艺，喜欢用诗来写绘画、书法甚至博弈，其描写音乐的诗篇尤为出色，如《琴歌》《听董大弹胡笳声兼寄语弄房给事》《听安万善吹觱篥歌》等都以音乐为主题。

## 四、李白

李白(701年—762年)，字太白，号青莲居士，祖籍陇西成纪(现甘肃秦安)。其先祖移居条支或碎叶，李白可能出生于此，后其家迁居绵州昌隆(今四川江油)。李白少年时家境富裕，接受的教育颇为庞杂。18岁左右，李白隐居大匡山，受赵蕤纵横之学影响。20岁时李白游成都，后遍游蜀地。724年，李白从峨眉山沿羌江东下至渝州，出夔门至荆门，游洞庭，又至金陵、扬州，游越中。后回舟西上，经襄阳，遇司马承祯。不久定居于湖北安陆，并以安陆为据点，四处干谒。入长安求仕，失望而归。后举家东迁，定居任城(今山东济宁)。742年，李白被征召入朝，不久遭朝中权贵嫉恨，被放还乡。李白沿黄河东下，至洛阳与杜甫相识，又与杜甫、高适同游梁宋。后李白在齐州受道箓，会杜甫于东鲁，同游泗水、东蒙等地。其后南下吴越，北上蓟门，往来于宣城、金陵、扬州等地。755年，安史之乱爆发。永王璘起师，时隐居于庐山的李白下山入幕，随军东下。后永王以反叛罪被剿杀，李白受此牵连长流夜郎。759年，李白至白帝城，遇大赦，返舟东下江陵。后至当涂依族叔李阳冰。762年，李白与世长辞，结束了他传奇的一生，终年六十二岁。

在以上对李白一生经历的简略介绍中，我们可以看到李白形象的复杂性——游侠、纵横家、隐士、道教徒、狂放的名士、天才的诗人。在不同时期，李白扮演着不同的角色，而贯穿始终的，则是他强烈的功业意识和极度的个性自由。

李白诗最典型的特征，就是强烈的抒情性。李白将诗的抒情特征发挥得淋漓尽致。如其《将进酒》热烈奔放，一泻千里；《月下独酌》高情丽韵，余味深长。但两首诗的主要观念却是一致的，那就是及时行乐。前人诗歌中的及时行乐，多出于一种生命忧惧。李白则不同，虽然他在诗中也极力渲染“高堂明镜悲白发，朝如青丝暮成雪”，但诗人真正想表达的是“天生我材必有用，千金散尽还复来”。换言之，主导这首诗的，是李白极度的自信以及由此生发的豪气，故全诗毫无衰败之意，反而是奔腾热烈、奋发昂扬。李白将对生命活力的赞颂和对自我价值的肯定合为一体，这就使诗的抒情极为个性化，打上了李白个人的印记。

李白的这种生命激情，一旦投射于外界自然，他笔下雄奇壮丽的山川河流便仿佛有了思想和生命，张扬凌厉、奔放多变，带有一种不可阻遏的力量感。《蜀道难》是这类诗歌的代表。《蜀道难》古题有功业难成之意，李白此诗却将重心放在了对蜀道本身的描绘刻画上。诗中借用辞赋手法，极力夸饰，将蜀道的险峻壮丽充分加以展示。再如《梦游天姥吟留别》，此诗描写梦境，诗人的想象力得以任意驰骋，各种奇幻景象层出不穷。因诗人一气贯之，故能浑然一体，虽千回百转却毫不滞涩，显示出诗人卓越的驾驭能力。

除了描写梦境的作品，李白在一般性的题材中也是广纳博收，上下千年、纵横万里，都为其诗思所驾驭，用以表达其情感。如《行路难》(金樽清酒斗十千)，完全打破了传统乐府的叙事模式，而代之以个人抒怀。在手法上，联想、比喻、夸张，乃至梦境相互生发，使全诗跳宕灵动，浪漫而有韵致。又如《宣州谢朓楼饯别校书叔云》一诗，出语新奇而又平易流利，悲情中有豪壮、感伤中有慷慨、失意中有不屈，结句虽有湖海之思，却以诗人之高傲形象收结，意在言外。

除了这些奇丽恢宏、自言情志的歌行、古题乐府外，李白还有一些委婉含蓄、富于兴寄的古体诗。如《长干行》(妾发初覆额)、《子夜吴歌》(长安一片月)，都是余音袅袅，余味不尽，恰似闺愁绵长，无休无止。在另一些诗中，这种委婉情思以寥廓高远的空间和绵邈不断的时间做背景，形成了阔大雄浑而又含蓄缠绵的风格，如《关山月》(明月出天山)。

李白的近体诗同样有许多佳作，尤以绝句为长。兼善五绝、七绝并臻于顶峰者，唯李白一人。李白五绝的特色是简洁明快，善于捕捉瞬间印象，以表达永恒的情思。《静夜思》《玉阶怨》《独坐敬亭山》等，出语平易，宛如信口道来，诗境却超然悠远，令人神往。与五绝相比，李白的七绝以格调爽朗、气度飘逸见长。如《望天门山》《闻王昌龄左迁龙标遥有此寄》《山中问答》等，这些诗有的情致深远，有的惆怅含蓄，有的高古冲淡。在技巧上，有的以古入律，信笔挥洒；有的极尽修辞，摄人耳目；有的对仗工巧，举重若轻。

李白是诗歌史上极具艺术个性的伟大诗人。他继承了前代文学的丰富遗产，《诗经》《楚辞》《庄子》、汉魏六朝乐府民歌、阮籍、陶渊明、谢灵运、谢朓、鲍照、庾信、陈子昂……李白或是吸收他们的美学观念，或是学习他们的创作方法，或是借鉴他们的诗歌意象，或是继承他们的题材构思甚至句法，又以自己无与伦比的天赋加以开拓创新，构建起自己的诗歌王国。李白的诗艺在当时和后世获得了无数的赞誉，对后代诗人产生了巨大的影响，韩愈、李贺、苏轼、陆游等大诗人都曾从他的诗作中汲取营养。李白的诗始终与李白其人紧密联系在一起，后人愈强调其诗歌无法学习的一面，愈显示出其独特性和影响的广泛性。千百年来，李白不仅是古典诗坛上的巨星，更已成为一种影响深远的文化现象，他是中国诗歌的骄傲，也是中国文化的骄傲。

# 第三节 杜甫与中唐诗歌

## 一、杜甫

杜甫(712年—770年)字子美,京兆杜陵(今陕西西安市东南)人,生于河南巩县。其先祖为晋代名将、经学大家杜预,祖父杜审言是初唐著名诗人,其父杜闲官至兖州司马、奉天县令。杜甫20岁时南游吴越,24岁回洛阳应举不第。翌年赴兖州省亲,东游齐赵。30岁时卜居偃师首阳山下。约在此时,与司农少卿杨怡的女儿结婚。33岁在洛阳与李白相识,同游梁宋。在宋中遇高适。35岁时,赴长安求取功名,因李林甫之阴谋而落选,不得不四处干谒献赋,以求引荐。750年,向唐玄宗进献《三大礼赋》。755年,得授河西尉,改任右卫率府兵曹参军,同年十一月,安史之乱爆发。

安史之乱中,杜甫为叛军所虏,后冒死逃出长安,投奔于灵武即位的唐肃宗,得授左拾遗。不久因疏救房琯触怒唐肃宗,被放还鄜州省家。长安收复后,被贬为华州司功参军。杜甫弃官,先后漂泊甘肃天水、成县,衣食无依,饥寒交迫。岁末抵达成都,于城西建草堂。后剑南兵马使徐知道叛乱,杜甫流寓四川三台、阆中一带。763年,杜甫故交严武二次镇蜀,表荐杜甫为节度参谋、检校工部员外郎,世称"杜工部"。765年,严武去世,蜀中大乱,杜甫乘舟南下逃难,次年暮春迁居夔州。768年春,离开夔州,漂泊于两湖水路。770年冬,死于湘江舟中,时年59岁。

杜甫早年写了大量诗歌,但是留存下来的很少,可以确定的不过二十余首。这些诗在风格上带有明显的盛唐格调,昂扬、自信,内容多为登临、游宴、酬赠、观画等,如《望岳》《饮中八仙歌》。

杜甫困守长安时期的遭遇,集中体现于他的《奉赠韦左丞丈二十二韵》。时韦济任尚书左丞,对杜甫颇为赏识,杜甫因作此诗,表述了他的人生理想和现实遭遇。《兵车行》《丽人行》等诗的问世,标志着杜甫诗风的转变。《兵车行》描绘战争给人民带来的苦难。《丽人行》大力铺陈杨国忠兄妹的豪奢生活和骄横气焰,不发议论而讥讽之意自现,可谓胆识与见识兼具。755年,杜甫自京赴奉先县探望妻子,据一路所思所闻、所见所感,写成名作《自京赴奉先县咏怀五百字》。

安史之乱期间,杜甫写下了一系列反映战乱的诗歌。如《春望》《哀江头》等。"三吏""三别"是杜甫在战乱期间创作的最有影响的作品。"三吏"为《石壕吏》《新安吏》《潼关吏》,作者在诗中以亲身经历的方式叙事;"三别"为《新婚别》《无家别》《垂老别》,通篇为人物独白,近于代言体。当时唐军大败于邺城,强行征发民夫,给民间造成了巨大的灾难。杜甫在诗中极力描绘了百姓的痛苦与绝望,堪称“诗史”。

杜甫在战乱期间还有两类重要诗作。一类是表达自己对战争和国事策略的看法,一类则反映个人遭遇和感受。前者如《塞芦子》《洗兵马》《留花门》;后者如《抒怀》《羌村三首》《彭衙行》《喜达行在所三首》等。《北征》则二者兼备,全诗长七百字,是杜甫五古中最长的一首,是少有的鸿篇巨制。

759年,杜甫弃官漂泊于甘肃,这段时间杜甫的诗歌创作主要以感怀述志、怀人送别以及描写困苦漂泊的生活为主,还有一些富于兴寄的咏人咏物之作。入蜀以后,杜甫在西南生活了十一年,有诗千余首,占现存其诗的七成以上。其诗中出现了一些描写日常生活的诗篇。这些诗常带闲适意味,如七律《客至》,虽略带孤寂之意,基本情调还是轻松愉悦的。其他如《卜居》《为农》《江村》《后游》都是如此。绝句更多,《漫成一绝》《赠花卿》《绝句漫兴九首》《江畔独步寻花七绝句》等都是名作。

结合了历史和个人际遇的抒情是杜甫后期诗作的主流。如《蜀相》《咏怀古迹》五首皆是如此。当杜甫将历史、人生与外界的景物、现实的世事结合起来时,就产生了《诸将五首》《秋兴八首》这样意蕴丰富、结构严密、情感深沉的杰作。《秋兴八首》是杜甫律诗的巅峰之作,以故国之思为中心展开。就内容而言,前三首以夔州为主,感慨身世飘零、理想落空。第四首写长安近况,感慨时局变迁。第五、第六、第七首回忆长安宫阙、曲江池苑与昆明池,感伤盛衰之变,反复申诉。第八首回忆长安渼陂之游,叹息昔年豪情不再。

杜甫诗的特点和成就,前人以“集大成”概括之。一方面,从风格而言,庄骚之浪漫、汉魏之古雅、六朝之清丽,以及宫廷诗之严谨,在杜甫诗中都得到了继承和发挥。另一方面,这种继承又是一种个性化的继承而非简单的模仿,故杜甫能形成其独特的“沉郁顿挫”(《进雕赋表》)的诗风。就体裁而言,杜甫诸体皆善,尤长于五言古、七言古、七言律、五言长律。杜甫的古体诗往往是叙事、抒情、议论、写景融于一体,不傍前人,即事名篇。杜甫的律诗技巧纯熟,风格多样,在七言律上的成就尤为突出。他完善了这一诗体的声律特征,将其由宫廷酬唱中解放出来,成为言志抒情的载体。如其《登高》就被胡应麟推为“古今七律第一”(《诗薮》内编卷五)。至于以《诸将》《秋兴》等七言律组诗议论抒情,更是前所未有。这些都极大地扩展了七言律的表现力,为这一体裁在诗坛的地位奠定了基础。就语言而言,杜甫也集前人之长加以开拓。他曾自言“语不惊人死不休”(《江上值水如海势聊短述》)。杜甫极长炼字,尤其重视诗中动词和形容词的使用。他又大量吸纳俗语、方言以及一些传统认为“鄙陋”的词语入诗,粗拙尖新,不流凡俗。杜甫晚年诗作往往音节奇崛、格律拗峭,突兀之中为诗歌平添一份劲健风骨。这就为律诗技巧的进一步发展提供了一条可行的道路,多为后人尤其是宋人模仿学习。

中唐以降,杜甫的地位不断提高,无论是其思想、人格还是诗歌创作,都被视为诗家典范，无不对后世产生了巨大影响。杜甫是诗歌史上承前启后的标志性人物，他对文人诗的影响是其他诗人难以企及的。

## 二、从大历贞元到刘禹锡、柳宗元

大历是唐代宗李豫年号，贞元是唐德宗李适年号，二者用以约指公元766年至805年这一段时期。这一时期的代表诗人有刘长卿、韦应物、顾况、李益以及“大历十才子”等。

刘长卿（约726年—约780年）两次遭贬，一生漂泊，多逢战乱，有不少反映战乱及战后荒凉景象的诗作，这些诗作的基本情调是哀怨悲叹，感情较为内敛。如《长沙过贾谊宅》，借凭吊贾谊发心中块垒。其笔下的景物多夕阳秋草、孤鸟寒云、荒村雪夜，带着无尽的残破凋零之意。这些都充分展示了诗歌风尚由盛唐向中唐过渡的特征。至于将这种特征推而广之，形成占主导地位的审美追求和创作倾向，“大历十才子”起到了重要的作用。

据姚合《极玄集》和《新唐书》载，十才子为李端、卢纶、吉中孚、韩翃、钱起、司空曙、苗发、崔峒、耿湋、夏侯审。他们大多生平不详。“十才子”在创作上有着相近的倾向，大体可概括为意象纤细新巧、律体工稳清丽、格调清冷萧瑟。

与“十才子”诗风相类的还有戴叔伦、李嘉佑、戎昱、张继等人，除戎昱兼善边塞戎旅题材外，其他诗人基本以秋思、怀乡、送别、酬答为主，张继的《枫桥夜泊》是其中代表。

韦应物（737年—791年）的后期诗作淡漠萧散，在手法技巧和意境营造上，与王维、孟浩然有相似之处，如《滁州西涧》。然其冲淡高雅中又常带有人世变迁的淡淡惆怅和独处荒寒的哀伤，如《寄全椒山中道士》：“欲持一瓢酒，远慰风雨夕。”多少带着一种看透世情的感慨和无奈。

李益（748年—约829年）创作了大量边塞诗，其中一部分带有盛唐边塞诗的特征，慷慨豪迈、气骨凛然，如《塞下曲》（伏波惟愿裹尸还）。另一方面，李益特别关注军旅生活中的细腻情感，尤其是思乡之情，如《夜上受降城闻笛》《从军北征》等。在这些诗中，主要情调是感伤中有悲凉，清冷中带惆怅，低沉婉转，余味不尽。

大历贞元之后，韩孟元白之外，中唐还有一些风格独特、艺术成就较高的诗人，刘禹锡和柳宗元是其中杰出的代表。

刘禹锡（772年—842年），字梦得，洛阳人；柳宗元（773年—819年），字子厚，河东人。二人都出身官宦世家，都积极参与了王叔文集团的政治革新，革新运动失败后都遭贬谪。

刘禹锡为人刚毅豪猛，虽屡遭贬斥，却并不绝望沉沦，而是充满抗争精神和傲然意气。元和十年，他被召回京，写下了《元和十年自朗州至京戏赠看花诸君子》：

"玄都观里桃千树，尽是刘郎去后栽。"讥讽朝中新贵，结果触怒当权者，被贬连州。十四年后，他再回京城，又写下《再游玄都观》："种桃道士归何处，前度刘郎今又来。"其风骨可见一斑。

刘禹锡不屈不挠、愈挫愈勇的刚健之气，在其他类型的诗中也有展现。如《秋词》言"自古逢秋悲寂寥，我言秋日胜春朝"，《浪淘沙·其八》："千淘万漉虽辛苦，吹尽狂沙始到金"。刘禹锡对于朝堂浮沉、人世变迁感触尤深，正所谓"休唱贞元供奉曲，当时朝士已无多"(《听旧宫中乐人穆氏唱歌》)。自身遭遇的坎坷与坚韧豪猛的性格，使其在悲叹自身际遇时仍能看到希望与未来，"沉舟侧畔千帆过，病树前头万木春。"(《酬乐天扬州初逢席上见赠》)当这种个人体会与历史相结合时，就变为一种普遍性的感慨。这种在永恒与无常的对比中抒发出的感慨，就是刘禹锡最为人称道的咏史诗，如《西塞山怀古》："王濬楼船下益州，金陵王气黯然收。千寻铁锁沉江底，一片降幡出石头。人世几回伤往事，山形依旧枕寒流。今逢四海为家日，故垒萧萧芦荻秋。"其他如《金陵怀古》《姑苏台诗》《荆州道怀古》《金陵五题》等俱为佳作。刘禹锡的写景之作，不同于大历诗人衰草寒月的意象和萧瑟衰败的情调，而表现出更为旷达平和的气度，如《望洞庭》，视野开阔，富于俊秀清丽之美。

与刘禹锡诗的雄沉豪放相比，柳宗元的作品较为内敛，总是在压抑中独自感伤，"春风无限潇湘意，欲采蘋花不自由"(《酬曹侍御过象县见寄》)。柳宗元对孤独和寂寞始终保持着一种体味感悟的态度，并以此为出发点观照外界的物象，其诗如"石泉远逾响，山鸟时一喧。倚楹遂至旦，寂寞将何言"(《中夜起望西园值月上》)。在诗人笔下，物象蒙上了一层清冷落漠的色彩，带着淡淡的忧郁之意。柳宗元诗中的孤独，不仅源于他自身的经历，也受到了佛教的影响。他常将万物生息与佛教缘起的观念联系在一起，以阒寂与生机相对。如："烟销日出不见人，欸乃一声山水绿。"(《渔翁》)"千山鸟飞绝，万径人踪灭。孤舟蓑笠翁，独钓寒江雪。"(《江雪》)。

与刘禹锡相比，柳宗元在传统继承上更为复杂。陶渊明、王维、大历诗人都在其诗中留下了鲜明的印记，一些峭拔尖利的语言也与韩愈、孟郊有类似之处。然而柳宗元诗的魅力，还是在于反复渲染的孤独意识和始终不绝的生命感伤，以及其独特的表现形式。

### 三、韩孟诗派与李贺

贞元八年(792年)、贞元九年(793年)，韩愈、李观、柳宗元、刘禹锡、元稹等人的相继及第，至唐宪宗元和年间，名家辈出，名作如云，流派分立，唐诗的面貌甚至是中国的诗歌面貌发生了巨大的改变。在此之中，韩孟诗派起到了开风气之先的重要作用。

孟郊(751年—814年)46岁始登进士第，一生沉沦下僚，生活艰辛。其诗专于古体尤其是五言古体，现存诗中没有律诗，这在唐代诗人中是很少见的。

孟郊喜用幽僻孤寒意象，诗风险奇艰涩，《秋兴十五首》是其代表。他总是寻求夸张新奇的意象来表达自己的内心感受，这种感受又往往偏于痛苦、悲愤、焦灼，出语奇险，极富张力。其中想象的奇崛、意象的怪诞、色调的阴沉，都足以惊人耳目。如其写寒："天寒色青苍，北风叫枯桑。厚冰无裂文，短日有冷光。敲石不得火，壮阴夺正阳。苦调竟何言，冻吟成此章。"(《苦寒吟》)孟郊的这类诗作，对于矫正大历诗风的柔弱圆熟有着重要的意义。孟郊还有一类较为平易的诗，在当时影响不大，但其中的佳制如《游子吟》却被后人传诵不已。

韩愈(768年—824年)，字退之，郡望河北昌黎，世称韩昌黎。晚年任吏部侍郎，又称韩吏部。谥"文"，又称韩文公。在韩孟诗派中，韩愈居于中心地位。李翱、卢仝、皇甫湜、马异、刘叉、贾岛、李贺等人，或为韩门弟子或深受韩愈影响。韩愈中心地位的形成有多方面的原因，如社会地位、人生经历、人格魅力等，但最为重要的是韩愈有着明确的文学观念和创作风格。韩愈提出"不平则鸣"，强调"语必己出"，这对当时的诗歌创作是很大的推动。

韩愈的诗有和孟郊相似的地方，那就是崇奇尚险。但他不像孟郊那样僻寒病瘦，而是富于气势、笔力雄壮，如《听颖师弹琴》，一连串生动、准确而又出人意表的比喻，将琴音之美形容得淋漓尽致。其作诗时，常用赋体，极力铺排罗列，以求穷形尽相。这在很大程度上增加了诗的气势和力度，《南山》是这类诗的典型。除了以赋入诗，韩愈还常以散文的篇章结构、句法及其虚词、虚字入诗。如《嗟哉董生行》，全篇都用散文手法。又如《寄卢仝》，诗中"破屋数间而已矣""忽此来告良有以""放纵是谁之过欤"诸句，都打破了诗歌的传统节奏。这种对常情常理的违反，颇能给人以新奇的刺激和震撼。

韩愈的七言古体《山石》以散文章法作诗，取得了极大成功。全诗以时间为序，一一道来，如山水游记，既使全诗有很强的画面感，又显得气势遒劲。《左迁至蓝关示侄孙湘》是韩愈律诗的代表作："一封朝奏九重天，夕贬潮州路八千。欲为圣明除弊事，肯将衰朽惜残年。云横秦岭家何在？雪拥蓝关马不前。知汝远来应有意，好收吾骨瘴江边。""欲为""肯将"略带散文句意，却并未破坏诗歌本身的结构，全诗情思跌宕、气度沉雄。

韩愈的创新，对于诗歌的进一步发展有着重要的意义，对后人尤其是宋人的诗歌实践有着深远的影响。韩愈是旧传统的破坏者和新道路的探索者，在探索的过程中，不可避免会存在一些弊端。韩愈大量使用生僻字词，影响了诗歌的流畅性和阅读体验，其诗中的一些丑陋意象、过多的议论，也对诗歌韵味有所破坏。这些弊端对后世造成了一些负面影响。

韩孟诗派的重要成员还有卢仝、皇甫湜、马异、刘叉等人，在好奇险怪方面，有着共通之处，因成就不高，兹不详述。真正形成独特风格，并取得较高艺术成就的，当属李贺。

李贺（790年—816年），字长吉。其父名晋肃，因“晋”“进”同音，被指当避父讳，不得举进士。李贺一生愁苦多病，终年仅27岁。

李贺是个早熟的天才，仕途的断绝意味着生命意义的虚无空耗，故对时间的流逝非常敏感甚至恐惧。加上李贺一生多病，衰老和死亡很早就成为他关注和思考的对象。因此，在李贺的诗中，充满与其年龄不符的生命悲叹：“咽咽学楚吟，病骨伤幽素。秋姿白发生，木叶啼风雨。灯青兰膏歇，落照飞蛾舞。古壁生凝尘，羁魂梦中语。”（《伤心行》）面对时光的无情，他甚至想到：“天东有若木，下置衔烛龙。吾将斩龙足，嚼龙肉，使之朝不得回，夜不得伏。自然老者不死，少者不哭。”（《苦昼短》）

对时间的敏感、对现实的绝望，使李贺着力于对超现实的仙境、鬼域的刻画。在那里，时间被极度拉长，“瑶姬一去一千年，丁香筇竹啼老猿”（《巫山高》）；“博罗老仙时出洞，千岁石床啼鬼工”（《罗浮山父与葛篇》）；“更变千年如走马”（《梦天》）；“劫灰飞尽古今平”（《秦王饮酒》）。举凡青狸寒狐、老鸮毒蛇、山魅鬼母、阴火凄雨，无不聚诸笔端，构成了千奇百怪、凄丽虚幻的想象世界。

李贺笔下的鬼神之境，带有明显的楚辞特色。汉乐府中的游仙题材以及李白诗中跌宕起伏、炫目惊心的奇幻景象，也为李贺所继承。韩愈、孟郊求新求奇的倾向，尤其是“骨”“老”“瘦”“魂”“血”“啼”等一系列寒僻险奇的意象，在李贺手中更是渲染得淋漓尽致。如“此马非凡马，房星本是星。向前敲瘦骨，犹自带铜声”（《马诗》其四），“桂叶刷风桂坠子，青狸哭血寒狐死”（《神弦曲》）。李贺又喜用极端绚丽、对比强烈的色彩，如红、绿、黑、白，构成视觉冲击力极强的画面。当绚丽的色彩与寒僻的意象相结合，就形成了李贺独有的凄艳风格，如《金铜仙人辞汉歌》：“衰兰送客咸阳道，天若有情天亦老。”类似的惊挺之语在李贺诗中比比皆是：“羲和敲日玻璃声”（《秦王饮酒》）、“鬼灯如漆点松花”（《南山田中行》）、“玉轮轧露湿团光”（《梦天》）、“踏天磨刀割紫云”（《杨生青花紫石砚歌》）。《李凭箜篌引》尤为典型，与韩愈的《听颖师弹琴》对读，可见李贺迥异常人的思维方式和惊人的想象力。

强烈敏感的时间意识、凄离冷艳的诗歌意象、奇特险怪的夸张想象、跳跃不定的意绪流动，这是李贺诗歌的主要特征。在内心世界的开掘和心理意识表现的深度上，李贺不仅远远超过了韩孟，在整个诗歌史上亦独树一帜。李贺的诗无法以法度、范式的形式被再现。晚唐诗人学习李贺，多得其形而少其神，原因也在于此。由于追求心理表现，李贺的一些诗歌语意过于晦涩，情绪过于低沉，加之鬼神怪异意象过多，招致了后人的一些批评。

## 四、元白诗派

与韩孟诗派同时稍后，以白居易、元稹为代表的元白诗派在诗坛崛起。元白诗派的主要诗人有白居易、元稹、张籍、王建、李绅等。

张籍、王建从事乐府诗写作较早，并称“张王乐府”。张籍（约766年—约830年）的乐府诗或写下层百姓的贫苦生活，如《征妇怨》《筑城词》；或写官府的苛捐杂税，如《牧童词》；或写战乱，如《董逃行》；题材相当广泛。其语言平易流利。王建（约765年—约830年）的乐府诗与张籍相类然而情调较为含蓄，不似张籍般激切愤慨。李绅（772年—846年）也是元白诗派的重要诗人，但其诗作大多散佚，今人只能从《悯农》等诗中看出其大概的风格特点。

与张籍、王建相比，元稹（779年—831年）的新乐府诗创作显得集中而自觉，他因此成为新乐府诗的代表人物之一。809年，在读了李绅的“乐府新题”二十首后，元稹写下了《和李校书新题乐府十二首》。这批诗有很强的目的性，直接针对当时的社会政治，如《上阳白发人》写宫女放遣问题，《五弦弹》写求贤问题，《西凉伎》批评边将只知享乐等，这些诗作大多叙事杂乱，成就不高。与其新乐府诗相比，元稹于817年与刘猛、李余等人相和的19首古乐府诗相对较为流利，但仍有滞涩之病。

元稹写得较好的，是《杂忆五首》《离思五首》等语浅意深的小诗，其怀念亡妻韦丛的诗也写得相当感人，语言浅近流利，感情深挚温厚，远较其乐府出色。元稹还有大量与白居易等人的酬唱赠答之作，长篇排律多逞才显技，短制则时有可诵之作。元稹还有叙事长诗《连昌宫词》。全诗通过连昌宫的盛衰之变，发兴亡之感。从艺术手法上看，明显受到传奇小说的影响。

白居易（772年—846年），字乐天，800年进士及第，815年被贬江州。晚年历任高官，过着饮酒谈禅、诗歌唱和的闲适生活，以刑部尚书致仕。

白居易有着自己系统的诗歌理论，强调“为君、为臣、为民、为物、为事而作，不为文而作”（《新乐府序》）。其新乐府诗主要创作于元和初至元和四年，包括《秦中吟》以及《新乐府》五十首。白居易自称为“讽喻诗”的这些新乐府诗，就主题而言，主要有三大类。

第一类是对社会习俗的批评。如《立部伎》“刺雅乐之替也”，《胡旋女》“戒近习也”，《司天台》“引古以儆今也”，《草茫茫》“惩厚葬也”，《古冢狐》“戒艳色也”。

第二类是对执政者的批评。如《蛮子朝》“刺将骄而相备位也”，《西凉伎》“刺封疆之臣也”，《官牛》“讽执政也”，《紫毫笔》讥失职也，《黑潭龙》“疾贪吏也”。《轻肥》批评太监专权，荒淫无度。这些诗篇，或直言慷慨或反语嘲讽，锋芒锐利。

第三类是对下层人民悲惨生活的描绘。如《杜陵叟》揭露官吏明知庄稼受灾却依然横征暴敛，《缭绫》写织女的苦辛与富贵者的豪奢，《缚戎人》描叙一个边塞贫民的悲惨命运。其中《卖炭翁》一诗流传尤为广泛。

白居易的新乐府诗，一事一诗，主题集中，叙事流畅。在手法和技巧上则表现为善用对比、善于转折、善于结句。与前人相比，白居易在人物形象的塑造上投入了更多心力，《井底引银瓶》《轻肥》《卖炭翁》《新丰折臂翁》等诗，人物都非常鲜明。

元和六年，白居易因母丧回乡守制，其创作也发生了变化，“讽喻诗”渐少，表达闲适心境的“闲适诗”逐渐增多。元和十年，白居易被贬江州司马，政治上的失望使其愈发由“兼济天下”转向“独善其身”。白居易的闲适诗同样通俗平易，在内涵上着意表现心灵的平和。白居易还有一些写景诗，善于选取景物、调配色彩；一些友朋赠答的小诗，也情致隽永，饶有趣味。白居易还有大量酬唱之作，多为次韵相酬长篇排律。这些作品大多为诗歌技巧的炫耀，与元、白状咏风态物色、表达闲适情怀的诗作一起，被称为“元和体”，在当时影响很大。

代表白居易诗最高成就的作品是被其归入“感伤”类的《长恨歌》和《琵琶行》。《长恨歌》作于元和元年，主题是唐玄宗与杨贵妃的爱情悲剧，略带讽喻意味。在诗人笔下，唐玄宗、杨贵妃坚贞不渝的爱情与二人无法掌握自我命运的现实相对照，显得格外伤感悲凉。《琵琶行》作于元和十一年，其时白居易正被贬江州。诗中借琵琶女的身世感慨自我的坎坷命运。二人际遇相似相类，故诗中的感情尤为真挚。诗中刻画与想象兼备，尤其是用音乐节奏的变化表达情绪的起伏，极为细腻贴切。

就当时而言，白居易的酬唱之作和闲适诗影响最大。就诗歌发展而言，白居易的新乐府诗有着重要的价值和意义。就诗歌本身而言，《长恨歌》与《琵琶行》成就最高。毫无疑问，白居易是中唐最重要也是最出色的诗人，其诗作上自宫廷下至民间，流传极为广泛，甚至远及朝鲜、日本等国。他的诗歌风格以及浅切通俗、明白易懂的诗歌语言在后世产生了巨大的影响，在诗歌发展史上留下了深深的印记。

## 第四节　晚唐五代诗歌

### 一、李商隐

李商隐（812年—858年），字义山，号玉溪生，又号樊南生、樊南子。幼时家贫苦读。后得牛党要员令狐楚的赏识，被聘为幕僚，随其学骈体文。令狐楚病逝后，入泾原节度使王茂元幕，娶其女。时牛李党争激烈，王茂元与李党首领李德裕亲善，李商隐依附王茂元的行为被视为对老师和恩主的背叛。此后，李商隐便在牛李两党争斗的夹缝中求生存，辗转于各藩镇幕府当幕僚，郁郁不得志，潦倒终身。

李商隐的诗主要包括咏史、咏怀以及表现微妙复杂感情的无题诗。其诗如《曲江》《有感二首》《重有感》等记录了晚唐一系列重大历史事件。李商隐常利用咏史题材曲折表达自己的观点，批判统治者沉湎女色、服药求仙、醉心享乐，贤士空负大才而不得任用。如《北齐二首》《富平少侯》《海上》《隋宫》《贾生》等，往往讽刺中有感慨，愤怒中有悲凉，意蕴丰富、耐人寻味。李商隐的咏怀诗，多表达落拓不遇的悲慨。其咏物之作，如《风雨》《柳》《落花》《蝉》《野菊》《流莺》等，也多怀兴寄之意，感叹自身遭遇和时事变迁，饱含诗人或孤高或感伤或愤恨的情感。

李商隐最为出色也最为人们所熟知的，是一系列表现微妙复杂感情的"无题"类诗作。如《无题》(相见时难别亦难)，完全脱略了时间、地点、人物、事件，纯粹以情绪为中心加以表现。再如《锦瑟》，除首尾两联隐约点出"追忆"这个主题外，全以典故构成。李商隐是骈文大家，极擅用典，典故的使用打破了时间与空间的界限，也打破了主体与对象、想象与现实、情感与动机、心灵与物象的界限，化为一片朦胧恍惚的绵邈情思。再如《嫦娥》："嫦娥应悔偷灵药，碧海青天夜夜心。"也是反用旧典，生发出新的意义，形成独特的审美效果。

李商隐对于色彩的搭配也有其独特之处。他喜用浓烈的色彩与凄清的情调形成对比，尤喜用"红""金""青""碧"对照风、月、雨、露，形成秾丽与清雅并存的独特风貌。

李商隐是晚唐最为杰出的诗人，也是诗歌发展史上不可或缺的大家。他对丰富细腻、复杂多变的内心世界的表现，大大扩展了诗歌表达的广度和深度。他朦胧多义、意蕴深远的诗作，发掘了新的审美趣味，树立了新的诗歌范本。他对典故的运用、对色彩的搭配，都带有鲜明的创新特征，具有深远的影响。唐代以后，学李者不计其数，宋初更是形成了宗法李商隐的西昆体。

## 二、杜牧与晚唐咏史诗

杜牧(803年—852年)，字牧之，其祖父是三朝宰相、著名的史学家杜佑。杜牧受其影响，有着经世致用的远大抱负。然而杜牧的仕途并不顺利，长期沉沦于幕府，四十岁才任州官。这使他感到失落。在淮南节度使幕中时，他长期混迹于扬州的青楼楚馆，过着浪荡不羁的生活。他在诗中写道："落魄江湖载酒行，楚腰纤细掌中轻。十年一觉扬州梦，赢得青楼薄幸名。"(《遣怀》)"尘世难逢开口笑，菊花须插满头归。但将酩酊酬佳节，不用登临恨落晖。"(《九日齐安登高》)

杜牧最为出色的是他咏史抒怀的作品。这些诗往往情调深沉，眼界阔大，而又带着浓重的感伤色彩，如《登乐游原》"长空澹澹孤鸟没，万古销沉向此中。看取汉家何事业，五陵无树起秋风。"《江南春》："千里莺啼绿映红，水村山郭酒旗风。南朝四百八十寺，多少楼台烟雨中。""千里""万古"所展现的是诗人的想象视野，二者的极力拓展，正反映出时光的无情。繁华终将消逝，盛世一去不返，面对自然的永恒，人力铸就的文明显得短暂而脆弱。杜牧面对的不仅是个人遇合问题,更面对着一个王朝不可逆转的衰颓,这种大环境的衰颓与个人的才华志向构成了悲剧性的矛盾,振作不能,放弃又不舍:“欲把一麾江海去,乐游原上望昭陵。”(《将赴吴兴登乐游原一绝》)正因诗中哀悼的是整个时代的颓败,是曾经盛极一时的文明的衰落,杜牧的诗中不仅消退了激情,甚至消退了愤怒,只留下无尽的无奈与伤感。当杜牧把历史与自我相联系时,这种伤感尤为显著。

除了感慨时光之无情,杜牧还在诗中对世人之无情加以讥讽,对统治者的荒淫加以批评,对重大历史事件发表自己的看法,其诗如《泊秦淮》《过华清宫绝句三首》《赤壁》都是名篇。咏史诗之外,杜牧描景写物的如《山行》,咏物怀人的如《寄扬州韩绰判官》,也都是佳作。

杜牧诗的总体情调偏于伤感,但却并不阴暗颓废,反而显示出俊朗爽利的特色。这主要是因为他的视野比较高远开阔,加上语言明快、取象清丽,故脍炙人口。杜牧诸体均擅,七律、七绝尤为杰出。

## 三、贾岛及晚唐其他诗人

贾岛与姚合生于中唐,卒于晚唐,因二人的“苦吟”态度以及清新冷寂的诗风在晚唐影响极大,故一并归入晚唐。

贾岛(779年—834年),字浪仙,早年为僧,后还俗应进士试未中。其诗可分为两大类。一类诗主要表现人生失意的愤懑、穷愁病老的哀怨、孤身羁旅的伤感,使用的意象多为冷月寒露、衰柳霜叶、秋雨雪夜,与孟郊有着共同之处。但是贾岛不像孟郊用词那么奇仄硬涩,反而更近于大历诗人。另一类诗主要表现禅隐生活,“鸟宿池边树,僧敲月下门”(《题李凝幽居》)是其名句。

贾岛一生落魄潦倒,愁困之中,诗歌实已成为他的精神支柱。他的心力主要集中在诗歌技巧的锤炼上,追求对句的工整、用字的新颖、音律的和谐。尤其是对律诗的中间两联,更是极为重视。如其“二句三年得”的苦心之句:“独行潭底影,数息树边身。”(《送无可上人》)总体而言,贾岛诗的特色是幽寂清雅,注重句法炼字,讲究工整精警。格局较小,往往有句无篇,无法构成浑成圆融的整体意境。

与贾岛相比,姚合(约777年—约843年)仕途较为顺利,生活上较为优裕,诗也多表现闲适情趣。如《武功县中作三十首》《闲居遣怀十首》都是如此。与贾岛相似,姚合也注重炼字和清幽之景的描写。与贾岛不同之处在于,姚合还有许多貌似朴质实则用心之句。

贾岛、姚合的诗,以抒发孤寂心理、刻画琐碎事物、营造闲适意境为主,这些都贴合了唐代衰败之际士人的心理,故成为一时风尚。晚唐五代甚至有立贾岛铜像、挂贾岛画而拜之者,可见其影响之大。

晚唐较重要的诗人还有韦庄、郑谷、罗隐、陆龟蒙、皮日休、司空图等人。其中韦庄(约836年—910年)的七古《秦妇吟》,是现存唐诗中最长的一首。全诗的背景是黄巢攻破京城,展现了动乱中的悲惨景象:“内库烧为锦绣灰,天街踏尽公卿骨。”此诗在当时影响极大,是晚唐难得的反映现实的巨制。

# 第五节　隋唐五代词曲

词在产生之初是一种音乐文学,它是辞乐相配的产物。词的产生相当复杂,隋唐燕乐是贯穿其中的主线,民间的“胡夷里巷之曲”、教坊的俗乐、倚声配词与采词入乐的两种方式、文人们的“依曲拍为句”,乃至歌宴酒令中结合音乐的文字游戏,都在不同侧面对词的产生发生了影响。

## 一、敦煌曲子词与唐代文人词

20世纪初,大量五代写本被发现于甘肃敦煌莫高窟,一批唐五代民间词从此面世。这批词被称为敦煌曲子词或称为敦煌歌辞。这些作品的发现弥补了从汉魏六朝乐府诗到唐代文人词之间缺失的一环,具有重要的意义和价值。其中最重要的是收词30首的《云谣集杂曲子》。敦煌曲子词内容非常广阔。其中数量最多、成就最高的,是爱情题材的作品。这些作品或是表达对爱人的思念或是表达对爱情的坚贞信念,语言朴素,感情真挚,富于生活气息。敦煌曲子词创作时间较长,工拙不一,总体而言,还处在初创阶段。

唐代的文人词早期主要集中于宫廷,多为歌功颂德的应制作品,形式多为齐言体,成就并不高。宋人集载的题名李白的《忆秦娥》《菩萨蛮》,气格不凡,但真伪存在争议。可以确定产生于盛唐,同时艺术价值又较高的词作应属张志和的《渔歌子·西塞山前白鹭飞》,此词色彩明丽、声韵悠扬,影响远及日本。韦应物、戴叔伦、王建都有《调笑令》,应为酒宴唱和时行令之作。元和以后,作词的文人更多,刘禹锡和白居易是其中代表。其词作往往带有民歌色彩,如《竹枝词二首》。白居易的代表作是《忆江南》三首,或热烈鲜明或冲淡清雅,诗家熟稔的意象和擅长的手法在词中已运用无碍,可见词体已发展到相当成熟的境地。

## 二、温庭筠、韦庄与花间词人

到了晚唐五代，词的写作已成为文人的普遍爱好，专业的词家和词集开始出现。由于时代的混乱和朝代的衰颓，词也集中于描写男女之情和身世之感，前者以温庭筠为代表，后者则以韦庄为典型。

温庭筠（约812年—约870年）是词史上第一个大力作词的文人，也是唐人中存词最多的一位。他一生落魄，出入秦楼楚馆，纵酒放浪。温庭筠的词以闺情为主，主要风格是铺陈渲染、精雕细刻、色彩浓艳、多用比兴，代表作如《菩萨蛮·小山重叠金明灭》。温庭筠又善于把情思潜藏在意象之中，以氛围营造刻画心理活动，如《菩萨蛮·水精帘里颇黎枕》，全篇甚至没有出现相思的对象，而相思之情和对往事的追忆却暗含其中。得力于独特的意象捕捉和组合能力，温庭筠的词保持着一种统一性——平面铺陈的外在形式与深沉含蓄的内在情感的统一。这种特点在那些不那么含蓄的词中同样存在，如《更漏子·玉炉香》："玉炉香，红蜡泪。偏照画堂秋思。眉翠薄，鬓云残。夜长衾枕寒。梧桐树，三更雨。不道离情正苦。一叶叶，一声声，空阶滴到明。"温庭筠也有一些清新明快、色调淡雅的作品，如《梦江南·梳洗罢》："梳洗罢，独倚望江楼。过尽千帆皆不是，斜晖脉脉水悠悠。肠断白蘋洲。"

总体而言，温词喜用金、玉、翠、锦、兰等华贵艳丽之词，又喜用双声叠韵，描写细绵密腻，抒情含蓄隐约，故而浓艳婉约是其词风主流。温词对于词的发展有着开创性的意义，其声律、结构、意象、语言、色彩，包括细腻情感的表达手法，都为后人提供了可供借鉴的范式，温词所代表的风格也被许多后代词人奉为正宗，影响深远。

五代十国期间，形成了两个较为集中的词创作中心，分别是西蜀和南唐。前蜀王衍、后蜀孟昶割据蜀中，60年间沉湎于歌舞伎乐，词也因之盛行。后蜀赵崇祚于940年编成《花间集》十卷，共收录了自晚唐至五代的温庭筠、韦庄、皇甫松、牛峤、孙光宪等18位词家的500首作品，其中大多为蜀地文人。这是最早的文人词总集，是词史上的一块里程碑。它的出现标志着词的规范化和艺术特征的明确化，对后代词作发展有着巨大的影响。由于这些词家风格大体相近，后世称之为花间派。这些词作大多是供酒宴享乐时歌女所唱，风格偏于绮靡轻艳。除温庭筠、韦庄外，大部分词人成就不高。

韦庄（约836年—910年）名列《花间集》，有着花间词人柔媚婉丽的一面。同时又受到白居易等人的影响，词风较为清新明朗，与温庭筠有着显著的差别。韦庄重视意脉的连续，一首词一般只写一件事，表达的意思也较为单纯，很少做大幅度的跳跃。虽然韦庄也用一些华丽的词语，但一般只限于固定的意象，并不堆砌，总体风格俊秀雅淡，较为清爽。在一些以韦庄本人为主人公的词作中，这种特点更为明显。

韦庄早年曾避乱江南,后来写下了一系列回忆江南的词作。词中描写江南的放浪生活,实为对青春年华和早年人生遇合的追忆。其《菩萨蛮·人人尽说江南好》云:“人人尽说江南好,游人只合江南老。春水碧于天,画船听雨眠。垆边人似月,皓腕凝霜雪。未老莫还乡,还乡须断肠。”全篇都是他人劝留言语,渲染江南之风景秀丽、生活安逸、女子貌美,结句却翻空出奇,中原满眼破败战乱,何得不断肠!由此再读上文的清丽词句,其中蕴含的曲折悲伤不言而喻。

## 三、李煜与南唐词人

南唐定都金陵,历时39年。由于经济发达、文化繁荣,加上历代君主爱好文学,因此产生了一批词人。南唐词的兴起较西蜀稍晚,由于词作者主要是君王重臣,风貌与西蜀词有所不同。主要的词人有冯延巳、中主李璟和后主李煜。

冯延巳(903年—960年)是南唐重臣,也是五代存词最多的词人,其作品多写闺阁情事与个人愁怨,语言清新婉转,境象开阔深远。如《谒金门·风乍起》:“风乍起,吹皱一池春水。闲引鸳鸯香径里,手挼红杏蕊。斗鸭阑干独倚,碧玉搔头斜坠。终日望君君不至,举头闻鹊喜。”词中表达的意义虽仍以相思为主,却并不像花间词人那样悲情,反而隐约带出一些活泼中的寂寞、快乐中的惆怅。在一些自我抒情的作品中,这种抛却本事以心境刻画为中心的手法更为突出。《鹊踏枝·谁道闲情抛掷久》全以“闲情”展开,因其为“闲情”,故无可确指又无可抛掷,如青芜堤柳,年年不绝。读者被这一片缠绵情绪笼罩,不再去关注具体的际遇——宦途坎坷、漂泊思乡、生命忧惧、怀才不遇、情恋相思等等。这就使词的抒情天地广阔起来。这种广阔不是题材的扩大,而是内涵的丰富和表达的深沉。

李璟(916年—961年)是南唐第二代国君,存词四首。《摊破浣溪沙·菡萏香销翠叶残》是其代表作。

李煜(937年—978年),字重光,李璟第六子,才华横溢,工书善画、能诗善词、通音晓律。25岁即位,39岁国破降宋,后被宋太宗毒死。史称李后主。

李煜是一个天才型的词人,作词对其而言只是将心中奔涌的情感倾泻出来,因而没有压抑,没有束缚,也没有遮遮掩掩。有感则发,自成丽句。这种天赋来源于他的本色,也来源于他的热情。这在他早年描写宫廷奢靡生活的词中表现得很充分。然而李煜的这种热情,很快沉寂为悲凉:“一旦归为臣虏,沈腰潘鬓销磨。最是仓皇辞庙日,教坊犹奏别离歌。垂泪对宫娥。”(《破阵子·四十年来家国》)。随着凤阁龙楼、琼枝玉树一去不返,李煜的目光也开始超越狭小的宫廷,词中的秾丽色彩和脂粉香气逐渐褪去,让位于外界物象引发的悲哀。“问君能有几多愁,恰似一江春水向东流。”(《虞美人·春花秋月何时了》)词人由家国之悲上升为宇宙人生之悲,核心在于对人生的追问。这种悲剧情怀始终是一种直接的感悟而非理性的认知。词人见人所不能见,又以一腔真情笼罩物象,故愁思深广。如《浪淘沙·帘外雨潺潺》,引发了古往今来无数读者的共鸣。

李煜在词中直接表达自己的喜怒哀乐,抒发自己的人生感受,这就改变了词中主人公多为女性形象的传统观念,使词超越了“艳体”而成为抒情抒怀的重要体裁。这对于词的发展无疑有着重要的意义。在艺术手法上,李煜的词本色自然,多用白描,善用比喻,长于意境营造,是五代词的最高典范。王国维《人间词话》十五称:“词至后主而眼界始大,感慨遂深,遂变伶工之词而为士大夫之词。”这充分说明了李煜词的价值和意义。

# 第六节 隋唐五代的文和赋

## 一、古文运动

在隋与唐代前期,骈文占据着主导地位,以虞世南、上官仪等为代表的宫廷文人,以及以魏征为代表的朝堂重臣,分别在重形式、重辞藻和重内容、重骨力两条道路上推动着文体发展。到了“四杰”时期,文质兼善的美文将骈文推上了又一个高峰。如王勃的《滕王阁序》,融雄词健笔、华章丽句于一体。其他如骆宾王的《代李敬业传檄天下文》、杨炯的《王勃集序》、卢照邻的《释疾文》等,开始主动追求“壮而不虚,刚而能润,雕而不碎,按而弥坚”(杨炯《王勃集序》)。陈子昂进一步提出“兴寄”“风骨”的主张,其奏疏章表,说理雄辩,富有力度。

进入盛唐之后,号称“燕许大手笔”的张说、苏颋,将骈文由宫廷体变为台阁体。内容上崇尚雅正,多叙儒家伦理、王道兴衰;风格上变轻靡华丽为雍容凝重,雄浑大气。王维诗文兼善,各类碑志送别文,或豪迈或苍凉或清丽,无不真切自然。一些写景的书简序文则骈散相间,自然优美。《山中与裴秀才迪书》是其中的代表。李白之文则更为流动跌宕,具有个性魅力,《春夜宴桃李园序》行云流水,《上韩荆州书》意气昂扬,都极具美感。

从玄宗天宝年间登上文坛的萧颖士、李华,到德宗前期领袖文坛的梁肃、崔元翰,他们之间有着紧密的联系,形成了几个相互交叉、相互呼应的文人群体。他们都倡导宗经复古,都强调文学的教化功能,都持质重于文的文学观念。这一批提倡复古的文章家,作品成就并不太高,但是他们的社会影响却很大。

在前人的基础上,韩愈、柳宗元构建了系统的古文理论。

在韩愈之前,古文家们虽然极力提倡宗经明道,但对于“道”的指向和内涵,并没有十分明确的认识,“宗经”范围既广,“明道”也就驳杂不纯。韩愈首倡儒家“道统论”,将尧舜禹汤文武周公孔子直至孟子视为儒家的正宗传承,将文学改革上升到卫道的层面,使其兼有思想运动和社会运动的性质。韩愈和柳宗元一面充分阐发“文以明道”,一面注重个体情感的表现,以“不平则鸣”为依据,为文章中情感的宣泄与抒发辩护,使其成为散文写作的题中之意,这些都是古文运动能够影响深远的重要原因。

韩愈的古文可分为三类。第一类是论说文,如《原道》《论佛骨表》《原性》《师说》,特点是论点鲜明、雄辩恣肆、气势夺人;第二类是叙事文,或宏大凝重如《平淮西碑》,或慷慨激昂如《张中丞传后叙》,寥寥数语,声貌毕现;第三类是记人抒情之文,往往情真意切,富于感染力,如《祭十二郎文》。

韩愈虽力推散文,但并不排斥骈文的优点,往往间插骈句,造成文章的错落跌宕,富于音律之美。他对于前代的文学作品多有继承和吸收,如《张中丞传后叙》就带有鲜明的史传文学特色,而《毛颖传》更是借鉴了传奇小说笔法。韩愈强调创新,“蝇营狗苟”(《送穷文》)、“同工异曲”“俱收并蓄”(《进学解》)等词语都是其创制,充分实践了他“言必己出”的语言追求。

柳宗元的创作以山水游记和寓言小品成就最高。其山水游记有三大特点。首先是始终与柳宗元本人的贬谪心态相联系,寄寓着作者遭贬远放的身世感慨。其次是写景极尽孤寒之意,钟情于诡石、怪木、奇卉、美箭,着意寻奇。第三是蕴含着晋人以来由山水散怀体道、体察宇宙的精神。总体而言意境幽冷、文字简洁,多写人迹罕至的自然山水之美,孤清落拓之意深潜其中。柳宗元的山水游记将山水描写推向了一个新的高度,为这一文体在文坛上地位的确立做出了杰出的贡献。

柳宗元的寓言小品如《三戒》者,大多短小生动,意在讽刺,富含哲理。《骂尸虫文》等骚体杂文,痛快淋漓,语言辛辣。《答问》《起废答》《愚溪对》等问答体杂文,正话反说,指斥世情,激愤之情溢于言表。其他祭吊答问之文,多具身世之悲,含牢骚之意。《捕蛇者说》笔锋犀利,文情并茂,是不朽的杰作。

韩柳之外,从事古文创作的还有韩愈的友朋弟子如李观、欧阳詹、樊宗师、李翱、皇甫湜。刘禹锡、吕温、白居易以及元稹等也是重要作者,古文创作可谓盛极一时。但在他们相继去世后,古文创作却陷入了低谷,骈文重新取得了主导地位。晚唐时,罗隐、皮日休、陆龟蒙等人的讽刺小品异军突起,成为唐代散文最后的回响。

## 二、晚唐五代骈文与唐代的赋

随着古文运动的大潮渐渐退去,骈文在晚唐重新取得了主导地位。李商隐是晚唐骈文成就最高者,其《为濮阳公檄刘稹文》《为濮阳公陈情表》气势飞动、撼人心魄。《为濮阳公论皇太子表》忠鲠剀切、风骨凛然。《上河东公启》婉言谢绝上司为其续弦,感情深沉绵邈,发语委婉曲折。李商隐也有一些用典较少甚至不用典故的作品,如《祭小侄女寄寄文》,感伤哀婉,令人不忍卒读。除此之外,《奠相国令狐公文》《祭外舅赠司徒公文》《祭裴氏姊文》等也都是佳作。这些作品文情并茂、华实相扶,堪称唐代骈文的典范。

与李商隐并称的温庭筠、段成式,在风格上与李商隐有类似之处,但缺乏李商隐饱满的情感力量。骈文至此,文格已卑,文气已衰。此后的司空图、韩偓、欧阳炯等人,越发绮靡浮艳,题材上不离金玉香软、酒色享宴,无足多论。

最后谈一下唐代的赋。

唐代的赋主要分为古赋、抒情赋、咏物赋以及新出现的律赋。古赋在盛唐重现生机,与当时国势的强盛以及盛唐人豪迈自信的气度有着直接的关系。在具体内容上,则以描写京都气象、宫殿礼乐以及皇家游猎为主,骈散结合、奔放洒脱、不拘一格。如李白的《明堂赋》、李庾的《西都赋》《东都赋》、李华的《含元殿赋》、杜甫的《三大礼赋》等,都继承了汉大赋铺张扬厉、气势宏伟的特点。

唐代的抒情赋多感慨时光易逝、怀才不遇或者抒发吊古伤今之感。体制受六朝影响很大,如王勃《春思赋》。进入盛唐以后,赋风或清丽自然或雄浑奔放,眼界比较开阔。代表作是李白的《悲清秋赋》。中唐的赋家多表达仕途坎坷、怀才不遇的愤懑。这类作品有韩愈的《闵己赋》、李翱的《释怀赋》《幽怀赋》、刘禹锡的《伤往赋》等。吊古之作大多以兴衰之变言治乱之道,刘禹锡的《山阳城赋》"痛人亡而事替",王昌龄的《吊轵道赋》批评"以暴易乱,莫知其极",郗昂的《骊山伤古赋》"嗟拔山之壮气,成拱木之寒烟",无不用意当世,语含讽谏。

唐代的咏物赋有三点值得注意。首先是在范围上较六朝宽广,无论自然物象还是人类文明的成果,无不成为赋家描绘的对象。其次是境界渐趋开阔,笔力更为劲健,李白的《大鹏赋》、杜甫的《雕赋》是其代表。第三是柳宗元的讽刺赋在晚唐发展成为以指摘时事、讽刺世情为主旨的讽刺咏物赋潮流,如李商隐的《虱赋》、罗隐的《秋虫赋》、陆龟蒙的《蚕赋》等。这些作品往往笔锋尖锐,感情激愤。

律赋是唐代新出现的赋体。在文体层面上,它受到唐代发达的律诗大潮的影响,在现实层面上,它是唐代科举制度的直接产物。由于形式要求严格,加上多为求利禄的敲门砖,故往往缺乏真情实感。

# 第七节　唐人传奇

## 一、唐人传奇的文体特征

唐人传奇与唐诗并为“一代之奇”。继魏晋南北朝志怪小说、志人小说之后，唐人传奇又为中国小说史写下了光彩夺目的一页。其文体有三大特点。

### 1.传奇之“奇”与正史之“正”

传奇之“奇”与正史之“正”，这种字面上的对照关系恰好是其逻辑关系的表现。唐人传奇之“奇”，乃是指它的“无关大体”，不像正史那样记录严肃的朝代兴衰。就具体的题材指向而言，传奇之“奇”与爱情、豪侠和隐逸三者的联系非常密切，这三种题材向来为正史所拒绝或处于正史的边缘，而在唐人传奇中，它们却居于中心位置。正、奇之别，题材选择的差异是一个重要的方面。

### 2.“嗜奇”“好异”的想象

唐人传奇成熟于一种独特的社交氛围中。唐代士大夫除了爱切磋诗、文、赋之外，也爱谈说奇闻逸事，诸如神仙、鬼怪、轶事等。他们不求事情的真实，而希望从中获得超越日常生活的幻想情趣。许多传奇作者对此都津津乐道。在这种不乏浪漫色彩的社交氛围中，唐人以六朝志怪为借鉴，以社会人生为参照，以佛道的想象为羽翼，从而创造了丰富多彩的幻想世界。幻想伴随着虚构。因此，虚构成为唐人创作传奇的一个重要手法。一些传奇作家往往有意在小说中留下虚构的痕迹，“嗜奇”乃唐代传奇作者的基本特征之一。

### 3.传、记的辞章化

唐人传奇基本包括传、记两种体制。无论是“传”，还是“记”，它们都属于“文、笔”中的“笔”，属于史书一脉。从这样的角度看，说唐人传奇受到史家影响是不必置疑的。但是，尚未辞章化的传、记是不具备传奇小说品格的。唐人传奇，它作为新型文体的特征之一，即将传、记辞章化，将文、笔融成一体，从而创造了一种新的文学样式。唐人传奇的文体特征即面向“无关大体”的浪漫人生；注重想象和虚构；传、记辞章化。这三个方面，又以第三点最为重要。或者这样表述：“传、记辞章化”是唐人传奇最基本的文体特征。这是唐人传奇文体成立的基本前提之一。就这一特征而言,我们不妨称唐人传奇为辞章化传奇。

唐人传建立了若干新的写作惯例:从选材上看,唐人传奇对想象世界和私人感情生活倾注了浓厚的兴趣;就艺术表达而言,唐人传奇在传、记的框架内穿插大量景物描写,注重形式、辞藻、声调的经营,不仅采用第三人称客观叙事和第三人称限知叙事,还不止一次地采用第一人称限知叙事。可以说,只有在融合了辞章的旨趣和表现手法后,传、记才能成为传奇。

## 二、唐人传奇的发展进程

### 1.初期唐人传奇

产生于唐初至代宗朝的单篇唐人传奇,现存的名作有王度的《古镜记》、无名氏的《补江总白猿传》、张鷟的《游仙窟》、陈玄祐的《离魂记》。唐晅的《唐晅手记》、张说的《梁四公记》、郭湜的《高力士外传》等亦有可取之处。这一时期的传奇集或者收录有传奇的小说集,主要有三部:牛肃的《纪闻》(约乾元年间)、张荐的《灵怪集》(约大历年间)、戴孚的《广异记》(约大历末到建中初年)。

从唐初到代宗朝,这是一个艰难的发轫期。唐人传奇带着六朝志怪烙印在它身上的痕迹,步履蹒跚地走上了文坛。仙、鬼、妖怪构成此期小说集中最为庞大的形象系列,有关社会人生的情感尚未得到应有的表达。

### 2.盛期唐人传奇

从唐德宗建中初(780年)到唐宪宗元和末(820年),这是唐人传奇的鼎盛时期。沈既济、许尧佐、蒋防、元稹、李公佐、白行简、陈鸿、沈亚等俱为名家。单篇传奇所达到的成就,构成了文言小说史上一个与唐诗并立的高峰。除了单篇外,这一时期还产生了两部小说集:牛僧孺的《玄怪录》、陈劭的《通幽记》。其中《玄怪录》尤为著名。

这一时期传奇在精神气质方面的基本特征有三。

首先表现在产生了一批直抒出世情怀的作品,如沈既济的《枕中记》、李公佐的《南柯太守传》,都以隐逸号召世人,文中人生如梦、人世局促的出世情怀,在唐以前一向由其他体裁来承担,沈既济、李公佐率先“假小说以寄笔端”,确乎别开生面。

其次,对私人感情生活的描写更展开了令人耳目一新的格局。男女恋情具有了更多自由、浪漫的色彩。如许尧佐的《柳氏传》、李景亮的《李章武传》。作家们开始以深刻的悲剧意识来感受伦理架构之外的恋情。如《长恨歌传》《霍小玉传》《莺莺传》等。

最后，盛期传奇中的豪侠义士构成了一类情怀壮烈的大丈夫形象，在他们身上，较多寄寓了作者追求崇高人格的情愫，豪侠在唐人传奇中已成为主角之一。

在艺术追求方面，这一时期的传奇创作加强了“有意为小说”的倾向，并在传、记辞章化方面臻于胜境。所谓“有意为小说”，其内涵之一即有意虚构，着力创造一个丰富多彩的幻想世界。这又具体呈现为两个方面。其一，不拘束于“古书”的虚构，而向唐代的生活寻找灵感。其二，虚构故事，目的不是或主要不是用来寓劝惩。

小说结合诗歌，盛期唐人传奇所取得的进展尤为可观：第一，诗的创作与传奇的创作相辅而行、诗人与小说家联手的盛况出现了，如《长恨歌传》；第二，产生了像沈亚之这样以“诗才”为主要凭借而进入传奇领地的作者；第三，诗在性格刻画和情节发展中的作用更大了。

把史家的传、记与注重描写的辞赋结合起来，在六朝志怪中偶然也能找到先例，但盛期唐人传奇的收获在广度和深度上都是空前的。骈散兼施的描写，极大地拓展了语言的表现力。《柳毅传》《长恨歌传》《玄怪录》等的文笔均是第一流的。而沈亚之的“怪艳”，《玄怪录》的诙诡，尤别具风味。传、记辞章化，揭开了传奇小说史的新篇章。

### 3. 中期唐人传奇

从唐穆宗初到唐懿宗末（821 年—873 年），这是唐人传奇发展的中期。其成就以传奇集为主，以裴铏的《传奇》为代表。

考察中期唐人传奇的精神气质，必须注意到一个事实，即这一时期的知识精英，普遍有一种置身世纪末的痛苦；而就艺术风貌而言，“传奇”之“奇”的内涵又有了新的扩充或变迁，与此前相比，由人生内容之“奇”到情节之“奇”，风味已大有不同。这一时期唐代传奇的成功可从以下几个关键环节分析。

第一，中心人物的命运成为读者关注的焦点。如裴铏的《传奇》中裴航、崔炜的命运，具体的情节展开险象环生、波澜迭起，读者的阅读期待一再落空。这便是“奇”！得失、祸福，本是司空见惯的人生现象，然而到了裴铏笔下，却成了不寻常的戏剧场景。

第二，目的被阻。人物不能得到他所追求的东西，如裴航、崔炜；或人物竭尽全力逃避其归宿，如韦固。人物的命运由此出现曲折，读者的好奇心被进一步激发起来。

第三，初步障碍被克服。如崔炜从任翁处脱难，裴航见到云英，韦固派人刺杀陈婆女而未遂。故事朝着既定方向推进，读者期待着预定结局的到来。

第四,目的再次被阻。这次被阻较第一次更难克服。突然出现的情况几乎使中心人物像是走近了与预定结局根本不同的终点。如韦固的娶刺史王泰女、裴航的寻不到玉杵臼、崔炜的落入蛇穴。

第五,突转。艺术中的突转可以将作品以惊心动魄的方式推向结尾,如崔炜被玉京子(蛇)送入南越王赵佗宫中,裴航与云英成亲而成仙,韦固娶的王泰女就是“陈婆女”。结局虽然早已预定,可最终到来时却仍令我们愕然:它既是合情合理的,又是出人意料的。

应该说明,我们归纳的几个关键环节只是就大略而言,事实上,在裴铏的《传奇》中,目的被阻的次数经常超过两次;薛调的《无双传》至少设计了四轮障碍。这些作品对于曲折情节的追求,给后世的通俗文学以巨大启示。

#### 4.晚期唐人传奇

从唐僖宗初到五代初(874年—910年),这是唐人传奇发展的晚期,作品较少,而以传奇集为主。较重要的单篇传奇有:无名氏的《灵应传》、杜光庭的《虬髯客传》。

唐末是传奇的蜕变期,或者说,传奇小说从此进入了长期的低谷状态。这集中呈现为三个方面:

第一,从选材来看,“无关大体”的浪漫人生不再处于这一时期传奇的中心。第二,有些题材陈陈相因,新意不多。第三,以议论为小说,削弱了传奇的美感魅力。

皇甫枚的《三水小牍》为这一时期最好的传奇集,但其多训诫的倾向却不足为训。《阙史》《剧谈录》等也爱发劝惩之论。而特别值得一提的,当属单篇传奇《虬髯客传》。

## 本章小结

隋唐五代是各体文学全面繁荣的时期,文人群体迅速扩大,文学反映的社会面貌也随之大大扩展。唐人充分总结和继承前代的文学遗产,开拓创新,诗坛流派纷呈,风格多样,名家迭出,留下了大量经典之作。在文方面,唐人注重骨力,文风充实饱满,中唐出现了影响深远的古文运动。在小说方面,唐代出现了一种新的体式——传奇,代表了文言小说发展的新阶段。另外,唐代还产生了词、变文等新文体,孕育了新变的种子。

## 学习评价

| 评价维度 | 评价项目 | 评价内容 | 评价标准 | 自我评分 |
|---|---|---|---|---|
| 知识 | 基础性知识 | 文学史各基础知识点 | 牢固掌握古代文学史基础知识；掌握代表作家、作品、风格特点；掌握文学史重要关键词；能够记诵并理解 | |
| | 体系性知识 | 对文学史的整体知识把握和理解 | 理解特定时段文学史的发展进程；熟悉各类文体的流变特征；掌握各文学流派、文学集团、文学运动的产生与特点，对一个时期的文学现象能够作出整体评价 | |
| | 背景性知识 | 影响文学史发展的背景知识 | 了解影响文学史发展的社会历史背景、政治思想背景、哲学宗教背景；了解社会生活特别是士人生活与文学创作的关系 | |
| 能力 | 专业能力 | 对古代文学作品的专业阅读与分析能力 | 拥有阅读古代文学作品的语言能力和文化知识背景；能够根据文学史知识对文学作品进行分析和鉴赏；能够对文学史现象进行解释；形成古代文学文本分析和理解的方法论 | |
| | 学习能力 | 文学史学习的态度、方法与技能 | 学习内在驱动力强；有自觉的学习方法和模式；能独立思考；能够与他人充分交流，善于合作 | |
| | 创新能力 | 自我发展与提高 | 拥有良好的问题意识；善于利用前人研究成果；能够利用各种方式收集和处理信息并尝试解决问题；富于创新精神 | |
| 情感 | 素质培育 | 文学审美趣味 | 能够形成正确的文学审美态度和良好的审美趣味 | |
| | 情感培育 | 文化认同感 | 了解自身文化渊源，对优秀传统文化有认同感，树立文化自信。 | |
| | 价值观培育 | 价值观实践 | 能够将审美态度和文化认同融入实际生活 | |

## 推荐阅读

1.程千帆.唐代进士行卷与文学·古诗考索[M].北京:商务印书馆,2014.

2.罗宗强.隋唐五代文学思想史[M].北京:中华书局,2018.

3.闻一多.唐诗杂论[M].上海:上海古籍出版社,2019.

## 本章自测

### 1.填空题

(1)(　　　　　　　　　　)是中下层士人的代表。他们被称为“初唐四杰”。

(2)(　　　　　　)是山水田园诗派的代表诗人,并称“王孟”。

(3)(　　　　　　)是盛唐边塞诗人的杰出代表,并称“高岑”。

(4)白居易“感伤”类诗作的代表作是(　　　　　)和(　　　　　)。

(5)词史上第一个大力作词的文人是(　　　　)。

(6)唐传奇是用辞章传统改造传记的产物,其在艺术风貌上的主要特征是(　　　　　　)。

### 2.简答题

(1)简述山水田园诗派的代表诗人及其特点。

(2)简述唐代古文运动的特点。

(3)简述花间词及其特点。

### 3.论述题

论述杜甫诗歌“集大成”的艺术特色及其影响。

## 参考文献

[1]陈文新.文言小说审美发展史(第二版)[M].武汉:武汉大学出版社,2007.

# 第五章　宋代文学

## 本章概要

宋代文学的成就主要体现在诗、词、文三个方面，辞赋、四六文等也有很高的成就，本章主要阐述这几种文体的发展历程。以北宋前期、北宋后期、南宋前期、南宋后期四段分期叙述每类文体源流演变的过程，并重点介绍江西诗派、江湖诗派、苏辛词派等文学流派和柳永、欧阳修、苏轼、黄庭坚、辛弃疾等重要作家及其作品。

## 学习目标

1. 了解宋代文学的生成环境，主要包括政治、经济、文化、思想、社会关系特点等对文学发展的影响。

2. 理解宋代文学的流变、特点及成就，熟悉这一时期重要的文学现象、代表作家和代表作品，培养对这一时期作品的阅读、记诵、鉴赏和分析能力。

3. 把握宋人的精神文化属性，感悟这一时期文学的精神价值、美学特征与艺术魅力，理解宋代重要文学范式与审美情趣的形成及其对中华民族文化精神的影响。

## 学习重难点

### 学习重点

1. 宋词的发展历程、重要词派及其代表词人、代表作品。
2. 宋代不同时期的诗风流变、重要诗歌流派及其代表诗人、代表作品。
3. 北宋新古文运动兴起的原因、主要倡导者及其思想。
4. 文赋及宋四六的文体特征与发展历程。

### 学习难点

1. 了解科举制度对宋代文学发展的影响。
2. 分析禅宗对宋代文学发展的影响。
3. 唐宋诗之争。

## 思维导图

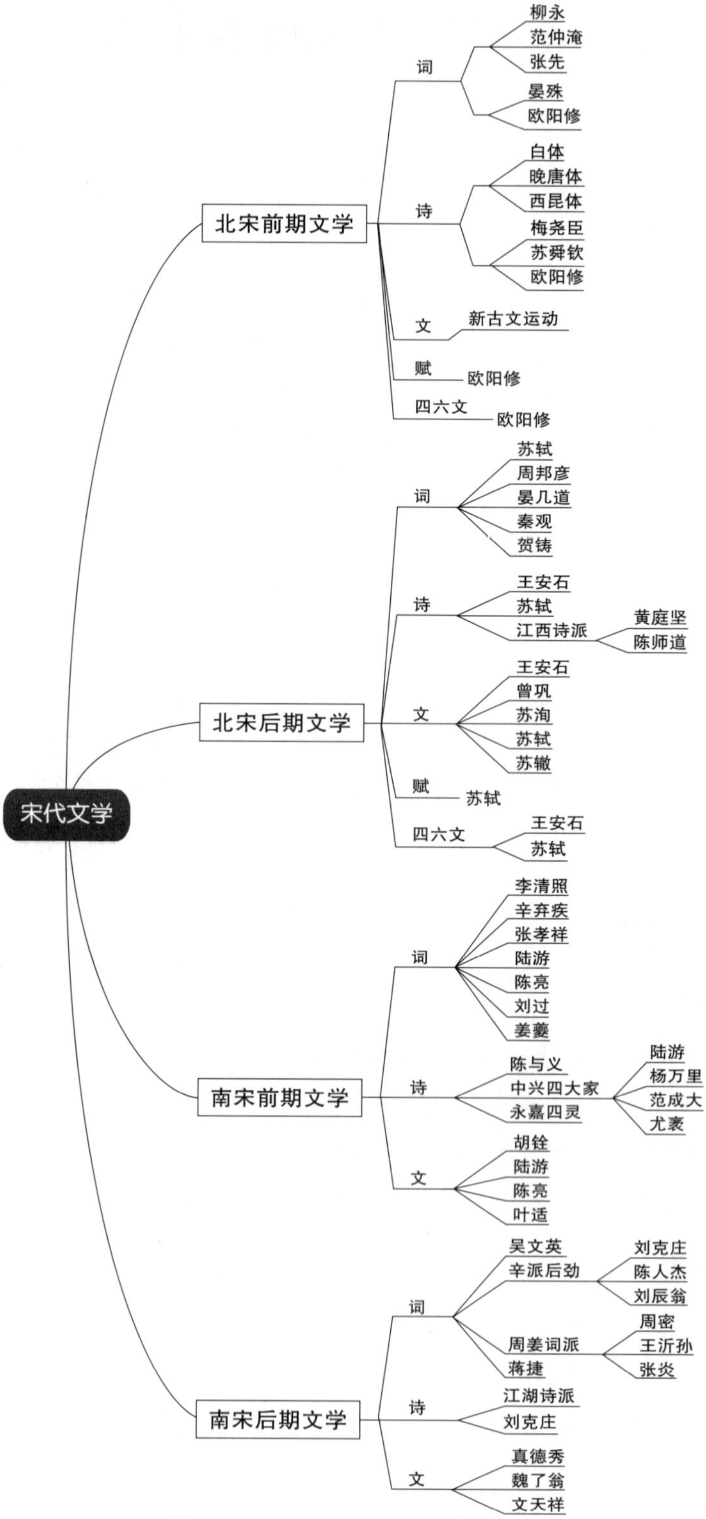
宋代文学
北宋前期文学
词
柳永
范仲淹
张先
晏殊
欧阳修
诗
白体
晚唐体
西昆体
梅尧臣
苏舜钦
欧阳修
文
新古文运动
赋
欧阳修
四六文
欧阳修
北宋后期文学
词
苏轼
周邦彦
晏几道
秦观
贺铸
诗
王安石
苏轼
江西诗派
黄庭坚
陈师道
文
王安石
曾巩
苏洵
苏轼
苏辙
赋
苏轼
四六文
王安石
苏轼
南宋前期文学
词
李清照
辛弃疾
张孝祥
陆游
陈亮
刘过
姜夔
诗
陈与义
中兴四大家
陆游
杨万里
范成大
尤袤
永嘉四灵
文
胡铨
陆游
陈亮
叶适
南宋后期文学
词
吴文英
辛派后劲
刘克庄
陈人杰
刘辰翁
周姜词派
周密
王沂孙
张炎
蒋捷
诗
江湖诗派
刘克庄
文
真德秀
魏了翁
文天祥

# 第一节 北宋前期文学

## 一、北宋前期词坛

宋初词坛经过了半个世纪的沉寂局面，真宗、仁宗两朝，柳永、张先、范仲淹、晏殊和欧阳修等人先后登上词坛。柳永、张先和范仲淹在词的内容题材、形式及创作技巧等方面都作出了开拓性的贡献；晏殊、欧阳修则更多的是继承唐五代词风，进一步地将传统词风加以完善提高。他们的词反映的主要是“承平”时代的享乐意识和乐极生悲后对人生的反思。

柳永（约987年—约1053年）对词最大的贡献是发展了慢词。在他之前，慢词已有萌芽。敦煌曲子词中，如《倾杯乐》《拜新月》《凤归云》等都是慢词，杜牧的《八六子·洞房深》、薛昭蕴的《离别难·宝马晓鞴雕鞍》说明文人也开始了慢词的填制。只是在柳永之前，与小令相比，慢词还处于绝对弱势的地位。到了柳永，才在原有慢词的基础上，或是变旧声作新声，或是衍小令为长调，或是自创新调，填制了大量的慢词。自此以后，慢词得以与小令齐头并进，词调日益丰富，词体的表现能力得到明显提高。

词自唐五代至宋初，所写的景主要是闺阁园亭，所抒之情多为离情别绪。柳永的词，或描写城市的繁荣景象和市民的生活风尚，或表现男女情爱、兄弟友情，或抒写羁旅行役、秋士易感之情，极大地拓展了词的表现领域。

柳永的词音律谐婉，长于铺叙，讲究章法结构，词风真率明朗，语言自然流畅，不避俚俗，具有鲜明的艺术个性。他的词当时流播极广，对后世影响也十分深刻，张端义的《贵耳集》卷上引项平斋语云：“学诗当学杜诗，学词当学柳词。”苏轼、秦观、周邦彦等人就从中受惠不少。

范仲淹（989年—1052年）存词虽然不多，但边塞的军旅生活和非凡的气度使他具有不凡的胸襟，他的词因此而具有较为壮阔的境界，即使是情深语丽的婉约词《苏幕遮》《御街行》，与同时期其他人的作品比较，风格上也更为爽朗。而其边塞词《渔家傲》可称为最早的豪放词名篇。范仲淹创造的这一“奇境”，成为后来苏、辛豪放词的直接源头，这也正是他在词史上最大的贡献。

张先（990年—1078年）与柳永齐名，在词史上堪称柳永的辅翼。柳永创制慢词长调时，张先是积极的响应者，谱写了不少慢词，如《山亭宴慢》《谢池春慢》《倾杯》等。当然，张先驾驭慢词的能力不如柳永，在词的层次结构上不如柳词那么缜密，慢词数量也远不如柳永多。他写得好的还是小令，这些含蓄有味的小令在追随唐五代词人步伐的同时又有自己的创获。

张先描写自然景物独具匠心，往往通过物影来表现景物的动态美和朦胧美。《安陆词》中有二十多个写“影”的句子，其中“云破月来花弄影”“帘压卷花影”“堕轻絮无影”特别有名，张先因此而获“张三影”的美名。张先还率先用词来赠别酬唱，最早在词中使用题序，这扩大了词的表现领域，完善了词体的艺术形式。

如果说柳、范、张是宋初词坛的改革派，晏殊和欧阳修则更多的是继承传统词风。他们的词主要是小令，多写闲情逸致，词风受南唐冯延巳影响尤深，以众多艺术圆熟、意境浑成的典范之作，进一步确立了以柔丽为美、以柔情为主要内容的婉约词的主流地位。

晏殊（991年—1055年）在继承前人的基础上，进一步深化了词境。他善于用敏锐善感的心灵体会人类共有的无常的悲哀，并用精练的词句准确地予以抒写，风格上委婉含蓄、凝重平稳而又雍容华贵。

欧阳修（1007年—1072年）词疏宕俊朗、深挚清丽，内容主要是写相思恋情、离愁别恨。刘熙载的《艺概》卷四说欧阳修得冯延巳之“深”，可见欧阳修主要也是继承了南唐特别是冯延巳的词风。所谓“得其深”，是说他的恋情词脱去了脂粉味，情感深刻真挚。

晏、欧在题材、风格等方面也有新的开拓。在含蓄委婉的主体风格之外，晏殊有些词写得激越飞扬、疏朗明快，如《山亭柳》《破阵子》等。这些词突破了唐五代词的传统格局，描写的是个性化的人物，表现的是个性化的情感。欧阳修词的风格多种多样，他既有继承南唐词风的深婉之作，有些词也写得疏朗明快，歌咏颍州西湖的十首《采桑子》就集中体现出这种风格特征。

## 二、北宋前期诗坛

宋初前半个多世纪的诗坛被中晚唐诗风所笼罩，白体、晚唐体和西昆体先后兴起，在继承传统的基础上，也显露出一些新气象。

所谓“白体”，是学习白居易的浅切平易而形成的一种诗风，主要有李昉、徐铉、徐锴、王禹偁等人，而以王禹偁（954年—1001年）为代表。北宋初的诗歌很多写得轻佻浮华，王禹偁极力纠正这种不良诗风，提倡向杜甫和白居易学习。他自幼喜读白居易的诗，早期诗即多唱和之作。贬谪之后，由师法白居易的讽喻诗进而学习杜甫面向现实的创作精神，写出了诸如《对雪》《感流亡》和《对雪示嘉祐》等忧国忧民的佳作，比较深刻地反映和揭露了北宋初期的社会矛盾。王禹偁的诗歌平淡流畅，语言朴实无华，并带有议论化和散文化的特点，成为开创宋诗风气的先驱。

“晚唐体”指宋初学习贾岛、姚合等诗人而形成的一种诗风，主要有以惠崇为代表的“九僧诗派”和以潘阆、魏野、林逋为代表的隐士诗人，宰相诗人寇准也是这一诗派的代表作家。他们继承贾、姚反复推敲的苦吟精神，在艺术技巧上争奇斗胜，沉溺于用小巧细碎的笔法描绘清邃幽静的山林景色或抒发清苦幽僻的个人性情，题材内容不出草木鸟兽虫鱼。

“西昆体”指师法李商隐而形成的诗风，因杨亿编《西昆酬唱集》而得名。西昆体主要有三类题材：一是咏史怀古，二是咏物，三是描写日常生活和个人雅趣，题材范围总体来说比较狭隘。但西昆体字句华丽、用事精巧、对偶工切，在艺术上很有特色。其典雅诗风和堂皇气象不仅革除了晚唐体的风花雪月、小巧呻吟之病，也满足了北宋帝国处于上升时期的审美需求。

宋初三体主要还是模仿唐诗，没有形成自己的独特风貌。到梅尧臣，用思深远、风格平淡，虽作近体而存古意，与苏舜钦并称“苏梅”。苏舜钦的诗，笔力豪俊超迈，好作古体，内容多结合现实。欧阳修学韩愈以文为诗，又受李白诗的影响。诗至梅、苏、欧，宋诗开始形成自己的风格。

梅尧臣（1002年—1060年）是继王禹偁之后宋代诗坛最有影响的诗人之一。刘克庄在《后村诗话前集》卷二称他为宋诗的“开山祖师”。叶燮的《原诗·外篇下》也说“开宋诗一代之面目者，始于梅尧臣、苏舜钦二人”“变尽昆体，独创生新”。梅诗风格多变，而以深微淡远为主。他继承杜甫、白居易的传统，写了很多反映民生疾苦的诗歌，代表作有《陶者》《田家语》《汝坟贫女》等。梅尧臣兼工古、今体诗，五律尤其出色。方回的《瀛奎律髓》卷二十三就说他的五律平淡有味，在宋人中当推第一。梅尧臣的诗歌不但受到同行的肯定，还深受老百姓的喜爱，不懂诗的人也以得到他的诗而自夸，西南地区的少数民族将他的诗句织在布上，还有皇亲用重价购买他的单篇诗作，都说明了梅尧臣的诗歌在当时的巨大影响。

苏舜钦（1008年—1049年）的诗，笔力豪俊超迈，好作古体，内容多结合当时现实，因愤慨于国势削弱、异族侵凌，而抒写破敌立功的英雄抱负。苏舜钦此类题材的作品在宋诗中有导夫先路的作用，对后来陆游等爱国诗人产生了深远的影响。苏舜钦与梅尧臣并称“苏梅”，但二人写诗的路数并不同。梅尧臣平生苦于吟咏，走的是靠功力作诗的路子，而苏舜钦更多是靠才气。苏舜钦性格豪迈，不随流俗，诗歌以超迈横绝为奇。加之他推崇和学习杜甫，故所作诗于豪迈之外又多了一份沉郁顿挫的感慨。方回在《瀛奎律髓》卷二十二就说：“苏子美壮丽顿挫，有老杜遗味。”以才气写诗，使他的诗歌语言时有粗糙生硬的毛病，有的构思也流于平俗，削弱了诗歌精练含蓄的韵味。

欧阳修（1007年—1072年）是北宋诗文革新运动的领袖，他反对浮靡空泛，主张“明道”“致用”，为宋以来第一个在诗、词、文各领域都成就卓著的大家。胡仔的《苕溪渔隐丛话》后集卷二十三说欧阳修作诗“盖欲自出胸臆，不肯蹈袭前人”，加之他“天分既高，而于古人无所不熟”（朱权《西江诗话》），故能熔铸百家而自成一格。他的诗歌内容比较丰富，既有如《食糟民》《边户》这类反映民生疾苦、富有社会现实意义的作品，也有蕴含哲理意味的佳作，如《戏答元珍》《画眉鸟》等，在不经意间透露出深刻的韵味，对苏轼等人的哲理诗具有启示作用。欧阳修的咏史怀古诗也有特色，如其《和王介甫明妃曲二首》借咏史以抒怀，诗句清新爽利，在历史故事的咏叹中发挥新警的议论，含意深远，开宋代以文为诗的风气。欧阳修继承了韩愈以文为诗的传统，喜用赋体，多发议论，同时又学习李白清新、明快的诗风，将议论与叙事、抒情融为一体，避免了生僻险怪之失而有情韵悠长之胜，为王安石、苏轼等人奠定了基础，对用散文化的诗体来讲哲学、史学乃至天文、水利的邵雍、徐积等道学家也不无影响。欧诗接近散文那种流动潇洒、清快活泼的语言风格，用高格响调纠正浅薄卑俗之风，这直接影响了北宋诗风的革新。

## 三、北宋前期的散文

宋代散文体裁完备，流派众多，艺术技巧成熟，是我国古代散文发展的巅峰阶段。“唐宋八大家”宋居其六，即是明证。

北宋初期的散文，仍袭五代浮靡的文风。柳开倡言“革弊复古”，提出重道、致用、崇散、尊韩、反浮靡等观点，但他的文辞不免艰涩。继柳开之后倡导古文而创作颇有成就的是王禹偁，他以宗经复古为旗帜，主张写“传道明心”的古文，强调“不得已而言”，因此要“句易道，义易晓”，继承了韩愈散文“文从字顺”的一面（《答张扶书》）。柳开、王禹偁去世后，以杨亿、刘筠为首的“昆体”绮靡文风盛行三十余年。盛极而衰，改革文风成为自上而下的共同呼声。在上有皇帝下诏申戒浮华、提倡散文，在下有文人积极响应，如穆修、范仲淹、孙复、尹洙、石介等，沿着柳、王的主张前进，在理论和实践上都作出了自己的贡献。如穆修校印韩、柳集出售，强调“文统”，范仲淹大声疾呼“救斯文之敝”，孙复强调“致用”，石介则对“昆体”予以严厉的批判。

真正领导新古文运动取得胜利，为宋代散文奠定基础而能上继韩、柳的是欧阳修。在嘉祐二年（1057年）担任主考官时，欧阳修通过科举考试提倡平实朴素的文风，反对华美绮丽的“西昆体”的同时，也打击“险怪奇涩”的“太学体”，“场屋之习，从是遂变”（《宋史·欧阳修传》）。在文和道的关系上，与西昆派的重文轻道及宋初复古主义的重道轻文不同，欧阳修主张文道并重。在这种思想的指导下，欧阳修的散文创作无论是叙事写景，还是议论抒情，都能做到平易自然，流畅婉转，有情韵，形成一唱三叹的“六一风神”，开创了一代文风。这种文风不仅对当时文坛影响甚大，对明清的唐宋文派也产生了深远的影响。他又喜奖掖后进，团结了一大批有才华的文人，同时的有二宋，二尹，苏舜元、苏舜钦兄弟，稍晚的有曾巩、王安石、三苏，他们共同开创了宋代散文的繁荣局面。

### 四、北宋前期的辞赋和四六文

宋代的赋和四六文也取得了很高的成就。由先秦、汉魏六朝而唐，经过骚体赋、大赋、骈赋、律赋几个不同历史阶段的发展，到了宋代，由于新古文运动的影响，欧阳修等古文家用单笔散体来写赋，骈散结合、句式参差、用典较少、押韵不严，风格更接近于散体之文，被称为文赋。文赋前期的代表作家是欧阳修，他的代表作《秋声赋》通过多样化的比喻，把似乎难以捉摸的秋声，描绘得十分形象，从中触发了作者对自然和人生的感叹。中间穿插童子对话，摇曳生姿，给人以意深思远之感。

四六文是骈文的一种。骈文在发展过程中，逐渐形成句式整齐的四字六字句，被称为四六文。四六文兴起于晚唐，到了宋代，由于用途广泛，四六文得到了极大的发展。宋初的四六文仍然沿袭唐人旧制。杨亿、刘筠等西昆诸子以李商隐为宗，谨守四字六字律令，尚有五代衰陋之气。夏竦、王珪、元绛、宋庠、宋祁等人追随燕、许大手笔，成为宋初创作成就较高的四六文作家。欧阳修是宋四六文第一位大家，他在用四六文撰写奏章文书时，常常参用散体单行的古文笔法，少用故事、陈言，纯以平淡文字倾吐衷曲，叙事明白，给这种骈四俪六的文体注入了新的活力。

## 第二节　北宋后期文学

### 一、北宋后期的词

自宋神宗开始，苏轼继欧阳修之后执掌文坛。领导古文革新运动，并取得完全胜利的是苏轼；在诗歌创作上，既发扬浪漫主义奇想的光荣传统又以议论、才学为诗进而确立宋诗新范型的也是苏轼；在词的创作上，打破诗词界限，以诗为词，开辟了词的新境界的还是苏轼。苏轼是宋代最杰出的大作家。

神宗、哲宗、徽宗时的北宋后期词坛，苏轼、晏几道、秦观、贺铸和周邦彦等“元祐词人群”带来了宋词的空前繁荣，形成了词史上的第一座高峰。

北宋前期词坛的关键人物是柳永，北宋后期词坛的关键人物则是苏轼，他们都开创了词的新局面。苏轼（1037年—1101年）扩大了词的表现功能，丰富了词的情感内涵，拓展了词的时空境界，从而提高了词的文学地位。苏轼“以诗为词”，即词“外”用题序，词“内”用典故，这对后来词的发展有着重大影响。苏轼又突破了音乐对词体的制约和束缚，把依赖于音乐传播的歌词变为一种独立的抒情诗体。

除了闺怨爱恋、感时伤事和羁旅行役等传统题材外，苏轼填词是“无意不可入，无事不可言”（刘熙载《艺概》），举凡咏史怀古、伤别悼亡、谈玄说理、赠答酬和、山水田园等惯用诗歌表现的题材无一不被他写进词里，极大地扩大了词的表现功能，开拓了词的艺术境界。

苏轼在词史上的另一贡献是创造了新的风格。苏轼之前的词以婉约为主，苏轼则有意识地突破这一传统，开创了豪放词风。如苏轼因乌台诗案被贬黄州期间，就创作了《念奴娇·赤壁怀古》这样的豪雄之词，他把对自然山水的观照与对历史、人生的反思结合起来，在雄奇壮阔的自然美中融入深沉的历史感和人生感慨。豪放词在东坡词中尽管只是少数，却改变了唐宋词徒具阴柔之美的单一格局，阳刚之美昂首进入词的世界。

此外，苏轼的哲理词似不食人间烟火语，提高了词的品位，蕴含着作者对自然、宇宙、人生、生命的睿智思考，在350多首东坡词中，哲理词不少于50首。如果说苏轼把词带向“诗言志”的境界，是在晚唐五代至北宋词人李煜、韦庄、范仲淹、柳永、张先、晏殊、欧阳修、王安石等人词作言志基础上的进一步开拓，那么他将词提升到形而上的哲理诗的境界，则是更大胆也更独到的创新。

周邦彦（1056年—1121年）则力图建立词的艺术规范：一是重音律，填词按谱，审音用字，十分严格，不仅分平仄，而且分四声，力图让语言的字音高低与曲调旋律节奏的变化和谐统一；二是重章法，变直叙为曲叙，将顺叙、倒叙、插叙错综穿插，过去、现在、未来的时空场景交错叠映，使结构繁复多变；三是善于化用典故和融化前人诗句，形成典雅的语言风格。周邦彦的词“下字运意，皆有法度”（沈义父《乐府指迷》），且浑化雅洁，达到了相当完美的艺术境界，故后来“作词者多效其体制”（张炎《词源》），成为南宋词人的学习典范。

周邦彦妙解音律，精于创调和自度曲。他新创、自度的曲子共50余调，虽然数量上没有柳永多，但词韵清蔚，音节清妍和雅，深受文人士大夫喜爱。

年岁在苏轼与周邦彦之间的还有一批著名的词人，如晏几道、秦观和贺铸等，也从不同的角度推进了词体艺术的发展。

晏几道（1038年—1110年）独擅小令，抒写回肠荡气的男女间的悲欢离合之情。他的词艳而不俗，浅处皆深，从语言的精度和情感的深度这两个层面上把《花间集》以来的小令艺术推展到了极致。晏几道出身相门而家道中落，自许颇高而又怀才不遇，于是他将失意不平之气、仕途沦落之悲委婉曲折地溶解在悲欢离合的题材中，使其作品具有浓重的感伤情调。晏词的特点正如黄庭坚的《小山词序》所云：“乃独嬉弄于乐府之余，而寓以诗人之句法。清壮顿挫，能动摇人心。”刘永济在《唐五代两宋词简析》亦进一步指出：“其词能于小令之中，具有长调之气格。”即在继承令词的表达技巧外，又注意吸取慢词的精神气度，从而形成清新豪壮、顿挫跌宕的独特美感。

秦观（1049年—1100年）被同代人认为是最能体现当行本色的“词手”，他的词情韵兼胜，即情感真挚、语言优雅、意境深婉、音律谐美，符合词体的本色和当时文人士大夫的审美趣味，所以备受推崇。

秦观与晏几道是宋代感伤文学的杰出代表，但由于家世、个性、遭遇不同，二人在表现方式上却有差异，正如郑骞《成府谈词》所云：“小山词伤感中见豪迈，凄凉中有温暖，与少游之凄厉幽远异趣，小山多写高堂华烛、酒阑人散之空虚，淮海则多写登山临水、栖迟零落之苦闷。二人性情家世环境遭遇不同，故词境亦异，其为自写伤心则一也。”秦观由于出身寒微，性格柔弱，在遭受政敌打击迫害时，很容易悲观绝望，这在他的词中有鲜明的体现。

秦观小令、慢词兼擅。他的小令主要走的是冯延巳、晏殊、欧阳修的深婉路数，只是在传统的风格模式中，注入了新的情感内涵，故能自出机杼。秦观还善于用长调抒情，学柳永能去其庸俗猥亵的情趣而得其婉转铺叙的手法。柳永的慢词发露有余而蕴藉不足，铺叙过甚而精警不够。秦观将小令文雅含蓄的特点融入慢词长调，虽仍以铺叙为主，但在关键的地方，却插入含蓄优美的景语，使那本欲一泻无余的感情，有所收敛、有所顿挫。

贺铸（1052年—1125年）的词，英雄豪气与儿女柔情并存，在宋代词史上第一次表现出英雄豪侠的精神个性和悲壮激烈的情怀，具有强烈的震撼力和崇高感。《六州歌头》抒发了有心报国而无路请缨的不平之气。词中包含的不仅是人生失意的悲愤，而且含有对国家民族命运的忧虑，与苏轼的《江城子·密州出猎》一起唱出了戎马报国的主题，开创了南宋爱国主义的英雄词风。《行路难·缚虎手》借他人酒，浇自己块垒，抒写词人徒有文才武艺，却得不到朝廷重用，只好纵酒狂歌以麻醉自己。《将进酒·城下路》以陡健笔力，抒抑郁不平之气，飘飘然有豪纵高举之气；以边塞为题材的组词《古捣练子》六首，写闺妇思念征人，体现了自己关心人民疾苦的胸怀，也颇具豪健之风。这些题材和思想内容均为前词中所罕见，在词的诗化进程中贡献很大。

贺铸的词不但题材丰富，风格多样，而且富有艺术创造性。在词学批评史上，贺铸常与周邦彦并称，如南宋王灼《碧鸡漫志》卷二云：“贺、周语意精新，用心甚苦。”又说《离骚》遗意“惟贺方回、周美成时时得之”。清人先著、程洪在《词洁》卷六中也说：“方回长调便有美成意，殊胜晏、张。”贺铸和周邦彦年龄相仿，他们的词确有异曲同工之妙。他们填词都喜欢从唐诗中撷取藻采与故实，甚至直接采用唐人成句；也都擅用《离骚》“美人香草”式的比兴寄托方式；他们的长调在时空结构上更显错综复杂，富有跳跃性。这些作风在南宋词中有更加丰富的体现，贺铸、周邦彦当为创始者。

夏敬观的《手批东山词》曾说:“稼轩秾丽之处,从此脱胎。细读《东山词》,知其为稼轩所师也。世但言苏、辛为一派,不知方回,亦不知稼轩。”贺铸豪迈词风是苏轼和辛弃疾之间的一座桥梁。苏轼开创豪放词风,一时还未能为大多数人所接受。北宋词人中,贺铸较多地继承并发展了苏轼的创新精神。苏轼的豪放词以意为主,逸气流贯其中,然而时有不合音律的地方。贺铸的豪放词则在艺术技巧上更臻完善,并且都合乐可歌,“苏门四学士”之一的张耒在《东山词序》中就说贺词“皆可歌”。他的这一成就被辛弃疾等人继承下来并发扬光大,创造了南宋英雄词的辉煌。

## 二、北宋后期诗坛

经过百余年的孕育和欧阳修等人的革新,到神宗、哲宗两朝,宋诗进入全盛期,与“唐音”并称的“宋调”最终确立。王安石、苏轼、黄庭坚和陈师道的诗都自成一体,代表着宋调的特质。此外,如王令和张耒等人的诗,也各有特色。

王安石(1021年—1086年)前期诗尚意气,少含蓄;中期多从唐诗中吸取营养,艺术上渐趋成熟,形成了雄直峭劲而又壮丽超逸的独特风貌;晚年诗风转为深婉华妙。其诗“务为有补于世”(《上人书》),对现实社会政治问题倾注了更多的关心,写了不少反映民生疾苦、揭露社会矛盾和民族危机的诗歌。这些政论诗虽多直接以议论入诗,但他以政治家特有的敏锐反思历史、观察现实,能做到说理精警,论述生动,进一步发展了以才学为诗、以议论为诗的创作手法,体现了宋诗关注现实、议论现实的倾向,具有鲜明的艺术个性。

王安石退出政治舞台后,大量的写景诗和禅理诗代替了政治诗。所作多律诗和绝句,构思精巧、技巧成熟、语言精美、风格深婉不迫,深得时人好评。黄庭坚说:“荆公暮年作小诗,雅丽精绝,脱去流俗,每讽味之,便觉沆瀣生牙颊间。”(胡仔《苕溪渔隐丛话》前集卷三十五)叶梦得在《石林诗话》卷上也说:“王荆公晚年诗律尤精严,造语用字,间不容发,然意与言会,言随意遣,浑然天成,殆不见有牵率排比处。”王安石的绝句现存近六百首,占他全部诗歌近十分之四。他的绝句不仅数量多,而且修辞巧妙、意境清新。

王安石诗题材多样,风格独特,喜造硬语、押险韵。加之他“少好读书,一过目终身不忘。其属文动笔如飞,初若不经意,既成,见者皆服其精妙”(《宋史·王安石传》),使他在创作时使事用典,改窜古人诗句,随意挥洒,无不得心应手。他还善于将精警的议论和生动的形象巧妙地融为一体,以揭示深刻的道理,不愧为宋代最杰出、最有成就的诗人之一。

苏轼(1037年—1101年)为中国诗史一大家,今存诗两千七百多首。他善于向陶渊明、柳宗元、李白、杜甫、刘禹锡、白居易等前辈诗人学习,熔铸百家,成为富有创造性、具有独特面貌的大诗人。叶燮《原诗》卷一说:“苏轼之诗,其境界皆开辟古今之所未有,天地万物,嬉笑怒骂,无不鼓舞于笔端。”苏轼诗歌题材之广泛,内容之丰富,在宋代首屈一指。

苏轼在许多州郡做过地方官,也曾多次被贬蛮荒之地。在做地方官时,他关心民生。而被贬时,又曾躬耕自营。这种经历拉近了他和百姓的距离。“下马作雪诗,满地鞭箠痕。伫立望原野,悲歌为黎元。”(《正月十八日蔡州道上遇雪次子由韵二首》其二)为老百姓唱出了不少悲歌。反映民生苦乐和时政得失的诗篇在苏诗中虽然不多,却反映了他对人民深厚的同情之心和以天下为己任的情怀。除了“哀民生之多艰”之类的诗歌外,他有些诗歌还写出了农民的善良和农村生活的宁静闲暇。

苏轼诗中有一类抒发个人感慨的作品,尤为感人。面对逆境,苏轼更多的是对苦难的傲视和对痛苦的超越。苏轼一生,历经坎坷,他却能坦然面对,没有伟大的人格和坦荡的心胸是写不出如此诗句的。

胡仔在《苕溪渔隐丛话》卷四十二引陈师道《后山诗话》云:“王介甫以工,苏子瞻以新,黄鲁直以奇。”苏轼诗之“新”主要体现在富有理趣、充满人生哲理上,这也是最能体现宋诗特质,也最具开创性的一面。而这种理趣和哲理,苏轼将其蕴含在生动的艺术形象和具体的审美感受之中,比一般宋诗通过议论来阐发道理或见解要高妙得多。富于联想和善用比喻,也是苏轼诗的特色。苏轼有着非凡的想象力,腾天潜渊、迈古游今,不受束缚,而又往往带有日常生活的情趣,令人感到亲切。苏轼诗的比喻不仅丰富,而且新鲜贴切。

苏轼诗风格多样,“有汗漫者,有典严者,有丽缛者,有简淡者。翕张开阖,千变万态”(刘克庄《后村诗话》),而艺术技巧高超娴熟,代表着其诗的最高成就。他的诗在当时就深受人们的喜爱,往往是刚一落笔,就被人传诵。陆游诗学杜甫、苏轼,元好问学诗也是从苏轼入手,然后上溯李白、杜甫。公安派袁宏道称赞“苏公诗无一字不佳者”,认为他兼有李、杜之长,“卓绝千古”(《答梅客生开府》),甚至推为“前无作者”的“诗神”(《与冯琢庵师》)。清人赵翼则视其为继李、杜之后又一大家(《瓯北诗话》卷五)。

黄庭坚(1045年—1105年)的诗奇崛瘦硬,与唐诗的浑厚丰融形成鲜明对照,山谷诗所代表的宋诗美学风范成为中国诗歌史上与唐诗对立而互补的两种典范性的审美形态。如果说苏轼是天才型的诗人,纵笔挥洒,自然天成;黄庭坚则是人工巧匠,苦心经营,讲究作诗的法则。他又常常向晚辈后学传授诗法途径,追随者络绎不绝,诗坛上形成了宋代影响最大、延续时间最长的诗派,即江西诗派。

黄庭坚毕生致力于诗歌创作,他在《赠谢敞王博喻》中提出“文章最忌随人后”,表明了自己要独创新路的决心。他苦心钻研诗的技巧,在语言、意境、格律以及表现方式等方面另辟蹊径。其创作方法可归纳为以下三个方面。

一是强调多读书，讲求“无一字无来处”“点铁成金”“夺胎换骨”。“古之能为文章者，真能陶冶万物，虽取古人之陈言入于翰墨，如灵丹一粒，点铁成金也。”（黄庭坚《答洪驹父书》）“诗意无穷，而人之才有限，以有限之才，追无穷之意，虽渊明、少陵，不得工也。然不易其意而造其语，谓之换骨法；窥入其意而形容之，谓之夺胎法。”（惠洪《冷斋夜话》卷一）所谓“夺胎”，即采用前人的诗意和句式加以发展，造成新的意境；所谓“换骨”，指采用前人的诗意而用自己的语言重新表达，即意同而语异。这种手法在王安石手里渐成气候，苏轼更推进一步，而在黄庭坚的诗里则登峰造极。

二是好用拗律、押险韵。黄庭坚师法杜甫，用拗体、变调来写律诗，以树立奇峭劲挺的独特诗风，追求格韵高绝的境界。为了避俗生新，追求不同凡响的艺术效果，他还喜押险韵。

三是好用奇字僻典，刻意苦吟。如他为了歌颂范仲淹父子的政绩、战略和边功而写的《送范德孺知庆州》，全诗共十八句，父、兄、弟各占六句，结构严谨。“敌人”二句本《孙子兵法·九地篇》“始如处女，敌人开户；后如脱兔，敌不及拒”，点化旧文，将意境相距很远的两句放在一处，令人耳目一新。其用韵故意打破均匀的局面，先是平韵八句，间以仄韵两句，又是平韵八句，换意与换韵参差错综，与前人换意即换韵之注重声情相应者不同。这都体现出其诗求新求奇的特点。

除了注重艺术技巧上的推陈出新，黄庭坚也重视诗的内容和社会功用，主张“有为而后作”（《王定国文集序》），强调文章的济世功用。他的诗以感时伤怀、山水记游、亲情友情、书画题咏为主，其中有不少意蕴深厚的作品。

黄庭坚诗歌在立意、谋篇、造句、炼字以及声律各个方面都力求推陈出新，从而别具风味，成为宋诗独特风貌的重要组成部分。陈岩肖的《庚溪诗话》卷下即云：“山谷之诗，清新奇峭，颇道前人未尝道处，自为一家，此其妙也。”黄庭坚的诗在当时就产生了很大影响，以至于开宗立派，声势很大，影响直至宋末元初，延续了整整二百年。严羽《沧浪诗话·诗辨》说：“至东坡、山谷始自出己意以为诗，唐人之风变矣。山谷用工尤为深刻，其后法席盛行，海内称为江西宗派。”

陈师道（1053年—1102年）作诗远承杜甫，近宗黄庭坚，五古出入于郊、岛之间，诗风雄健清劲，成就很高，当时即“黄、陈齐名”（刘克庄《后村诗话》），是江西诗派的重要诗人。

在诗歌理论方面，陈师道提出“学诗当以子美为师，有规矩，故可学”（《后山诗话》），同时认为学杜甫要从学习黄庭坚入手。他还要求诗歌“不主故常”（《后山诗话》），在继承的基础上变化创新，这与黄庭坚论诗是一致的。他认为“学诗之要，在乎立格、命意、用字而已”（张表臣《珊瑚钩诗话》卷二），重视在格律、结构、命意、句法、字法等方面仔细琢磨。陈师道是“苦吟型”诗人。他作诗“宁拙毋巧，宁朴毋华，宁粗毋弱，宁僻毋俗”（《后山诗话》），有意矫正尖巧、华靡、纤弱、浅俗的诗风，创造出以朴拙为主要特征的艺术风格。

陈师道曾感叹“苦嗟所历小，不尽千里目”（《和魏衍三日二首》其一）。由于人生经历并不丰富，陈师道的诗在题材内容方面比较狭窄，像《田家》《呜呼行》《送杜侍御纯陕西转运》这样的诗并不多见。他的诗主要集中于日常生活，除了《别三子》《示三子》这类表现儿女亲情的作品外，反映落魄文人穷途失意、朋友之间深厚友谊的作品也备受人们称道。

陈师道每成一诗，“因揭之壁间，坐卧哦咏，有窜易至月十日乃定，有终不如意者则弃去之”（徐度《却扫编》卷中），创作态度非常严肃。他的诗思深语细、凝练紧凑、瘦硬劲峭、朴拙无华而又意味深长，体现了宋诗以平淡为美、以思理见长的特色。

黄庭坚、陈师道确立范式后，推敲文字技巧成为江西诗派一时的创作倾向。李格非、叶梦得等人就批评它“腐熟窃袭”“死声活气”“以艰深之词文之”“字字剽窃”。靖康之乱后，江西诗派的创作发生了深刻的变化，他们记录了那个翻天覆地的时代，表达了忧国伤时的思想感情，其中代表诗人有吕本中、陈与义和曾几。然而随着南宋小朝廷的投降路线渐占上风和绍兴和议的最终签订，这些诗人的题材取向又回归到书斋生活和山水景物，曾经高扬的爱国旗帜，就有待于伟大的爱国主义诗人陆游了。

## 三、北宋后期的散文

欧阳修的门生曾巩、王安石、三苏共同将宋代散文推向高峰，标志着新古文运动取得了辉煌胜利。

在新古文运动中，王安石是直接继承欧阳修的大家。他的散文数量丰富，政论文、记叙文、书札和一些短论都很有特色。作为一位著名的政治家，王安石主张为文应当“有补于世”，重在“适用”（《上人书》），强调文章的现实功能和社会效果，因此他的散文主要是一些有关政治和学术的论文，与他在政治上的革新主张有着密切关系。王安石的政论文以拗折峭劲著称，篇幅恢宏而脉络清晰，笔力雄健而说理通透，语言朴素简洁，概括力很强。刘熙载的《艺概》曾称赞说：“半山文善用揭过法，只下一二语，便可扫却他人数大段，是何简贵！”《上仁宗皇帝言事书》《本朝百年无事札子》《兴贤》等都是其中的代表。

王安石的记叙文也在某种程度上承载了说理功能，如他二十三岁写的《伤仲永》，通过天才少年方仲永最后“泯然众人”的事例，说明后天教育对成才的重要性。方仲永虽然天资聪明，但因其父“不使学”，没有受到正确的教育培养，结果变得平庸无奇。作者伤悼、惋惜仲永，意在警醒人们不断学习，否则必将退步。又如游记

《游褒禅山记》记游褒禅山，而重在阐述治学之道在于不避险远，寓议论于叙述之中。借记游说理，是文章中的创格。

作为杰出的政治家，王安石识度非凡，气魄宏大，对社会现象往往具有深刻的观察和高超的见解。他将这种见解表现在文章中，就形成了他的独特风格。王安石主张文贵致用，他的文章大都表现其思想见解，为变法服务，识见非常人可比。其特点是析理透辟而概括性强，气雄词峻。

曾巩（1019年—1083年）在散文史上与欧阳修、苏轼齐名。在北宋新古文运动中，他是欧阳修的积极追随者，文风也与欧阳修最为接近。晁公武的《郡斋读书志》卷四下云："欧公门下士，多为世显人，议者独以子固为得其传，犹学浮屠者所谓嫡嗣。"认为曾巩文最得欧阳修真传。

曾巩提倡"蓄道德而能文章"（《寄欧阳舍人书》），重道而不轻文。其文以古雅、平正见称，无论叙事、议论，都冲和平淡、委曲周详，布局完整谨严，节奏舒缓不迫，语言洁净。《战国策目录序》《墨池记》《宜黄县学记》《越州赵公救灾记》等均为其名作。如《墨池记》，作者根据一件趣闻佚事，一面记墨池的处所、形状和来历，一面指出王羲之在书法上的卓越成就并非"天成"，而是勤学苦练的结果。并进而推论：后之学者"欲深造道德"，更须努力于学。文章即事生情，反复唱叹，最后以"仁人庄士"的流风遗韵长期影响"来世"作结，婉转矫劲，饶有余味。此文从题看为记叙文，作者却既少记叙，也不描写景物，而主要是发议论。作记叙之文，不叙事而说理，是别格，也是创新。

作为唐宋八大家之一，曾巩的散文在文学史上占有重要的地位。《宋史·曾巩传》说他"立言于欧阳修、王安石间，纡徐而不烦，简奥而不晦，卓然自成一家"。明代唐宋文派作家王慎中、茅坤、归有光，清代桐城派作家方苞、刘大櫆、姚鼐等，也都对他推崇备至。

苏轼是"唐宋八大家"中重要的一家，是继欧阳修之后宋代古文运动的领袖。他继承唐代韩愈、柳宗元倡导的古文运动，提高了散文的艺术表现力，领导并完成了第二次古文运动，对北宋散文的发展作出了杰出的贡献。他的散文雄健奔放，挥洒自如，"横说竖说，惟意所到，俊辨痛快，无复滞碍"（罗大经《鹤林玉露》卷九）。他自己也评价道："吾文如万斛泉源，不择地皆可出，在平地滔滔汩汩，虽一日千里无难。及其与山石曲折，随物赋形，而不可知也。所可知者，常行于所当行，常止于不可不止。"（《自评文》）

苏轼写了大量的政论和史论，《思治论》《进策》等政论和《贾谊论》《范增论》《留侯论》等史论是其中的名篇。这些文章语言明快，气势雄浑，援古证今，说理透辟。如《思治论》论述丰财、强兵、择吏问题，先分析财乏、兵弱、官滥三患的缘由在于朝廷未立"规模"，接着提出要以"犯其至难而图其远"的勇气革除三患，从而达到强国的目的。他的史论能从寻常的史料中，虚实结合，推论出不同寻常的结论，如《范增论》说范增遭陈平离间计而离楚为时太晚，他应早在项羽杀宋义时就当机立断，“力能诛羽则诛之，不能则去之”。又如《贾谊论》批评贾谊不知结交大臣以图见信于朝廷，《留侯论》说圯上老人是秦时的隐君子，折辱张良是为了培育其坚忍之性，都见解独到，不落窠臼。

苏轼走遍了大半个中国。在游历与贬谪途中，他写了许多山水游记。这些游记除了描写景物和叙事抒情外，还杂以议论，阐发哲理，《喜雨亭记》《放鹤亭记》《石钟山记》《超然台记》等都是脍炙人口的名篇。如《石钟山记》通过对石钟山命名的研究、考察，既驳郦道元之“简”，只说“水石相搏”，语焉不详，又驳李渤之“陋”，竟用潭上双石之声寻求命名来由。苏轼的结论是：反对“事不目见耳闻而臆断”的作风。

序跋和书札在苏轼散文中也占有重要的地位，它们或记友情或写襟怀，夹叙夹议，挥洒自如，充分表现了作者的个性和风趣。如他为欧阳修和范仲淹文集写的《六一居士集叙》和《范文正公文集叙》。前篇突出欧阳修足以追配韩愈的学术和文学地位，从“自欧阳子之存”“自欧阳子出”“欧阳子没”三个层面充分肯定欧阳修在反对伪学和不良文风中所发挥的作用。后叙则着重写范仲淹在政治上的成就，先写自己从八岁起就仰慕范公，结写平生无缘识其风仪为恨，中间用伊尹、太公、管仲、乐毅、韩信、诸葛亮等历史上著名的政治人物来和范仲淹比较，突出他的政治识见和品格。两文同是序文，但侧重点不同，风格也各异。

苏轼将散文的文学性、实用性、通俗性向前推进了一大步，对我国古代散文的发展贡献巨大，代表了宋代散文的最高成就。

“三苏”均以散文著称。苏洵的散文雄奇坚劲，颇有战国纵横家的色彩。苏辙的散文汪洋澹泊，秀丽杰特，有一唱三叹之致。苏洵（1009年—1066年）论文力求“凿凿乎如五谷必可以疗饥，断断乎如药石必可以伐病”（苏轼《凫绎先生诗集序》），强调“有为而作”，言必中当世之过，充分发挥为社会疗饥伐病的作用。他在《上韩枢密书》中说：“洵著书无他长，及言兵事，论古今形势，至自比贾谊。”王安石说“苏明允有战国纵横之学”（《邵氏闻见后录》卷十四）。朱熹《朱子语类》卷一百三十九称其文“自史中《战国策》得之，故皆自小处起议论”。茅坤《唐宋八大家文抄》也说“其学本申韩，而其行文杂出于荀卿、孟轲及《战国策》诸家”。可见他曾于《孟子》《荀子》《战国策》及贾谊文中吸取营养，融会贯通，形成了自己的特色。

苏洵的散文以政论文为主，《权书》十篇、《衡论》十篇、《几策》二篇都是其中重要的篇章。这些论文纵横捭阖、铺张扬厉，有战国策士之风，具有较强的现实意义。如《权书·六国》论证战国时六国亡于秦是因为“赂秦”，意在针砭当时朝廷向契丹输币纳绢、乞取苟安的现实。管仲为春秋时著名的政治家，辅佐齐桓公“九合诸侯”“一匡天下”，在历史上广受称道。苏洵在《管仲论》中却反弹琵琶，批评管仲临死前因未能识拔和推荐贤能的人才,致使奸臣窃柄,种下了齐国陷入内乱的祸根,使齐国的霸业走向衰亡。这篇文章也具有很强的现实性。

苏洵的散文于散句中时时夹以整齐的骈句,文势奔放。如《权书·心术》就有"泰山崩于前而色不变,麋鹿兴于左而目不瞬""尺箠当猛虎,奋呼而操击;徒手遇蜥蜴,变色而却步"等十几处骈偶句。他还善用博喻,如《仲兄字文甫说》比喻风水相激时写道:"回者如轮,萦者如带,直者如燧,奔者如焰,跳者如鹭,跃者如鲤,殊状异态,而风水之极观备矣。"用一连串的比喻形容风水相激时的千变万态,于文字铺排中尽显汪洋恣肆之美。

苏辙(1039年—1112年)虽受父兄影响较深,但父子三人的散文风格却颇有不同。刘壎《隐居通议》卷十五说:"老泉之文豪健,东坡之文奇纵,而颍滨之文深沉。"沈德潜《唐宋八家古文读本序》说:"老泉之才横,矫如龙蛇;东坡之才大,一泻千里,纯以气胜;颍滨停蓄渊涵。"刘熙载《艺概》也说:"大苏文一泻千里,小苏文一波三折。"对"三苏"散文不同的特点,都作了恰当的评价。

### 四、北宋后期的辞赋和四六文

苏轼以赋为题的文章有二十余篇,包括骚赋、辞赋、骈赋、律赋、文赋等,其中尤以文赋的成就为大。前后《赤壁赋》等是宋赋中最出色的作品。在《前赤壁赋》中,作者先写"苏子"陶醉于清风明月、江山美景之中,次写"客"对曹操等历史人物兴亡的凭吊,最后写"苏子"从眼前水、月立论,阐发"变"与"不变"的哲理。苏轼认为若就变的角度来看,看似永恒的天地宇宙也是短促的;反之,若从不变的角度看,则短促的人生与万物又都是永恒的。这种齐生死、等荣辱、同忧乐、无是非的思想和随缘自适的人生态度,成为他在险恶的境遇中自我排遣的精神支柱。苏轼在这篇赋里,沿用传统的主客对话、"抑客伸主"的方式,巧妙地表达了自己感情的波折和矛盾解决的过程,语言流畅、音节自然、情景交融、艺术成就很高,"空灵奇幻,笔笔欲仙"(《苏长公合作》卷一李贽评语)的《后赤壁赋》,与《前赤壁赋》写法不同,都无愧"文章绝唱"(《鹤林玉露》甲编卷六)的盛赞。

欧阳修创四六新体后,追随者甚众,其中尤为杰出者当推苏轼。他的策论制诰写得典赡高华、浑厚雄放,如《王安石赠太傅制》说王安石"名高一时,学贯千载。智足以达其道,辩足以行其言。瑰玮之文,足以藻饰万物;卓绝之行,足以风动四方。用能于期岁之间,靡然变天下之俗",用简洁工整的语言评价了王安石的功绩。苏轼用四六写的表启、青词、祝文、乐语等也颇多佳作。

在欧阳修的基础上,苏轼以矫健的笔力、如行云流水般的文风完善了宋四六,使四六文既具有精致的艺术形式,又富有思想意蕴。南宋后期四六名家陈耆卿和叶适论四六文时也说:"欧做得五六分,苏四五分,王三分。"以创体之功而言,欧阳修居功至伟，而以艺术成就而论，宋四六还得首推苏轼。王安石则在师承欧阳修四六文的基础上，用笔典重凝练，风格严谨峭拔，形成与苏轼豪宕放逸迥异的风格特征。

欧阳修、苏轼、王安石是公认的四六大家。受他们的影响，"苏门六君子"、李之仪、李清臣、李邴等人的四六文成果斐然。到了南宋，四六文继续发展，出现了汪藻、周必大、孙觌、杨万里等四六高手，其中汪藻更是承前启后的四六名家。宋末元初，文天祥、陆秀夫等用四六文抒发他们的爱国主义精神，为宋四六写上光辉灿烂的一笔。

## 第三节　南宋前期文学

### 一、南宋前期的词

十二世纪上半叶，也就是宋室南渡前后半个世纪，词坛上的主力军是李清照、朱敦儒、张元干和李纲等词人。他们用词描绘社会的苦难图景和歌唱民族命运、时代心声，表达坚持抗战的政治主张，加强了词的时代感，增强了词的战斗性。其中艺术成就最高的是李清照。她具有非凡的艺术表现能力，能用从日常生活中提炼出来的最平常的语言准确地表现复杂微妙的情感心态，用一两个动作细节的勾勒就能传达出人物内心情绪的波动变化。她的语言，具有"清水出芙蓉"般的天然纯净之美。十二世纪下半叶，是两宋词史上最为辉煌的一段时期，流派纷呈，大家辈出。其中以辛弃疾为代表的辛派词人，使南宋词坛从宣和以来的袅袅余音中转向了"虎虎有生气"的局面（吴熊和《唐宋词通论》）。辛弃疾的词充满了洗雪国耻的豪情，写出了壮志难酬、国势衰落的悲愤。他在苏轼以诗为词后，进一步发展为以文为词。他的词有纵横奔放的一面，也有秾丽纤绵的一面。这时期的辛派词人，有陆游、陈亮和刘过等人。陆游的词主要抒发他壮志未酬的幽愤，陈亮的词笔力矫健，气势豪放，刘过的词有豪气，多壮语。与辛弃疾同时而略晚的姜夔，在辛派的"豪气词"之外又别立"雅词"一宗。他化用江西诗派清劲瘦硬的语言特色来改造传统艳情词、婉约词华丽浮艳的语言基调，创造出一种清刚淳雅的审美风格。史达祖则善于塑造形象、摹写物态，其咏物词更是写得清新流丽，具有很高的艺术价值。

李清照（1084年—1155年？）的词以靖康之乱为界，前后期呈现出明显不同的面貌：前期词多写离别相思之情，哀而不伤，苦涩中略带甜美，叹息时不失轻盈。后期词抒写辞乡别土、国破家亡的哀愁，词风由轻盈的叹息变为沉重的感伤。

李清照早年抒写少女生活和情怀的作品，流丽婉秀、明快活泼，有时还夹杂一丝淡淡的莫名惆怅之情。和赵明诚结婚后，夫妻伉俪情深，李清照很多动人的篇章就是表现夫妇之爱、抒写离愁别恨的。在李清照之前，恋情词多是男性作家代女主人公立言，虽然有时也写得体贴入微，但总难免隔膜，而李清照则以女性特有的细腻与敏感，以我手写我心，将女性独特的感情和心理用明白清新的语言恰切地表现出来，真挚细腻、委婉动人。

靖康之乱后，李清照饱尝国破家亡之恨与辗转流离之苦，晚年决然独处，更是孤独凄凉。因生活环境的改变和人生命运的剧变，李清照的心境由开朗变得忧郁，词风也由欢快俊逸变为悲哀沉痛，词的内容则多个人身世之感，对国家前途和民族命运的关怀也时有流露。

李清照的《词论》提倡词“自是一家”，维护词这种特定的文学体裁的特征。她的创作实践了她的词学理论主张，具有鲜明的个人特色和很高的艺术价值。作为一位女性词人，她将女性细腻深婉的心理表现得恰如其分；她善于从日常口语中提炼出平易清新的语言，用白描的手法来表现自己真挚的感情，彭孙遹的《金粟词话》就评价说：“皆用浅俗之语，发清新之思，词意并工，闺情绝调。”李清照词的艺术风格独树一帜，婉媚中不失清俊疏朗，其《渔家傲》(天接云涛连晓雾)更是颇富豪放精神。艺术上的独特成就使其词在当时就产生了较大的影响，到了清代，王士祯在《花草蒙拾》中更视她为婉约词派的代表人物，这位杰出女作家的词史地位得以确定。时至今日，李清照的词仍然脍炙人口，感人肺腑，是最受欢迎的珍贵文化遗产之一。

与李清照同时的宋南渡词人群，是指生活、创作历经北宋末徽宗朝和南宋初高宗朝的一群志士词人，包括叶梦得、徐度、李光、朱敦儒、吕本中、向子河里諲、李纲、赵鼎、李弥逊、陈与义、王以宁、张元干、邓肃和胡铨等。他们反和主战，李纲、叶梦得、向子諲、张元干、王以宁等更不仅力主抗战恢复，而且投身于抗战事业，曾在疆场上与金兵浴血奋战。这种政治态度表现在他们的词中，形成了一股震撼人心的力量。特殊的政治形势和军事形势，促使一代词风发生了深刻而重大的变化：以忧国为主，抒发报国热情，孕育了一种“抚时感事”“情真意深”的新词风。

十二世纪下半叶的南宋前中期词坛，是两宋词史上最为辉煌的一段时期，流派纷呈，大家辈出。其中以辛弃疾为代表的爱国词派，阵容甚壮，贯穿于整个南宋时期。苏轼，南宋初一些“中兴名臣”为之前驱，陆游、陈亮等爱国志士为之羽翼，之后犹不乏有力的后继者。它的余波，直到宋末未歇。有了辛弃疾词派，南宋词坛才从宣和以来的袅袅余音中转向了“虎虎有生气”的局面(吴熊和《唐宋词通论》)。

辛弃疾(1140年—1207年)是南宋最杰出的爱国词人，他继承了苏轼以来的豪放词风和南渡词人的爱国主义思想，进一步扩大了词的表现领域，提高了词的社会功能，使词境变得更为雄奇阔大，把词推向更高的阶段。他一生精力都贯注在词上，是两宋存词最多的词人，今存世仍有六百二十多首。

辛弃疾的词题材多样，具有广阔的社会内容，但作为一生都矢志不移的抗金志士，英雄情怀和坚定的爱国主义思想贯穿他一生的作品。辛弃疾文武双全，智勇兼备，在当时即有“青兕”“真虎”“前身诸葛”之誉。他的门生范开在《稼轩词序》中说：“公一世之豪，以气节自负，以功业自许，方将敛藏其用以事清旷，果何意于歌词哉，直陶写之具耳。”词人在词中描写的，突破了传统的歌儿舞女形象，出现的是大量英雄形象，抒发的也是英雄情怀。回归南宋后，辛弃疾念念不忘北方故土，渴望能够收复中原失地。这种英雄主义情怀和爱国主义思想结合起来，就会产生震撼人心的力量。

辛弃疾南归四十余年中，有二十年投闲置散，在江西上饶带湖、铅山瓢泉过着隐居生活。乡村田园给他带来独特的审美感受，成为他摆脱失意苦闷的精神家园。二十年的乡居生活，使他对自然清新的农村风景、纯朴恬淡的乡间风情有着深刻的体会，从而写出了许多清新疏朗的农村词。

辛弃疾不但在词的内容题材上有极大的开拓，而且确立了词的豪放风格，创造了雄奇阔大的意境，丰富了词的表现手法和语言技巧。

《四库全书总目》卷一九八《稼轩词提要》云：“其词慷慨纵横，有不可一世之概，于倚声家为变调；而异军特起，能于翦红刻翠之外，屹然别立一宗，迄今不废。”辛弃疾被公认为豪放词派的代表作家，与苏轼并称为“苏辛”。他的词“大声镗鞳，小声铿鍧，横绝六合，扫空万古，自有苍生以来所无”（刘克庄《辛稼轩集序》）。辛弃疾将其英雄情怀、报国志向以及满腔的忠愤不平之气，注入词中，使作品显得激昂雄健、豪迈奔放。

作为中国文学史上罕见的英雄豪杰，辛弃疾一生坚持抗金，然有心杀敌却无路请缨，满腔悲愤发之于词。其词充满了战斗激情和浪漫主义色彩，影响了其后无数的仁人志士，“南宋诸公，无不传其衣钵”（周济《宋四家词选目录序论》）。其实他的词不只是影响了南宋爱国词坛，蕴含在辛词中振聋发聩的战斗力量，也激励了历朝历代处于深重危机中的中华民族。

在南宋前中期传辛弃疾衣钵而卓有成效的词人有张孝祥、陆游、陈亮、刘过等。张孝祥（1132年—1170年）既是南渡词人与辛派词人之间的过渡人物，也是联系苏轼和辛弃疾的纽带。他积极主动地向苏轼学习，“每作为诗文，必问门人曰：‘比东坡何如？’”（叶绍翁《四朝闻见录》乙集），加之胸襟和笔力都相仿佛，因此风格意境颇有近似苏轼的地方。张孝祥也是一位坚定的主战派人士，他的词具有深厚的爱国主义思想，如《水调歌头·猩鬼啸篁竹》寄望湖南安抚使刘珙能完成“一举朔庭空”的抗金大业，《六州歌头·长淮望断》《水调歌头·雪洗虏尘静》《满江红·千古凄凉》借怀古以讽今，都是以“诗人之句法”抒发豪情壮志，风格骏发踔厉，成为辛派词人的先驱。

陆游（1125年—1210年）虽以诗名家，但其词在文学史上也有重要地位。从南宋开始，人们论词就多辛、陆并提，将陆游当作苏辛词派的重要一员。的确，陆游的词和他的诗一样，主要抒发壮志未酬的幽愤，充满了爱国主义精神，风格也偏于豪放一路。陈亮（1143年—1194年）词笔力矫健，气势豪放，善于议论，其豪放词风与辛弃疾颇为近似。刘过（1154－1206年）以一介布衣之身，心系国家命运，胸怀壮志和信心，渴望收复中原失地，不少词富于现实感和批判精神。刘熙载《艺概》卷四说："刘改之词，狂逸之中，自饶俊致，虽沉着不及稼轩，足以自成一家。"刘过与辛弃疾酬唱赠和时多学辛体，其他的词即使写得跌宕淋漓，也未尝全作辛体，而是有自己的独特风格。

姜夔（1155年—1209年？）工诗词，精书法，通乐律，能自度曲，是与辛弃疾双峰并峙的同时代词人。姜夔的词在内容上虽然没有什么拓展，仍是感慨时事、抒写身世之感、恋情和咏物等传统题材，但由于独特的生活经历和杰出的表达能力，这些传统题材在他的笔下又焕发出异样的光彩来。姜夔的绝大部分词是用"洗炼的语言，低沉的声调来写他冷僻幽独的个人心情"（夏承焘《唐宋词品鉴》）。相对于内容，姜夔的词在艺术创造上的贡献更大。张炎《词源》曾概括姜词兼具清空、骚雅之长。所谓清空是指意境空灵含蓄，"如野云孤飞，去留无迹"，抒情记事时避免直露，写景咏物时遗貌取神，长于侧面烘托。

姜夔词的清空不是空无所有，而是蕴骚雅之趣，他继承了《诗经》和《楚辞》的比兴寄托传统，能于词中寓意见志。这类作品，旨遥意深，蕴含着他对那个时代的深悲剧痛和一己的孤寂清冷情怀。"清空"便有意趣，"骚雅"便有格调，作品的意境也就显得高远。陈郁的《藏一话腴》称姜夔："襟怀洒落，如晋、宋间人。意到语工，不期于高远而自高远。"姜夔以江西诗派清劲瘦硬的健笔，来改造晚唐以来温、韦、柳、周靡曼软媚之词，加之他又学习辛弃疾词风，"变雄健为清刚，变驰骤为疏宕"（周济《宋四家词选序论》），从而开创出一种高远峭拔的全新境界，戈载的《宋七家词选》因此而称他为"词中之圣"。

姜夔在词史上最大的贡献就是创立了一种清空骚雅而又高远的新的美学风貌，使婉约词、雅词达到了艺术的顶峰。此外，由于精通音乐，姜夔的词音节谐婉，其自创调声情吻合、精深华妙，音节文采冠绝一时。姜词小序情韵兼胜，自有词序以来，不得不推姜夔词序为第一，有很高的文学价值。

姜夔于辛派之外另立一宗，随风影从者甚众，对南宋后期词坛产生过很大的影响，朱彝尊《黑蝶斋诗余序》说："词莫善于姜夔，宗之者张辑、卢祖皋、史达祖、吴文英、蒋捷、王沂孙、张炎、周密、陈允平、张翥、杨基，皆具夔之一体。"汪森《词综序》也说："鄱阳姜夔出，句琢字炼，归于醇雅，于是史达祖、高观国羽翼之，张辑、吴文英师之于前，赵以夫、蒋捷、周密、陈允衡、王沂孙、张炎、张翥效之于后。譬之于乐，舞箾至于九变，而词之能事毕矣。"到了清代，浙西词派奉姜夔为圭臬，曾形成"家白石而户玉田”(朱彝尊《静惕堂词序》)的盛况,影响深远。

## 二、南宋前期的诗

靖康之难后,经历了北宋覆亡的诗人,激发起抵抗侵略、保卫祖国的爱国主义精神。南渡诗人陈与义漂泊的身世与杜甫相似,创作也转向学习杜甫,他的诗音节宏亮,风格沉着。靖康之难前后出生的“中兴四大家”陆游、杨万里、范成大和尤袤崛起诗坛后,继承南渡诗人的创作主张,又自出机杼,最终以新的艺术风貌取代了江西诗派在诗坛上的主流地位,成为继元祐之后宋诗又一个辉煌期。

陆游(1125年—1210年)是我国文学史上继屈原、杜甫之后最为杰出的爱国诗人,也是宋代作品数量最丰富的诗人。他六十年间写万首诗,作品风格前后也有变化:四十五岁以前以藻绘为工,颇重技巧;四十六岁入蜀从军至六十五岁被劾罢官这二十年里,陆游开拓诗境,务求博大宏肆。赵翼《瓯北诗话》卷六就说:“放翁诗之宏肆,自从戎巴蜀,而境界又一变。”这一阶段是陆诗成熟的关键时期,所以他将自己的诗集题作《剑南诗稿》。六十六岁以后退隐山阴,家居二十年,风格转趋平淡。

陆游的一生是悲剧的一生,状元被黜,政治上一再受到排挤和打击,又被迫与爱妻唐琬离异。事业与爱情的双重悲剧,充分表现在其诗歌中。陆游和爱妻唐琬的爱情悲剧在漫长的岁月里一直折磨着诗人,他因此而创作了一些荡气回肠的诗词作品。这些情感深挚的作品,反映了诗人爱情生活中的悲剧和他对于这种悲剧的抗议,这是他爱情的悲剧。时刻希望杀敌复国的陆游所面对的现实却是南宋小朝廷偏安于半壁江山的定局,理想与现实的巨大矛盾使陆游格外苦闷,这造成了他事业的悲剧。他的名作始终是把个人的理想与民族的大业联系在一起表现。除了爱国主义诗歌和反映爱情悲剧的诗歌外,陆游其他题材的诗如农村诗、写景诗等也有许多好诗。

陆游各体皆工。古诗豪健,律诗对仗工整,使事熨帖,七绝也写得情味深长。陆游在宋代诗坛占有十分重要的地位。江湖诗派中的戴复古和刘克庄都师承陆游,永嘉四灵也是“用陆之法度”“多酷似处”(魏庆之《诗人玉屑》卷十九)。陆游诗在元、明两代也有较大的影响。到了清代,陆游的影响更大,清初学习陆游的诗人很多,如汪琬、王士祯、查慎行、郑燮、赵翼、方东树等,汪琬在《蘧步诗集序》中将陆游与杜甫、苏轼并称为三大家,赵翼《瓯北诗话》甚至认为陆游要胜过苏轼。到了近代,梁启超《读〈陆放翁集〉》满怀激情地赞扬道:“诗界千年靡靡风,兵魂销尽国魂空。集中什九从军乐,亘古男儿一放翁。”对陆游的爱国精神给予了最充分的肯定。

杨万里(1127年—1206年)创造了幽默风趣、灵动活泼的“诚斋体”。独具风格的“诚斋体”有一个漫长的形成过程,他最初学江西派,后来学王安石的绝句,又转而学晚唐人绝句,最后“忽若有悟”,谁也不学,“步后园,登古城,采撷杞菊,攀翻花竹,万象毕来，献予诗材”（《诚斋荆溪集序》），认识到应该摆脱前人的藩篱而自成一家。

诚斋体主要有以下几个特点：一是诗人善于选择日常生活中一些富于诗意和理趣的细节，以通俗流畅的语言表达出来，迥异于江西诗派末流造句生涩隐晦的诗风。二是幽默风趣、灵动活泼。杨万里善于从寻常事物中发现诙谐和机趣，让人读后发出会心之笑。三是构思巧妙、想象奇特。杨万里曾说，他作诗的功夫全在一“捉”字（周密《浩然斋雅谈》）。他善于捕捉大自然的各种物态，在平凡中发现不平凡的情趣，并用奇巧的构思和多变的手法表现出来。他还善于捕捉刹那间的感受和情态，用白描手法形象地显现出来。四是语言流利活泼，明白如话。他从口语中提炼出平易浅近、雅俗共赏的诗句，富于表现力。

“诚斋体”自辟蹊径，不落前人窠臼，在当时及后世都影响颇大。陈衍《石遗室诗话》卷十六说：“宋诗人工于七言绝句，而能不袭用唐人旧调者，以放翁、诚斋、后村为最。大抵浅意深一层说、直意曲一层说，正意反一层、侧一层说。诚斋又能俗语说得雅，粗语说得细，盖从少陵、香山、玉川、皮、陆诸家中一部分脱化而出。”这也就是所谓“活法”，即要求诗人用自己的感官去观察世界，当“万象毕来”时，用活泼的语言把亲身感受生动而巧妙地表现出来。

范成大（1126年—1193年）的诗具有比较充实的社会内涵，人民苦难、政治生活、田园风光等在他诗中都有表现。在艺术手法上他也取径较广，据《四库全书总目》卷一百六十《石湖诗集提要》可知，自中唐李贺、王建直至北宋苏、黄，都是范成大学习的对象。中年后自成一家，诗风以清新流畅、婉转健峭为主。他有两类诗在文学史上有着重要的地位，一是使金纪行诗，二是田园诗。

范成大于乾道六年（1170年）六月曾出使金国，大义凛然，不辱使命，受到朝廷上下一致赞扬。在出使过程中，渡淮经南京、东京、相州、邯郸、涿州直至燕京，范成大每到一地即写诗一首，共写了七十二首绝句纪行诗。这些诗有的写念念不忘故国的人民，有的颂扬忠臣义士，有的写万里孤臣的报国决心，有的则暴露金人统治区的荒凉残破。这组纪行绝句在中国文学史上有着重要的地位。首先，它们是当时宋金对立的实录，通过这些诗可以了解当时百姓的苦难、心声及社会现实；其次，这些出使诗在文学史上是一种独特的类型，它们既不同于边塞诗，也不同于纪游诗，其取材独特，丰富了中国文学的题材。

范成大第二类值得注意的诗是田园诗。他晚年所作的《四时田园杂兴》不但是他最被传诵、最有影响的诗篇，也称得上是中国古代田园诗的集大成之作。《诗经》中的《七月》叙述了农民的辛勤劳动和艰苦生活，为中国的田园诗开了个好头。而其后的田园诗更多的是走陶渊明田园诗所表现的安定闲适、乐天知命的路子，内容从劳动过渡到隐逸。范成大的田园诗上接《诗经》传统，使田园诗有了泥土和血汗的气息，获得了新的生命（钱锺书《宋诗选注》）。组诗《四时田园杂兴》六十首，在相当广阔的范围内反映了江南水乡农民的劳动场景、日常生活和他们的乐趣及痛苦，这在古代田园诗中别具一格。这组田园诗题材新颖，劲峭之中不失雍容和雅之态。由于范成大长期生活在石湖农村，对农村生活有深切的感受，以一个亲历者而非旁观者的身份进行观照，使这些诗在表现农村生活及农民哀乐时就异常真切。这正是其田园诗的独特之处和贡献。

范成大的田园诗，继承和融汇了陶渊明的田园农事诗和中唐张籍、王建、白居易等人的“悯农”“田家词”等乐府诗这两种创作范式，以写实的笔调，全面真切地表现出农家的四季景物、岁时风俗、生活困境、劳动场面、闲暇休憩等日常生活情态和种种喜怒哀乐的情怀，丰富和发展了中国古代田园诗的艺术宝库。

在“中兴四大家”即将退出诗坛之际，在永嘉（今浙江温州）地区出现了四位名字中都带有“灵”字而并称为“四灵”的诗人：徐照字灵晖、徐玑号灵渊、赵师秀号灵秀、翁卷字灵舒。“四灵”回归晚唐，专攻五律，实际上又滑入了宋初“晚唐体”的轨道。但由于他们受到当时著名理学家叶适的揄扬而名著一时，诗坛上趋之若鹜。

### 三、南宋前期的散文

与北宋相比，南宋散文的成就稍显逊色，没有出现像欧阳修、王安石、苏轼那样的散文大家，但是也出现了不少散文名家，代表作家有胡铨、陆游、辛弃疾、陈亮、叶适等。胡铨的论文强调“凡文皆生于不得已”（《灞陵文集序》），将韩愈的“气盛言宜”和苏洵的“风水说”结合起来，而强调平时的积蓄。胡铨写了著名的《戊午上高宗封事》。陆游的史书、笔记、记事论文、写景抒情，自然生动。其他政论、史论、书、记、序、跋，贯穿着爱国情感，结构严谨而语言蕴藉。陈亮是南宋有名的政论文作者，其文气势雄杰。叶适的散文在南宋卓然为一大宗，或议论抗金或批判弊政或驳斥道学或评析文章，表现出严谨踏实的作风。

## 第四节　南宋后期文学

### 一、南宋后期词坛

南宋后期词坛先后出现了吴文英、刘克庄、陈人杰等江湖词人和由宋入元的周密、王沂孙、张炎、蒋捷、刘辰翁等遗民词人，艺术成就最高的是吴文英。他擅长用富有色彩感、装饰性和象征性的语言描摹物态和人的体貌、动作，语言的搭配、字句的组合又往往打破正常的语序和逻辑惯例，创造出一种生新奇异、深幽密丽的语言风格。他把不同的时空场景浓缩杂糅在同一时空中,或者运用丰富的想象和奇特的联想,把实有之情事与虚幻之情境错综叠映,使意境扑朔迷离,情思错杂颠倒。周密的词融汇姜、吴两家之长,风格典雅清丽。王沂孙咏物词托意深远,隶事用典,浑化无痕。张炎既长于创作,词风清雅疏朗,又擅长理论批评,其《词源》是宋代最具理论色彩的词学理论著作,对后世词学体系的建构和理论批评有着重大影响。蒋捷的词则别开生面,兼有豪放词的清奇流畅和婉约词的含蓄蕴藉,对清初阳羡派词人颇有影响。当周密等人在全神贯注地研讨词作艺术的时候,刘克庄等辛派后劲则时刻关注着国家的危亡局势。他和陈人杰的词从不同的角度表达了当时爱国文士对时局的焦虑和怨愤,政治批判的锋芒较之辛弃疾有过之而无不及,在词境上有一定的拓展。而民族英雄文天祥的词,激越雄壮,更唱出了民族的尊严和正气。

吴文英(生卒不详)是十三世纪前中期的重要词人,创作源流承自周邦彦,而与姜夔各辟路径,二人一实一虚,一密一疏,各极其妙。作为南宋末最重要的婉约词人,吴文英总结了婉约词派的创作原则,他的朋友沈义父在《乐府指迷》中记载了关于他作词的四大标准:“盖音律欲其协,不协则成长短之诗;下字欲其雅,不雅则近乎缠令之体;用字不可太露,露则直突而无深长之味;发意不可太高,高则狂怪而失柔婉之意。”第一条是协律,继承的是李清照《词论》中的观点,这是词保持自身文体特征的重要条件之一;第二条求雅;第三条讲究练字琢句、含蓄不露,总结的都是周、姜词风;第四条特意提出词的立意,认为立意太高词就会散失柔婉的体裁特征。很显然,吴文英是针对苏辛一派以诗为词的创作路数而发的,维护的是词“别是一家”的观念,总结的是从李清照、周邦彦到姜夔的创作原则。戈载《宋七家词选》就说吴文英“与清真、梅溪、白石并为词学正宗,一脉真传,特稍变其面目耳”。

在创作中,吴文英谨守这些原则。除自度曲外,他多用周邦彦、姜夔所创词调,讲究协律。如果说周邦彦的词还有失雅正之音的地方,吴文英则务去市井俗语,遣辞典博雅正。与周邦彦的明秀、姜夔的清空又有不同,吴文英的词思深而曲折,辞隐而幽微,多用代字及生僻之典,追求一种深隐的艺术境界。

吴文英感情丰富,感受敏锐,富于幻想,他常将神话传说、历史遗迹与现实糅合在一起,以创造出如梦如幻的艺术境界。在艺术手法方面,梦窗词的另一特色是章法结构上“奇思壮采,腾天潜渊”(周济《宋四家词选序论》)。与传统结构重视理性层次不同,吴文英从自己极为神奇的想象与极为丰富的联想出发,往往将时间与空间、现实与想象错综杂糅起来展开叙述,使词的时空结构跳跃性非常大。

戈载《宋七家词选·梦窗说》说吴文英“炼字炼句,迥不犹人”。梦窗词的语言打破常规,将理性变为感性的修辞模式。梦窗词字面浓艳、芬芳而又不失生气,形成了密丽幽深的语言风格。

梦窗词中有关国事的作品不多，基本上还是以登临游赏、爱情、咏物、酬赠为主，其中的爱情词尤为真挚动人。但吴文英去世时距南宋亡国不过十年左右的时间，亡国的声音已经越来越近，出于对南宋危亡的忧虑，他在词中也表达了对国事的悲慨。周济《宋四家词选序论》说他的词“立意高，取径远，皆非余子所及”，戈载《宋七家词选》也说吴文英词“运意深远”。

吴文英的词历来毁誉参半。誉之者如尹焕说：“求词于吾宋者，前有清真，后有梦窗，此非焕之言，四海之公言也。”（《花庵词选》引）把吴文英当作南宋第一大词家。到了清代，《四库全书总目提要》卷一九九对《梦窗稿》所撰“提要”说“词家之有文英，亦如诗家之有李商隐也”，对吴文英的词坛地位给予了形象而准确的定位。常州词派的周济则把他当作宋代四大词人之一，其后戈载、陈廷焯等人对吴词都大力宣扬。晚清朱祖谋、王鹏运、郑文焯、况周颐、陈洵等对他更是交相推誉，吴文英的声誉也达到顶点。而与此相反，沈义父《乐府指迷》指出了梦窗“用事下语太晦”的缺点，张炎《词源》则说“梦窗如七宝楼台，炫人眼目，拆碎下来，不成片段”。对吴文英的不同评价，反映了词学思想和词学观念的变迁。

南宋晚期，统治者困守半壁江山，苟且偷安，大多数文人士大夫感到悲观绝望，丧失了进取心和社会责任感，但也有少数词人继承发扬了辛弃疾词的时代精神，谱写了许多忧国愤世的优秀篇章，刘克庄、陈人杰、刘辰翁是其中的代表。

刘克庄（1187年—1269年）是辛派后劲中成就最大的词人，冯煦《宋六十一家词选例言》曾将他与辛弃疾、陆游比为鼎足而三的著名词人：“后村词与放翁、稼轩，犹鼎三足。其生丁南渡，拳拳君国似放翁；志在有为，不欲以词人自域似稼轩。”在词的创作成就和影响方面，刘克庄也许不及辛、陆二人，但其爱国之心和豪放词风却毫不逊色。他的很多词情调高亢激昂，风格豪迈健举，充满了爱国主义精神。刘克庄继承了辛弃疾“以文为词”的特点而加以发展，常用散文化的句子，以经史入词，夹叙夹议，使词的散文化、议论化呈现出新的特质。由于不受格律的束缚，说理叙事，运用自如，能够充分地表情达意。而有时议论过多，也削弱了词的形象性。

陈人杰（约1218年—1243年）的词笔力雄健，挥洒自如，于慷慨激昂之中流露悲凉的情调，风格与辛弃疾相近。刘辰翁（1232年—1297年）继承了南渡词人和辛弃疾的爱国豪放词风，其词表现了亡国的血泪史和独特的情感体验，也是以词存史。身处亡国乱世，刘辰翁将一切政治事件、社会生活及诸多人生感受，凡是诗文所表现的，都拿来入词，使词体现出更为深刻丰厚的内涵。

当辛派词人以忠愤沉郁的词笔、慷慨悲凉的风格抒写国破家亡的苍凉情怀时，以周密、张炎和王沂孙为代表的婉约词人，继承周邦彦、姜夔的词风，以低回掩抑的哀吟诉说身世之悲、家国之恨，风格典雅，词旨隐晦，情绪感伤，以不同于辛派后劲的风格，反映了宋亡前后的历史巨变与社会乱离。

周密(1232年—约1298年)的填词主要学习姜夔词风,格律谨严,典雅清丽,字句精美。早期作品一片承平风光,偏重于形式美,立意不高。入元后的词则多家国之痛、遗民之悲,流连风月的闲雅情趣被凄苦幽咽的情思所取代。

王沂孙(约1240－约1310年)不仅取法姜夔,也博采周邦彦、吴文英诸家之长,还学习李贺、温庭筠、李商隐等诗人的辞采,从而形成自己独特的风格。王沂孙以咏物著称。他的咏物词善于使事用典以寄托家国兴亡之感,又工于体物,因此主观情志与所咏之物能够融合无间。王沂孙的词在清代影响很大。康熙初朱彝尊携由王沂孙等人借咏物来怀念故国的词集《乐府补题》入京,倾动朝野,掀起了一股填写咏物词的热潮,这是王沂孙词在传播中的第一次高潮。嘉道年间常州词派崛起,张惠言《词选》说他的咏物词"并有君国之忧"。周济更推之为四大家之一,标榜学词门径应"问途碧山"。而陈廷焯《白雨斋词话》则说:"王碧山词,品最高,味最厚,意境最深,力量最重,感时伤世之言,而出以缠绵忠爱。"把他比作词中老杜。碧山词托物寓志,寄托遥深,确实有很高的审美价值和思想价值,但过度拔高,也失之偏颇。

张炎(1248年—约1320年)以咏物词见称。他的咏物词借咏物以抒写亡国之痛,哀怨凄楚,悲愤感人,而表达得又清丽流畅,意度超拔。张炎词笔墨疏宕,意趣高远,旋律美妙,用字和谐,《四库全书总目》卷一九九《山中白云词》提要即云:"所作往往苍凉激楚,即景抒情,备写其身世盛衰之感,非徒以剪红刻翠为工。至其研究声律,尤得神解,以之接武姜夔,居然后劲。宋元之间,亦可谓江东独秀矣。"对其词艺术特征和成就的评价颇为公允。

蒋捷(约1245年—1305年后)抱节终身,赋性孤洁,其词于宋末词坛也是自辟蹊径,别开生面,兼容婉约词与豪放词的长处,含蓄而又明快,典雅而不晦涩。胡云翼《蒋捷词钞》评蒋捷云:"能婉约,亦能豪放。虽被称为姜派的词人,而自有肆放,能不为文字与音律所拘,颇有辛弃疾的精神。"他亲身经历的时代动乱和亡国痛苦,在其作品中鲜明地反映了出来。蒋捷词风格多样,想象丰富,语言洗练,格律自由,对清初阳羡词人产生了较大影响。

## 二、南宋后期诗歌

继四灵而起的江湖诗人,大多是未曾仕宦而以诗文行谒为生的江湖游士,其中也有些官场失意之士,因书商陈起把他们的诗合刻为《江湖集》而得名。其中著名的有戴复古、孙惟信、刘克庄等人。江湖诗派近学四灵,远宗晚唐,诗歌境界比四灵诗稍阔,工于白描,诗风也比较清丽。由于在经济上缺乏独立性,相当一部分江湖诗人的社会责任感比较淡漠,追求人格的自我完善和清高独立的观念也比较淡薄。江湖派的诗,多角度地展现了宋末知识分子这一人格心态变化的历程。南宋后期的诗，总体上是走下坡路。幸而在宋元易代之际，文天祥等人激昂慷慨的悲歌，打破了宋末诗坛相对冷清的格局，给宋诗增添了最后一道辉煌！

《四库总目提要》卷一六四《梅屋集》提要曾说江湖派“大抵以赵紫芝等为矩矱”“以高翥等为羽翼”“以书贾陈起为声气之联络”“以刘克庄为领袖”，指出了刘克庄在江湖诗派中的领袖地位。

刘克庄(1187年—1269年)写诗从学习“四灵”入手，后来认识到江西派“资书以为诗失之腐”，晚唐派“捐书以为诗失之野”(《韩隐君诗序》)。他转益多师，自云“初余由放翁入，后喜诚斋，又兼取东都、南渡、江西诸老，上及于唐人，大小家数，手抄口诵”(《〈刻楮集〉序》)，进而形成了自己的风格。

刘克庄的诗笔力雄健，境界开阔，有时则流于粗野浅露。他喜使事用典，虽时收言简意赅之效，但又往往流于机械甚至滑熟，犹如“一个瘦人饱吃了一顿好饭，肚子撑得圆鼓鼓的，可是相貌和骨骼都变不过来”(钱锺书《宋诗选注》)，影响了诗的形象和韵味。

## 三、南宋后期的散文

南宋后期的散文，主要是沿着前期的道学派和浙东学派开辟的道路向前推进。道学派以朱熹为典范，强调载道，以说理见长，代表作家是真德秀、魏了翁和林希逸等。而继承浙东学派的是陈耆卿、车若水、吴子良、舒岳祥和戴表元等人，他们发扬了陈亮、叶适的传统，论辩记叙之文都富于务实精神。南宋灭亡之际出现了文天祥等爱国文人，谱写了《指南录后序》《登西台恸哭记》等光照千古的名篇，给辉煌的宋代文学增添了最后一抹亮色！

## 本章小结

宋代处于中古与近古的转型期。宋人极富开拓精神，创造出超越前代的灿烂文化。宋代文学是继唐代文学之后的又一座高峰，诗、词、文、赋等各类文体都取得了辉煌的成就。宋诗是继唐诗之后又一座高峰。唐诗既臻峰顶，宋人欲独树一帜，唯有求变求异，变唐人之所已能，而发唐人之所未尽。凡是唐人以为不宜入诗的题材，宋人都拿来写进诗中，且往往喜欢于琐事微物逞显才技，故宋诗的内容较唐诗更为广阔，技巧也比唐诗更为精细，然情味则不及唐诗醇厚，兴象也不如唐诗华妙。宋代散文体裁完备，流派众多，艺术技巧成熟，是我国古代散文一个非常重要的发展阶段，“唐宋八大家”宋居其六，即是明证。宋代文学处在中国文学由雅趋俗的转折时期，不仅传统的雅文学诗文得到了进一步的发展，新型的俗文学白话小说(话本)、戏曲开始出现，词则能雅能俗，因此深受社会各阶层的喜爱，代表了宋代文学的最新成就。白话小说和戏曲(包括部分词)的出现，标志着宋代文学的审美趣味开始由雅趋俗，从贵族文学走向平民文学，接受对象则从上层社会走向社会各阶层。

## 学习评价

| 评价维度 | 评价项目 | 评价内容 | 评价标准 | 自我评分 |
|---|---|---|---|---|
| 知识 | 基础性知识 | 文学史各基础知识点 | 牢固掌握古代文学史基础知识；掌握代表作家、作品、风格特点；掌握文学史重要关键词；能够记诵并理解 | |
| | 体系性知识 | 对文学史的整体知识把握和理解 | 理解特定时段文学史的发展进程；熟悉各类文体的流变特征；掌握各文学流派、文学集团、文学运动的产生与特点，对一个时期的文学现象能够作出整体评价 | |
| | 背景性知识 | 影响文学史发展的背景知识 | 了解影响文学史发展的社会历史背景、政治思想背景、哲学宗教背景；了解社会生活特别是士人生活与文学创作的关系 | |
| 能力 | 专业能力 | 对古代文学作品的专业阅读与分析能力 | 拥有阅读古代文学作品的语言能力和文化知识背景；能够根据文学史知识对文学作品进行分析和鉴赏；能够对文学史现象进行解释；形成古代文学文本分析和理解的方法论 | |
| | 学习能力 | 文学史学习的态度、方法与技能 | 学习内在驱动力强；有自觉的学习方法和模式；独立思考；能够与他人充分交流，善于合作 | |
| | 创新能力 | 自我发展与提高 | 拥有良好的问题意识；善于利用前人研究成果；能够利用各种方式收集和处理信息并尝试解决问题；富于创新精神 | |
| 情感 | 素质培育 | 文学审美趣味 | 能够形成正确的文学审美态度和良好的审美趣味 | |
| | 情感培育 | 文化认同感 | 了解自身文化渊源，对优秀传统文化有认同感，树立文化自信 | |
| | 价值观培育 | 价值观实践 | 能够将审美态度和文化认同融入实际生活 | |

## 推荐阅读

1. 钱锺书. 宋诗选注[M]. 北京:人民文学出版社,1989.
2. 吴熊和. 唐宋词通论[M]. 杭州:浙江古籍出版社,1989.
3. 曾枣庄. 宋文通论[M]. 上海:上海人民出版社,2008.
4. 王兆鹏. 唐宋词史论[M]. 北京:人民文学出版社,2000.

## 本章自测

### 1. 填空题

(1)方回《瀛奎律髓》创江西诗派"一祖三宗"之说,其中"一祖"指(　　　　),"三宗"指(　　　　　　　　)。

(2)南宋诗坛"中兴四大家"指(　　　　　　　　　　　)四位诗人。

(3)被誉为词中李商隐的南宋词人是(　　　　)。

(4)主张词"自是一家"的是词人(　　　　),主张词"别是一家"、维护词本体特征的是词人(　　　　)。

(5)"唐宋八大家"中,宋居其六,分别是(　　　　　　　　　)。

(6)欧阳修等古文家用单笔散体来写赋,骈散结合,句式参差,用典较少,押韵不严,风格更接近于散体之文,被称为(　　　)。文赋的代表作家是欧阳修和苏轼,欧阳修的代表作是(　　　　),苏轼的代表作是(　　　　　　　　　　)。

### 2. 简答题

(1)简述柳永对宋词发展的贡献。

(2)简述辛弃疾词的特点和成就。

(3)简述北宋新古文运动的过程。

### 3. 论述题

论述唐诗与宋诗的区别。

## 参考文献

[1]龙榆生. 龙榆生词学论文集[M]. 上海:上海古籍出版社,1997.
[2]程千帆,吴新雷. 两宋文学史[M]. 上海:上海古籍出版社,1991.
[3]王水照. 宋代文学通论[M]. 开封:河南大学出版社,1997.
[4]杨海明. 唐宋词史[M]. 天津:天津古籍出版社,1998.

# 第六章　辽金元文学

## 本章概要

本章简要叙述辽金元文学，包括辽金诗歌、集大成的文学家元好问、金元时期的戏曲小说和说唱文学、元前期杂剧、元后期杂剧、元代南戏、元代散曲、元代诗文等内容。

## 学习目标

1. 注意在多民族文化冲突融合的基础上，来理解辽金元文学发展的独特轨迹及其自身的特色。辽金元均为少数民族建立起来的多民族联合政权，长期与南北宋对峙。

2. 对辽金元诗歌、元代杂剧的发展阶段与特色，南戏、散曲、诸宫调概貌有一定了解。重点把握重要作家的代表作品。

3. 要善于辩证地看待传统雅文学(诗文)和新兴俗文学(杂剧、诸宫调、南戏、话本等)之间此消彼长的关系。

## 学习重难点

### 学习重点

1. 重要杂剧作家、作品。
2. 重要散曲作家、作品。
3. 元好问的成就和文学史地位。

### 学习难点

1. 杂剧、散曲、南戏在元代繁荣的原因。
2. "王西厢"对"董西厢"的继承发展。
3. 高明《琵琶记》的得失。
4. 南北政权对峙对辽金元文学发展的影响。

## 思维导图

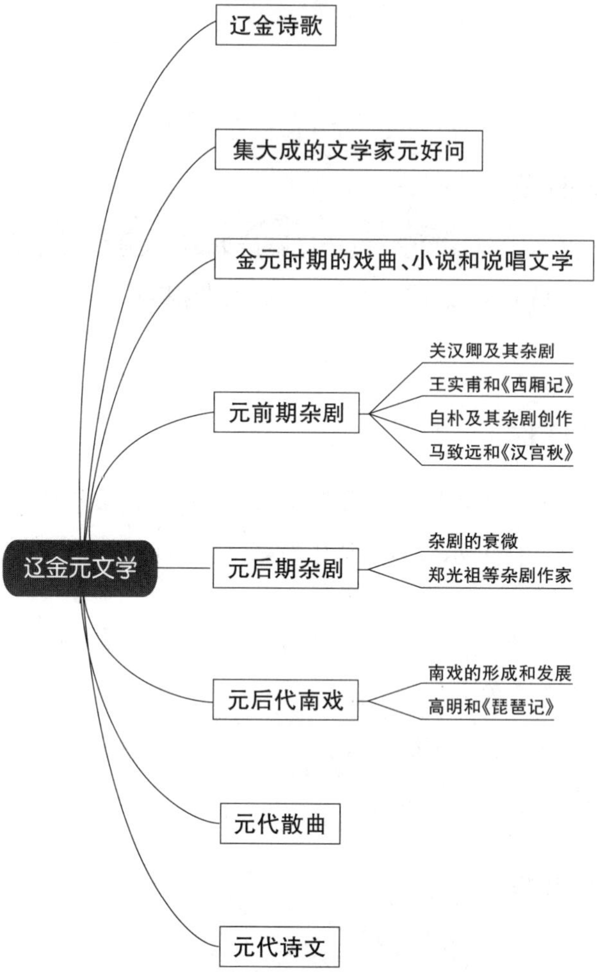
辽金元文学
辽金诗歌
集大成的文学家元好问
金元时期的戏曲、小说和说唱文学
元前期杂剧
关汉卿及其杂剧
王实甫和《西厢记》
白朴及其杂剧创作
马致远和《汉宫秋》
元后期杂剧
杂剧的衰微
郑光祖等杂剧作家
元后代南戏
南戏的形成和发展
高明和《琵琶记》
元代散曲
元代诗文

# 第一节　辽金诗歌

辽、金、元三朝，均是我国历史上由少数民族建立起来的王朝。辽金元文学，上承唐宋文学，而下启明清文学。由于历史文化背景、价值观念、生活方式以及民族融合与冲突等问题，辽金元文学呈现出独特的面貌，成为中国文学发展史上较为特殊的一个环节。

## 一、辽代诗歌

辽(916年—1125年)是以契丹族为主体建立起来的王朝。辽原名契丹，因其居辽河上游，故称“辽”(契丹语镔铁的意思)。公元907年，辽太祖耶律阿保机统一契丹各部，公元916年，正式建年号，定都上京(今内蒙古巴林左旗林东县)，至1125年(辽天祚帝保大五年)为金朝所灭，立国时间长达两百余年。辽朝极盛时期的疆域，东临黄海，西近阿尔泰山，北至今克鲁伦河、色楞格河流域，南抵天津、河北中部和山西北部，国土广大，幅员辽阔。

辽代文学的成就，主要反映在诗歌上。辽代诗歌的创作者，多系契丹贵族。帝王如圣宗耶律隆绪、兴宗耶律宗真、道宗耶律洪基、天祚帝耶律延禧，皇室成员如东丹王耶律倍，后妃如懿德皇后萧观音、文妃萧瑟瑟等，都对诗歌创作倾注了很大的热情。他们的诗歌，虽然题材相对较为狭窄，风格技巧相对朴质，但自有一家面目，不容忽视。

## 二、金代诗歌

金(1115年—1234年)是我国历史上由女真族建立的政权。它在建元之初，先后灭辽和北宋，占据了淮水以北的广大地区，与南宋对峙。女真族原是我国东北地区一个相对落后的游牧民族，灭辽侵宋后，入据中原，大力罗致辽、宋文士典籍，广泛吸收汉文化元素，很快改变了原本落后的社会形态。受高度发达的汉文化的熏染，加上北方民族固有的文化特质的影响，金代文学以自己独具一格的风貌出现在文学史上，成就超过了辽代，所以《金史·文艺传序》说：“金用武得国，无以异于辽，而一代制作能自树立唐、宋之间，有非辽世所及，以文而不以武也。”

金代诗歌的发展，可以分为初、中、后三个时期。从总体上看，金代诗歌与北宋诗歌有着明显的渊源。虽然不如宋代诗坛那样名家辈出，佳作林立，但北地悠久的文化传统，以及不同民族文化的融合交流，赋予了金代诗歌独特的风貌，在中国文学发展史上仍然引人注目。

金初诗坛颇有盛名的宇文虚中(1079年—1146年),字叔通,别号龙溪居士,成都华阳(今四川成都)人。建炎二年(金天会六年,1128年)以资政殿学士充大金通问使入金,滞留金朝,后仕为翰林学士承旨。皇统六年(1146年),他因密谋南归被拘,后遭杀害。高士谈(不详-1146年)、蔡松年(1107年—1159年)也是金初有影响的诗人。

世宗、章宗(1161年—1208年)时期,金朝达到了政治、经济、文化上的极盛。这一时期比较重要的作家有蔡珪、刘迎、周昂、党怀英、王庭筠等,其中蔡珪、刘迎、周昂等人的创作以刚健豪迈的格调见长;党怀英、王庭筠等人则以闲适自然的情趣取胜。

一般认为,“国朝文派”的开山人物是蔡松年长子蔡珪。他的诗有比较鲜明的风格特征,即奇矫雄健,迥异于“借才异代”时期的宋儒诗风。与蔡珪诗风相近的,还有刘迎、朱自牧、任询、刘仲尹、萧贡等。他们的创作,使“国朝文派”崛起于此期文坛。

追步陶谢王孟冲和淡远诗风、追求清雅诗境的诗人,以党怀英、王庭筠等人为代表。党怀英(1134年—1211年),字世杰,号竹溪,泰安人。党怀英少年时与杰出的大词人辛弃疾同学于刘汲门下。党怀英诗、文、书法兼善,诗风清雅冲淡,与陶、谢诗风一脉相承,时人称其“诗似陶谢,奄有魏晋”(赵秉文《中大夫翰林学士承旨文献党公神道碑》),甚至以为“金百年以来,得文派之正而主盟一时者,大定、明昌则承旨党公”(徐世隆《遗山先生文集序》)。可见他在金代文人士大夫眼中的分量。王庭筠(1151年—1202年),字子端,号黄华山主,熊岳(今属辽宁营口)人,累官至翰林修撰。王庭筠诗、文、书、画均负盛名,尤以诗名,元好问曾推许为“诗文有师法,高出时辈之右”(《中州集》)。从题材内容上看,王庭筠诗多为即景抒情之作,且多以洗练的笔法写景,情景俱到,清新自然。

贞祐二年(1214年),金朝南渡黄河,迁都汴京,内忧外患空前加剧,文风由此丕变,改变了明昌、承安年间出现的尖新浮艳之风,类多慷慨悲壮之音。亲身经历过“贞祐南渡”的刘祁,较为准确地勾勒出南渡后诗坛的流变趋向:“南渡后,文风一变,文多学奇古,诗多学风雅,由赵闲闲、李屏山倡之。屏山幼无师传,为文下笔便喜左氏、庄周,故能一扫辽宋余习。而雷希颜、宋飞卿诸人,皆作古文,故复往往相法效,不作浅弱语。赵闲闲晚年,诗多法唐人李、杜诸公,然未尝语于人。已而,麻知几、李长源、元裕之之辈鼎出,故后进作诗者争以唐人为法也。”(刘祁《归潜志》卷八)由于诗学主张不同,其创作大致表现出两大倾向。一是以赵秉文、王若虚等人为代表,追求平淡纪实,贵含蓄之美;一是以李纯甫等人为代表,强调自成一家,好尚雄奇险怪之风。

金元之际在黄河、汾河一带有个诗人群体，共八位诗人，元人房祺辑录他们的诗作为《河汾诸老诗集》，后世因称之为“河汾诸老”，分别是麻革、张宇、段克己、段成己、陈赓、陈庾、房皞、曹之谦。黍离之悲、故国之恋是他们共同的情感特征，后人评价说：“当金元混扰困郁之中，其词藻风标如层峰荡波，金坚玉莹，绝无突梯脂韦之习，纤靡柔弱之句。”（房祺辑录《河汾诸老集》卷首附车玺《河汾诸老诗集序》）他们与元好问有较为密切的关系，或同事或从游或诗文唱酬，在学风、文风上也有诸多相近之处。

## 第二节　集大成的文学家元好问

元好问是金代文学集大成的作家。他在诗、文、词、曲、文学批评、史学等多个领域均卓有建树，而以诗歌创作成就最为突出。他生活的年代，适逢金朝在衰微中走向覆亡，故而其文学活动也常常与现实政治密切相关联。透过他的创作和批评，可以清晰窥见金代文学所达到的高度。

### 一、元好问的生平

元好问（1190年—1257年），字裕之，号遗山，太原秀容（今山西忻州）人。北魏鲜卑拓跋氏的后裔。其父元德明，有诗名行于当世，一生累举不第，饮酒赋诗，放浪山水间。元好问生七月，出继叔父元格。七岁能诗，太原名士王汤臣赞为神童。年十一，跟随叔父到冀州（今属河北），学士路铎欣赏他的才俊，教他作文。年十四，叔父任陵川令（今属山西），元好问受教于品学兼善的名儒郝天挺门下，遂贯通经史百家，诗文创作尤为精擅。从青年时代开始，元好问就经历了战乱。贞祐二年（1214年）三月，蒙古军队攻破诗人的家乡忻州，元好问历经艰险，始得生还。贞祐四年（1216年），为躲避战祸，元好问举家迁往河南福昌三乡镇（今河南宜阳三乡）。诗人亲历家国残破、百姓流徙的苦难现实，心情十分沉痛，写下不少伤乱诗，如《过晋阳故城书事》《八月并州雁》等。这个时期，他的诗作在文坛开始有一定影响，早年的名作《箕山》《元鲁县琴台》等诗，礼部尚书赵秉文见后击节称赏，“以为少陵以来无此作也，以书招之，于是名震京师，目为元才子”（郝经《遗山先生墓铭》）。宣宗兴定元年（1217年），元好问二十八岁，这一年他撰写了著名的《论诗绝句三十首》，晚年又有所更定。

兴定二年（1218年），元好问移家登封，后来又在昆阳（今河南叶县）置田卜居。

其间兴定五年(1221年)登进士第,但未就选,而是"往来箕颍者,数年而大放厥词,于是家累其什,人嚼其句,洋溢乎里巷,吟讽于道途,巍然坡、谷复出也"(郝经《遗山先生墓铭》)。哀宗正大元年(1224年),元好问三十五岁时,赵秉文等人举荐他应宏词科入选,被任为国史院编修官。但第二年夏天,元好问便告归嵩山,著《杜诗学》一书(已佚)。正大三年(1226年)到八年(1231年),元好问先后出任镇平(今属河南)、内乡(今河南西陕)、南阳(今属河南)三县令。这一时期,他的创作题材相当广泛,尤其是他为官期间,受命向百姓征粮、催租,目睹百姓深受赋税之苦的处境,内心矛盾交加,写下了许多同情人民疾苦的诗,如《内乡县斋书事》《宿菊潭》《秋蚕》等诗,均充满了人道主义关怀。避乱登封几载,乡居生活较为安定,元好问创作了不少山水田园诗。

正大八年(1231年),陕西军事重镇凤翔沦陷,诗人写下了著名的《岐阳》三首。天兴元年(1232年),元好问奉召入京任尚书省掾,举家迁往汴京。天兴元年(1232年),蒙古大军围攻汴京,城中军民苦守数月,伤亡惨重。"百姓食尽,无以自生,米升直银二两,贫民往往食人殍,死者相望,官日载数车出城"(刘祁《归潜志》),诗人处在被困的汴京城内,亲睹了这一切惨状。次年春,崔立发动兵变,叛降蒙古,元好问与守汴官员被蒙古军队押解到聊城。天兴三年(1234年)正月,蒙古军与南宋军合攻蔡州,金哀宗自缢身亡,金王朝至此灭亡。金亡前后这段时期,元好问写下了许多饱含血泪的名作,如《壬辰十二月车驾东狩后即事》五首、《俳体雪香亭杂咏》十五首、《癸巳四月二十九日出京》、《癸巳五月三日北渡》三首、《续小娘歌》十首、《南冠行》等。在被羁押聊城,身心困苦的处境下,元好问发愤著书,开始编纂金代诗歌总集《中州集》和史学著作《壬辰杂编》。《中州集》成为后世研究金代文学的重要文献;《壬辰杂编》则为元人编纂《金史》提供了宝贵的材料。

元太宗十一年(1239年),诗人辗转回到阔别已久的故乡忻州读书山下,有感于王朝鼎革的沧桑巨变,以保存一代国史为己任。为了搜集金朝史料,诗人以年迈之躯,辗转于山西、河北、河南、山东等地,亲自采录前朝君臣的逸闻轶事,有所获即以笔记录,积累百余万言,为后人了解金史提供了大量可靠的材料。元宪宗七年(1257年),金元一代集大成的文学家元好问病逝于真定获鹿县。

## 二、元好问的诗词与成就

元好问生逢金末,亲历了国破家亡、鼎革易代的巨变,他的诗歌真实生动地展示了金、元易代之际风起云涌的历史画面。元好问揣摩研习前代诗歌并获得了独到的体悟,故能娴熟自如地驾驭各种诗体。再加上诗人系北魏鲜卑族拓跋氏后裔,生长于云、朔地区,禀有雄深浑厚之气。易代之际特定的时代背景,与其自身的气质才学、驾驭诗艺的杰出才能等个人条件，使他成为金代诗坛成就最高的诗人。元好问存诗一千四百余首，擅长各种诗体，以七律、七古的成就为最高。

元好问在金朝灭亡前后写出的“丧乱诗”，为他在文学史上赢得了重要地位。清代诗人赵翼在《题元遗山集》中说：“国家不幸诗家幸，赋到沧桑句便工。”（赵翼《瓯北集》卷三十三《题遗山诗》）如下面两首：

郁郁羁怀不易开，更堪寥落动凄哀。华胥梦破青山在，梁甫吟成白发催。秋意渐随林影薄，晓寒都逐雁声来。并州旧日风声恶，怅望乡书早晚回。（《郁郁》）

九死余生气息存，萧条门巷似荒村。春雷漫说惊坯户，皎日何曾入覆盆。济水有情添别泪，吴云无梦寄归魂。百年世事兼身事，尊酒何人与细论！（《秋夜》）

他把一己悲怆的情怀与故国沦丧的命运紧紧结合在一起，因而显得格外深广、厚重，具有打动人心的力量。

元好问的词在当时文坛也是成就最高的。今存词三百多首，涉及登临遣兴、咏物抒怀、吊古伤今、男女情爱等多方面题材，风格上则豪放、婉约兼擅。雄放豪迈风格的代表性词作有《水调歌头·赋三门津》等，最为后世传诵的《摸鱼儿·雁丘词》则写得低回婉转：

问世间，情是何物，直教生死相许？天南地北双飞客，老翅几回寒暑。欢乐趣，离别苦，就中更有痴儿女。君应有语：渺万里层云，千山暮景，只影向谁去？

横汾路，寂寞当年箫鼓，荒烟依旧平楚。招魂楚些何嗟及，山鬼暗啼风雨。天也妒，未信与，莺儿燕子俱黄土。千秋万古，为留待骚人，狂歌痛饮，来访雁丘处。

写雁侣生死与共的情意，一往情深，深婉之至而又荡气回肠，极为凄恻感人。

元好问的成就是多方面的。他的《论诗绝句三十首》是继杜甫《戏为六绝句》创立以诗论诗的文学批评形式以来，广为流传且对后世产生较大影响的优秀诗论。元好问在词曲、辞赋、散文、小说等方面也有一定成就。元好问集众体之大成，无愧为金代文坛最杰出的文学家。

# 第三节　金元时期的戏曲、小说和说唱文学

宋金元时期，是俗文学得到全面发展的一个时期。小说、戏曲、曲艺等，日渐被民众接受，也逐渐得到了更多知识分子的注意。

## 一、戏曲

戏曲是我国传统文艺形式之一，它是包含文学、音乐、舞蹈、杂技、美术、表演等各种因素在内的综合艺术。从戏曲内部形态来看，中国戏曲的形成与发展有着漫长的历程，宋代戏曲与金代杂剧，是从先秦歌舞、汉魏百戏、唐代参军戏等前代诸多技艺中发展而来。从外部环境来看，宋金时期，随着手工业和商业的发展，特别是城市经济的繁荣，瓦子勾栏等娱乐场所兴起，专业演员和专业演出团队出现，适应市民娱乐需要的戏曲，也相应地得到了重要的发展。

宋代杂剧有其独立的体制，包含歌唱、说白、舞蹈等表演方式，主要用来演说故事，其中滑稽调笑占有重要位置。周密《武林旧事》载有"官本杂剧段数"名目二百八十本。《梦粱录》卷二十"妓乐"条说："且谓杂剧中末泥为长，每一场四人或五人。先做寻常熟事一段，名曰艳段；次做正杂剧，通名两段。末泥色主张，引戏色分付，副净色发乔，副末色打诨。或添一人，名曰装孤。先吹曲破断送，谓之把色。大抵全以故事，务在滑稽。唱念应对通遍……又有杂扮，或曰杂班，又名经元子，又谓之拔和，即杂剧之后散段也。"由此可见，宋杂剧的演出一般有四五个角色，已是较为成熟的戏曲表演体制。

金代杂剧又被称为金院本，陶宗仪《南村辍耕录》卷二五"院本名目"记载："金有院本、杂剧、诸宫调，院本、杂剧，其实一也。国朝院本、杂剧始厘而二之。"夏庭芝《青楼集志》也称："金则院本、杂剧合而为一。至我朝乃分院本、杂剧而为二。"如果这些记载去事实不远，那么，金代的杂剧和院本，应该是一而二、二而一的概念，难以人为地区分开来。称为院本，大概是指戏班（行院）艺人创作的底本。关于金院本剧目，陶宗仪的《南村辍耕录》载有"院本名目"六百九十种，由于剧本无存，具体的情况就不得而知了。

讲唱文学，包括鼓子词、赚词和诸宫调等。北宋初期已有鼓子词，以歌唱和故事为主，有乐器伴奏。鼓子词用同一个词调反复歌唱，以咏叙一件或一类事物。赚

词则是取同一宫调的若干支曲牌合为一个整体，它比用一个曲牌单调叠唱的鼓子词在曲艺形式上要完善一些，与诸宫调更加接近。据耐得翁《都城纪胜》称："唱赚在京师日，有缠令、缠达；有引子、尾声为缠令；引子后只以两腔互迎、循环相间用者，为缠达……凡唱赚最难，兼慢曲、曲破、大曲、嘌唱、耍令、番曲、叫声诸家腔谱也。"由于现存的赚词只有南宋人咏蹴鞠的一套《圆社市语》，赚词的体制和演奏方法难以详考。但它在乐曲发展史上的地位不容忽视，它很可能是第一次把同宫调中的若干支曲牌组成联套，直接推动了诸宫调的产生。

诸宫调采用同一宫调的若干曲牌联成短套，再用不同宫调的若干短套联成整体，以说唱长篇故事。诸宫调韵散结合，采取歌唱与说白相间的方式，基本上属于叙事体。诸宫调中不同宫调、声情的曲子交替使用，不仅表现了纷繁变化的音乐美，也为敷演曲折复杂的故事和表达人物丰富的情感，创造了有利的条件。王灼《碧鸡漫志》称熙丰、元年年间"泽州孔三传者，首创诸宫调古传，士大夫皆能诵之"。《梦粱录》卷二十记载："说唱诸宫调，昨汴京有孔三传，编成传奇灵怪入曲说唱。今杭城有女流熊保保及后辈女童，皆效此说唱。"《东京梦华录》及《都城纪胜》，也都有类似的记载。可知诸宫调创始于北宋末期。汴京瓦肆中的民间艺人孔三传等人对于诸宫调的定型，起到了较为重要的作用。诸宫调的流行则在南宋与金代。可惜宋代诸宫调的文本，今都散佚不存。宋室南渡，诸宫调继续在金人统治的广大地区演唱，并留下了《刘知远诸宫调》(残卷)和《西厢记诸宫调》两部作品。

《西厢记诸宫调》是现今保存最完整的诸宫调作品。作者董解元，生平事迹不详，大约活动于金章宗(1190年—1208年在位)时期。"解元"是金元时期对读书人的敬称。

《西厢记诸宫调》的故事脱胎于唐传奇《莺莺传》。原作讲述的是莺莺与张生一度相爱，而最终张生将莺莺弃置并斥其为"尤物"这样一个始乱终弃的悲剧故事。自《莺莺传》问世，莺莺与张生的故事就广为流传。北宋秦观、毛滂《调笑转踏》、赵令畤《商调蝶恋花》鼓子词等，都歌咏过莺莺和张生的故事。内容上虽没有发生大的变化，但都表现了对莺莺命运的同情。与之相较，《西厢记诸宫调》则对故事情节作了创造性的改写。《西厢记诸宫调》热情歌颂了青年男女为争取爱情自由而抗争的精神，批判了僵化的礼教势力对青年男女爱情追求的束缚和压制。在此主题思想下，作者从根本上改变了原作中张生对莺莺始乱终弃的悲剧结局，而改为莺莺与张生为争取婚姻自主而勇于抗争，有情人终成眷属的美满结局，赋予了故事新的生机。在新的主题思想统摄下，人物形象、情节、矛盾冲突等都展现出新的面貌。这就为后来王实甫《西厢记》的巨大成功奠定了基础。

## 二、白话小说

白话小说在宋元时期得到极大的发展,它的发展与“说话”伎艺的繁荣和进步有着密切联系。作为一种专门伎艺的名称,“说话”指的是讲故事,类似于今天的“说书”;“话”即是故事。由“说话”艺人所讲故事转化而成的书面文学,习惯上称为“话本”或“话本小说”。

说话伎艺的繁荣,造成艺人在讲说题材等方面的分工,形成了不同的“家数”。传统的说法,是将说话分为“四家”,但具体到哪四家,学者又众说纷纭。如果适度参照现代的小说观念来考察遗留的小说文献,可以把宋元说话分为“讲史”“小说”“说经”三家。

“讲史”即讲述历史故事:“讲说前代书史文传,兴废争战之事”(耐得翁《都城纪胜》“瓦舍众伎”条);“讲历代记载废兴,记岁月英雄文武”(罗烨《醉翁谈录》卷一“小说开辟”条)。“讲史”话本内容多、篇幅长,成为后来长篇小说的源头;“讲史”不能一回(一次)讲完,需要通过多回(多次)讲述才能完毕,后世长篇小说以章回小说作为主要样式,用“回”来划分章节,主要起源于“讲史”的这种特点。

“讲史”早在北宋中前期已经发展起来,历史上曾产生过大量的“讲史”作品。现存宋元“讲史”文本有如下数种:《武王伐纣书》《乐毅图齐七国春秋后集》《秦并六国平话》《前汉书续集》《三国志平话》《薛仁贵征辽事略》《五代史平话》《大宋宣和遗事》。从这些文本看,宋元“讲史”在发展过程中,也分化出不同的派别,使得一些作品接近后来的历史演义,另一些作品更接近英雄传奇或神魔小说。

“小说”在宋时又称“银字儿”,特指篇幅较短的故事,类似今天所说的短篇小说。可观道人《新列国志序》称“小说多琐事,故其节短”,准确揭示了“小说”题材上的特征:“小说”不同于“讲史”,所写不是军国大事,而是日常生活中的“琐事”,具有贴近现实、富于生活气息的特点。宋元“小说”作品繁多,但多数已经亡佚,现存作品主要散见于《清平山堂话本》《京本通俗小说》及“三言二拍”中,今人所辑《宋元小说话本集》《宋元小说家话本集》两书汇录较全。这虽然只是宋元“小说”的一小部分,其中仍有不少艺术上臻于圆熟之作。

宋元“小说”的下属门类,前人有不同的说法,以罗烨《醉翁谈录·舌耕叙引》最为详明:“有灵怪、烟粉、传奇、公案、兼朴刀、杆棒、妖术、神仙。”这是一种以人物类型为主,兼顾作品主题、情节类型的分类方法,但失于琐碎。依据前代的目录和现存作品的情况,可归并为四类:爱情婚姻小说、神怪小说、公案小说、豪侠小说。爱情婚姻小说,主要包括《醉翁谈录》列举的“传奇”“烟粉”两类,这两类大致对应“杂剧十二科”(臧懋循编订《元曲选》书首引涵虚子《论曲》)中的“悲欢离合”“烟花粉黛”两类。神怪小说,主要包括《醉翁谈录》列举的“灵怪”“神仙”“妖术”三类。《白娘子永镇雷峰塔》《西山一窟鬼》是在现存作品中比较重要的作品。公案小说，是以侦破案件、审判案件为叙述重点的小说。现存宋元公案小说近十篇，所叙案件多由财、色引起，其中奸情引起的案件比例尤高，这一点和元杂剧中的情况很接近，反映出市民的文学趣味。现存作品中，比较重要的有《错斩崔宁》《勘皮靴单证二郎神》等。豪侠小说，主要包含在"朴刀""杆棒"两类作品中。"朴刀""杆棒"是依据小说主人公使用的武器命名的，宋元人把"朴刀""杆棒"作为独立的类别，主要是为了和其他描写勇武型人物的小说——比如"讲史"——相区别。朴刀和杆棒都不是两军交锋所使用的武器，而是市井豪侠、江湖好汉、绿林强盗所用。至于"朴刀""杆棒"两类之间的差别，大致说，前者的主人公中绿林强盗较多，后者的主人公中市井豪侠较多。

宋元说话中的"说经"，主要是"演说佛书"，也包括佛教人物的故事等内容。"说经"的本意，是借叙述故事传播佛教教义，但是无论说话伎艺所包含的娱乐因素，还是文学成分，都会弱化"说经"的宗教色彩。《梦粱录》卷二十"小说讲经史"条记载，当时"又有说诨经者"，这类"说经"的宗教意味应当更加淡薄。"说经"在发展过程中，虽然一直使用佛教的题材，但宗教的意义却被弱化，另一方面，其他说话门类可以采用佛教题材。这样一来，现存的宋元话本中，可确指为"说经"的文本不多，其中《大唐三藏取经诗话》是比较重要的一种。

## 第四节　元前期杂剧

元代是我国历史上第一个少数民族建立的统一的封建王朝，立国时间虽短，但文学的发展仍呈现出自己独有的风貌：叙事性文学第一次取代了抒情性文学，在文坛占据了主导地位；作家与下层民众的联系更加密切，文学创作赢得了更多的观众、读者，产生了更为广泛的社会影响，也为中国文学的发展，输入了新鲜的血液和养分。

元曲包括杂剧和散曲两类，代表了元代文学的最高成就。

### 一、杂剧

杂剧在元代经历了兴起、极盛再到衰微的不同阶段，学术界一般将元代杂剧分为前后两个时期。其中前期是从太宗灭金占有中原，到武宗至大年间（1308年—1311年），是元杂剧的兴盛时期，这一时期的剧作家主要活跃于北方东平、大都等地，代表作家有关汉卿、王实甫、白朴、马致远等。

元杂剧作为一种综合性的艺术形式，有着完整、严密的结构体制：

其一，结构上，一本杂剧通常由四折一楔子组成。每一折代表剧情发展的某一阶段，符合戏曲故事起、承、转、合的特点，通常一折可以写一个或多个场景的戏。如关汉卿的《窦娥冤》第一折便展现了三个不同的场景。楔子通常放在剧本的最前面，篇幅较为短小，以交代剧情的开始，相当于“序幕”。

其二，曲词是杂剧的核心部分，在安排上有严格的限制。每一折代表一个剧情，故在音乐上要求仅用一种宫调，每折所用的宫调不能重复。不同的宫调表达不同的音乐情感，因此，剧作者往往很注重不同宫调的选择和运用。

杂剧中每一个曲子都有对应的“曲牌”。元代曲牌种类多达400余种，但常用的只有20种左右。每一套曲子应一韵到底，中间不得换韵，格律限制相对较严。

演员角色常有旦、末、净等，旦又分为正旦、贴旦、外旦、搽旦、小旦等，末分为正末、冲末、小末等。在演唱方面，元杂剧通常只由一人演唱，这个人主要是正旦或正末。正旦演唱的本子称“旦本”，正末演唱的本子称“末本”。

其三，杂剧中有人物宾白。宾白即说白，在杂剧中起着辅助的作用。杂剧中的宾白分为散语与韵语两种。散语主要指剧中的口语，而韵语主要包括上场诗、下场诗以及一些顺口溜等。宾白又可从另外的角度分为独白、对白、带白、背白等。宾白起着交代故事背景或衔接故事情节的作用。

其四，杂剧中穿插有许多表演动作，即科介。“相见、作揖、进拜、舞蹈、坐跪之类，身之所行，皆谓之‘科’”（徐文长《南词叙录》）。科介常用来表示剧中人物的表情、动作以及舞台灯光效果等。

总之，元杂剧是一种综合性的艺术形式，需要综合人物、唱词、宾白、科介、音乐等元素，也正是这些要素构成了元杂剧的丰富性和生动性。

## 二、关汉卿及其杂剧

关汉卿是元代重要的剧作家，在我国戏曲史上有着重要地位。他的众多作品，既具有深刻的思想内涵，又有高度的美学价值，是我国古代戏曲创作成熟的标志。

关汉卿（约1225年年—约1300年），“大都人，太医院尹，号已斋叟”（钟嗣成《录鬼簿》），“初为杂剧之始”（朱权《太和正音谱》）。“生而倜傥，博学能文，滑稽多智，蕴藉风流，为一时之冠”（熊自得《析津志》）。散曲［南吕·一枝花］《不伏老》，可以视为他的夫子自道：

我是个普天下郎君领袖，盖世界浪子班头。……我是个蒸不烂、煮不熟、捶不扁、炒不爆、响珰珰一粒铜豌豆，恁子弟每谁教你钻入他锄不断、斫不下、解不开、顿不脱、慢腾腾千层锦套头？我玩的是梁园月，饮的是东京酒，赏的是洛阳花，攀的是章台柳。我也会围棋、会蹴踘、会打围、会插科、会歌舞、会吹弹、会咽作、会吟诗、会双陆。你便是落了我牙、歪了我口、瘸了我腿、折了我手，天赐与我这几般儿歹症候，尚兀自不肯休。除是阎王亲自唤，神鬼自来勾，三魂归地府，七魄丧冥幽。天哪！那其间才不向烟花路儿上走！

这大约是他在中年时期对自己人生的总结和宣言：才华出众，多才多艺，精通音律和歌舞，还擅长表演。追求逍遥放纵，以“铜豌豆”自比，表达了他宁愿受尽苦难，也不愿意放弃对心灵和精神自由追求的意愿。这种“铜豌豆”精神，也一直贯穿他的杂剧作品中。

关汉卿作为元代剧坛的领袖，一生创作了六十余部杂剧，其中很多都堪称佳作。不过，他的大部分作品都已散佚，今存十八种剧本：《窦娥冤》《单刀会》《救风尘》《切脍旦》《望江亭》《蝴蝶梦》《调风月》《哭存孝》《拜月亭》《金线池》《西蜀梦》《玉镜台》《谢天香》《裴度还带》《单鞭夺槊》《陈母教子》《五侯宴》《鲁斋郎》。关汉卿还是重要的散曲作家，现存五十七支小令和十三篇套数。

《窦娥冤》又名《感天动地窦娥冤》，是关汉卿的代表作之一，也是中国古典戏曲史上的经典作品。作品通过刻画窦娥这一女性形象，揭露了恶势力的横行霸道、无法无天，也反映了普通民众追求平等、正义的愿望和不屈不挠的反抗精神。

《窦娥冤》展示了窦娥一生的悲剧命运。父亲窦天章无钱进京赶考，无奈把七岁的窦娥卖给了蔡婆婆的儿子做童养媳。窦娥十七岁时嫁给了蔡婆婆的儿子，不幸的是，婚后不久即遭遇夫丧，只能与婆婆相依为命。蔡婆婆向赛卢医讨债，差点遇害，被张驴儿父子救下。张驴儿企图逼迫窦娥与他成婚，遭到窦娥拒绝。为达目的，张驴儿欲毒死蔡婆婆以要挟窦娥，谁知误毒死自己的父亲，遂诬陷窦娥是杀父凶手，胁迫窦娥嫁他。窦娥不从，张驴儿告官。楚州太守桃杌昏聩刚愎，不听窦娥辩解，窦娥怕累及婆婆，违心承认自己是凶手，被判死刑。临刑前，窦娥满腔怨愤，当场立下三桩誓愿：血溅白练、六月飞雪、亢旱三年。后来这三桩誓愿一一应验。最后，窦娥的父亲窦天章任提刑肃政廉访使来楚州一带视察，听到窦娥冤魂的诉说，最终洗刷了窦娥的冤屈。

窦娥临刑前，对“王法刑宪”和“皇天后土”加以抨击，表现了她强烈的反抗精神：

[正宫•端正好]没来由犯王法，不提防遭刑宪，叫声屈动地惊天！顷刻间游魂先赴森罗殿，怎不将天地也生埋怨。

[滚绣球]有日月朝暮悬，有鬼神掌着生死权。天地也只合把清浊分辨，可怎生糊突了盗跖颜渊。为善的受贫穷更命短，造恶的享富贵又寿延。天地也，做得个怕

硬欺软，却元来也这般顺水推船。地也，你不分好歹何为地？天也，你错勘贤愚枉做天！哎，只落得两泪涟涟。

这最后的呼喊，是对黑暗统治的愤怒控诉，而控诉上达天地神灵，更是对整个统治秩序的根本怀疑。在生命即将结束的时候，窦娥发出了三桩誓愿，既是向人们展示自己的冤屈，又是对官府的抗争以及对黑恶势力的报复。第一桩誓愿“血溅白练”昭示了她的冤屈，第二桩誓愿“六月飞雪”表现了她的抗争，第三桩誓愿“亢旱三年”表示出她对恶势力的毫不妥协。作家运用浪漫主义的笔调，让三桩誓愿一一应验。这种结果，反映了被压迫者的良好愿望，也彰显了窦娥强大的人格力量。

《窦娥冤》以它深刻的社会批判精神、生动的人物刻画、鲜明的爱憎，以及巧妙的戏剧情节设计，赢得了后世的广泛赞誉，堪称中国古典悲剧的杰出代表。

关汉卿有相当一部分爱情婚姻题材的作品，如《救风尘》《望江亭》等，刻画了诸多让人称赞的女性形象，她们勇于并积极追求个人的幸福，将命运掌握在她们自己的手中，受到凌辱时，敢于反抗，并最终获得自由与胜利。

《救风尘》中的女主角宋引章是个单纯善良、阅世不深的风尘女子，在纨绔子弟周舍的巧言欺骗下，不顾好姐妹赵盼儿的劝告，执意嫁给周舍。然而婚后不久，周舍便露出本相，百般凌辱宋引章，动辄拳脚相向。宋引章只得向她的好姐妹赵盼儿求救。当赵盼儿得知宋引章正处于危难之时，她毫不犹豫地筹划营救宋引章的策略。她巧妙地利用周舍好色、顽劣的弱点来对付他，而周舍十分狡猾，刚开始对赵盼儿的行为态度表示怀疑，并存有戒心。后来在赵盼儿的百般引诱下，终于放下疑虑，答应赵盼儿休妻。最终，宋引章得到了解救。赵盼儿虽然只是一名社会地位低下的风尘女子，却机智勇敢、仗义无私、坚决果断，为朋友不惜身入险境，堪称女中豪杰。

《望江亭》中的谭记儿和赵盼儿一样，面对危难毫不畏惧，积极抗争，展现了她的智慧和胆略。年轻丧夫的谭记儿与清安观道姑的侄儿白士中喜结良缘。有钱有势的杨衙内贪恋谭记儿的美貌，想纳她为妾。当他得知谭记儿已经嫁给白士中为妻时，愤怒至极，转而向皇上诬陷白士中“不理公事”，并从皇上那里取得了“金牌”和“势剑”，准备去潭州处死白士中。得知这一消息，白士中不知所措，谭记儿却没有被杨衙内的权势吓倒，她为解救丈夫挺身而出，扮成渔妇，在中秋之夜以献鱼脍为由引诱杨衙内。果然，杨衙内禁不住谭记儿的巧言巧行，喝得烂醉如泥。谭记儿趁此机会赚得御赐“金牌”“势剑”。最终，杨衙内受到了应有的惩罚，而谭记儿也得以和丈夫团圆。

《诈妮子》则塑造了一个倔强高傲的婢女形象——燕燕，她委身于小千户。小千户用情不专，又向另一个小姐莺莺求婚，并要燕燕搭线，燕燕愤恨至极，大闹婚礼。《拜月亭》中的王瑞兰，在战乱中邂逅书生蒋世隆，二人同患难并结为夫妇，被父亲强行拆散。后来蒋世隆得中状元，被王尚书招为女婿，二人团圆。《谢天香》《金线池》等剧，也都属于爱情婚姻题材剧。

关汉卿的杂剧创作并非毫无瑕疵，部分作品思想陈腐，说教气息较重，但整体来看，他的杂剧成就巨大，对后世的戏曲创作影响深远。称关汉卿的杂剧是中国古代戏曲史上一颗璀璨耀眼的明珠，并不为过。

## 三、王实甫与《西厢记》

王实甫也是元杂剧前期的杰出代表，他的《西厢记》堪称我国古代戏曲史上的一座丰碑。

王实甫，名德信，字实甫，大都人。关于他的生卒年月和详尽事迹，由于文献资料极少，大多未能考定。据推测，他一度在朝为官，因仕途蹭蹬而退隐闲居。钟嗣成的《录鬼簿》将他列为"前辈已死名公才人"，又据周德清《中原音韵》的自序，可推知王实甫在泰定元年(1324年)时已经去世，故将他列为前期杂剧作家，其戏曲创作大致与关汉卿同时或稍晚。除《西厢记》外，王实甫还有《丽春堂》《破窑记》二种，《贩茶船》和《芙蓉亭》二剧则仅存佚文。他的散曲作品，据隋树森先生编《全元散曲》所收，有小令一首、套数两篇。

《西厢记》是我国文学史上一部规模宏大的杰出戏曲作品，它的定型并非王实甫凭一人之力完成，而是经历了一个漫长的发展演变过程。

《西厢记》故事最初源于唐代元稹的传奇《莺莺传》(又名《会真记》)。内容大致是：贞元年间，张生在蒲郡游玩，寄居在普救寺中。崔夫人和小姐莺莺亦暂寓于此。面临乱军骚扰，张生向朋友借兵求救，最终为崔氏母女解了围。崔母对张生甚为感激，并设宴答谢。张生见到了崔夫人之女莺莺，双方顿生爱慕之心。二人暗托红娘传情达意，"同安于曩所谓西厢者，几一月矣"。之后，张生去长安应考，断绝与莺莺的来往，并以"大凡天之所命尤物也，不妖其身，必妖其人"等借口抛弃了莺莺。时人对张生的这种行为不仅不予谴责，反而认为是"善补过者"。鲁迅先生称："元稹以张生自喻，述其亲历之境，虽文章尚非上乘，而时有情致，固亦可见，惟篇末文过饰非，遂堕恶趣。"(《中国小说史略》第九篇《唐之传奇文下》这是一个精当的评价。

宋代，莺莺和张生的故事常被文人写进诗词中，还被当作说唱文学的题材。苏轼的《雨中花慢·待月西厢》、晏殊的《浣溪沙·怜取眼前人》等，都曾引用过《莺莺传》的原句。至于秦观的《调笑转踏》，更称赞莺莺为"玉人情重"。总体上看，莺莺与张生的故事在宋代的评价与唐代有所不同，宋代人对莺莺给予了肯定，对张生则进行了谴责，并抛弃了"始乱终弃"的故事模式。

故事到金末董解元那里，思想内容等各个方面都发生了根本的转变，产生了

《西厢记诸宫调》，这就为王实甫创作《西厢记》奠定了良好的基础。故明人徐复祚称："实甫之传，本于董解元，解元为说唱本，与实甫本可称双璧。"（徐复祚《曲论》）

王实甫的杂剧《西厢记》在《西厢记诸宫调》的基础上，重新进行加工改造，从而成就了文本独特的魅力。剧本共五本二十一折。故事梗概是：欲上朝应考的书生张君瑞，在普救寺游览时，遇到了崔家小姐莺莺，一见钟情。时值崔相国夫人与莺莺小姐扶相国灵柩回故里安葬，暂居普救寺。张生毅然决定放弃应考，借故寓居普救寺。后经红娘牵线，张生得以和莺莺隔墙联吟、借简传情。此时镇守河桥的将领孙飞虎派兵包围普救寺，欲强娶莺莺为妻。情急之下，崔夫人许诺：但有退得贼兵的，将小姐与他为妻。张生挺身而出，解除了普救寺之围。事后，崔夫人设宴答谢张生，但因张生只是一介白衣，门第不称，便违背诺言，这一举动伤害了莺莺和张生。此后经红娘暗中奔走，有情人终成眷属。

《西厢记》第一次明确提出了"愿天下有情人都成了眷属"的命题。这是对青年男女之间纯真之"情"的呼唤，是对世俗之"礼"的反叛。剧作旗帜鲜明地主张婚姻自主，反对"父母之命，媒妁之言"的传统婚姻模式，显然与传统的道德教条相对立。在《西厢记》这里，爱情主题得以凸显，有"情"与否成为青年男女婚姻是否合理的前提。

《西厢记》塑造了一批生动形象的人物，他们之间的矛盾冲突推动着故事的发展。剧中的女主角崔莺莺是作者精心刻画的艺术形象。她一开始是个满腹闲愁的怀春少女，一曲[仙吕•赏花时]正体现她的这种郁闷惆怅心理：

可正是人值残春蒲郡东，门掩重关萧寺中，花落水流红，闲愁万种，无语怨东风。

莺莺是一个会吟诗作词，会针织女工并受到严格管束的大家闺秀。在普救寺得遇张生，对其心生爱意，此时她的父丧孝期未满，这是有违当时礼制的。月下联吟，她对张生倾吐了衷肠，二人的感情更加深一步。面对母亲的严格管教，她没有大胆的举动，唯有独自相思。她渴望追求爱情，然而却一直被"礼"束缚着。孙飞虎包围普救寺，她不顾个人安危，欲答应孙飞虎的条件以解除危机，表现了坚强刚烈的一面。后来崔夫人许下诺言："但有退得贼兵的，将小姐与他为妻。"张生解除普救寺之围后，崔夫人赖婚，莺莺的情感受到重创，陷入痛苦之中。她对母亲的行为愈发觉得不满，内心的反抗意识也愈加强烈。后来，张生以琴传情，莺莺便令红娘传递简帖。但当张生真的应约而来时，她又赖简并板着脸斥责张生，这正深切体现了她性格中的矛盾。她受到礼教的束缚，想摆脱它，但又无法真正摆脱。她的觉醒、犹豫，直到反抗，符合她的性格特征和生活逻辑。后来张生因相思病重，她又满怀怜爱，最终彻底冲破礼教的牢笼，大胆地追求属于自己的幸福。当事件被揭穿时，她也毫不畏惧，最终获得母亲对婚事的应允。在莺莺眼里，功名利禄只是蝇头微利。在十里长亭送别张生时，她依依不舍，嘱咐张生无论“得官不得官，疾早便回来”。她渴望专一的爱情，告诫张生“若见了那异乡花草，再休似此处栖迟”。在莺莺心里，爱情高于一切。

剧中男主角张生是一介白衣书生，在普救寺遇到美丽的莺莺，于是爱意顿生，如痴如醉。为追求莺莺，他放弃了上朝应试，设法在普救寺住下，足见他对爱情的执着。当普救寺遭孙飞虎围困时，他挺身而出，帮助崔氏母女解除威胁。为了爱情，他可以不顾体面，可以放下功名，是一位至情至真的痴情种。面对崔夫人赖婚，张生陷入痛苦之中，并对崔夫人的失信表示不满，然而他的反抗显得比较软弱。遭遇挫折后，便害起了相思病，一个执着、憨实的书生形象表现得淋漓尽致。正因如此，莺莺才被他的至诚心打动。为了将来能和莺莺长久地在一起，他答应崔夫人赴京应考。他愿意为莺莺做任何事，是一个敢于担当的有情有义的痴情男儿。当然，他的身上也不免有些读书人常有的呆气、傻气，然而这正是人物性格丰满生动之所在。

红娘也是剧中不可忽视的重要人物。她是莺莺与张生有情人终成眷属的直接推动者。她虽是个丫鬟，但聪慧过人、口齿伶俐、乐于助人。原先，红娘是崔夫人派去服侍并监管莺莺的，最终却成为莺莺的贴心人。她很细心，能敏锐察觉莺莺的细小心思，并暗中引导莺莺走上叛逆之路。面对张生的痴诚，她非常同情，并积极搭线撮合。红娘未曾读书识字，但有时却满口之乎者也，看似严守礼教，实则是其机智的体现。剧中最能表现红娘性格的是崔老夫人“拷红”一段。当崔老夫人质问红娘关于莺莺与张生的实情时，红娘巧妙地说：

> 目下老夫人若不息其事，一来辱没相国家谱；二来张生日后名垂天下，施恩于人，忍令反受其辱哉？使至官司，老夫人亦得治家不严之罪。官司若推其详，亦知老夫人背义而忘恩，岂得为贤哉？红娘不敢自专，乞望夫人台鉴，莫若恕其小过，成就大事，㨔之以去其污，岂不为长便乎？

这一段情理兼备的说辞，令人叹服。崔夫人听后，也不得不表示认同，从而客观上促成了莺莺和张生的好姻缘。

剧中还有一些形象，如崔老夫人是礼教的维护者，一方面处处用旧礼教来管束莺莺，另一方面她又真切疼爱着自己的女儿，这恰好显示了人性本身的复杂。剧中其他人物，如郑恒、孙飞虎等，虽然着墨不多，但对于推进情节、制造戏剧矛盾、烘托主要人物等，都有着不可忽视的作用。

《西厢记》语言优美，富有感染力。“王实甫之词，如花间美人。铺叙委婉，深得骚人之趣，极有佳句，若玉环之出浴华清，绿珠之采莲洛浦”（朱权《太和正音谱》）。

“花间美人”的比喻,说明了《西厢记》文采斐然,语言典雅精致的特点。如著名的长亭送别一段:

[正宫•端正好]碧云天,黄花地,西风紧,北雁南飞,晓来谁染霜林醉?总是离人泪!

……

[耍孩儿]淋漓襟袖啼红泪,比司马青衫更湿。伯劳东去燕西飞,未登程先问归期。虽然眼底人千里,且尽生前酒一杯。未饮心先醉,眼中流血,心内成灰。

另外,剧中语言富有个性色彩,能表现出不同人物的不同性格特征,也值得称道。莺莺的言语优雅谨慎,张生的言语真诚率性,红娘的言语爽朗泼辣,崔夫人的言语严肃庄重,均与人物的性格相符。

《西厢记》堪称我国戏曲史上的巅峰之作,历来深受民众的喜爱,流传久远。它以生动的艺术形象,激励着无数青年男女为争取婚姻自由而斗争。

## 四、白朴及其杂剧

除关汉卿和王实甫外,白朴也是元代剧坛十分优秀的杂剧作家,代表作为《梧桐雨》和《墙头马上》。

白朴(1226年—约1306年),字仁甫,一字太素,号兰谷,祖籍隩州(今山西河曲县),后移居真定,终生未仕。父亲白华,曾任金朝枢密院判官。公元1234年,蒙古大军进犯,南京陷落,白朴随父亲好友元好问辗转来到山东。少年时代受到元好问的培养,这对他以后的戏曲创作产生了较大的影响。五十岁时,曾在九江一带漂泊,后定居于南京。在这期间,他与剧作家和秦楼歌妓们有着密切来往,这对他的戏剧创作产生了一定程度的影响。

白朴精通音律,擅作词曲,有《天籁集》,今存词100余首,散曲现存有40首。代表作有《天净沙》《寄生草》《醉中天》《阳春曲》等。据《录鬼簿》载,他共创杂剧15种,今仅存《梧桐雨》和《墙头马上》两种。

《梧桐雨》是白朴杂剧的代表作,根据白居易的《长恨歌》改编加工而成,写的是杨贵妃和唐玄宗之间的爱情故事,艺术成就突出。语言清丽流畅,善于刻画人物的内心及情感,并擅长描写凄冷的环境,将唐玄宗国破家亡特别是失去杨贵妃之后那种孤独悲凉的心境表露无遗。马嵬坡杨贵妃自缢身亡后,唐玄宗伤心不已所唱的一段词,很是凄婉:

[鸳鸯煞]黄埃散漫悲风飒,碧云黯淡斜阳下;一程程水绿山青,一步步剑岭巴峡。唱道感叹情多,恓惶泪洒。早得升遐,休休却是今生罢。这个不得已的官家,

哭上逍遥玉骢马。

《墙头马上》是白朴的另一部颇具代表性的杂剧作品，源于白居易《井底引银瓶》一诗，写的是裴少俊与李千金间的爱情婚姻喜剧故事。尚书裴行俭的儿子裴少俊，路过洛阳总管李世杰的花园，在马上见到了正从墙头向外窥望的总管女儿李千金，一见钟情，便投诗结情。千金答诗，两情相悦。李千金被裴少俊藏于自家的后花园，长达七年，并生下一对儿女。后裴母偶然得知真相，命少俊休妻，只留下儿女。李千金请求留下，可裴父却坚持拆散了少俊与她的姻缘，她只好离夫别子回到洛阳老家。少俊后中进士，担任洛阳令，安排父母来洛阳。此时裴父知晓李千金是洛阳总管之女，立即改变了态度，欲迎娶她为儿媳。然李千金个性鲜明，大胆泼辣，坚决不答应。最终在一对儿女的苦苦哀求下，她才答应与少俊再结为夫妻，全家团圆。

剧中的李千金也是一个敢于反抗、积极追求婚姻幸福的刚烈女子，极富个性色彩。《墙头马上》情节简练，矛盾冲突集中，具有浓厚的戏剧性。

## 五、马致远与《汉宫秋》

马致远（1250年—约1321年），号东篱，大都人。曾任江浙行省务官，五十岁左右怡然归隐。马致远是元初杂剧四大家之一，贾仲明《凌波仙》对他的戏曲创作给予了极高评价，称他为“曲状元”。朱权在《太和正音谱》卷上认为“宜列群英之上”。

马致远所作杂剧15种，今存《汉宫秋》《青衫泪》《陈抟高卧》《岳阳楼》《任风子》《荐福碑》以及与李时中、红字李二、花李郎合著的《黄粱梦》，共7种。马致远还是重要的散曲作家，其《东篱乐府》中收录小令104首，套数17套，其中颇多佳作。

《汉宫秋》是马致远杂剧的代表作，取材于历史上昭君出塞的故事及民间传说。关于昭君出塞，史料上多有记载，如《汉书·匈奴传》《西京杂记》等。文人的诗词也多有歌咏其事者，著名的如杜甫《咏怀古迹》（其三）、王安石《明妃曲》等。马致远对历史上昭君出塞的故事作了艺术化的加工，使《汉宫秋》具备了极强的艺术感染力。

《汉宫秋》的语言自然流畅，清丽典雅。剧本的情节相对比较简单，抒情味浓，能充分地表现人物的内心活动。特别是最后一折，主要刻画汉元帝对王昭君的深切思念：

[尧民歌]呀呀的飞过蓼花汀，孤雁儿不离了凤凰城。画檐间铁马响丁丁，宝殿中御榻冷清清。寒也波更，萧萧落叶声，烛暗长门静。

汉元帝对王昭君思念之切，与白朴《梧桐雨》中唐玄宗对杨贵妃的思念之深类似。这时的汉元帝和唐玄宗一样，不单单是个帝王，更是个追求真挚爱情的痴情男子。

《汉宫秋》中的故事和历史上的昭君出塞一事有很大出入。历史上的和亲是单于主动提出请求的,《汉宫秋》则变成汉元帝因国力衰微而被迫答应和亲,这样处理,就将王昭君置于民族矛盾激烈的背景下,凸显了出塞和亲的意义,也突出了她的忠义爱国情怀。另外,《汉宫秋》改变了王昭君的最终结局。本来王昭君出塞后嫁给单于,并生育了儿女,而《汉宫秋》中的王昭君则在行至黑水时投水殉国。这种种艺术上的修改,使王昭君的形象更加耀眼,也使原本流传的历史故事更具文学价值和审美效果。

## 第五节　元后期杂剧

元仁宗皇庆、延祐(1312年—1320年)以后,随着杂剧中心由大都转向杭州,大批文人南下。尽管像关汉卿这样的杂剧大家到南方以后仍然坚持创作,但他们不久便先后谢世,元代杂剧在老成凋零中渐渐走向衰微。这一时期的代表作家有郑光祖、乔吉等。

### 一、元杂剧的衰微

元杂剧的衰微,具体原因有如下几点:

1.文人南下使杂剧创作远离了本土环境。公元1276年,元军占领南宋都城临安(杭州),并在此设立两浙都督府。1284年,立江浙行省,以杭州为省治。这里都市经济的繁华、深厚的人文传统、舒适的生活环境,吸引着文人南下。杂剧本产于北方,以大都等地为活动创作的中心,多民族文化为杂剧的创作不断注入新鲜的血液,使杂剧具有粗犷豪放、质朴率真的风格,也使杂剧中渗透了中原文化的民俗、语言及音乐等诸多元素。一旦杂剧中心南移,便远离了北方这片孕育它的土壤,自然难以和南方本土的地方戏长期抗衡。

2.后期杂剧往往从历史故事、神仙道化等方面取材,渐渐脱离了民众的现实生活。延祐二年(1315年)之后,朝廷下诏开科取士,部分作家将精力转向仕途,即便有作品问世,也往往是一些思想内容贫乏之作,忽视了与现实社会生活的联系。同时,从北方南下的作家,生活的不稳定直接影响了他们的创作。而南方的杂剧作家则趋向于追求形式的精巧,这些偏重于形式美的杂剧作品,难以表现深刻的社会现实。历史故事、神仙道化之类文人相对熟悉的题材,自然成为许多剧作家的首选,导致了题材来源的狭窄。

3.杂剧艺术形式本身存在的局限，使杂剧越来越难以表现广阔丰富的社会生活，这是杂剧渐渐衰微的内部原因。杂剧一般采用四折一楔子的固定结构，剧本基本上只能由正旦或正末一人主唱。虽然有部分作家尝试变通，但从总体上看，这种形式限制，还是或多或少制约了杂剧的表现力。

## 二、郑光祖与元后期杂剧作家

尽管元杂剧在后期面临着衰微的命运，但仍不乏优秀的剧作家，郑光祖便是其中的佼佼者。郑光祖，字德辉，山西平阳人，约生于元世祖至元初年（1264年）。曾“以儒补杭州路吏。为人方直，不妄与人交。名闻天下，声彻闺阁，伶伦辈称‘先生’者，皆知为德辉也”（钟嗣成《录鬼簿》）。郑光祖共有杂剧18种，今存8种：《倩女离魂》《㑳梅香》《醉思乡王粲登楼》《辅成王周公摄政》《虎牢关三战吕布》《立成汤伊尹耕莘》《钟离春智勇定齐》《程咬金斧劈老君堂》。周德清《中原音韵》将他与关汉卿、白朴、马致远并列，因为四人在杂剧创作中的杰出成就，后世称他们为“元曲四大家”。

《倩女离魂》是郑光祖的代表作，后人将它与关汉卿的《拜月亭》、王实甫的《西厢记》以及白朴的《墙头马上》，并称为“元代四大爱情剧”。故事取材于唐代陈玄祐的传奇小说《离魂记》。剧中张倩女与王文举指腹为婚，王文举赴长安赶考，途经张家，欲申旧约，而倩女的母亲则要求他只有考中得官才能和倩女成婚。文举独自进京后，倩女因离别伤感，又担心文举得官后会另寻新欢，便忧思成疾，一病不起。她的离魂来到文举的身边，陪同进京赶考，两人度过了三年的幸福时光。后来，文举科举及第，带着她一起衣锦还乡，倩女的离魂与卧病在家的躯体合为一体，二人完婚。剧本打破了常规的生活逻辑，将剧中倩女的肉体与灵魂分离开来，让离魂独自去追随心上人，从而塑造了一个丰满的“魂魄”形象，充满了浪漫主义的情调。这种虚幻与写实相结合的手法，后来在汤显祖的《牡丹亭》里也有继承和发展。

元后期的杂剧作家，除郑光祖外，较为优秀的还有乔吉、秦简夫等人。

乔吉（约1280年—1345年），字梦符，号笙鹤翁，又号惺惺道人，山西太原人。一生未做官，初浪迹江湖，自称“江湖状元”。他“美姿容，善词章，以威严自饬，人敬畏之”（钟嗣成《录鬼簿》）。所作杂剧十一种，现仅存《玉箫女两世姻缘》《杜牧之诗酒扬州梦》《李太白匹配金钱记》三种，都是关于才子佳人爱情题材的作品。《玉箫女两世姻缘》是其杂剧代表作，刻画了大胆追求爱情的痴情男子韦皋。剧情曲折生动，语言清丽优美。此外，他也是元代著名的散曲作家。

秦简夫，大都人。当时颇负盛名，“见在都下擅名，近岁来杭”（钟嗣成《录鬼簿》)。作杂剧五种,今存《东堂老》《赵礼让肥》《剪发待宾》三种。《东堂老》在元代杂剧中颇具特色。剧中的扬州奴不务正业,沉迷酒色,结交无赖子弟。他的父亲赵国器临终前,将他和家产交付给东堂老李实照管。之后,扬州奴很快挥霍完手中家产,只得四处乞讨为生。东堂老在适当的时机规劝扬州奴,并用其父寄存的黄金帮助扬州奴重振家业。剧本第一次塑造了一个诚信而勤劳的商人形象——东堂老李实,并对他流露出明显的褒扬之情,这在当时是有进步意义的。

## 第六节　元代南戏

### 一、南戏概述

南戏,又称戏文、南曲、南曲戏文。由于文献记载它最初起源于浙江温州,故又称"温州杂剧"或"永嘉戏曲"。它是在南方民间村坊小曲、民间歌舞小戏的基础上逐渐成熟起来的南方民间戏曲。

关于南戏产生的时间,存在两种说法:一是"南戏出于宣和(1119年—1125年)之后,南渡(1127年)之际,谓之温州杂剧"(祝允明《猥谈》)。二是"南戏始于宋光宗朝(1190年—1195年),永嘉人所作《赵贞女》、《王魁》二种实首之……或云:宣和间已滥觞,其盛行则自南渡,号曰永嘉杂剧"(徐渭《南词叙录》)。不管这两种说法哪种更可信,可以确定的是,南戏作为一种戏曲形式,在南宋前期已经发展得较为成熟了。

据统计,宋元南戏剧存目共两百三十多种,然而流传下来的还不到十分之一。其中全本均存的有近二十种,只有佚曲的有一百三十种,全佚的有八十多种。在传存剧本中,只有《张协状元》《小孙屠》《宦门子弟错立身》等永乐大典所收录戏文及《白兔记》《琵琶记》等基本保持原来面目,其余存本均经明人修改过。人们习惯上将经明人修改过的《荆钗记》《白兔记》《拜月亭记》和《杀狗记》合称为"四大南戏",简称"《荆》《刘》《拜》《杀》"。"四大南戏"作品结构松散,艺术上显得较为粗糙,但生活气息浓郁。元末成书的《琵琶记》则是元代南戏的巅峰之作。

南戏的体制比较灵活自由,它和北曲杂剧相比,体制上的差别主要有:

在剧本程式上,杂剧的题目正名放在剧本的末尾。南戏开头是"开场",用诗或曲概括剧情;第二出起才是正戏,各重要角色相继出场,进而逐步展开情节。

在剧本结构上,杂剧一般是每本四折一楔子,篇幅比较紧凑,情节比较集中。

南戏没有楔子，以“出”（齣）为单位，没有固定的出数，长短也没有限制。

在角色演唱上，杂剧一般由正旦或正末一人主唱。而南戏角色有生、旦、外、贴、丑、净、末，场上所有角色皆可唱，且演唱形式灵活多变，可以独唱、对唱、接唱、同唱，还可帮腔合唱。

在音乐风格上，杂剧悲壮沉雄、激越高亢，主要用琵琶等弦乐器伴奏。南曲轻柔婉转、舒缓流丽，主要用笙、箫、笛等管乐器伴奏。“凡曲，北字多而调促，促处见筋；南字少而调缓，缓处见眼。北则辞情多而声情少，南则辞情少而声情多。北力在弦，南力在板。北宜和歌，南宜独奏。北气宜粗，南气宜弱。”（王世贞《曲藻》）由于南戏的篇幅往往比较长，故较之杂剧，在表现故事内容、抒发思想感情方面具有一定的优势，也更能满足日趋复杂的社会现实的需要。

## 二、高明和《琵琶记》

《琵琶记》代表着元代南戏创作的高峰。作者高明，字则诚，号菜根道人，瑞安（今属浙江）人。生卒年不详，出身于书香门第，祖父、伯父和弟弟都是诗人。高明幼时聪慧过人，青年时期以学识渊博著称，工于诗文，尤擅长词曲。至正五年（1345年）中进士，先后任处州录事、江浙行省掾吏、浙东阃幕都事、福建行省都事等职，为官清廉，关心百姓疾苦，深受百姓爱戴。因不屈于权贵，始终抑郁不得志。晚年隐居于宁波城东的栎社，以词曲自娱，《琵琶记》大约完成于此时。还作有《闵子骞单衣记》戏文一部，已经散佚；另有诗文集《柔克斋集》20卷，今存诗55首，词曲4首，文12篇。

《琵琶记》写的是赵五娘和蔡伯喈的故事，主要是对早期南戏《赵贞女蔡二郎》的改编。金院本有《蔡伯喈》，陆游《小舟游近村舍舟步归》诗中提及鼓词《蔡中郎》，可见蔡伯喈的故事在宋金时期已成为民间讲唱文学的流行题材。《赵贞女蔡二郎》中的蔡伯喈被描述成背信弃义的反面人物，而赵五娘则是值得同情赞美的形象。《琵琶记》对此作了重大改动，它把原来作为反面人物的蔡伯喈改造成一个忠孝双全的正面人物，将他抛妻另娶说成情非得已。

《琵琶记》通过蔡伯喈的遭遇，揭示了“忠”与“孝”两大基本伦理观念之间的冲突。蔡伯喈的家庭原本和谐圆满，有爱他的双亲，有贤良的妻子。后来皇帝“出榜招贤”，为了不违蔡父的意愿，他被迫进京赶考。考中状元后，他不敢抗旨被迫入赘牛丞相府。拥有荣华富贵的蔡伯喈担心、思念远在家乡的双亲和糟糠之妻，对他们心存愧疚。他向皇帝辞官，但被皇帝以“孝道虽大，终于事君”的理由驳回。他辞考不从、辞婚不从、辞官不从，“只为三不从，做成灾祸天来大”，导致他的父母在饥荒中死去，糟糠之妻也踏上了艰难的寻夫之旅。剧中的蔡父、皇帝、牛丞相是伦理纲常和政治权力的代表,君亲之命使蔡伯喈无法对双亲尽孝,无法呵护糟糠之妻。这种看似简单的愿望却得不到实现,使他满心忧郁,厌倦了浮华的官场生活,一个软弱知识分子的真实人生困境被表现得淋漓尽致。

赵五娘是《琵琶记》中着力刻画的人物。她贤良孝顺,坚韧不拔。丈夫上京应考,她在家尽心侍奉公婆。饥荒之年,没有食粮,她把救济粮全留给公婆,而自己背着他们食糠。公婆死后,她无力安葬公婆,只得痛卖青丝,罗裙包土自筑坟台。为进京寻夫,她抱着琵琶沿街乞讨。一路历尽千辛万苦,最终得以和丈夫团圆。剧中最能表现赵五娘品行的是《糟糠自厌》的一段唱词:

[孝顺歌]呕得我肝肠痛,珠泪垂,喉咙尚兀自牢嘎住。糠,遭砻被舂杵,筛你簸扬你,吃尽控持。悄似奴家身狼狈,千辛万苦皆经历。苦人吃着苦味,两苦相逢,可知道欲吞不去。

[前腔]糠和米,本是两依倚,谁人簸扬你作两处飞?一贵与一贱,好似奴家共夫婿,终无见期。丈夫,你便是米么,米在他方没寻处。奴便是糠么,怎的把糠救得人饥馁?好似儿夫出去,怎的教奴,供给得公婆甘旨?

[前腔]思量我生无益,死又值甚的!不如忍饥为怨鬼。公婆年纪老,靠着奴家相依倚,只得苟活片时。片时苟活虽容易,到底日久也难相聚。谩把糠来相比,这糠尚兀自有人吃,奴家骨头,知他埋在何处?

她恪守本分,是当时妇女的典范。在《琵琶记》的开场词中,作者批评一般的戏剧"少甚佳人才子,也有神仙幽怪,琐碎不堪观",宣称文学作品如果"不关风化体,纵好也枉然"。赵五娘的性格中有明显的道德说教成分,显然,作者在此有意识地利用戏剧作为道德教化的工具。

《琵琶记》作为一部有意识地宣扬道德教化的剧作,在后世受到统治者的欢迎。但实际上剧作中所涉及的一系列问题,如"忠""孝"矛盾,个人意愿与政治权力之间的冲突等,都表现了作者对生活现实的关注和思考,在一定程度上突破了作者宣扬道德纲常的主观意图,客观上揭示了道德教化的内在矛盾,这也是它在思想内涵上的成功之处。

《琵琶记》的结构打破了传统的单线模式,而采用双线结构来推动情节的发展。剧本一条线写蔡伯喈进京赶考后步步陷入功名的罗网,内心苦闷的境遇;一条线写赵五娘在家含辛茹苦地侍奉公婆,并遭遇饥荒陷入绝境的悲惨处境。两条线索不是单一进行的,而是彼此交错,相互对映。在富贵生活与贫苦生活的对比中,更能有力地突出人物形象,显示戏曲作品的美学张力。如写完蔡伯喈的官场得意,接着便写赵五娘变卖首饰供养公婆的困窘;写了蔡伯喈与丞相千金洞房花烛,接着便写赵五娘背着公婆自食糟糠;写了蔡伯喈中秋赏月,接着再写赵五娘剪发买葬,等等。这种对比增加了人们对赵五娘遭遇的深切同情,更让读者深切体会到了社会现实的不合理。

# 第七节　元代散曲

散曲,作为一种新兴的诗歌样式,在元代取得了与诗词相抗衡的地位,成为当时抒情文学的主流形式。它可以视为广义上的诗,却与传统诗歌表现出不一样的美学风貌,是俗文学与雅文学交融的产物。根据它在元代的创作发展,可以分为前、后两期。关汉卿、马致远、张可久、乔吉等是元代散曲的代表性作家。

## 一、散曲的形式与特点

小令和套数是散曲的两种主要形式。

小令又名"叶儿",是散曲的基本单位。一般用单支曲子写成,形式短小,语言精练,活泼生动。每一首小令都有一个曲牌名,曲牌不同的,字数、句数、平仄、押韵也不同。套数又称散套、套曲、大令,是从唐宋以来的大曲、鼓子词、转踏、诸宫调和唱赚等发展而来。它由同一宫调的若干种曲调前后连缀而成。各曲押同一韵脚,且一韵到底;并往往用"收尾""煞""赚尾""尾声"等结束。

散曲虽是对词的继承和发展,但它与词也存在显著差别:

其一,在形式格律上,散曲同词相比,韵脚较密,很多曲牌甚至句句押韵,其间不能转韵;在韵部上,它是按当时北方的实际口语来划分的,而词的韵部和已发生变化的口语的实际情况有所脱离;散曲的韵脚可以平仄通协;对仗的变化较多,除了两句对,还有三句对,以及四句之间两两相对等;句式变化较大,比词更显得参差不齐;除了早期民间词作外,词一般没有衬字,散曲则可以添加衬字,字数从一个字到十余字不等。

其二,在语言风格上,散曲偏重通俗,而词尤其是南宋后词总体追求雅致。散曲中运用大量的方言常语,句法大都比较完整,句与句的衔接也比较连贯,一般在精练含蓄方面不太讲究。另外,散曲常常带有一种叙事性的戏剧效果,比词更加生动。

## 二、元前期散曲

以元仁宗皇庆、延祐年间(1312年—1320年)为界,元代散曲的创作可分为前后两期。前期作家主要活动的中心在大都，代表作家有关汉卿、卢挚、王和卿、白朴、马致远等，他们的作品表现出比较浓厚的生活气息。

关汉卿的散曲，大多具有较高的艺术水平和审美价值。朱权在《太和正音谱》中评其曲“如琼筵醉客”。他有不少直抒胸臆、表达潇洒性情的散曲作品，最具代表性的便是[南吕·一枝花]《不伏老》。另外，他还擅长描写男女恋情，抒发离愁别恨，代表作有[双调·沉醉东风]《别情》、[南吕·四块玉]《别情》、[仙吕·一半儿]《题情》、[黄钟·侍香金童]、[商调·梧叶儿]《别情》、[双调·沉醉东风]等。

马致远是元代前期保留散曲作品最多的作家。他的散曲题材广泛，风格多样，或潇洒豪放，或孤寂凄楚或深沉宏丽。有一部分咏景之作，颇为人称道，如[南吕·四块玉]《恬退》、[寿阳曲]《山市晴岚》、[寿阳曲]《远浦帆归》、[寿阳曲]《潇湘夜雨》等，最有名的作品是小令[越调·天净沙]《秋思》：

枯藤老树昏鸦，小桥流水人家，古道西风瘦马。夕阳西下，断肠人在天涯。

这篇咏秋景的小令，前三句完全用名词意象组合成句，描绘出一幅苍凉萧瑟的秋天夕阳西下图，表达了游子漂泊天涯的愁绪和对家乡的思念，意境幽远。此曲被周德清《中原音韵》和李调元《雨村曲话》评为“秋思之祖”。

马致远也有一些讽喻现实、抒发生世之叹的作品，如[南吕·四块玉]《叹世》、[双调·蟾宫曲]《叹世》等。最著名的是套曲[双调·夜行船]《秋思》：

百岁光阴一梦蝶，重回首往事堪嗟。今日春来，明朝花谢。急罚盏夜阑灯灭。

[乔木查]想秦宫汉阙，都做了蓑草牛羊野。不恁么渔樵没话说。纵荒坟横断碑，不辨龙蛇。

[庆宣和]投至狐踪与兔穴，多少豪杰。鼎足虽坚半腰里折。魏耶，晋耶？

[落梅风]天教你富，莫太奢。无多时好天良夜。看钱儿硬将心似铁，空辜负锦堂风月。

[风入松]眼前红日又西斜，疾似下坡车。晓来请镜添白雪，上床与鞋履相别。休笑鸠巢计拙，葫芦提一向装呆。

[拨不断]名利竭，是非绝。红尘不向门前惹，绿树偏宜屋角遮，青山正补墙头缺，更那堪竹篱茅舍。

[离亭宴煞]蛩吟罢一觉才宁贴，鸡鸣时万事无休歇。争名利何年是彻？看密匝匝蚁兵排，乱纷纷蜂酿蜜，急攘攘蝇争血。裴公绿野堂，陶令白莲社，爱秋来时那

些：和露摘黄花，带霜烹紫蟹，煮酒烧红叶。想人生有限杯，浑几个重阳节？人问我顽童记者：便北海探吾来，道东篱醉了也。

秋思是我国古典诗词的传统题材之一，马致远的这篇套曲则独具一格，历来受到评论家的赞许，被誉为“套数中第一”。

元代后期散曲作家活动的中心逐渐南移至杭州，代表作家有张可久、乔吉、贯云石等人。这一时期的散曲风格逐渐趋于典雅，讲究声律，追求文采。

张可久(约1270年—1350年)，字小山，浙江庆元人。他早年与马致远、卢挚、贯云石有交往，曾作曲唱和。游历过湖南、福建、江苏、浙江等地，故写景之作很多。张可久擅长小令，他的《小山乐府》存小令855余首，套曲9首，为元人留存散曲最多者。

张可久有一些抒发人生失意的作品，如[卖花声•客况]、[醉太平•无题]、[黄钟•人月圆]《客垂虹》、[中吕•普天乐]《秋怀》等，但数量不多，在全部作品中成就也不算突出。他还有一部分描绘自然风光的作品，写得摇曳生姿。如[中吕•喜春来]《永康驿中》：

荷盘敲雨珠千颗，山背披云玉一蓑。半篇诗景费吟哦，芳草坡，松外采茶歌。

这是一幅雨中小景图，自然清新，让人忘忧。虽然曲中对于作者的心情只字未提，然而无声胜有声，那种忘情山水、轻松自得的心境依然表露无遗。他的这类作品，“其词清而且丽，华而不艳，有不吃烟火食气”(朱权《太和正音谱》)。《小山乐府》中也有很多咏吟男女相思相恋的作品，如[黄钟•人月圆]《春晚次韵》、[中吕•迎仙客]《秋夜》、[双调•落梅风]《春情》、[双调•水仙子]《秋思》、[双调•殿前欢]《离思》等。有的悲戚缠绵，有的俏皮风趣，各具特色。

乔吉(约1280年—1345年)，既是杂剧作家，亦是散曲名家。他的散曲与张可久齐名，艺术风格也较为接近，被后人比作唐代的李贺、李商隐：“乔(吉)、张(可久)盖长吉(李贺)、义山(李商隐)之流。然乔多凡语，似又不如小山(张可久)更胜也。”(王骥德《曲律•杂论》)今存小令200余首，套曲11首。

乔吉的散曲内容广泛，有叹世、怀古、写景、言情之作，其中抒怀遣兴、咏物写景一类作品清丽婉约，最为出色。[双调•水仙子]《寻梅》，在写景的同时抒发自己不得志的惆怅：

冬前冬后几村庄，溪北溪南两履霜，树头树底孤山上。冷风来何处香？忽相逢缟袂绡裳。酒醒寒惊梦，笛凄春断肠，淡月昏黄。

借冬日寻梅表达作者的孤寂复杂心绪，情感起伏回环，一波三折。

贯云石(1286年—1324年)，本名小云石海涯，号酸斋，又号芦花道人，维吾尔族人。祖父阿里海涯，是元初名臣。他袭父职任两淮万户府达鲁花赤，再任翰林学士，后辞官不仕，隐居江南。贯云石精通汉语，常与汉族士大夫交游，受汉族文化影响甚深，在诗、词、文、书法等多个领域都能自成一家，并创作了大量散曲，名盛于时。今存小令七十余首，套数八篇。他的作品，不以刻画精工见长，而以疏宕豪纵著称。如[蟾宫曲]：

凌波晚步晴烟，太华云高，天外无天。翠羽摇风，寒珠泣露，总解留连。明月冷亭亭玉莲，荡轻香散满湖船。人已如仙，花正堪怜，酒满金樽，诗满鸾笺。

此曲咏杭州西湖，明显地融合了北方豪放之风与南方飘逸之气，这种风格在元代后期散曲作家中，并不多见。

## 第八节　元代诗文

元代诗文的发展，可大体分为三个阶段：元大德以前，为元代诗文的初期。此时的诗文作家多是由宋入元或由金入元的文人，南北方作家分别受江湖诗派和元好问的影响较深。大德至至顺年间（1297年—1333年）为中期，是元代诗文的繁盛阶段。诗坛以宗唐为主，对宋诗多采取摒弃的态度；同时由于理学思想对文学的不断渗透，诗文风尚趋于雅正。元统后到元灭亡（1333年—1368年）为元代诗文的后期。这一时期社会矛盾加剧，出现了很多反映现实生活的作品，此时的诗文作家则大多学中晚唐秾丽奇诡之体。

### 一、元前期诗文

元代前期的诗文作家，多是由宋入元或由金入元的文人，他们将宋金时代的创作风格和习气带入元代，使元代初期的诗文创作变得庞杂多元。这一时期的代表作家，有耶律楚材、刘因、赵孟頫等人。

耶律楚材（1190年—1244年），契丹族人，字晋卿，号湛然居士，辽东丹王突欲八世孙。后被成吉思汗召用，元太宗时官至中书令，有《湛然居士集》，今存诗六百多首。诗以豪放见称，境界开阔，格调苍凉。刘因（1249年—1293年），字梦吉，号静修，雄州容城人。初名骃，字梦骥，幼时即通诗文，才华出众。元世祖至元十九年（1282年）被征召入朝，授承德郎、右赞善大夫。不久借口老母多病辞官。至元二十八年（1291年）又被征召为集贤学士，坚辞不就，因而被元世祖称为“不召之臣”。至元三十年卒于家，年四十五。有《静修先生文集》存世。他的诗从内容到形式都有浓郁的理学气息。赵孟頫(1254年—1322年),字子昂,号松雪道人,浙江湖州人,有《松雪斋集》。他本是宋皇室后裔,十四岁以父荫补官,三十三岁时应征出仕于元,官至翰林学士承旨,受到忽必烈的礼遇。他在书法、绘画方面皆有很高的造诣。其七律代表作是《岳鄂王墓》。

## 二、元中期诗文

元代中期,社会趋于稳定,元代诗文创作迎来了它的繁荣时期。加上理学对文学的渗透,理学家的文艺观对作家的影响越来越明显,整个文坛风尚趋于雅正。这一时期的代表作家是"元诗四大家",即虞集、杨载、范梈、揭傒斯四人。四人都是馆阁之士,诗风"皆雄浑流丽,步骤中程。然格调音响,人人如一,大概多模往局,少创新规。视宋人藻绘有馀,古淡不足"(胡应麟《诗薮》外编卷六)。他们的诗都有一定的成就,但反映现实不够深刻广泛。在艺术上,追求典雅精切,以唐诗为楷模,但也不乏各自的特色。四人中,以虞集的成就最高。

虞集(1272年—1348年),字伯生,号道园,四川蜀郡人。清代四库馆臣认为:"有元一代,作者云兴,大德、延祐以还,尤为极盛,而词坛宿老,要必以集为大宗。"(《四库全书总目》卷一六十七)虞集尤其擅长律诗。他的律诗深受杜甫的影响,格律严谨,用典贴切,意境浑融。"乍观无可喜","细读之,气苍格迥,真不可及。其妙总由一'质'字生出。'质'字之妙,胚胎于汉人,涵泳于老杜,师法最的"(潘德舆《养一斋诗论》)。这种评价虽不免溢美,但大体上还是恰当的。如其七律名作《挽文山丞相》:

徒把金戈挽落晖,南冠无奈北风吹。子房本为韩仇出,诸葛宁知汉祚移。云暗鼎湖龙去远,月明华表鹤归迟。不须更上新亭望,大不如前洒泪时。

通过对前朝忠烈文天祥的缅怀,将深沉的历史感慨融入严整的艺术形式中,沉郁苍劲,感人至深,确有杜诗神韵。

虞集创作的散文数量众多,其中有很多是宗庙朝廷的典册、碑铭、书信传记、题跋序录这类应用文。虽多为官场应酬文字,但整饬谨严,颇有法度。

杨载(1271年—1323年),字仲弘,福建浦城人,后迁居杭州。延祐初年登进士第,曾任宁国路总管府推官,作有《杨仲弘集》。他的诗内容狭窄,多留别、题咏之作,宗法唐诗,讲求法度,诗风劲健雄放,如《宗阳宫望月》:

老君堂上凉如水,坐看冰轮转二更。大地山河微有影,九天风露寂无声。蛟龙并起承金榜,鸾凤双飞载玉笙。不信弱流三万里,此身今夕到蓬瀛。

落笔潇洒,气象超凡,营造了一种迷人的月夜之境,其中的山河大地与想象中的神界仙山融为一体,让人仿佛置身仙境,颇有李白之风,是元代山水诗中不可多得的佳作。

范梈(1272年—1330年),字亨父,一字德机,湖北清江人。他出身贫寒,曾任翰林院编修,后任闽海道知事等职,有《范德机诗集》。范梈擅长歌行体,在声调、结构上颇具匠心。

揭傒斯(1274年—1344年),字曼硕,江西龙兴富州人。延祐初,任翰林国史院编修官,后迁为翰林侍讲学士。至正初,奉诏修宋、辽、金三史,为总裁官,有《揭傒斯全集》。他的诗总体上婉转清丽,语言简明,时见寄托。他有较多反映民生疾苦之作,如《雨述三篇》《祖生诗》《渔父》《高邮城》《杨柳青谣》等,在一定程度上揭露了现实社会生活中不合理的现象。

### 三、元后期诗文

元代后期政治日益腐败,各种矛盾日趋激化。在这种背景下,诗文创作的一个突出特点是写实性增强。其中,最杰出的作家是被称为"元诗冠冕"的色目诗人萨都剌。萨都剌(1272年—1355年),字天锡,号直斋,回族人。他出生在代州,遂以雁门为籍,诗集因而命名为《雁门集》。萨都剌泰定四年(1327年)中进士,后入翰林国史院。晚年致仕,寓居杭州。他虽是回族人,却有很深厚的汉语修养,对写诗非常用心。萨都剌的诗,数量众多,题材广泛,古体、律诗、绝句各种形式都能驾驭,尤善于宫词,总体风格"清新绮丽,自成一家"(瞿佑《归田诗话》)。

元末明初文坛另一位重要诗人杨维桢(1296年—1370年),字廉夫,号铁崖,别号铁笛道人,会稽山阴(今浙江绍兴)人。泰定四年(1327年)中进士,官至天台县尹、江西儒学提举。所著诗文甚多,今传有《东维子文集》《铁崖古乐府》《复古诗集》《铁崖文集》等。他在元末文名甚著,追随者甚众,隐然居于诗坛领袖的位置。其诗风纵横奇崛,后世称为"铁崖体"。他是元末宫词、竹枝词、香奁体的倡导者,也是重要的创作者。其中,模仿南朝乐府民歌和刘禹锡竹枝词所创作的诗篇,如《西湖竹枝歌》《海乡竹枝歌》《吴下竹枝歌》等,清新自然,颇具民歌风味。

## 本章小结

辽、金、元时期,分别由不同的少数民族政权执政,在渐趋大一统的进程中,多民族文化互相借鉴、吸收、融合,贡献出一批文学杰作,成为中华文化不可缺少的组成部分。除了传统的诗词散文外,新兴的散曲成为一种重要的抒情文体;说唱文学日益成熟并广受欢迎;戏剧文学得到长足的发展,杂剧、南戏的兴起与繁荣标志着古代戏剧文学进入了黄金时代。多民族作家的文学作品并存、传统文体与新兴文体并存,是辽金元文学史的显著特色。

## 学习评价

| 评价维度 | 评价项目 | 评价内容 | 评价标准 | 自我评价 |
| --- | --- | --- | --- | --- |
| 知识 | 基础性知识 | 文学史各基础知识点 | 牢固掌握古代文学史基础知识;掌握代表作家、作品、风格特点;掌握文学史重要关键词;能够记诵并理解 | |
| | 体系性知识 | 对文学史的整体知识把握和理解 | 理解特定时段文学史的发展进程;熟悉各类文体的流变特征;掌握各文学流派、文学集团、文学运动的产生与特点,对一个时期的文学现象能够作出整体评价 | |
| | 背景性知识 | 影响文学史发展的背景知识 | 了解影响文学史发展的社会历史背景、政治思想背景、哲学宗教背景;了解社会生活特别是士人生活与文学创作的关系 | |
| 能力 | 专业能力 | 对古代文学作品的专业阅读与分析能力 | 拥有阅读古代文学作品的语言能力和文化知识背景;能够根据文学史知识对文学作品进行分析和鉴赏;能够对文学史现象进行解释;形成古代文学文本分析和理解的方法论 | |
| | 学习能力 | 文学史学习的态度、方法与技能 | 学习内在驱动力强;有自觉的学习方法和模式;独立思考;能够与他人充分交流,善于合作 | |
| | 创新能力 | 自我发展与提高 | 拥有良好的问题意识;善于利用前人研究成果;能够利用各种方式收集和处理信息并尝试解决问题;富于创新精神 | |
| 情感 | 素质培育 | 文学审美趣味 | 能够形成正确的文学审美态度和良好的审美趣味 | |
| | 情感培育 | 文化认同感 | 了解自身文化渊源,对优秀传统文化有认同感,树立文化自信 | |
| | 价值观培育 | 价值观实践 | 能够将审美态度和文化认同融入实际生活。 | |

## 推荐阅读

1.吴梅.辽金元文学史[M].郑州:河南人民出版社,2016.
2.李修生.元杂剧史[M].南京:江苏古籍出版社,1996.
3.程毅中.宋元话本[M].北京:中华书局,2003.
4.邓绍基.元代文学史[M].北京:人民文学出版社,1998.

## 本章自测

### 1.填空题

(1)"元诗四大家"包括:(　　　)(　　　)(　　　)和(　　　)。
(2)元杂剧通常只由一人演唱,正旦演唱的本子称,正末演唱的本子称(末本)。
(3)王实甫《西厢记》杂剧的主要角色有(　　　)(　　　)(　　　　　)。
(4)关汉卿的杂剧代表作有(　　　　)(　　　　)(　　　　)等。
(5)马致远《汉宫秋》杂剧的主要角色有(　　　　)(　　　　)。
(6)白朴《梧桐雨》杂剧的主要角色有(　　　　)(　　　　)。

### 2.简答题

(1)简述"诸宫调"的含义。
(2)简述"元曲四大家"的含义。
(3)简述"元诗四大家"的含义。

### 3.论述题

试论南戏的伦理色彩。

## 参考文献

[1]臧懋循.元曲选[M].杭州:浙江古籍出版社,1998.
[2]王季思,张人和.集评校注西厢记[M].上海:上海古籍出版社,1987.
[3]钱南扬.元本琵琶记校注[M].上海:上海古籍出版社,1980.
[4]隋树森.全元散曲[M].北京:中华书局,1964.
[5]杨镰.元诗史[M].北京:人民文学出版社,2003.

# 第七章　明代文学

## 本章概要

本章简述明代文学的发展历程，涉及诗、词、曲、民歌、散文、八股文、文言小说、话本小说、章回小说、杂剧、传奇等。诗、词、曲、民歌、散文主要围绕各家各派的理论主张和代表性作品展开论述，八股文、文言小说、话本小说、章回小说、杂剧、传奇主要聚焦于其文体特征和经典作品。

## 学习目标

1. 对经典作家作品，应在认真阅读文本的基础上，了解学术界的相关研究成果。

2. 对于明代文学总体进程的把握，应将文学史知识与具体文学作品结合起来，既要做到线索清晰，又要不失具体生动。

3. 对于明代文学的重要流派、重要文学现象，应在整体把握的基础上作进一步的考析。

## 学习重难点

### 学习重点

1. 明代重要文学流派及其代表作家作品。
2. 明代小说、戏剧的文体特征及其经典作品

### 学习难点

1. 明代政局、科举与文学的关系。
2. 商品经济的发展与雅俗文学的消长
3. 明代的文学论争与文学流派的多样性。

## 思维导图

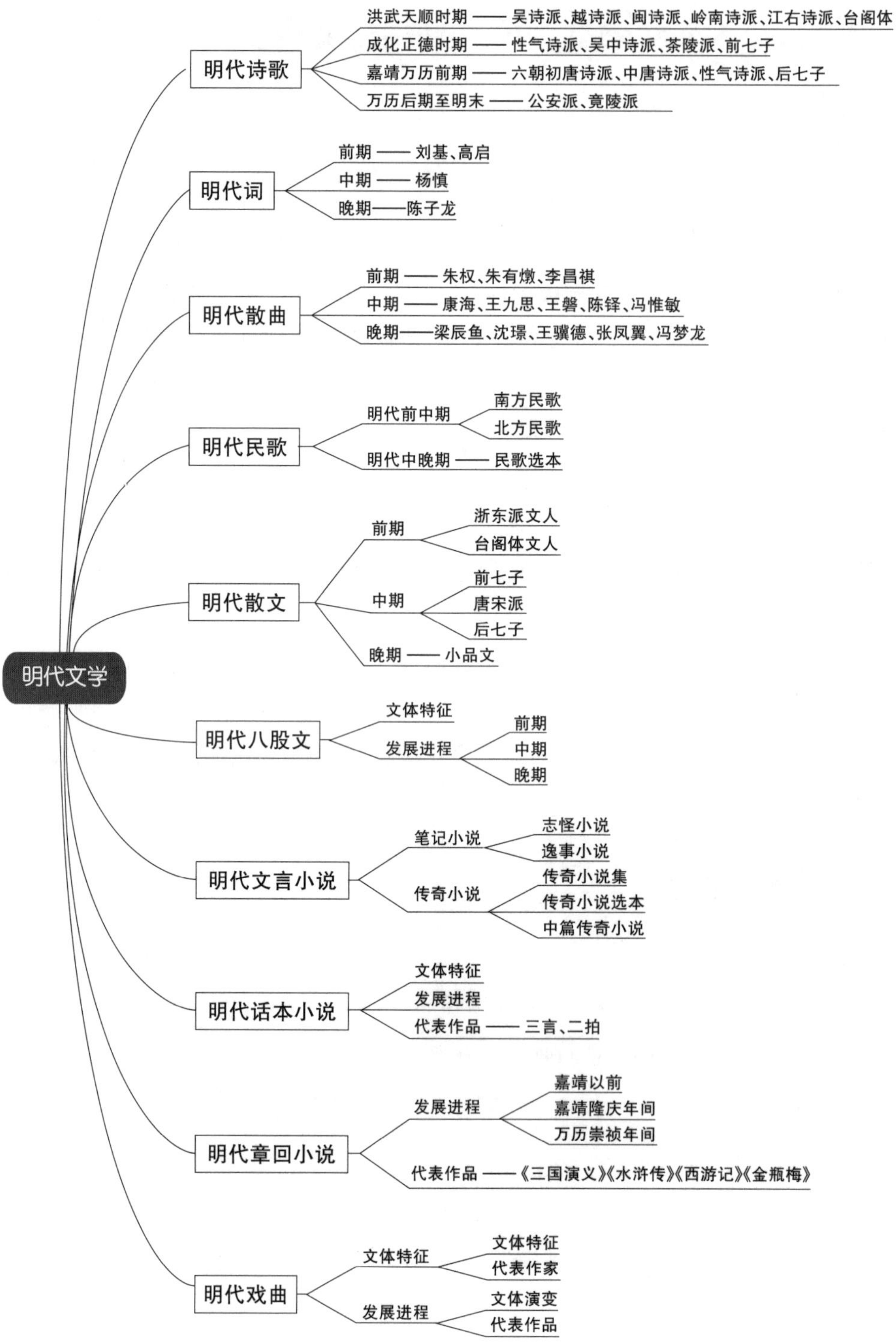
明代文学
明代诗歌
洪武天顺时期 —— 吴诗派、越诗派、闽诗派、岭南诗派、江右诗派、台阁体
成化正德时期 —— 性气诗派、吴中诗派、茶陵派、前七子
嘉靖万历前期 —— 六朝初唐诗派、中唐诗派、性气诗派、后七子
万历后期至明末 —— 公安派、竟陵派
明代词
前期 —— 刘基、高启
中期 —— 杨慎
晚期——陈子龙
明代散曲
前期 —— 朱权、朱有燉、李昌祺
中期 —— 康海、王九思、王磐、陈铎、冯惟敏
晚期——梁辰鱼、沈璟、王骥德、张凤翼、冯梦龙
明代民歌
明代前中期
南方民歌
北方民歌
明代中晚期 —— 民歌选本
明代散文
前期
浙东派文人
台阁体文人
中期
前七子
唐宋派
后七子
晚期 —— 小品文
明代八股文
文体特征
发展进程
前期
中期
晚期
明代文言小说
笔记小说
志怪小说
逸事小说
传奇小说
传奇小说集
传奇小说选本
中篇传奇小说
明代话本小说
文体特征
发展进程
代表作品 —— 三言、二拍
明代章回小说
发展进程
嘉靖以前
嘉靖隆庆年间
万历崇祯年间
代表作品 ——《三国演义》《水浒传》《西游记》《金瓶梅》
明代戏曲
文体特征
文体特征
代表作家
发展进程
文体演变
代表作品

# 第一节　明代诗歌

明代诗歌的发展,大体可以划分为四个阶段:从洪武至天顺(1368年—1465年)是明代诗歌发展的低落时期,从成化至正德(1465年—1521年)为第一次复古运动时期,从嘉靖至万历前期(1522年—1590年)为第二次复古运动时期,万历后期至明末(1591年—1644年)为性灵派占主导地位的时期。

## 一、明前期诗歌

明初诗歌可以分为五派,即以高启为代表的吴诗派、以刘基为代表的越诗派、以林鸿为代表的闽诗派,以孙蕡为代表的岭南诗派,以刘崧为代表的江右诗派。其中的高启、杨基、张羽、徐贲、刘基、袁凯被视为"以诗著"的代表人物,前四人被称为"吴中四杰";其中的闽诗派诗人高棅在《唐诗品汇·总序》,将唐诗分为初唐、盛唐、中唐、晚唐四个时期,开启了明诗宗唐复古的理论风潮。在朱元璋的高压政策下,尽管明初诗人已然改变其在元末秉持的诗风,但是其结局依然可悲,很多人死于非命,吴中四杰除徐贲善终外,高启、杨基、张羽均因政治迫害而死于非命,明代诗歌随后进入了创作低潮。

高启(1336年—1374年)声名最著,甚至被认为是"明诗冠冕"。他在元末主要生活于张士诚控制的吴中地区,18岁迎娶富商之女,生活优渥,诗名冠绝一时。一度出入淮南行省参政饶介府第,后隐居吴淞江青丘。入明后,受诏修《元史》,复受命教授诸王。后来,他回到家乡苏州,过着半退休的生活。苏州知府魏观在张士诚宫址上建府治,被人以谋反罪告发而被诛,高启因为其撰写《上梁文》受株连被腰斩。置身乱世,他的诗歌具有很强的现实性,他一方面希望施展抱负,"安得击水游,图南附鹏翼"(《登海昌城楼望海》);另一方面又作有"自画像"式的《青丘子歌》,自比降谪之"仙卿",以期隐居自适。其入明为官以后所作《我昔》,鲜明体现了为官前后心态的变化:

我昔在家日,有乐不自知。及兹出门游,始复思往时。贫贱为客难,寝食不获宜。异乡寡俦侣,僮仆相拥持。天性本至慵,强使赋再驰。发言恐有忤,蹈足虑近危。人生贵安逸,壮游亦奚为?何当谢斯役,归守东冈陂。

在诗人看来,赋闲家居,可以随意行止,不受任何拘束;出入官场,则危险无处不在。

永乐至天顺年间,诗坛领袖是所谓的台阁体诗人。这是一批明成祖靖难成功之后提拔起来的官员,在明成祖之后的仁宗、宣宗、英宗、代宗朝均是实权派。台阁即内阁和翰林院,也称“馆阁”。台阁体核心诗人是所谓的三杨:杨士奇(1365年—1444年)、杨荣(1372年—1440年)和杨溥(1372年—1446年)。他们是协助帝王管理国家的要员和主导国家意识形态的文学侍从,其诗歌创作旨在“颂圣德,歌太平”(杨溥《东里诗集序》),艺术上追求平正典丽。

## 二、第一次复古运动时期的诗歌

成化正德年间诗坛上出现了性气诗派、吴中诗派、茶陵派和前七子,其中最重要的创作思潮是对复古的倡导。性气诗派以陈献章(1428年—1500年)、庄昶(1437年—1499年)为代表。他们推崇宋代理学家邵雍,论诗主理,追求“温厚和乐”的境界。他们的诗歌都是问学之余性理之思的一种发抒,部分诗句表现出清雅别致的意趣,体现的是心学思想影响下的隐逸情怀。吴中诗派以沈周(1427年—1509年)、祝允明(1461年—1527年)、文徵明(1470年—1559年)和唐寅(1470年—1523年)为代表。他们追慕六朝诗风,在诗歌和绘画领域均取得了显著的成就。城市文化和商业经济型塑了这批作家追求个性的创作特质,他们的诗画创作也型塑了苏州文化的内在风神。茶陵诗派以祖籍茶陵的李东阳(1447年—1516年)为领袖,主要成员还有谢铎、张泰、鲁铎等李东阳的同年或门生。李东阳十七岁进士及第,仕途顺利,在弘治、正德朝位居首辅,有匡时救弊的情怀。他论诗重音韵、格调,“贵情思而轻事实”,主张向汉唐诗歌学习,以突破台阁体在诗歌内容和体制方面的限制。他还利用自己的政治身份提拔、奖掖了李梦阳等一大批青年才俊。他们相互间通过交游、唱和,为成化、弘治诗坛树立典范,由此揭开了明诗发展的新篇章。

前七子主要活动于弘治、正德年间,故又称“弘正七子”,其核心成员有李梦阳(1473年—1530年)、何景明(1483年—1521年)、王九思、边贡、康海、徐祯卿、王廷相。除了徐祯卿外,其余六人均为北方人。他们倡导复古运动,提倡“文必秦汉、诗必盛唐”,在诗歌方面针对的是茶陵派和性气诗派,目的是借助复古的手段,以达到诗歌反映现实以及强调诗歌审美特征的目的。

前七子强调古诗学秦汉,律诗学盛唐,其作品风范也略具汉唐诗的气韵,但各有其特点。李梦阳所作七古,被沈德潜评为“雄浑悲壮,纵横变化”,代表作有以“土木堡之变”为背景的《石将军战场歌》。其七律亦不乏佳作,如《秋望》:

黄河水绕汉宫墙,河上秋风雁几行。客子过壕追野马,将军韬箭射天狼。黄尘古渡迷飞挽,白月横空冷战场。闻道朔方多勇略,只今谁是郭汾阳?

此诗作于李梦阳弘治十六年饷兵西夏期间。秋风萧瑟,昔日的古战场已硝烟散尽，而域外民族的骚扰却连年不绝。在边疆将士中，是否有如郭子仪一样的人物呢？全诗意境苍凉，“雄浑流丽”（王世贞《艺苑卮言》）。

何景明所长为七律，许学夷甚至推其为明代七律第一，同是学杜，但与李梦阳诗追求雄浑格调不同，何诗风格俊逸，兴象闲雅。如《秋兴八首》其五：

汉水东驰入楚来，长沙秋望洞庭开。江清楼阁中流见，日落帆樯万里回。去国尚思王粲赋，逢时空惜贾生才。湘南两度曾游地，惆怅烟花暮转哀。

《秋兴八首》为杜诗旧题。诗人登楼望远，触景生情，思接千载，感同古人。其间情致，正如第一首起句所说，“高楼一上思堪哀”。

## 三、第二次复古运动时期的诗歌

嘉靖至万历前期，代前七子兴起诗坛的是六朝初唐、中唐和性气诗派，而后便是继承前七子诗学理论的后七子登上诗坛，掀起了明代诗歌史上的第二次复古运动。倡导六朝初唐诗风的主要有杨慎、薛蕙、黄省曾等人，其中的引领者是出自李东阳门下的杨慎（1488年—1559年）。杨慎24岁中状元，且是首辅杨廷和之子，本该有辉煌的政治前途，但由于在大礼仪之争中触怒嘉靖皇帝，被贬昆明，终老云南。他提倡六朝初唐诗风是为了改变前七子后学模拟抄袭、蹈袭剽窃之风，为诗坛注入新的活力。他自身的创作亦如六朝晚唐诗歌一样，具有“浓丽婉至”之美。代表作有《咏柳》：

垂杨垂柳管芳年，飞絮飞花媚远天。金距斗鸡寒食后，玉蛾翻雪暖风前。别离江上还河上，抛掷桥边与路边。游子魂锁青塞月，美人肠断翠楼烟。

倡导中唐诗风的，是皇甫汸、皇甫涍、华察、王立道等人，他们有感于学六朝初唐诗风所导致的“弱靡不振”，乃效法中唐钱起、刘长卿等人以救其弊。这些诗人比较擅长五律，境界上清新幽远，兴象玲珑。嘉靖前期性气诗派的复兴，同样是在反对前七子的背景下展开的。代表诗人有理学家崔铣、黄佐、薛应旂、罗洪先等人。他们主张承袭邵雍以来理学诗人“诗以明道”“吟咏性情”的传统，作诗强调“理趣”。

后七子先后以李攀龙（1514年—1570年）、王世贞（1526年—1590年）为领袖，主要成员有谢榛、徐中行、宗臣、梁有誉、吴国伦。除谢榛为布衣外，其余六人均以郎署的身份加入诗派，和台阁权臣严嵩争夺风雅权。他们声气相投，一起提倡复古。受前七子影响，后七子也主要以盛唐诗尤其是杜甫诗作为典范，因而在七律一体上用力甚多。李攀龙所作七律，被胡应麟誉为“高华杰起，一代宗风”（《诗薮》），然而由于拘于模拟，不免存在“三首而外不耐雷同”（王世贞《诗源辩体》）的弊病。李攀龙去世，王世贞遂独主文坛。因为作品数量极多，意象格调不免重复；但也有许多作品能自出新意。如《登岱六首》其四：

尚忆秦松帝跸留，至今风雨未全收。天门倒泻银河水，日观翻悬碧海流。欲转千盘迷积气，谁从九点辨齐州。人间处处褰城辙，矫首苍茫迥自愁。

作者由自然界的风雨，联想到历史的风雨变迁，又想到自身遭遇，先后经历丧子、丧女之痛，朝野内外“山雨欲来风满楼”（严嵩父子弄权）的情势，矫首远望，一片苍茫，不禁油然生出愁绪。全诗在时空安排、结构布局和情感抒发等方面，都能做到精心结撰而又自然畅达。

## 四、明晚期诗歌

1590年王世贞去世之后，明代诗歌进入晚期。这一时期，性灵文学思潮兴起，公安派和竟陵派逐渐成为诗坛主流。

公安派的代表人物为湖北公安人袁宗道（1560年—1600年）、袁宏道（1568年—1610年）、袁中道（1570年—1623年）兄弟。他们的诗学理论核心是：“独抒性灵，不拘格套，非从自己胸臆流出，不肯下笔。”（袁宏道《叙小修诗》）其思想渊源是李贽的“童心说”。袁宏道所作诗歌在风格上近于白居易、苏轼。如《登焦山逢道人》：

问君何计得心休，口不能言但点头。潮去潮来分子午，花开花落验春秋。窗间低穴常穿隼，灶下残炊每下猴。敝衲如烟身似鸟，过年将作武夷游。

袁宏道为万历二十（1592年）年进士，至万历二十三年（1595年）方始谒选得吴县令。此诗为赴任途中，经过镇江，游览焦山，偶遇道人，有感而作。起句即以“何计得心休”发问，而感叹生命易逝，“潮去潮来分子午，花开花落验春秋”，作者的志趣，并不在仕途的进取，而在于适意的生活状态。这种人生态度，在他为官以后大量的诗文中都有表达。

竟陵派以湖北竟陵人钟惺（1574年—1624年）、谭元春（1586年—1637年）为代表。他们一方面主张将“真诗”“性灵之言”作为诗的重心，努力弥合“朴厚”与“性灵”，以革除七子派的因袭之弊；另一方面提倡“引古人之精神以接后人之心目”（钟惺《诗归序》），以“凄清幽独”“深幽孤峭”（钱谦益语）纠正公安派“牛鬼蛇神，打油钉铰，遍满世界”的矫枉之弊。在此基础上展开的“诗为清物”“诗为活物”等论说，构成了竟陵派“性灵说”的主要内容。钟惺认为，要获得真诗，唯一的途径是“察其幽情单绪，孤行静寄于喧杂之中；而乃以其虚怀定力，独往冥游于寥廓之外”（《诗归序》）。以此指导诗的创作，其结果是走上了幽深奇僻、凄清孤诣一路。

# 第二节　明代词曲与民歌

相较于宋词、元曲，明代的词、曲创作已经走向低谷，但其发展亦有清晰的轨迹，值得从文学史的角度加以清理；由于受时代风潮的影响和出版市场的刺激，明代文人注意整理流行市井的民歌，为世人展现了明代中后期社会生活的多元面相。

## 一、明词

明代前期词人可以由元入明的杨基、瞿佑、张以宁、凌云翰、贝琼、魏观、刘基、高启为代表。其中刘基、高启的词作成就较高。刘基（1311年—1375年）词集名《写情集》，共四卷，收词二百四十首。刘基的小令写得清新雅丽，但更能体现其才情和气格的则是长调。如《水龙吟》：

鸡鸣风雨潇潇，侧身天地无刘表。啼鹃迸泪，落花飘恨，断魂飞绕。月暗云霄，星沉烟水，角声清袅。问登楼王粲，镜中白发，今宵又添多少？　极目乡关何处？渺青山、髻螺低小。几回好梦，随风归去，被渠遮了。宝瑟弦僵，玉笙指冷，冥鸿天杪。但侵阶莎草，满庭绿树，不知昏晓。

起句“鸡鸣风雨潇潇”，典出《诗经·郑风·风雨》，为乱世思君子之意。词作于元末，其时群雄并起，刘基尚未应朱元璋之聘，故而有“侧身天地无刘表”之语，抒发的是怀才不遇的苦闷。情调哀婉，词气慷慨。

明代中期词人可以正德、嘉靖年间的杨慎、夏言、吴子孝、陈霆、张綖、陈铎等人为代表。杨慎那些吟咏自身遭际的词作，总是饱含着切身感受。如《临江仙·戍云南江陵别内》：

楚塞巴山横渡口，行人莫上江楼。征骖去棹两悠悠。相看临远水，独自上孤舟。　却羡多情沙上鸟，双飞双宿河洲。今宵明月为谁留？团团清影好，偏照别离愁。

这首词是杨慎与其续弦黄峨别离之作，情辞幽怨哀婉，格调清新雅丽，尤其是“相看临远水，独自上孤舟”两句，言有尽而意无穷，感人至深。

杨慎最著名的词作，自然是那首出现在毛评本《三国演义》开篇的《临江仙》：

滚滚长江东逝水，浪花淘尽英雄。是非成败转头空。青山依旧在，几度夕阳红。　白发渔樵江渚上，惯看秋月春风。一壶浊酒喜相逢。古今多少事，都付笑谈中。

词见于杨慎所作《廿一史弹词》第三段说秦汉部分。吊古伤今，颇富哲理。

明代后期词人可以云间词派的陈子龙（1608年—1647年）为代表。陈子龙论词，扬五代、北宋而抑南宋，皆称李煜，其词亦多以“绵邈凄恻”见长。如《江城子·病起春尽》：

一帘病枕五更钟，晓云空，卷残红。无情春色，去矣几时逢？添我千行清泪也，留不住，苦匆匆。

楚宫吴苑草茸茸，恋芳丛，绕游峰。料得来年，相见画屏中。人自伤心花自笑，凭燕子，骂东风。

陈子龙身当明亡之际，故国之思，兴亡之慨，时时缠绕在词人心头。由词题来看，身当病起，又逢春尽，那种“留不住，苦匆匆”的无奈，“人自伤心花自笑”的痛彻，看似言春，实是感时伤事。

## 二、明代散曲

从明代散曲的发展历程来看，明初的散曲作家如汤式、贾仲明、刘兑、唐复等人，多由元入明，其入明以后的生活年代也基本上都在洪武时期。在永乐至成化间成就暗淡的散曲创作中，朱权、朱有燉、李昌祺等人算是较有影响的几位。

由成化中后期至嘉靖的八十余年，是明代散曲的中兴期。代表性作家有康海、王九思、王磐、陈铎、冯惟敏。其中，陈铎（1488年—1507年）的曲名甚著。其散曲作品，以女子口吻言情、抒怀的作品俯拾皆是，大都以《闺情》《怨情》《美人》《青楼》《香闺》《怨别》等为题。除了这类作品之外，陈铎还有散曲集《滑稽余韵》专咏市井生活的各种人物、场景和生活动态，以散曲的形式绘制出一幅世俗生活的长卷。

隆庆、万历以至明末是明代散曲的新变期，最显著的变化是曲坛风气由此前的北曲盛行转而以南曲为主调。梁辰鱼（1521年—1594年）被认为是促成明代后期曲风转变的关键人物。其散曲在曲调上主要是借鉴了魏良辅改革后的昆腔，曲风婉丽，长于套数。与前辈作家相比，其散曲在遣词造句上少了几分萧疏之气，而显得绮丽浓艳。此期散曲名家有沈璟、王骥德、张凤翼、冯梦龙、施绍莘等人，多以南曲见长。影响所及，编选南曲集子的风气也盛行一时，如张楚叔、张旭初《吴骚合编》、周之标《吴歈萃雅》、冯梦龙《太霞新奏》、凌濛初《南音三籁》等，所选均以南曲为主。

## 三、明代民歌

明代民歌的兴起，大约在宣德、正统至成化、弘治年间。这一时期民歌的发展，大体是南北并行而以北曲为盛。南方民歌主要以吴地的山歌为主，北方盛行的民歌，则为[锁南枝]、[傍妆台]和[山坡羊]三曲，《泥捏人》《鞋打卦》《熬鬏髻》为三曲

题目。如[锁南枝]《泥捏人》:

傻俊角,我的哥,和块黄泥儿捏咱两个。捏一个儿你,捏一个儿我。捏的来一似活托,捏的来同床上歇卧。将泥人儿摔碎,着水儿重和过,再捏一个你,再捏一个我。哥哥身上也有妹妹,妹妹身上也有哥哥。

何景明称此曲为“时调中状元”,“情词婉曲,有非后世诗人墨客操觚染翰,刻骨流血所能及者,以其真也”。

明代中后期广泛流行的时尚小曲受到选家的关注。《盛世新声》《词林摘艳》《雍熙乐府》《词林一枝》《徽池雅调》《摘锦奇音》《南北宫词纪》都收有一定数量的民歌时调。其中,最为引人注目的民歌辑本无疑要数冯梦龙编辑的《挂枝儿》和《山歌》。冯梦龙编辑这两部书,其目的是“借男女之真情,发名教之伪药”(《叙山歌》)。

《挂枝儿》十卷,大多属于南人依拟北方俗曲的时调小曲,其腔调源出《打枣竿》,内容则多用于表现江南情调。《山歌》十卷,所收基本属于吴地民歌,大多是“野竖矢口寄兴之所为,荐绅学士家不道”的“私情谱”。除了吟咏男女性情的作品,《挂枝儿》《山歌》中还有不少反映明代社会世相的篇章,如《山歌》卷九《山人》一篇,对晚明山人的生活情态作了吊诡式的描述:

说山人,话山人,说着山人笑杀人。(白)身穿着僧弗僧俗弗俗个沿落敞袖,头带子方弗方圆弗圆个进士唐巾。弗肯闭门家里坐,肆多多在土地堂里去安身……[驻云飞]笑杀山人,终日忙忙着处跟,头戴无些正,全靠虚帮衬。嗏,口里滴溜清,心肠墨锭。八句歪诗,尝搭公文进。今日胥门接某大人,明日阊门送某大人。

## 第三节　明代散文

明代散文亦可以分为前、中、后三个时期,其总体成就,黄宗羲曾作了“有名篇而无名家”的判断。除了晚明小品文外,黄宗羲的这个判断基本符合明代散文发展的实际。

### 一、明前期散文

明代前期散文的代表性作家主要由两个群体构成。其中一个群体是由浙东派文人宋濂(1310年—1381年)、刘基、王祎、方孝孺、苏伯衡、胡翰和贝琼等构成的创作群体。

宋濂论文重视明道，因而在主持编撰《元史》时，将儒林与文苑合而为一，称为“儒学”。宋濂为后世称赏的散文，主要是其质朴淡雅的传记文和平易萧散的记叙文。记叙文如《送东阳马生序》，紧扣“勤且艰”铺叙自己早年读书之境况，并以今日太学生的读书条件作对比，勉励马生和乡人读书，情感真挚，笔调平易。传记文如《王冕传》，叙王冕中年隐居二段，情趣盎然：

冕既归越，复大言天下将乱。时海内无事，或斥冕为妄。冕曰：“妄人非我，谁当为妄哉？”乃携妻孥隐于九里山。种豆三亩，粟倍之，树梅花千，桃杏居其半。芋一区，薤、韭各百本。引水为池，种鱼千余头。结茅庐三间，自题为梅花屋。尝仿《周礼》著书一卷，坐卧自随，秘不使人观。更深人寂辄挑灯朗讽。既而抚卷曰：“吾未即死，持此以遇明主，伊、吕事业不难致也。”当风日佳时，操觚赋诗，千百不休，皆鹏骞海怒，读者毛发为耸。人至不为宾主礼，清谈竟日不倦。食至辄食，都不必辞谢。善画梅，不减杨补之。求者肩背相望，以缯幅短长为得米之差。人讥之，冕曰：“吾藉是以养口体，岂好为人家作画师哉？”

另一个群体是继浙东派文人而起的散文家，以台阁体为代表的文人群体。关于这个群体，钱谦益列举说：“馆阁自三杨而外，则有胡庐陵、金新淦、黄永嘉。尚书则东王、西王，祭酒则南陈、北李。勋旧则东莱、湘阴。词林卿贰则有若周石溪、吴古崖、陈延器、钱遗庵之属，未可悉数。”（《列朝诗集小传》）其中以“三杨”之一的杨士奇声名最著。杨士奇论文以欧阳修、曾巩为范。受其影响，后来的台阁文人大多以欧阳修为宗。从精神与格调来说，台阁体文章从容典重、雍容淳雅、平易纡徐，《四库全书总目·文敏集》提要称之为“富贵福泽之气”。

## 二、明中期散文

明代中期散文创作的代表人物主要是以前七子、唐宋派和后七子为核心的复古派。前七子李梦阳、康海等人提倡“文必秦汉”，锋芒所向，是针对台阁体平缓熟烂、肤廓冗长的流弊，目的是从审美层面对古文的本体特征予以强调，倡导文辞的经营，从“第一义”上确立散文创作的标尺与典范。在前七子复古运动中，一直都存在“李倡其诗，康振其文”（张治道《康对山先生集序》）的说法。康海的散文，《四库全书总目》有“逸气往来，翛然自异”之评。他的《有明诗人邵晋夫墓志铭》，情感真切，词气流荡，不失为铭文中的佳作；《拜将坛记》《心远亭记》等文，由景生情，在明代游记散文中别具风格。

唐宋派以唐顺之、王慎中、茅坤为代表，归有光有时也被纳入这个流派。唐宋派之所以舍秦汉古文而以唐宋八大家的古文为取法对象，并非是对秦汉古文的创作成就表示不满，而是在重塑科举文风背景下的策略性选择，偏重从指导文章写作的角度立论，注重对更具操作性的“法”的探讨。唐宋派除了撰写大量“以道为文”、发明“圣贤之旨”的文章外，其更为人称道的文章是一些无关理、道的感怀记事之作，如唐顺之的《任光禄竹溪记》，归有光的《寒花葬志》《先妣事略》《吴山图记》等。其中最为著名的当属归有光的《项脊轩志》，全文从容平淡，情真意挚，行文通达流畅，格调娴雅，“无意于感人，而欢愉惨恻之思，溢于言语之外”（王锡爵《归公墓志铭》）。

后七子在散文创作领域再次掀起了复古思潮。李攀龙论文严守“文必秦汉”的藩篱，为文则“无一语作汉以后语，亦无一字不出汉以前”（王世贞《艺苑卮言》）。王世贞则相对圆融一些。虽然也曾有过“文自西京、诗自天宝而下俱无足观”的议论，但又提出了“师匠宜高，捃拾宜博”这样更具包容性的主张，并致力于调和格调与才情、意与法等对立的概念（《黄淳父集序》）。追求文辞的古雅，是李攀龙文章的特色。《与宗子相书》其二全篇一气通贯，全无顿挫诘屈之语，而有“文以酣歌”（陈仁锡《明文奇赏》）之致。王世贞“博综典籍，谙习掌故”，其散文自具特色。如《蔺相如》认为完璧归赵之功表面看来体现了蔺相如的大智大勇，其实不然。作者反弹琵琶，对事情做了鞭辟入里的分析，于博辨中显示其才学和识见。

## 三、明晚期散文

明代晚期散文以小品文成就最高，其创作队伍颇为壮观。除了陆云龙《皇明十六家小品》收录的屠隆、徐渭、李维桢、董其昌、汤显祖、虞淳熙、黄汝亨、王思任、袁宏道、文翔凤、曹学佺、陈继儒、袁中道、陈仁锡、钟惺、张鼐十六家，还包括李贽、李流芳、张大复、张岱等人。所谓小品文，是特指晚明以展现个人生活情趣、描写山水风景、抒发日常闲情逸致为主的散文，其篇幅一般较为短小，文体上不拘一格，包含序、跋、记、传、铭、赞、尺牍等。小品文的兴盛，与晚明“人情必有所寄，然后能乐”（(《袁宏道集笺校》卷五《李子髯》)这样一种追求生活情趣、人生乐趣的社会风尚密切相关，是作家率意为文、呈现真性情的产物。

张岱（1597年—约1689年）小品文主要见于《陶庵梦忆》《西湖梦寻》《琅嬛文集》等书。其小品以游记最佳。其中写西湖的几篇，如《西湖七月半》《湖心亭看雪》《柳敬亭说书》等，历来为人所称道。如《湖心亭看雪》：

崇祯五年十二月，余住西湖，大雪三日，湖中人鸟声俱绝。是日更定矣，余拏一小舟，拥毳衣炉火，独往湖心亭看雪。雾凇沆砀，天与云与山与水，上下一白。湖上影子，惟长堤一痕、湖心亭一点，与余舟一芥、舟中人两三粒而已。到亭上，有两人铺毡对坐，一童子烧酒炉正沸。见余，大喜曰：“湖中焉得更有此人！”拉余同饮，余强饮三大白而别。问其姓氏，是金陵人，客此。及下船，舟子喃喃曰："莫说相公痴，更有痴似相公者！"

景物清绝，胸境超脱，张岱与那位金陵人，就这样成了永恒的风景。

## 第四节　明代八股文

八股文在明代成熟并达到鼎盛，其发展历程可分为三个时期：洪武至天顺是八股文体制逐步确立的阶段；成化至嘉靖为八股文发展成熟并达到极盛的时期；隆庆至崇祯为八股文各种风格争奇斗艳的新变时期。

### 一、文体特征与形式

作为明代科举考试的主要文体，八股文兼具策、论等子部作品和诗、赋等集部作品的某些属性。其体制概括来说主要有两方面的要求：一是代圣贤立言；二是体用排偶。其篇章结构包括题头部分（破题、承题、起讲）和股对部分。股对部分为文章主体，正格由提比、中比、后比、束比等部分构成，每比分二股，共八股。此外，提比后又有出题，中比、后比间有过接，束比后有大结。在实际写作中，严格写满八股的情况反而较少，倒是二股、四股、六股等更为普遍，也有不设股而以单行格式成篇的。

这种文体的形成与明代科举考试对头场经义文的重视密切相关。洪武十七年（1384年），明太祖恢复了取消十一年之久的科举考试。相较于元代的科举考试，这次考试有两个重要变革：一是废弃"经疑"而独重"经义"，第一场《四书》义和经义由元代的各一道增加到了总共七道；二是科举精神由"任陈时事"变为"代圣人立言"。永乐十五年（1417年），明成祖颁行《五经大全》《四书大全》《性理大全》，进一步确立了程朱理学作为答题依据的主导地位。

### 二、八股文发展进程

明代前期，经义之文尚未形成稳定的体式。这一时期的经义之文，在风格上大体以简朴为尚，即以辞达为本。洪武十八年（1385年）探花黄子澄所作《天下有道则礼乐征伐自天子出》格调庄重典雅，语带台阁之气，虽是八股文初创时期之作，但规模已具。

成化至嘉靖百余年间，是明代八股文的黄金时段。总体来说，这一时期不仅名家辈出，其中具有代表性的文章，更被后世视为八股文的典范。成化、弘治时期是明代八股文演变的重要转折期。一方面，八股文的体制与格式在这一时期趋于成熟；另一方面，成化、弘治间八股文的总体风格醇深典雅，被视为八股文的“正体”。这一时期的八股文名家钱福、王鏊，后者甚至被誉为“一代之俊英，斯文之宗主”（俞长城《可仪堂一百二十名家制义·题王守溪稿》），其所作八股文开创了一代风气。如其名篇《百姓足君孰与不足》：

民既富于下，君自富于上。盖君之富，藏于民者也；民既富矣，君岂有独贫之理哉？有若深言君民一体之意以告哀公。盖谓：公之加赋，以用之不足也；欲足其用，盍先足其民乎？诚能百亩而彻，恒存节用爱人之心，什一而征，不为厉民自养之计，则民力所出，不困于征求；民财所有，不尽于聚敛。闾阎之内，乃积乃仓，而所谓仰事俯育者无忧矣。田野之间，如茨如梁，而所谓养生送死者无憾矣。百姓既足，君何为而独贫乎？吾知藏诸闾阎者，君皆得而有之，不必归之府库，而后为吾财也。蓄诸田野者，君皆得而用之，不必积之仓廪，而后为吾有也。取之无穷，何忧乎有求而不得？用之不竭，何患乎有事而无备？牺牲粢盛，足以为祭祀之供；玉帛筐篚，足以资朝聘之费。借曰不足，百姓自有以给之也，其孰与不足乎？饔飧牢醴，足以供宾客之需；车马器械，足以备征伐之用。借曰不足，百姓自有以应之也，又孰与不足乎？吁！彻法之立，本以为民，而国用之足，乃由于此，何必加赋以求富哉！

此篇文题，出自《论语·颜渊》。破、承都用作者之意，不入圣贤口气。“盖谓”以下入圣贤口气，围绕朱熹《论语集注》所谓“有若深言君民一体之意”展开论述，分为起讲、出题、虚股、中股、后股、束股、大结等段落，体式完备。王鏊此文，可说是八股文正体的典范之作。

正德、嘉靖时期，明代八股文由成熟走向鼎盛。“有明八大家者，合吴县王鏊、武进唐顺之、常熟瞿景淳、武进薛应旂、昆山归有光、德清胡友信、归善杨起元、临川汤显祖而称也。”（《制艺丛话》卷十二引卫廷琪语）“八大家”中，嘉靖时期占了四家，即唐顺之、薛应旂、归有光、瞿景淳，其时八股文之盛，可见一斑。与成化、弘治时期注重八股文的文体规范相比，这一阶段更偏重八股文的气格和篇章技法。这一特点的形成，缘于唐宋派对八股文的改革：在技法方面，将古文章法尤其是唐宋八大家的文法运用于八股文写作，所谓“起伏呼应，虚实开阖”（茅坤《文诀五条训缙儿辈》），“正反开阖、抑扬唱诺、顺逆周折、骋控张歙，其变不穷而文之情状极矣”（王慎中《义则序》），均是就技法而言；在气格、精神方面，具体来说，即“于六经及先秦两汉书疏与韩、苏诸大家之文涵濡磅礴于胸中，将吾所为文打得一片，凑泊处则格自高古典雅”（茅坤《文诀五条训缙儿辈》）。嘉靖时期八股文的显著特点是“以古文为时文”。唐顺之所作《子莫执中执中为近之执中无权犹执一也》、归有光所作《大学之道在明明德在亲民在止于至善》即是其中的代表作。

隆庆至崇祯七十余年间是明代八股文的新变期。其新变情形,大体包括以下几个方面:第一,体式结构和文章技法更趋成熟和完备。在体式完备的背景下,求新求变乃势所必然,不然就无从在科举考试中得到考官的青睐。第二,八股文的思想基础在这一时期发生了动摇:程朱理学失去了一统地位,取而代之的是阳明心学,老庄道学、禅宗等思想也错见其间,八股文写作中出现了“异学”横行的局面。第三,八股文题目逐渐流于琐细,截搭题盛行。所谓截搭题,是于经文中不当连而连,不当断而断,割截而成的八股文题。这是比较典型的偏题、怪题。任何一种考试,一旦形成固定的体制,各种揣摩试题的学习方法必然应运而生。在这种情况下,为了防止考生抄袭范文,出偏题、怪题就成为一种被认可的选择。

隆庆、万历时期的八股文名家有胡友信、汤显祖、赵南星、陶望龄、许獬、汤宾尹等。其中,汤显祖的八股文讲究技法,崇尚清通雅正,所作墨卷《我未见好仁者》“无事钩章棘句,而题之层折神气毕出,其文情闲逸,顾盼作态,固作者所擅场”(方苞《钦定隆万四书文》卷二评语)。崇祯间的八股文名家有江西派的艾南英、陈际泰、罗万藻以及云间派的陈子龙、夏允彝。他们宗经复古、崇尚淳雅,试图改革八股文风,并借以改变士风。陈际泰在崇祯四年成进士时已年届七旬。他一生致力于八股文写作,“一日可二三十首”“先后所作至万首”,当时见于流传的也有千余篇。他对明末八股文风的改造,主要体现在“泛出于《穀梁》、《荀卿》、《国策》、《韩非子》者为尤多”(魏禧《跋归震川先生全集》)。

## 第五节　明代文言小说

明代文言小说包括笔记小说和传奇小说两个类型,笔记小说成就不高,传奇小说则取得了较高的成就,开创了新的局面。

### 一、笔记小说

明代笔记小说包括志怪小说和逸事小说。祝允明《语怪编》、陆粲《庚巳编》、徐祯卿《剪胜野闻》算是写得比较好的志怪小说,但无法与此前的作品相提并论。何良俊《何氏语林》、李绍文《明世说新语》、郑仲夔《兰畹居清言》、曹臣《舌华录》这类世说型作品,陆容《菽园杂记》、顾元庆《云林遗事》、杨循吉《苏谈》这类杂记型作品,在逸事小说发展史上的地位也不高。

## 二、传奇小说

传奇小说的兴盛主要体现为三个方面。一是传奇小说集的陆续问世。明代前期出现了两部著名的传奇小说集：瞿佑《剪灯新话》约成书于洪武十一年，刊行于宣德初年；李昌祺《剪灯余话》约成书于永乐十八年，刊行于宣德八年。明代中期出版了两部传奇小说集：赵弼《效颦集》刊刻于嘉靖年间，陶辅《花影集》刊刻于嘉靖二年。这两部小说分别创作于宣德年间和弘治年间，之所以这么晚才出版，是因为作者害怕社会舆论。明代后期的传奇小说集，著名者有如下两部：嘉兴隐者钓鸳湖客撰《志余谈异》（成书于万历初年）、邵景詹撰《觅灯因话》（约成书于万历二十年）。

二是传奇小说选本的陆续问世。瞿佑《剪灯新话》出版后，由于朝廷和社会舆论的干预，传奇小说集的创作迅速进入低谷。时至嘉靖年间，随着社会精神生活氛围的逐渐宽松，唐人传奇又开始在社会上流布，各种总集和选本陆续问世。嘉靖四十五年谈恺根据《太平广记》传抄本加以校补，刻板重印，成为《太平广记》现存最早版本。选本如陆楫辑《古今说海》、王世贞编《剑侠传》、王世贞编《艳异编》等陆续刊印。这些选本大都体例不严，真伪错杂，但迅速扩大了唐人传奇的影响，促成了上述“剪灯”类传奇小说创作的再度复苏。

三是中篇传奇小说创作的繁荣。明代中篇传奇小说是继承元宋梅洞《娇红记》的传统而形成的一个系列。据现存材料，明代第一篇中篇传奇小说是李昌祺的《贾云华还魂记》，时在永乐十年。此后数十年间，中篇传奇小说大体上是一片空白。其兴盛是在弘治（1488年—1505年）以后。玉锋主人的《钟情丽集》可能产生于成化末弘治初，《龙会兰池录》《双卿笔记》《丽史》《荔镜传》《怀春雅集》问世于弘治、正德间，至迟不晚于嘉靖初；嘉靖至万历年间（1522年—1620年）先后产生了《花神三妙传》《寻芳雅集》《天缘奇遇》《双双传》《五金鱼传》。明代中篇传奇小说穿插大量诗词，可视为对诸宫调唱叹部分的移植。它所关注的题材相当狭窄，仅限于艳情；它对白描不甚重视，因为艳情不太适合于真切的摹绘；它的人物带有病态意味，实质上的妓女与名义上的名门闺秀身份不能吻合。就文化品格而言，弘治、正德以降的中篇传奇小说，实为通俗读物。其传播途径，一是单行出版，一是选入各种通俗类书。就中篇传奇小说在小说史上的影响来看，可以划分为两个层面：第一个层面是对才子佳人小说的影响，第二个层面是对色情小说的影响。明中后期的色情小说，如《如意君传》《痴婆子传》《绣榻野史》《春灯闹》主要受《花神三妙传》《天缘奇遇》这类中篇传奇小说的影响。

瞿佑《剪灯新话》、李昌祺《剪灯余话》、邵景詹《觅灯因话》有“三灯丛话”之称，是明代传奇小说的代表作。这三部小说一方面继承了唐人辞章化传奇的传统，另一方面也接受了宋代话本体传奇如《青琐高议》的滋养，在兼容传统的基础上有所创作、发展。

瞿佑(1347年—1433年)《剪灯新话》在文言小说发展史上占有重要地位。其一,瞿佑恢复了唐人传奇取材于当下人生的传统。这个传统,在宋元一度中断;《剪灯新话》则向现实敞开了怀抱,其情感内容,是瞿佑人生感受或直接或间接的抒发。小说对时代背景的交代,地点、年月、事件,往往非常准确。其二,《剪灯新话》恢复了唐人传奇面向"无关大体"的浪漫人生的传统。瞿佑写爱情最多,其次是隐士,与唐人传奇相比,显然欠缺的是对侠的描绘。其三,《剪灯新话》模拟唐人传奇,不无形迹太似之处。如《华亭逢故人记》之仿效李玫《纂异记·李生》,《龙堂灵会录》之仿效《纂异记·蒋琛》,均为著例。但瞿佑在艺术表现上也时见颖异。如《金凤钗记》虽受《离魂记》《齐推女》启发,但境界焕然一新。

李昌祺(1376年—1452年)仿瞿佑《剪灯新话》作《剪灯余话》,四卷二十篇。李昌祺重视风教,同时也对才子风情津津乐道。他所欣赏的才子风情是才情、艳情与温文尔雅风度的融会。有一个现象值得关注:尽管李昌祺笔下的男女爱情主角风流缱绻,似乎无拘无束,他们却又同时是恪守道德操守的典范。这是经由一系列特殊的情节设计体现出来的:其一,男女主角"风流"的前提是有过"父母之命",虽然在许多情况下"父母之命"只是意向而没有形诸正式的聘礼。其二,婚事不谐,是由其他原因造成,并非当事人负心所致。其三,女主角即使曾嫁过人或者落入歹人之手,也绝不至于失节。其四,女主角既是才妇,又是贤妻。其五,当他们必须在生命与"节""义"之间作出选择时,能毫不犹豫地以生命的毁灭来达到崇高的伦理境界。

从邵景詹《觅灯因话》中的八篇小说来看,作者对于儒家的人格境界是钦佩之至的:施济的救拔穷愁(《桂迁感梦录》)、孙恭人的贞贤(《孙恭人传》)、郭雉真的坚贞不屈(《贞烈墓记》)、妓女翠娥的"甘心对冰雪,不爱艳阳春"(《翠娥语录》)、唐珏的忠义(《唐义士传》)等,他都予以精心刻画;与之形成对照,他也鞭笞了刘生的奸诈(《桂迁感梦录》)、姚公子的豪奢挥霍(《姚公子传》)、官吏的险恶残暴(《贞烈墓记》)、杨琏真伽的贪求无已(《唐义士传》)、铁胡二生的淫亵(《卧法师入定录》)。高尚人格与私欲的矛盾构成《觅灯因话》的内容主体。

## 第六节　明代话本小说

明代白话短篇小说,在文学史上通常称作"话本"和"拟话本"。"话本"就是说话人敷演故事的底本,模仿话本而创作的故事称拟话本。本书说的话本小说,是话本和拟话本的合称。

## 一、话本小说的基本知识

话本小说的历史发展经历了萌生、兴盛、繁荣和衰落四个时期。“说话”艺术在唐代兴起，我国现存最早的话本——敦煌话本即产生于唐代。话本小说兴盛于宋元时期，明初至明中叶可视为这一兴盛期的延续。洪楩汇刻的《六十家小说》（现代影印本改题《清平山堂话本》）以及《熊龙峰刊行小说四种》收录了宋元至明代的话本小说。明代天启到清代康熙年间是拟话本的繁荣期，也是话本小说史上第二个创作高峰期。“三言”“二拍”代表了这一时期话本小说的最高水平，除此之外，可以一提的拟话本还有天然痴叟著《石点头》、周清源纂《西湖二集》、陆人龙撰《型世言》、金木散人编《鼓掌绝尘》、西湖渔隐主人撰《欢喜冤家》、西湖逸史撰《天凑巧》、华阳散人编辑《鸳鸯针》、东鲁古狂生著《醉醒石》、李渔著《无声戏》和《十二楼》等。清代雍正、乾隆以后，拟话本创作走向衰落，光绪年间刊印的《跻春台》是最后一本拟话本集。

话本小说具有独特的体制。归纳起来，一般包括五个部分：题目、入话、头回、正话、篇尾。题目是表明故事内容的主要标志。入话即开篇，通常以一首或数首诗词开头。其作用主要是点明小说主旨，概括全篇内容，渲染烘托特定气氛。头回又叫“笑要头回”“得胜头回”“得胜利市头回”，是入话和正话之间插入的一段与正话相关的短故事，有承上启下、衬托对比正话的作用，并和入话一起达到肃静场面、稳定到场听众和聚集听众的目的。正话指讲述的主要故事，是话本小说的主体部分，也称“正传”，一般包括散文和韵文两部分。篇尾又称“煞尾”，往往缀以诗词或题目，具有相对独立性。它接在正话故事结局之后，直接由说话人（或作者）出面总结全篇主旨，或对人物事件作出评论。

## 二、“三言”“二拍”

“三言”是冯梦龙汇集、编纂的宋元明白话短篇小说总集。冯梦龙原拟将这三部白话短篇小说集统称为《古今小说》，所以《喻世明言》出版时就题为《全像古今小说》，但因《警世通言》《醒世恒言》未用《古今小说》二刻《古今小说》三刻之名，《古今小说》也就成了《喻世明言》的别名了。“二拍”即《初刻拍案惊奇》和《二刻拍案惊奇》，是凌濛初根据历史文献并模仿话本体制创作的小说。

冯梦龙和凌濛初编纂、创作短篇白话小说，是为了导情，也是为了劝惩。冯梦龙声称“我欲立情教，教诲诸众生”，发出了“愿得有情人，一齐来演法”的呼吁（《情史序》）。不过，冯梦龙始终没有忘记文化规则的重要性。在他看来，“自来忠孝节烈之事，从道理上做者必勉强，从至情上出者必真切。夫妇其最近者也，无情之夫，必不能为义夫；无情之妇，必不能为节妇。世儒但知理为情之范，孰知情为理之维乎。”（《情史》卷一《情贞类》总评）凌濛初也强调自己的创作“意存劝戒，不为风雅罪人”(《二刻拍案惊奇·小引》)。他们编撰的“三言”“二拍”聚焦于宋元明时代的普通人群，揭示了人性欲求与文化规则的互动。

在表现人性欲求与文化规则的律动方面，“三言”“二拍”有两类题材值得关注。一类是商业题材。商业带来的巨大财富改变了传统的四民观念，财富成为人生成功的标志。《初刻》卷一指出，商人“以利为重，只看货单上有奇珍异宝值得上万者，就送在首席，余者看货轻重，挨次坐去，不论年纪，不论尊卑，一向做下的规矩。”文若虚因衣履寒碜遭怠慢，后来发现他的价值连城的鼍龙壳后，主人连忙赔罪，重新治席，奉为上客。《二刻》卷二十七指出：“徽州风俗，以商贾为第一等生业，科举反在次着。”无商不奸的传统观念也发生了动摇。《醒世恒言》卷十八、《醒世恒言》卷十、《警世通言》卷五中的商人都有美好的品质，都是勤劳致富的典范。买卖公平、诚实守信、取之有道，成了商人世界的行为准则。

另一类是婚恋题材。这类作品肯定人性欲求，有时甚至会否定一些伦理规则；但在大是大非面前，还是认同文化规则。其中的一些篇目，在文化规则和人性欲求的张力中表达出来的人生感悟颇为深刻。《警世通言》卷三十五描写邵氏守寡十年为仆人所诱，小说指出，“孤孀不是好守的”“倒不如明明改嫁了丈夫”。《二刻拍案惊奇》卷十一甚至发出了男女平等的呼声。一些作品对红杏出墙的描写，也体现了前所未有的深度。《喻世明言》卷一写蒋兴哥和新婚妻子王三巧两情相得，因生计不得不出外经商，滞留不归，结果妻子红杏出墙。蒋兴哥深爱自己的妻子，休妻时，不仅没有当面责备妻子，而且把大量钱财送给了妻子。王三巧深爱蒋兴哥，当着现任丈夫吴知县的面，抱着蒋兴哥号啕大哭，感动得吴知县当即让他们重归于好。为了维护文化规则，作者让陈商客死，让陈商之妻改嫁蒋兴哥，王三巧因有污点只得作蒋兴哥的小妾。《二刻拍案惊奇》卷三十八则关注夫妻房中生活的情趣。房中风月被视为婚姻生活的一个组成部分，它有时甚至决定了婚姻生活的成败。

从审美特征看，“三言”“二拍”都注重情节的曲折复杂，以获得一种“拍案惊奇”的效果。凌濛初指出：“今之人但知耳目之外牛鬼蛇神之为奇，而不知耳目之内，日用起居，其为谲诡幻怪，非可以常理测者固多也。”(《初刻拍案惊奇序》)这段话道出了“三言”“二拍”的情节特点，即所描写的都是普通民众的日常生活，但作者总是把这种生活安排得跌宕起伏。因为只有这样，才能让听众产生审美愉悦。比如《喻世明言》卷二十六就以曲折情节给人以拍案惊奇的效果。该篇叙杭州沈小官因为养鸟害了包括自己在内的七条人命：沈小官带画眉出外比赛，结果旧病发作，倒在路旁，箍桶匠王公杀了沈小官，把头扔了，将画眉卖给了汴梁客商李吉，李吉转卖给了东京的御用禽鸟房；贫民黄老狗竟让自己的两个儿子大保小保将自己的头割下来，送往沈小官家，冒领一千贯赏钱；沈小官父亲沈昱到京发现自己家的画眉，官府将李吉当作凶手处死；李吉的同伴到杭州经商，将箍桶匠王公告到官府，案情大白，王公、大保、小保均凌迟处死，王婆受了惊吓，活活跌死。其案情之曲折迷离，确乎“非可以常理测”。

“三言”“二拍”的叙事还具有某种程度的表演意味。这主要表现为三个方面。其一是叙事的程式化。说唱艺术有着相对稳定的程式,并固化为特定的语言、特定的人物、特定的情节,讲唱艺人掌握了这些程式,就可以临场发挥,随意编造故事。“三言二拍”中出现的套语、道具性人物和雷同性情节都是讲唱程式的产物。其二是叙事语言的现场化呈现。讲唱艺人叙事时经常和观众对话,营造现场气氛。“三言”故事案头化时保留了这一特征,凌濛初创作“二拍”时,继承了这一特征,也在作品中虚拟作者与读者对话。其三是人物心理活动的细致描摹。讲唱艺人在长期的讲唱生涯中感悟悲欢离合,体贴世态炎凉,不断揣摩人物心理,将故事引向深入,改写了中国叙事文学不擅心理描写的历史。“三言”中的《蒋兴歌重会珍珠衫》《卖油郎独占花魁》等作品堪称心理描写的典范。

“三言”“二拍”的叙事也注意酿造喜剧情调。为了满足听众的需求,讲唱艺人热衷于创造喜剧性情节,用误会、巧合、谐音等手段营造喜剧性氛围,冯梦龙和凌濛初继承和发扬了这一传统。《醒世恒言》卷七就是其中一篇极具喜剧性的作品:苏州吴江县有一对表兄弟,其名字本身就充满喜剧色彩:一饱读诗书,英俊潇洒,家道败落,是名钱青;一胸无点墨,家境富裕,奇丑无比,却名颜俊。颜俊癞蛤蟆想吃天鹅肉,逼着媒人向高家美女求亲,夸说自己的财富、才华和美貌,又逼表弟钱青到高家面试,骗取婚约。迎亲之日,又逼钱青前去,凑巧归途为风雪所阻,钱青急得团团转,这时偏偏有个叫周全的提出新郎新娘在娘家圆房,弄得啼笑皆非。颜俊苦等新娘,如热锅上的蚂蚁,好不容易盼到新娘到家,听说钱青和新娘在娘家圆房,不顾钱青的解释,大打出手,结果折了钱财,吃了官司,新娘也被县令断归了钱青。

## 第七节　明代章回小说(上)

### 一、历史进程

明代章回小说的历史进程,可以嘉靖元年(1522年)《三国志通俗演义》(下文简称《三国演义》)刻本的出现为界,分为两个大的阶段。一般认为,《三国演义》和《水浒传》产生于明初,但直至嘉靖年间才见到刻本。从明初到嘉靖元年这段时间内诞生的白话小说,目前所能见到的是以词话形式出现的作品,即成化年间所刊《新刊全相唐薛仁贵跨海征辽故事》等词话十三种。明代章回小说创作主要集中于嘉靖元年(1522年)至崇祯十七年(1644年)的一百二十二年间。嘉靖隆庆五十年间,新创章回小说7部,其中书坊主熊大木、余邵鱼创作的便占了五部。七部中,六部为历史演义和英侠传奇。万历至崇祯年间,章回小说的创作迎来了它的活跃期,各类小说纷纷面世。

明代章回小说创作领域的经典示范效应非常明显,《三国演义》《水浒传》《西游记》和《金瓶梅词话》分别开创了历史演义、英侠传奇、神魔小说、人情小说四大小说流派,追随者众多。历史演义有《隋唐两朝志传》《隋史遗文》《新列国志》《隋炀帝艳史》等,英侠传奇有《大宋演义中兴英烈传》《杨家府演义》《英烈传》等,神魔小说有《三宝太监西洋记》《北方真武祖师玄天上帝出身志传》《八仙出处东游记》《铁树记》《咒枣记》《飞剑记》《韩湘子全传》《封神演义》《东渡记》《西游补》等,描写世情乃至艳情的作品有《绣榻野史》《浪史》《杜骗新书》《醋葫芦》等。

公案小说、时事小说也形成了一定规模。安遇时编《包龙图判百家公案全传》于万历二十二年(1594年)出版后,掀起了公案小说的出版高潮,比较著名的有《廉明奇判公案传》《皇明诸司公案传》《新民公案》《海刚峰先生居官公案传》《明镜公案》。晚明时期兴起的时事小说主要描写明季党争、辽东战事和明末叛乱,如《魏忠贤小说斥奸书》《新镌警世阴阳梦》《玉镜新谭》《皇明中兴圣烈传》,写魏忠贤事;《辽海丹忠录》《镇海春秋》,写辽东战事;《剿闯通俗小说》,写李自成叛乱事。

## 二、三国演义

《三国演义》是中国第一部章回小说,也是中国古代成就最高的历史演义。它的作者,一般认为是元末明初的罗贯中。对于罗贯中,我们所知甚少。他创作的那部《三国演义》原貌到底如何,我们也无从知晓。目前留存下来的《三国演义》版本,有两个系统。一是志传系统。这个系统主要出现在嘉靖至天启年间,系印刻比较粗糙的闽本,其最大的情节特点就是穿插有花关索故事。主要版本有《新刻全像大字通俗演义三国志传》《新刻按鉴全相批评三国志传》《三国志传评林》等。二是演义系统。这个系统的本子印制比较精致。最早的本子是嘉靖年间的《三国志通俗演义》。此后先后出现了《李卓吾先生批评三国志》以及李渔的评点本。清代康熙年间,毛纶、毛宗岗父子以《李卓吾先生批评三国志》为基础,整饬回目,删改情节,并进行精心评点,超越了此前的所有版本,从此垄断了清代的出版市场,目前通行的也是这个本子。

在漫长的成书过程中,《三国演义》主要融注了史传文学和民间文学的成果。其史传来源主要是晋陈寿的《三国志》和刘宋裴松之为《三国志》作的注,其民间文学来源主要是指民间的"说话"(讲故事)和民间的演戏。《三国演义》继承史传文学和民间文学提供的素材时也继承了史传文学和民间文学的文体规范。这两种文体,我们称之为准纪事本末体和准话本体。就一般情形而言,记叙曹操与董卓、袁绍、袁术等的纠葛以及孙权集团的活动,偏重准纪事本末体,如官渡之战、夷陵之战;而当涉及刘备集团时,则较多采用准话本体,如赤壁之战、七擒孟获、六出祁山。

这两类描写分别具有如下一些特点:就文体功能来说,准纪事本末体的功能是资治通鉴,准话本体的功能是拍案惊奇。就价值取向来看,准纪事本末体的核心是总结历史经验,准话本体则追求道德化的情感满足。就题材处理和美学风格来说,准纪事本末体强调实录影响历史进程的重大事件和重要人物,采用第三人称全知叙事,回避直接心理描写,人物语言以理性化见长,排斥诙谐;准话本体则喜欢虚构、渲染若干有助于塑造人物或表达感情倾向却并未影响历史进程的情节,较多运用直接心理描写与第三人称限知叙事的技巧,经常使用悬念制造神秘感和传奇色彩,刻意营造喜剧情节追求诙谐效果。

准纪事本末体和准话本体的文体规范在官渡之战和赤壁之战的描写上有显著体现。官渡之战是一个以少胜多的著名战役,此战奠定了曹操统一北方的基础。作者采用实录笔法、全知视角、理性化的语言记叙了整个战争进程,叙事的焦点为双方的战争策略。作者先后展示了双方谋士的策略以及主帅对这些策略的采纳情况,双方谋士之高下、双方统帅决策之得失一清二楚,胜败结局由此决定。这种叙事方式给人以智慧上的启迪,却不一定产生令人拍案惊奇的效果。赤壁之战是历史上以少胜多的又一著名战役,此战确定了曹刘孙三分天下的格局。描写这一战役时,作者采用了虚构手法、限知视角,刻意制造悬念和喜剧效果,重在渲染战争的惊心动魄,给人以审美的愉悦。就题材处理来说,作者虚构、移植了大量的情节:舌战群儒、智激周瑜、蒋干中计、草船借箭、祭东风、义释曹操。就美学风格来说,作者设计憨厚、大智若愚的鲁肃周旋于诸葛亮与孙权、周瑜之间,刻意制造悬念和戏剧化的审美效果。鲁肃知道孙权寡不敌众难以下决心联刘抗曹,所以先后三次嘱咐诸葛亮:“今见我主,切不可言曹操兵多。”诸葛亮每次都满口答应,最后却故意说曹操兵马百万战将千员,弄得鲁肃惊慌失措,及至明白这是在智激孙权后才恍然大悟。诸葛亮一次又一次识破周瑜的计谋,周瑜担心诸葛亮将来祸害东吴,一次又一次设计谋害诸葛亮,鲁肃出于战略联盟的考虑,为诸葛亮担惊受怕,乃至想方设法为诸葛亮解围,最后干脆向周瑜隐瞒诸葛亮识破周瑜机关的真情,无一不在给读者制造心理紧张。

《三国演义》塑造人物形象时同样遵循着准纪事本末体和准话本体的文体规范,这在曹操和刘备形象的塑造上表现得尤其明显。准纪事本末体崇尚理性,注重历史评判,即重在总结历史经验,揭示历史发展规律。第十八回郭嘉分析曹操袁绍成败时指出:“今绍有十败,公有十胜,绍兵虽盛,不足惧也。”仔细阅读这十胜十败的具体内容,我们发现,这是一种历史评判,曹操的形象是准纪事本末体视野中的形象。后者崇拜偶像,注重道德评判,即注重在人物身上倾注道德理想。第六十回刘备入川时曾向庞统表明心迹:“今与我水火相敌者,曹操也。操以急,吾以宽;操以暴,吾以仁;操以谲,吾以忠;每与操反,事乃可成耳。”这是一种道德判断,无论是曹操还是刘备,其形象均是准话本体视野中的形象特质。

在准纪事本末体的视野下，曹操是一个叱咤风云的英雄，是一个出色的政治家、军事家和战略家。作为政治家，曹操身上有一种英姿勃发的进取精神；作为军事家，曹操不仅勇武无比，而且谋略盖世；作为战略家，曹操迎汉献帝到许昌，挟天子以令诸侯，并用这张王牌吸引了一大批追随者。准话本体视野中的曹操却是一个彻头彻尾的奸雄。《三国演义》第一回就给曹操定下了奸诈的性格基调：诈称中风，欺骗父亲，诬告叔父；许劭说他是“治世之能臣，乱世之奸雄”，曹操听了，不以为耻，反以为荣。第四回写曹操残杀吕伯奢全家，第十七回写曹操向王垕“借头”稳定军心，彰显了其性格中的奸诈、残忍和凶暴因素，将曹操塑造成了极端的利己主义者。

历史上的刘备是个枭雄，可是准话本体视野下的刘备则变成了一个万民仰慕的仁主。刘备的仁主形象是通过如下三种方式加以塑造的。一是民本思想的渲染。在曹刘孙三方中，刘备直到晚年才有自己的地盘，是最没有条件实施爱民措施的，可是作者偏要见缝插针，表现刘备的爱民情怀。刘备任区区一新野县令不久，作者便急急忙忙编出一民谣来歌颂刘备：“新野牧，刘皇叔，自到此，民丰足。”二是政治、军事斗争的道德化。刘备总是打着那张刘皇叔的血统牌，到处声称：天下者刘氏之天下也。早期动不动就搞个衣带诏和曹操对抗，晚期则干脆称王称帝，以汉室正统自居。三是君臣关系、朋友关系的理想化。三顾之恩、鱼水之情、托孤之重，让诸葛亮感恩戴德，鞠躬尽瘁、死而后已。六出祁山，乃知其不可为而为之，最后积劳成疾，病死五丈原。刘关张桃园结义，同席而食、同榻而卧，同患难、共生死；关羽降汉不降操、秉烛达旦、千里走单骑，义薄云天；刘备不惜江山，举全国之力为兄弟报仇，兵败身亡，感天动地。

## 三、水浒传

《水浒传》的问世，标志着英侠传奇这一小说类型的成熟。《水浒传》的作者，一般认为是施耐庵，主要依据是高儒的《百川书志》：“《忠义水浒传》一百卷，钱塘施耐庵的本，罗贯中编次。”有关文献显示，《水浒传》在明代嘉靖年间出现过刻本，但已亡佚。此后出现了繁本和简本两个版本。简本包括上梁山、招安、征辽、征田虎、征王庆、征方腊以及宋江被毒死等所有情节。繁本百回本包括上梁山、招安、征辽、征方腊、宋江被毒死，百二十回本在百回本的基础上增加了征田虎、征王庆，七十回本系删改本，“梁山泊英雄大聚义”后以“卢俊义惊噩梦”作结。金圣叹对《水浒传》进行了精心评点，所以他删改的七十回本出来后，垄断了整个清代的出版市场。

《水浒传》是民间艺人对历史上的宋江故事加以捏合、想象最后经文人加工整理而成的。根据南宋罗烨《醉翁谈录》著录的“小说”话本名目，朴刀类有《青面兽》，公案类有《石头孙立》，杆棒类有《花和尚》《武行者》。南宋末年出现的《宣和遗事》属于说话艺术的“讲史”门类，其中的“梁山泺纪事本末”标志着水浒故事拥有了一个初具长篇规模的叙事架构。该故事以聚义为中心，将梁山好汉组织到一个完整的叙事架构中:三十六人是分五批先后上山落草的,其核心事件有三,一为杨志卖刀,二为晁盖等人劫取生辰纲,三为宋江杀阎婆惜。元代艺人发挥他们的天才想象力,将梁山好汉的个人传奇和集体事业推向新的境界。这一时期产生了一大批描写梁山好汉的杂剧作品。《录鬼簿》《录鬼簿续编》载录了三十三种水浒戏(含元明间作),其中有六种剧本完整保存至今。后来的文人带着自己的理想对这些素材进行加工,创作了《水浒传》。

这一成书过程、素材来源决定了《水浒传》题材上的三个显著特征:绿林化、豪侠化、政治化。同时,也决定了《水浒传》作者对题材的处理,即采用民间说唱和戏曲提供的情节,遵循民间说唱文体规范的同时,尽量体贴生活的真实,形成了生活化的细节描写、生活化的悬念设计、生活化和个性化的人物语言。

江湖和庙堂是《水浒传》的两个世界,江湖世界的核心伦理是“义”,庙堂世界的核心伦理是“忠”,将这两个世界的故事命名为《忠义水浒传》可谓名副其实。可是,由于《水浒传》素材来源的多元性和题材特征的多元性,《忠义水浒传》又往往名不副实。忠和义在文本意蕴和人物性格上呈现出复杂的指向。

《水浒传》的江湖世界是个复杂的世界,《水浒传》中的“义”是一个复杂的概念。从《水浒传》的题材特征来看,《水浒传》的“义”可以分为豪侠之义和绿林之义。豪侠之义的精髓在于行侠仗义、打抱不平,在于扶危济困、安良除暴。绿林之义的精髓在于惺惺相惜。豪侠之义、绿林之义呼唤野性和生命力。鲁智深倒拔垂杨柳、武松景阳冈打虎、武松醉打蒋门神,其力拔山兮气盖世的力量、其勇猛豪宕的气象,令人叹为观止。豪侠以武犯禁,绿林犯上作乱,都是以超越、破坏社会常规为前提的;而社会需要常规来维护秩序和公平,所以作者在《水浒传》开头便设置了一个“官逼民反”的叙事架构,说明当时的权力机构无法维持社会的公平和秩序,说明梁山之义、梁山暴力不仅合理,而且值得推崇。但是,“官逼民反”这一叙事架构其实概括不了所有梁山好汉的命运。林冲等少量好汉可以算是被官府逼上梁山的,但卢俊义等人却是被梁山逼反的。“官逼民反”这一叙事架构也掩盖不了大部分梁山好汉的绿林秉性,他们当中的许多人犯上作乱,有的甚至无恶不作,他们是主动走进江湖走上梁山的。

《水浒传》将梁山好汉故事设置在传统的忠奸结构中来加以驾驭。一方面演绎朝廷的忠奸斗争,指出道君皇帝被四大奸臣蒙蔽,看不到宋江等人的忠肝义胆,但是正直忠诚的宿太尉最终拯救了“宋江们”,让“宋江们”感到“云开见日”。另一方面演绎好汉们报国无门、忠君无望、功名不遂的人生悲剧。在宋江的带领下,在宿太尉的帮助下,梁山好汉突破重重障碍,终于实现了招安报国的愿望。招安,是忠君的体现,是庙堂的召唤。同时也是社会规范的要求,是作者社会责任感的体现。但是,作者的叙事策略并不能够将所有素材的客观意蕴涵盖起来,意图与素材之间存在着明显的张力。这种张力突出表现为梁山好汉的言行不一,许多好汉口口声声忠于国家,却莫名其妙地做了强盗。

《水浒传》中江湖和庙堂的复杂关系在宋江身上得到充分的体现。说宋江是“义之烈”,那是有根据的。第十八回,宋江一出场,《水浒传》就给他进行定位:“以此山东、河北闻名,都称他做及时雨。”宋江冒着血海般的干系私放晁盖,更让宋江名声大振。从此,及时雨、呼保义成了江湖的偶像。宋江南下江州,一路化险为夷,靠的就是他的江湖名声。浔阳岭上、浔阳镇上、浔阳江上、江州法场上,莫不如此。除了梁山好汉外,其余搭救宋江的好汉和宋江都可说是素昧平生。宋江所到之处,江湖拱手,我们能不说宋江是“义之烈”吗?说宋江是“忠之烈”,那也是有根据的。作为刀笔吏的宋江向往上层社会,希望建功立业、封妻荫子、青史留名,奉行主流社会的价值观念:“忠”“孝”。他在这方面做得也很不错,所以才有一个“孝义黑三郎”的绰号。在宋江看来,上梁山是不忠不孝之举,所以他见到送金条前来报恩的刘唐特别害怕;出于同样的原因,他不得不把阎婆惜杀了;杀了阎婆惜后,他从没有想到要上梁山。晁盖死后,宋江立即将“聚义厅”改为“忠义堂”。为了寻求招安,宋江通过多种途径向朝廷传递讯息,甚至忍辱负重、低声下气、百折不挠地向朝廷效忠。招安后,忍受着奸臣们的嫉恨和迫害,寻求报国机会;被奸臣下毒后,担心部下叛乱,还把李逵给毒死了。其忠可旌,其情可悯。义是宋江联结李逵一流人物思想的纽带,忠是宋江沟通关胜一流人物思想的桥梁。但是,忠和义是矛盾的,往往不能两全。作者把宋江作为故事情节的核心人物,赋予宋江组织梁山队伍的重任,结果导致宋江口口声声忠于道君皇帝,却一直干着背叛道君皇帝的勾当。这种矛盾是无法从人物自身的性格逻辑中得出合理解释的,只能解释为作者主观意图与客观素材之间存在的张力所致。

## 第八节　明代章回小说(下)

明代中后期的章回小说,以《西游记》和《金瓶梅》最为重要。它们分别代表了神魔小说和人情小说的最高成就。

### 一、《西游记》

《西游记》是中国古代神魔小说的代表作,它的问世,标志着神魔小说作为一种小说类型已经成熟。《西游记》的写定者是谁,迄今还是一个谜。现存明刊本未署作者,清刊本则多署全真派道士邱处机,此说基本不为学界认可。清代乾隆年间的吴玉搢首次提出《西游记》的作者是吴承恩,此说经胡适、鲁迅等人倡导后,《西游记》

的版权页上就出现了吴承恩的名字。

《西游记》现存最早刊本是明万历二十年金陵唐氏世德堂《新刻出像官板大字西游记》，这个刊本无唐僧出世故事。所有《西游记》的清代评点本都试图挖掘《西游记》的文化寓意尤其是道教寓意。清初汪象旭编辑出版的《西游证道书》自称依据大略堂《西游释厄传》将唐僧出世情节插入百回本《西游记》，首次将著作权归属邱处机，并用道教理论评点《西游记》。陈士斌《西游真诠》、刘一明《西游原旨》均踵武汪象旭，谓《西游记》“阐三教一家之理，传性命双修之道”（刘一明《西游原旨序》）。张书绅《新说西游记》以儒学评点《西游记》，张含章《通易西游正旨》则以《周易》评点《西游记》。

《西游记》写的是孙悟空、猪八戒、沙和尚、白龙马保护唐僧前往西天取经的故事。全书分为三个部分，第一部分为孙悟空的成长史，展示了道教的宇宙生成模式、石猴的出生和访道历程、石猴的命功修炼过程以及称王花果山、闹龙宫、闹地府、闹天宫而后被压在五行山的过程；第二部分交代取经缘起，主要写了如来说法、观音访僧、魏征斩龙、太宗入冥、刘全进瓜和唐僧奉诏取经；第三部分为唐僧的取经史，包括相对独立而又互相关联的四十一个故事。这四十一个故事加上唐僧出世的故事，就构成了《西游记》中用以考验唐僧的九九八十一难的情节，因此，唐僧才是小说的主人公。

谈到《西游记》中的宗教性，我们必须正视《西游记》中的佛教内涵尤其是心性修炼。唐僧取经在作品中落实为“心生种种魔生、心灭种种魔灭”的心性修炼，贯穿作品始终的是作为西天取经指导思想的《多心经》。第十三回，众僧人提到西天取经的艰难：“三藏钳口不言，但以手指心，点头几度。”“众僧莫知其意，三藏只好开口：‘心生，种种魔生；心灭，种种魔灭。’”这句话为西天取经定下了心性修炼的基调。第十九回，玄奘向乌巢禅师询问西天大雷音寺，乌巢禅师告诉玄奘：“路途虽远，终须有到之日，却只是魔障难消。我有《多心经》一卷，凡五十四句，共计二百七十字。若遇魔障之处，但念此经，自无伤害。”并对唐僧宣念了一通。唐僧耳闻一遍《多心经》，即能记忆，并且有感而作了一篇偈语。作者通过全知叙事指出《多心经》“乃修真之总经，作佛之法门也”；而唐僧所作偈语“乃是玄奘法师悟彻了《多心经》，打开了门户。那长老常念常存，一点灵光自透”。此后，所有的故事均围绕着这一心性理念展开。所谓取经途中的妖魔，其实是“心”的欲望的种种象征。《西游记》的命意与佛教的心性修养理论是相通的。

谈到《西游记》中的宗教性，我们还必须正视《西游记》中的道教内涵尤其是性命双修理论。孙悟空的成长史是一个命功修炼成功、性功修炼失败的修炼史，因此他加入取经队伍辅佐唐僧西天取经是为了进行性功的修炼，这一性功修炼便和佛教的心性修炼合二为一了。西天路上的诸多妖怪，男的要吃唐僧肉，女的要与唐僧成亲，体现的是道教的尚阳理论。唐僧的徒弟以及大部分妖怪均来自道教，他们的居所、食物乃至宝贝均反映了道教的洞天福地思想、服食理论和修炼理念。这也是《西游记》在传播过程中道教化的根基所在。

谈到《西游记》的世俗性,我们必须看到《西游记》所承接的民间演艺传统。民间演艺的一个特征就是对世情的体贴入微。受这种传统的影响,《西游记》把唐僧写成了一个肉眼凡胎的血肉之躯。他有着世俗的欲望,他面对着世俗人梦寐以求而不得的世俗诱惑。然而,唐僧却以血肉之躯顽强地挡住了这些诱惑,证道成佛。比如,在女色的诱惑面前,唐僧确实心动过,确实害怕过,也确实恐惧过,但是唐僧自始至终意识到自己是个高僧,"咬钉嚼铁,以死命留得一个不坏之身"。

民间演艺的另一个特征是对世情的调侃。《西游记》经常借题发挥讽刺世情。比如第三十六回,唐僧向宝林寺僧官借宿,僧官不允,还训斥了唐僧一顿;悟空去借,僧官满口答应,唯唯诺诺:"行者闻言暗笑,押着众僧,出山门下跪下。那僧官磕头高叫道:'唐老爷,请方丈里坐。'八戒看见道:'师父老大不济事,你进去时,泪汪汪,嘴上挂得油瓶。师兄怎么就有此獐智,教他们磕头来接?'三藏道:'你这个呆子,好不晓礼!常言道,鬼也怕恶人哩。'"作者对世情的调侃,充满机智和风趣。

民间演绎对世情的调侃营造了《西游记》的喜剧风格。这在塑造八戒时表现得格外明显。八戒的丑陋、贪吃和好色是《西游记》多次使用的笑料。猪八戒本人也很幽默。面对自己的尊容常常自嘲:我很丑,可我会干活;我很丑,可我很管用;丑自丑,看久了还别有一番风味呢。尤其值得注意的是,《西游记》常常用戏谑描写淡化恐怖情节,将蒸四圣一类事件写得妙趣横生:面对死亡,猪八戒居然琢磨着怎么死才痛快、才划算,甚至责怪负责烧火的小妖玩忽职守,孙悟空居然还像儿童玩过家家一样和猪八戒开着玩笑。

## 二、《金瓶梅》

《金瓶梅》是明清长篇人情小说的第一部代表作,它的问世,标志着人情小说作为一种小说类型已经成熟。它最初是以抄本的形式出现在万历年间的文人、名士和政客面前的。万历四十五年(1617年),该书以《新刻金瓶梅词话》为名在苏州面世。这就是学界所说的词话本、万历本。崇祯年间又有《新刻绣像批评原本金瓶梅》面世,这就是学界所谓的说散本、崇祯本。康熙年间,张竹坡以崇祯本为底本进行评点,以《张竹坡批评金瓶梅第一奇书》为名出版,这就是学界所说的张评本。该书的作者"兰陵笑笑生"究竟是谁,迄今依然是一个谜。目前,学术界普遍认为《金瓶梅》是由文人独立创作的第一部长篇小说。不过,由于《金瓶梅》部分情节的素材来自民间演艺传统,也有部分学者坚持认为《金瓶梅》仍然是世代累积型的集体创作。

《金瓶梅》的情节大体可以分为三个部分。前二十九回主要通过潘金莲(第一至十二回)、李瓶儿(第十三至二十回)、宋惠莲(第二十二至二十九回)的个人传奇向读者介绍了西门庆家族的境况、西门庆诸妻妾之间的复杂关系以及西门庆等人的情色欲望。第三十回至七十九回，旨在展示西门庆的家庭生活和与之相关的社会生活。主要描写了四个方面的内容，一为以潘金莲、李瓶儿的矛盾为核心的妻妾争锋，二为以西门庆、李瓶儿、潘金莲为中心的纵欲生活，三为以西门庆为中心的政治生活、经济生活和社交生活，四为以吴月娘为中心的宗教生活。第八十至第八十九回，主要写潘金莲与陈经济宣淫纵欲，最后魂归永福寺；第八十九回后的情节主要描写陈经济折磨西门大姐，将家业败光后，与庞春梅纵欲宣淫，并因此而丧生。小说在叙述潘金莲、陈经济、庞春梅的纵欲生活史的同时，穿插交代了西门庆产业的败落和家属的风流云散。

《三国演义》关注政治、军事生活，《水浒传》关注豪侠生活和绿林生活，《西游记》关注高僧的修持生活，人物描写均带有传奇色彩，离普通人的生活比较遥远。《金瓶梅》则用写实的笔法描摹市井人物，展示了明代中后期社会（小说中假托为北宋末年）的生动图景。

西门庆本质上是个商人。作者描写了西门庆作为商人的两个特征。一是言利不言义。媒婆薛嫂告诉西门庆，寡妇孟玉楼家里有大堆财产，西门庆听了喜欢得眼睛眯成了一条缝，也不管孟玉楼是再醮妇人，比他还大两岁，当即下礼定亲，趁着孟玉楼丈夫的亲戚为财产分割吵得不可开交之时，让薛嫂带人把孟玉楼的财产一阵风样抬走了。二是注重现金周转。他曾说过："兀那东西（指银子），是好动不喜静的，曾肯埋没在一处？也是天生应人用的，一个人堆积，就有一个人缺少了。因此积下财宝，极有罪的。"因此总是将钱用于盈利；他一改以往富人的吝啬形象，出手大方，甚至给人以慷慨的印象。他"专在县里管些公事，与人把揽说事过钱"。又得了几笔横财：迎娶孟玉楼得了一笔，迎娶李瓶儿得了一大笔，女婿陈经济投靠时又带来了一大笔。他利用这几桶金扩大经营规模，由开药铺扩大到经营绒线铺、绸缎铺、当铺，垄断了当地的商业市场。同时，他又派伙计在江湖上走标船，在南方设立办事处，经营茶叶、食盐乃至古董，做起了长途贩运。行商坐贾，他一个人占全了。

西门庆经营商业的同时，还想方设法挤入官场。他谋求官职的目的是给生意护航。他买通钞关官员偷税漏税，"十车货便少了许多税钱""三停只报了两停""通共十大车货，只纳了三十两五钱钞银子"（第五十九回）；他买通山东巡按，包揽了朝廷的一笔古董生意；他用金钱、美女贿赂新科状元蔡蕴，蔡蕴任两淮巡盐御史时便让他比一般商人提前一个月掣取三万盐引，牟取了巨额暴利。

西门庆的社交生活有两个层面。一个是和官员们周旋，满足官员们的欲求。结交蔡状元，迎请宋巡按，东京庆寿诞，豪请六黄太尉，西门庆花钱如流水，堪称大手笔。交接权贵既提升了西门庆的社会地位，也给西门庆的商业带来了诸多暴利。另一个是和应伯爵等十兄弟在妓院等场所鬼混胡闹，沉浸于一种低俗的人生状态中。这个层面上，西门庆有着"仗义疏财，救人贫难"的豪举。西门庆的生活是离不开这帮朋友的。应伯爵简直是个帮闲的天才。他略通文墨，各种游戏样样在行，具有喜剧演员的素质；他见多识广，精通各种商业行情；他人情练达，能屈能伸，善于周旋；他善于享受，还是个美食家。他不仅能给西门庆带来各种快乐，而且能给西门庆做中间人，是西门庆生意上的好帮手。“应伯爵”确实“应白嚼”。

《金瓶梅》第一次聚焦市井暴发户的家庭生活，热衷于描写庭院内的日常宴饮、节庆、生日、庆典、游戏、串门、走亲戚等琐碎事件，揭示人物之间的复杂关系，昭示普通人的多元欲求。西门庆有一堆妻妾：吴月娘、李娇儿、孟玉楼、李瓶儿、潘金莲、孙雪娥，除了吴月娘外，她们基本上没有什么正经事情可做，可做的事情就是如何消闲度日。由于她们各有各的性格，各有各的欲求，各有各的社会关系，于是在西门庆的宅院内上演了一幕幕闹剧。

## 第九节　明代戏曲

### 一、明代杂剧

明代杂剧创作颇为繁盛，其作品逐渐呈现文人化、南曲化的趋势。不过，在和传奇的较量中，北杂剧在万历年间成为绝响。明代前期杂剧创作主要集中于宫廷和王府，代表作家有汤舜民、杨景贤、贾仲明、朱权、朱有燉等人。剧作或为宫廷演出服务，或为韬晦而作。明代中期杂剧作家的主体意识逐渐强化，大量作品抒写文人自身的情感尤其是人生失意的情绪，因此也被称为文人剧。代表作家有李开先、冯惟敏、康海、王九思等。明代后期杂剧代表作家有陈与郊、王衡、叶宪祖、王骥德、吕天成、凌濛初、沈自征、徐复祚、卓人月、孟称舜等。徐渭是其中最杰出的杂剧作家，著有《四声猿》和《歌代啸》。这一时期对明代杂剧作品的整理和研究也提上日程，沈泰所编《盛明杂剧》初集和二集收明代杂剧六十种，祁彪佳的《远山堂曲品》是最早著录和品评明杂剧的专著。

### 二、明代传奇

明代“传奇”是指在南戏基础上发展起来的活跃于戏曲舞台上的海盐、弋阳、昆山、余姚等各大声腔及其变体的长篇戏曲剧本。明代前期，传奇创作的主体是民间艺人和下层文人，丘濬《五伦全备记》、邵璨《香囊记》成为文词派先声。嘉靖年间，传奇创作领域出现了两个重大转变：一是士大夫改变鄙视传奇的观念，成为传奇创作主体。二是昆山腔的风行。魏良辅对昆山腔进行改革，梁辰鱼利用改革后的昆山腔创作《浣纱记》,开创了文人用昆山腔创作剧本的先河。此后昆山腔迅速风行全国,在与各大声腔的竞争中成为剧坛主流。嘉靖、隆庆年间,士大夫文人撰写了一批反映政治斗争的传奇作品。其中,李开先《宝剑记》、王世贞《鸣凤记》(一曰其门人作)、梁辰鱼《浣纱记》乃明中叶传奇代表作。同时,还有一批在舞台上常演不衰的情感剧,如郑若庸《玉玦记》、李日华《南西厢记》、崔时佩《南西厢记》、张凤冀《红拂记》等。嘉靖以后尤其是万历年间,剧作家由重理到重情,在剧作中大胆探讨人性,肯定人欲,汤显祖的《临川四梦》成为时代的最强音;与此同时,传奇音乐体制走向成熟,其突出标志,是沈璟的《南九宫十三调曲谱》就宫调、曲牌、句式、音韵、声律、板眼等问题作出规定,成为戏曲创作中的"指南车"(徐复祚《曲论》)。这一时期的代表作品有高濂《玉簪记》、屠隆《昙花记》、王骥德《题红记》、沈璟《红蕖记》等。天启、崇祯年间,传奇编剧技巧进一步提升,但失去了万历年间的感情锋芒。吴炳《疗妒羹》、孟称舜《娇红记》、袁于令《西楼记》、沈自晋《翠屏山》、冯梦龙《双雄记》、阮大铖《石巢四种》等是其中的代表作。

吴江派的诞生和"汤沈之争"是明代曲坛盛事,昭示了传奇创作文人化进程所达到的高度。沈璟重视音律,强调"名为乐府,须教合律依腔";语言上追求本色。在他的影响下,形成了一个创作流派。汤显祖的剧作在当时曲坛产生了震撼性的影响,但其剧作不便于昆曲演唱,引起沈璟等人的批评,并纷纷将其作品改编,这让汤显祖大为恼火。于是,沈璟和汤显祖之间爆发了一场争论。沈璟改编汤作,一是认为汤显祖过于逞才,文辞过于藻饰,语言不本色;二是认为汤显祖剧作的文辞不合音律,不便演员演唱。汤显祖则强调传奇的曲意,推崇"意趣神色",甚至认为"余意所至,不妨拗折天下人嗓子"。当时的很多曲家都卷入了这场论争,极大地推进了传奇创作的繁荣。实际上,沈璟很欣赏汤显祖的才情,甚至仿作汤剧;汤显祖也曾认可沈璟的曲论,只是在争论中,双方就文辞与曲律孰更重要展开了极端论述而已。此后的传奇作家都很注意曲意和曲律的辩证统一:"予谓二公譬如狂、狷,天壤间应有此两项人物。不有光禄,词硎不新;不有奉常,词髓孰抉? 倘能守词隐先生之矩矱,而运以清远道人之才情,岂非合之双美者乎?"(吕天成《曲品》卷上)

明代最为著名的传奇作品无疑是汤显祖(1550年—1616年)的《临川四梦》。汤显祖十四岁便补为诸生,二十一岁中举,三十四岁中进士。中进士前后,汤显祖拒绝首辅张居正、申时行的拉拢,丧失了大好前程。在南京担任闲职时,又和一群不满朝政的中下层官员意气风发地抨击时政。四十二岁那年上《论辅臣科臣疏》,批评万历登基二十年来的朝政,结果被贬为徐闻典史。四十四岁量移遂昌知县,并于四十九岁弃官归临川;五十二岁那年,吏部不顾有关官员的反对,对弃官归家的汤显祖进行考核,以"浮躁"罢免汤显祖,终结了汤显祖的政治生涯。汤显祖弃官回家后,以其超常的生命意识和大彻大悟的出世情怀铸就了明代传奇的巅峰之作——《临川四梦》。

汤显祖不仅一生耽于情，而且还“喜任侠，好急人”(查继佐《汤显祖传》)。这两种特性决定了《紫钗记》和《牡丹亭》的艺术构思。《紫钗记》叙写黄衫客行侠仗义，帮助霍小玉、李益冲破重重阻力，使有情人终得团圆。《牡丹亭》则表达了汤显祖对男女至情的礼赞：“情不知所起，一往而深，生者可以死，死可以生。生而不可与死，死而不可复生者，皆非情之至也。”(汤显祖《牡丹亭记题词》)

《牡丹亭》中杜丽娘那不知所起的情感实际上源于杜丽娘的生命欲求。杜丽娘的父亲南安太守杜宝不仅是个勤于政事的好官员，而且还是个爱女情深的好父亲。夫妻俩教导女儿勤学女工，熟读男女《四书》，还请先生教《诗经》，希望女儿知书识礼，能够和未来夫君谈吐相称。老师陈最良是个腐儒，只晓得照本宣科，自称一生收束心性，从来不晓得伤个春悲个秋。他们都忽视了杜丽娘体内萌动的性爱欲求，认为女孩子哪晓得男女之事，甚至连杜丽娘在衣服上绣鸳鸯都加以禁止。陈最良以“无邪”解《关雎》，杜丽娘却从《关雎》中读出了两情相悦的意味，发出“人而不如鸟乎”的慨叹；杜丽娘“一生爱好是天然”，游园发现了自然之美，也发现了自身之美，她期待这种美丽有人知赏。

《牡丹亭》最为成功的地方在于作家借助人间——阴间——人间这一结构，将“生生死死随人愿”的情感表现得淋漓尽致。杜丽娘可以在梦中满足情欲，醒来后情思绵绵，独自跑到园中去寻梦；寻梦归来，惆怅无限，从此相思成病；写真画像，为的是希望有人能欣赏自己的美丽；临死前请求父母将自己葬于梅树之下，将行乐图藏于太湖石底，渴望梦中情人能够一睹芳容；地府判官感杜丽娘之情，不坏其真身，特发路引，许其畅游。柳梦梅能异地感应杜丽娘之梦，三年后拾画把玩，感得杜丽娘鬼魂前来幽会；柳梦梅甚至不惧鬼魂，掘开坟墓，令杜丽娘起死回生，共遂男女之欢。一旦从梦中醒来，一旦从阴间回到人间，汤显祖不得不让笔下人物遵守现实的法则。剧中有两个关目特别值得注意。一是，杜丽娘还魂后，柳梦梅一直催着要成亲，可是杜丽娘却一再强调自己还是处女身，需要遵从父母之命、媒妁之言；柳梦梅怪杜丽娘假道学，杜丽娘却正告柳梦梅：“鬼可以虚情，人需实礼。”二是杜太守认定柳梦梅是个盗墓贼，杜丽娘还魂是妖异作祟，柳梦梅顽强抗争，为他和杜丽娘的情感作了最大限度的辩护。“若士以为情不可以论理，死不足以尽情，百千情事，一死而止，则情莫有深于阿丽者矣。况其感应相与，得《易》之咸；从一而终，得《易》之恒。则不第情之深，而又为情之至正者。”(王思任《批点玉茗堂牡丹亭叙》)正因如此，《牡丹亭》才在人性层面和伦理层面均获得了展开的空间。

才气横溢的汤显祖是个填词高手，其曲辞不仅具有浓厚的抒情性，而且神韵具足。优美的曲辞是《牡丹亭》打动一代代读者的关键所在。如《惊梦》《寻梦》两出曲辞：

[醉扶归](旦)你道翠生生出落的裙衫儿茜，艳晶晶花簪八宝填，可知我常一生儿爱好是天然？恰三春好处无人见。不堤防沉鱼落雁鸟惊喧，则怕的羞花闭月花愁颤。

[皂罗袍]原来姹紫嫣红开遍，似这般都付与断井颓垣。良辰美景奈何天，赏心乐事谁家院。恁般景致，我老爷和奶奶再不提起。(合)朝飞暮卷，云霞翠轩，雨丝风片，烟波画船，锦屏人忒看的这韶光贱。

[江儿水]偶然间心似缱，梅树边。这般花花草草由人恋，生生死死随人愿，便酸酸楚楚无人怨。待打并香魂一片，阴雨梅天，守的个梅根相见。

[醉扶归]、[皂罗袍]非常传神地写出了杜丽娘的情感波澜，兴奋、沉醉、后悔、伤春、闺怨，种种情态，毕现无遗；[江儿水]抒发杜丽娘内心的渴望和执着，缠绵悱恻，极为动人。

《南柯梦记》和《邯郸梦记》属于度脱剧，既传达了汤显祖的人生感悟，也抒发了汤显祖的政治苦闷，别有一番风味。如《邯郸记》叙卢生慨叹自己不能“建功树名，出将入相”，吕洞宾于是授予卢生一个磁枕，引卢生进入梦乡，在梦中经历了一番荣辱升沉，实现了所有愿望，也遭遇了刻骨铭心的痛楚。一梦醒来，黄粱犹未熟，于是大彻大悟：“人生眷属，亦犹是耳，岂有真实相乎！其间宠辱之数，得丧之理，生死之情，尽知之矣。”汤显祖在描写卢生梦中功名的过程时，感慨人情冷暖和世态炎凉，用峻切之语对朝政进行了严厉的批判。明代科场腐败、吏治腐败、君臣荒淫、宦官敛财、权臣威福、朋党倾轧诸世相，均在作者的抨击之列。“开元天子重贤才，开元通宝是钱财。若道文章空使得，状元曾值几文来。”“如此朝纲把握难，不容怒发不冲冠。则这黄金买身贵，不用文章中试官。”“书生白面好轻人，只道文章稳立身。直待朝中难站立，始知世上有权臣。”《赠试》《夺元》《骄宴》中的这三首下场诗对科举舞弊和权臣结党的讽刺极为辛辣，激愤之情溢于言表。

## 本章小结

明代自太祖朱元璋洪武元年(1368年)灭元建国，至思宗朱由检崇祯十七年(1644年)在煤山自缢，前后共历十六帝、二百七十七年。明代文学承宋元而来又自具特点。从横向看，小说、戏曲等文类蓬勃发展，成就卓越；而诗文领域则以复古思潮为主脉，流派之间和流派内部往复论争，极大地促进了文学理论的繁荣，并对创作产生了显著影响；以诗、文为主体的雅文学和以小说、戏曲为主体的俗文学，两者之间相互影响，相互渗透。从纵向看，明代文学可以大体分为三个阶段：洪武至天顺年间，台阁文风绵延相续，并在总体上主导了文坛习尚；成化至嘉靖年间，前后七子的崛起导致“台阁坛坫移于郎署”，文坛格局和文体布局大为改变；隆庆至崇祯年间，在汹涌澎湃的“主情”思潮和反主情思潮中，晚明文学呈现出其特有的风貌。明代文学特点的形成，既有文学自身发展的内部原因，又与明代特殊的政治、经济状况和文化生态有关。

## 学习评价

| 评价维度 | 评价项目 | 评价内容 | 评价标准 | 自我评分 |
|---|---|---|---|---|
| 知识 | 基础性知识 | 文学史各基础知识点 | 牢固掌握古代文学史基础知识；掌握代表作家、作品、风格特点；掌握文学史重要关键词；能够记诵并理解 | |
| | 体系性知识 | 对文学史的整体知识把握和理解 | 理解特定时段文学史的发展进程；熟悉各类文体的流变特征；掌握各文学流派、文学集团、文学运动的产生与特点，对一个时期的文学现象能够作出整体评价 | |
| | 背景性知识 | 影响文学史发展的背景知识 | 了解影响文学史发展的社会历史背景、政治思想背景、哲学宗教背景；了解社会生活特别是士人生活与文学创作的关系 | |
| 能力 | 专业能力 | 对古代文学作品的专业阅读与分析能力 | 拥有阅读古代文学作品的语言能力和文化知识背景；能够根据文学史知识对文学作品进行分析和鉴赏；能够对文学史现象进行解释；形成古代文学文本分析和理解的方法论 | |
| | 学习能力 | 文学史学习的态度、方法与技能 | 学习内在驱动力强；有自觉的学习方法和模式；独立思考；能够与他人充分交流，善于合作 | |
| | 创新能力 | 自我发展与提高 | 拥有良好的问题意识；善于利用前人研究成果；能够利用各种方式收集和处理信息尝试解决问题；富于创新精神 | |
| 情感 | 素质培育 | 文学审美趣味 | 能够形成正确的文学审美态度和良好的审美趣味 | |
| | 情感培育 | 文化认同感 | 了解自身文化渊源，对优秀传统文化有认同感，树立文化自信 | |
| | 价值观培育 | 价值观实践 | 能够将审美态度和文化认同融入实际生活 | |

## 推荐阅读

1.郑利华.明代诗学思想史[M].上海:上海古籍出版社,2022.

2.鲁迅.中国小说史略[M].北京:中华书局,2014.

3.(美)夏志清.中国古典小说导论[M].合肥:安徽文艺出版社,1988.

4.张锦池.《西游记》考论[M].哈尔滨:黑龙江教育出版社,1997.

5.陈文新,鲁小俊,王同舟.明清章回小说流派研究[M].武汉:武汉大学出版社,2003.

## 本章自测

**1.填空题**

(1)高棅编纂的(　　　　),将唐诗分为初唐、盛唐、中唐、晚唐四个时期,开启了明诗宗唐复古的理论风潮。

(2)前七子倡导复古运动,提倡(　　　　　　　　)。

(3)公安派的诗学理论核心是(　　　　　　　　)。

(4)杨慎最著名的词作,自然是那首出现在毛评本《三国演义》开篇的(　　　)。

(5)(　　　　)被认为是促成明代晚期曲风转变的关键人物。

(6) 冯梦龙编辑《挂枝儿》《山歌》,其目的是(　　　　　　　　　　　)。

(7)唐宋派以唐顺之、王慎中和(　　　)为代表。

(8)张岱小品文主要见于(　　　　　)《西湖梦寻》《琅嬛文集》等书。

(9)(　　　　　)《剪灯余话》《觅灯因话》有"三灯丛话"之称,是明代传奇小说的代表作。

(10)明代章回小说创作领域的经典示范效应非常明显,《三国演义》《水浒传》《西游记》和《金瓶梅》分别开创了历史演义、英侠传奇、神魔小说、(　　　　　)四大小说流派。

(11)《水浒传》在题材上的三个显著特征是:(　　　　)、豪侠化、政治化。

(12)康熙年间,(　　　　)以崇祯本为底本对《金瓶梅》进行了评点。

(13)(　　　)的杂剧代表作是《四声猿》和《歌代啸》。

(14)嘉靖年间,传奇创作领域出现了两个重大转变:一是士大夫改变鄙视传奇的观念,成为传奇创作主体。二是(　　　　　)。

(15)吴江派的诞生和(　　　　　)是明代曲坛盛事,昭示了传奇创作文人化进程所达到的高度。

(16)明代传奇的巅峰之作——《临川四梦》包括《紫钗记》《牡丹亭》《南柯梦记》和(　　　　)。

**2. 简答题**

(1)简述明代各个时期的诗歌流派及其代表性诗人。

(2)简述明代八股文的体制和各个时期的代表性作家。

(3)简述话本小说的体制和代表性作品。

**3. 论述题**

(1)如何理解《三国志通俗演义》的文体规范。

(2)如何理解《西游记》的宗教性和世俗性。

## 参考文献

[1]左东岭,孙学堂,雍繁星.中国诗歌研究史·明代卷[M].北京:人民文学出版社,2020.

[2]郭英德,张德建.中国散文通史·明代卷[M].合肥:安徽教育出版社,2013.

[3]龚笃清.中国八股文史[M].长沙:岳麓书社,2017.

[4]张仲谋.明代词学通论[M].北京:中华书局,2013.

[5]陈大康.明代小说史[M].北京:人民文学出版社,2007.

[6](美)浦安迪.明代小说四大奇书[M].沈寿亨,译. 北京:生活·读书·新知三联书店,2006.

[7]郭英德.明清传奇史[M].南京:江苏古籍出版社,1999.

[8](日)田仲一成.中国戏剧史[M].云贵彬,于允,译.北京:北京广播学院出版社,2002.

# 第八章　清代文学

## 本章概要

本章简述清代文学的发展历程，涉及诗、词、散文、骈文、辞赋、白话小说、文言小说、戏曲八大类型。在介绍各家各派理论主张、创作特色的同时对其代表性作品作了深度解读。

## 学习目标

1.对经典作品，应在认真阅读文本的基础上，了解学术界的相关研究成果。

2.对于清代文学总体进程的把握，应将文学史知识与具体文学作品结合起来，既要做到线索清晰，又要不失具体生动。

3.对于清代文学的重要流派、重要文学现象，应在整体把握的基础上作进一步的考析。

4.清代文学具有集大成的性质，它与此前文学有很多联系，应注意从纵向加以理解。

## 学习重难点

### 学习重点

1.清代重要文学流派及其代表作家、作品。

2.清代小说家、戏曲家的人生感悟及其创作。

### 学习难点

1.清代学术思潮与文学演变的关系。

2.清代政局与文学演变的关系。

3.清代文学的集大成特征。

## 思维导图

- 清代文学
  - 诗
    - 前期——遗民诗人、虞山派、娄东派、国朝六家
    - 中期——格调派、浙派、肌理派、性灵派
    - 晚期——启蒙诗人、宋诗派、同光体、汉魏六朝诗派、晚唐诗派、诗界革命、南杜
  - 词
    - 前期——阳羡词派、浙西词派、京华三色
    - 中期——浙西词派、常州词派
    - 晚期——常州词派、清季四家、文廷式、王国维
  - 散文
    - 前期
      - 文人之文
      - 学人之文
    - 中期——桐城派
    - 晚期
      - 经世散文
      - 湘乡派
      - 文界革命
  - 骈文辞赋
    - 前期
      - 陈维崧、毛奇龄
      - 胡天游
    - 中期
      - 国朝八家四六文抄
      - 汪中
    - 晚期
      - 国朝十家四六文抄
      - 王闿运、李慈铭
  - 白话小说
    - 前期
      - 《隋唐演义》《说岳全传》
      - 《醒世姻缘传》《续金瓶梅》
      - 《肉蒲团》《桃花影》
      - 《玉娇梨》《平山冷燕》
      - 《无声戏》《十二楼》《豆棚闲话》
    - 中期
      - 《粉妆楼全书》《飞龙全传》《说呼全传》
      - 《绿野仙踪》《何典》
      - 《红楼梦》《儒林外史》《歧路灯》等
      - 《野叟曝言》《镜花缘》《蟫史》《燕山外史》
    - 晚期
      - 旧轨道——《荡寇志》《后水浒传》等
      - 新方向——《官场现形记》等
  - 文言小说
    - 志怪小说——《池北偶谈》《子不语》《阅微草堂笔记》《右台仙馆笔记》
    - 传奇小说——《聊斋志异》《夜谭随录》《浇愁集》等
  - 戏曲
    - 前期——苏州派作家群、风流文人型剧作家、抒愤寄怀型剧作家
    - 中期
      - 剧坛现象
      - 代表作品
    - 晚期——传统戏剧创作、京剧繁盛、戏剧改良运动、话剧诞生

# 第一节　清代诗歌

清代诗人人数之多，诗歌篇数之多，超过以往任何一个朝代。仅《晚清移诗汇》所收诗人就有6100余家，诗作27000余首。据《全清诗》编委会的初步推算，清代有作品传世的诗人超过10万人。清诗不仅数量巨大，而且其成就超越元明，上追唐宋，在中国诗歌史上具有重要地位。

## 一、清代前期诗歌

明清之际的诗坛，活跃着以傅山、顾炎武、黄宗羲、王夫之、屈大均等为代表的遗民诗人以及虞山派、娄东派诗人。其中，虞山派的钱谦益和娄东派的吴伟业影响尤大。

钱谦益(1582年—1664年)，字受之，号牧斋，江苏常熟人。崇祯初官礼部右侍郎，旋革职。弘光时依附马士英、阮大铖，起为礼部尚书。清顺治二年(1645年)迎降，授礼部侍郎。在任仅五个月即托病辞归，秘密从事抗清活动。谄事马、阮和降清，为其一生两大污点。编有明诗总集《列朝诗集》。钱谦益的诗作于明代者为《初学集》，入清之后有《有学集》，另有《投笔集》系晚年所作。《有学集》多涉亡国之痛、故国之思，比之《初学集》更为人所重。佳句如“桃叶春流亡国恨，槐花秋蹈故宫烟”“南渡衣冠非故国，西湖烟水是清流”，皆沉郁悲凉，哀丽欲绝。《投笔集》始作于顺治十六(1659年)郑成功和张煌言兵入长江之际，止于康熙二年(1662年)，形式上步和杜甫《秋兴八首》，其中一百零四首分为十三叠，每叠八首，借反清复明斗争抒写个人情怀，被陈寅恪称为明清之诗史。

吴伟业(1609年—1672年)，字骏公，号梅村，江苏太仓人。明崇祯四年(1631年)会元、榜眼，官至左庶子。后仕清，官至国子监祭酒，旋丁忧归，有《梅村家藏稿》。对于自己之仕清，吴伟业在诗词中表达了深切自责，“我本淮王旧鸡犬，不随仙去落人间”，“忍死偷生廿余载，如今罪孽怎消除”。吴伟业以七言歌行最为擅长，世称梅村体。代表诗作《圆圆曲》通过铺叙陈圆圆与吴三桂的悲欢离合，反映明清易代之际的重要史实，并用比喻、双关、用典、咏叹等艺术手段表达自己对吴三桂降清的批评。《四库全书总目》卷一七三评曰：“其中歌行一体，尤所擅长。格律本乎四杰，而情韵为深；叙述类乎香山，而风华为胜。韵协宫商，感均顽艳，一时尤称绝调。”诗史、情韵和风华的融合，使梅村体兼取四杰和元白之长，不为其中任何一家所牢笼。

清代前期的重要诗人，还有康熙年间的“国朝六家”，即南施(闰章)北宋(琬)、南朱(彝尊)北王(士禛)以及查慎行、赵执信,其中王士禛影响最大。

王士禛(1634年—1711年),字贻上,号阮亭,别号渔洋山人,山东新城(今桓台)人。顺治十五年(1658年)进士,官至刑部尚书。有别集《带经堂集》和诗歌理论著作《带经堂诗话》。王士禛论诗以"神韵"为宗,其诗歌创作亦以"神韵"为主。他要求诗歌具有含蓄深蕴、言尽意不尽的特点,特别推崇王维、孟浩然。成名作是二十四岁时在济南所赋《秋柳四首》。此诗一出,传遍大江南北,和者甚众。其中第一首云:

秋来何处最销魂?残照西风白下门。他日差池春燕影,只今憔悴晚烟痕。愁生陌上黄骢曲,梦远江南乌夜村。莫听临风三弄笛,玉关哀怨总难论。

诗歌意义模糊、朦胧,但借助两类反差巨大的意象形象地传达了心绪,所谓"神韵"亦正在于此。

## 二、清代中期诗歌

清中期诗坛大略有四派,即格调派(沈德潜)、浙派(厉鹗)、肌理派(翁方纲)和性灵派(袁枚)。其中性灵派声势最大,袁枚之外,蒋士铨、赵翼、张问陶、郑燮、黄景仁、舒位、王昙、孙原湘等皆可归于此派。

沈德潜(1673年—1769年),字确士,号归愚,江苏长洲(今苏州)人。早年功名蹭蹬,67岁方成进士,官至礼部侍郎,深受乾隆赏识。有《沈归愚诗文全集》。其论诗以"格调"为宗,喜好探讨章法、声调和诗格。此外,他还提出温柔敦厚说,强调诗歌应当"和性情,厚人伦,匡政治,感神明""一归于中正和平"(《唐诗别裁集·重订唐诗别裁集序》)。他编选的《古诗源》和《唐诗别裁集》《明诗别裁集》《清诗别裁集》,推行其说,在乾隆时期影响很大。至于其诗作,虽有所谓"盛世之音",但有规格法度而较少真气,成就不高。

厉鹗(1692年—1752年),字太鸿,号樊榭,浙江钱塘人。康熙五十九年(1720年)举人,长期馆于扬州马氏小玲珑山馆,有《樊榭山房集》《宋诗纪事》。其诗工于山水,又好用典故。因而他的诗或清俊生新、圆润秀媚,或取材新奇、蹊径幽微,但同时气格和力量稍弱,缺少雄浑阔大的局面。厉鹗为清中叶浙派诗的代表人物,在"格调"说占据主流地位之际另辟坛坫,其意义更不容小觑。

翁方纲(1733年—1818年),字正三,号覃溪,晚号苏斋,直隶大兴(今属北京)人。乾隆十七年(1752年)进士,官至内阁学士、礼部侍郎,有《复初斋诗集》《复初斋文集》《石洲诗话》。作为有名的金石家、考据家、书法家,翁方纲论诗倡导"肌理"说,谓"为学必以考证为准,为诗必以肌理为准"(《志言集序》)。主张宗法宋诗,认为"诗至宋而益加细密,盖刻抉入里,实非唐人所能囿也"(《石洲诗话》卷四)。大抵其"肌理"说包括"义理"和"文理",前者指以六经为基础的思想和学问,后者指形式上合乎"诗法"。

他自己的创作实践，自诸经传疏以及史传考订、金石文字，皆入于诗，是典型的学人之诗。

袁枚（1716年—1798年），字子才，号简斋，世称随园先生，浙江钱塘人。乾隆四年（1739年）进士，入翰林院，出为江苏溧阳、江宁等地知县。33岁便辞官闲居江宁随园，一时风雅，于斯为盛，有《小仓山房文集》《随园诗话》等。袁枚论诗标举“性灵”说，反对“格调”说、“肌理”说。性灵说内涵有二，一是主张抒写性灵。强调性情为诗的第一要素，“性情以外本无诗”（《寄怀钱玮沙方伯予告归里》），“诗者，各人之性情耳，与唐宋无与也”（《答施兰垞论诗书》）。二是主张诗歌创作需要灵性。强调诗歌创作靠的是个人的天性和智慧，“作诗如作史也，才学识三者宜兼，而才为尤先”，“诗人无才不能役典籍，运心灵”（《蒋心余藏园诗序》）。

袁枚的诗作亦以性灵为宗，其有名者如《马嵬》：

莫唱当年长恨歌，人间亦自有银河。石壕村里夫妻别，泪比长生殿上多。

此诗以“石壕村”与“长生殿”对举，可见诗心之巧。

## 三、清代晚期诗歌

晚清诗坛，传统与新变并存。得时代风气之先，最富批判精神者，首推龚自珍，论者或称之为启蒙诗人。龚自珍（1792年—1841年），又名巩祚，字璱人，号定盦，浙江仁和人。道光九年（1829年）进士，官宗人府及礼部主事。十九年告归，两年后卒于江苏丹阳。今人辑有《龚自珍全集》。龚自珍以启蒙思想家兼文学家名世，其诗亦以思想性见长。今存六百余首诗作，其中相当一部分是针砭时弊之作。如《咏史》反映政治高压下名流、士林的种种情状，《己亥杂诗》之八十六描写鸦片之害。他的诗不仅刻画出清王朝江河日下的末世景象，更表现出诗人积极革新的愿望和主张。如《己亥杂诗》之二百二十：“九州生气恃风雷，万马齐喑究可哀。我劝天公重抖擞，不拘一格降人材。”

道光、咸丰年间以坚持传统的面貌出现的诗歌群体是宋诗派。他们宗法宋诗，确立了以杜韩苏黄为主体的诗学体系。其中，成就最为人瞩目的是郑珍。郑珍（1806年—1864年），字子尹，号巢经巢主，贵州遵义人。道光十七年（1837年）举人，官荔波训导，有《巢经巢诗钞》。陈衍《近代诗钞》谓“子尹历前人所未历之境，状人所难状之状”，举凡琐事、旅途、山水、咏物、怀古、谈艺等皆入其诗，开拓了诗歌之境界。

同治、光绪年间偏向传统的诗歌流派是以陈三立、郑孝胥、沈增植、陈衍为代表的同光体，以王闿运为代表的汉魏六朝诗派，以樊增祥、易顺鼎为代表的晚唐诗派。而能够反映资产阶级文化思想在诗歌领域引起的新变者，是以黄遵宪为代表的诗界革命，至宣统年间则有鼓吹资产阶级民主革命的文学团体南社。

光绪年间,梁启超提出了“诗界革命”的口号。他在《夏威夷游记》中指出,“欲为诗界之哥仑布、玛赛郎,不可不备三长:第一要新意境,第二要新语句,而又须以古人之风格入之,然后成其为诗”。这是在倡导用新的诗歌形式反映风起云涌的社会变革。后来,他在《饮冰室诗话》再次指出,“能以旧风格含新意境,斯可以举革命之实矣”;“近世诗人能熔铸新理想以入旧风格者,当推黄公度”。

黄遵宪(1848年—1905年),字公度,广东嘉应(今梅州)人。光绪二年(1876年)举人,历任驻日、英、美、新加坡等国外交官,回国后署湖南按察使,协助陈宝箴厉行新政。有《人境庐诗草》。其诗歌内容上的特点是:“上感国变,中伤种族,下哀生民,博以环球之游历”(康有为《人境庐诗草序》)。其诗歌艺术上的特点是:以海外文明及新事物入诗。日本樱花(《樱花歌》)、美国竞选(《纪事》)、巴黎铁塔(《登巴黎铁塔》)、伦敦大雾(《伦敦大雾行》)、锡兰卧佛(《锡兰岛卧佛》)等,无不令时人耳目一新。又如名作《今别离》四首,虽为传统的游子思妇题材,但以火车、轮船、电报、照相、东西半球昼夜相反为诗眼,别开生面。其四云:

汝魂将何之?欲与君追随。飘然渡沧海,不畏风波危。昨夕入君室,举手搴君帷。披帷不见人,想君就枕迟。君魂倘寻我,会面亦难期。恐君魂来日,是妾不寐时。妾睡君或醒,君睡妾岂知?彼此不相闻,安怪常参差。举头见明月,明月方入扉。此时想君身,侵晓刚披衣。君在海之角,妾在天之涯。相去三万里,昼夜相背驰。眠起不同时,魂梦难相依。地长不能缩,翼短不能飞。只有恋君心,海枯终不移。海水深复深,难以量相思。

此诗以新事而合旧格,开启古人未曾有之境。

## 第二节　清代词

经历元明之衰微,词至清而中兴。首先表现在词人词作的数量上。《全清词·顺康卷》即收录词人2105人,词作53400余首,《全清词:顺康卷补编》收录词人455家,词作10000余首。其次在表现内容、抒情功能、风格流派等方面亦有很大的拓展和深化。

### 一、清代前期词

以陈维崧为宗主的阳羡词派,以朱彝尊为宗主的浙西词派,以及由纳兰性德、曹贞吉、顾贞观组成的“京华三绝”,乃清代前期词坛最为卓著的代表。

陈维崧（1625年—1682年），字其年，号迦陵，江苏阳羡（今宜兴）人。年五十四始举鸿博，授检讨，预修《明史》，有《湖海楼诗文词全集》。陈维崧填词1600余首，为古今词人所罕见。早期词作多已在其生前删削，后期词作结集为《乌丝词》和《迦陵词》。其词风变化，约可分为前后两期。早岁值家门鼎盛，意气横溢，多旖旎语；中年以后，颠沛四方，趋向沉郁浑厚，悲故国、哀民生、感身世，题材阔大，气魄遒劲。如《贺新郎·纤夫词》《南乡子·江南杂咏》《八声甘州·客有言西江近事者感而赋此》等，皆有“词史”之称。

朱彝尊（1629年—1709年），字锡鬯，号竹垞。浙江秀水（今嘉兴）人。康熙十八年（1679年），举博学鸿词，以布衣授翰林院检讨，预修《明史》，著有《曝书亭集》，又辑唐、五代、宋以至元张翥诸家词为《词综》。朱彝尊师法姜夔、张炎，倡导“清空”“醇雅”，追随者众多，号浙西词派。“闺中逸调”与“塞上羽音”（《曝书亭集词序》）是朱彝尊词作最重要的两个方面。前者如《桂殿秋·思往事》：

思往事，渡江干。青蛾低映越山看。共眠一舸听秋雨，小簟轻衾各自寒。

这首小词追忆与妻妹的情事，极为深婉含蕴。虽系言情，而意韵似又超出爱情之外。

纳兰性德（1655年—1685年），字容若，号楞伽山人。满洲正黄旗人，大学士明珠长子。康熙十五（1676年）年进士，授三等侍卫，寻晋一等，有《通志堂集》《纳兰词》。纳兰于词推尊李后主。李后主词本不易学，而纳兰以深情入词，出乎天然，故论者谓其“得南唐二主之遗”（陈维崧语）。纳兰之深情最显著的表现，一为友情，一为悼亡。其友情发之于词者，如赠顾贞观的《金缕曲·赠梁汾》，念念以来生相定交，读之令人增风谊之重；其悼亡之作如《金缕曲·亡妇忌日有感》，情深词苦、幽艳哀断，继苏轼悼亡词之后，卓然一大家。其边塞词亦独具特色，既有千古壮观之境界，又充满苍凉清怨之音。如其《长相思》：

山一程，水一程。身向榆关那畔行。夜深千帐灯。 风一更，雪一更，聒碎乡心梦不成。故园无此声。

此词上片用“夜深千帐灯”状写边塞壮观景象，下片却用“风一更，雪一更”来烘托思念故园的苍凉清怨之情。

## 二、清代中期词

清代中期词坛以浙西词派和常州词派最为活跃。浙西词派至厉鹗而大盛，“雍正、乾隆间，词学奉樊榭为赤帜，家白石而户梅溪矣”（谢章铤《赌棋山庄词话》卷十一）。厉鹗词以孤冷、幽隽著称，善写山水景致，尤长秋景秋意，《忆旧游》乃其代表作。

常州词派起于嘉庆初年，其开山宗师为张惠言。张惠言（1761年—1802年），初名一鸣，字皋文，江苏武进人。嘉庆四年（1799年）进士，官至翰林院编修，有《茗柯文》《茗柯词》，编有《词选》《七十家赋钞》。作为经文学派学者，张惠言以比兴寄托之说言词，其目的在于“塞其下流，导其渊源，无使风雅之士惩于鄙俗之音，不敢与诗赋之流同类而风诵之也”（《词选序》）。此举确有“尊词体”之功效，意在提高词的地位。张惠言词作仅存四十余首，代表作有《水调歌头·春日赋示杨生子掞》和《木兰花慢·杨花》等。

## 三、清代晚期词

常州词派真正发生重大影响，则有待于清代晚期的词坛领袖周济。周济（1781年—1839年），字保绪，号未庵、止庵，江苏荆溪（今宜兴）人。嘉庆十年（1805年）进士，官淮安府学教授，有《介存斋诗》《杂文》《味隽斋词》，编有《宋四家词选》。周济私淑张惠言，而对张氏词论有所发展和修正。大要有三：一是指出“诗有史，词亦有史”（《介存斋论词杂著》），进一步提升词的地位；二是在张惠言“意内言外”说基础上，进一步提出：“夫词，非寄托不入，专寄托不出”（《宋四家词选目录序论》）；三是只取周邦彦、辛弃疾、王沂孙、吴文英四家作典范，为初学者明示学词之门径。常州词派由此大盛，笼罩晚清词坛。

清季词坛，“四家”（王鹏运、朱孝臧、郑文焯、况周颐）声名最著。四家之外，又有尊崇苏辛的文廷式和提出“境界说”的王国维，共同构成清词之“结穴”。

王鹏运（1849年—1904年），字佑遐，自号半塘老人。广西临桂（今桂林）人。同治九年（1870年）举人，官至礼部掌印给事中。著有《半塘定稿》，又汇刻《花间集》以讫宋元诸家词为《四印斋所刻词》。其词多宗尚常州词派。如《浣溪纱·题丁兵备丈画马》借咏马抒写壮志未酬之慨，寓寄托之旨。由于生当清末，其遇厄穷，其才未施，因而其词亦有慷慨凄激之作，如《念奴娇·登旸台山绝顶望明陵》吊古伤今，沉郁悲凉。

朱孝臧（1857年—1931年），初名祖谋，字古微，号彊村，浙江归安（今湖州）人。光绪九年（1883年）进士，官至礼部侍郎，辛亥革命后以遗老自居。著有《彊村语业》《集外词》，刻有《彊村丛书》，辑有《湖州词徵》《国朝湖州词徵》等。早年以诗名，及交王鹏运，转而致力于词，宗尚吴文英。其词多有关系时事之作，尽管辞颇隐晦，但对国家时局的忧虑，流溢于字里行间。

郑文焯（1856年—1918年），字俊臣，号小坡、叔问，晚号大鹤山人，正黄旗汉军籍，奉天铁岭（今辽宁铁岭）人。光绪元年（1875年）举人，官内阁中书，后为江苏巡抚幕僚四十余年，著有《樵风乐府》《词源斠律》。他精于音律，词风近于吴文英、姜夔、周邦彦诸人。最有名者为庚子年间诸作，如《谒金门》三首，论者以为有黍离麦秀之悲。

况周颐（1859年—1926年），字夔笙，号蕙风，广西临桂（今桂林）人。光绪五年（1879年）举人，官内阁中书、会典馆纂修。曾入两江总督张之洞、端方幕府，又尝执教于武进龙城书院和南京师范学堂。辛亥革命后以遗老自居，寄迹上海，鬻文为生。著有《蕙风词》《蕙风词话》《词学讲义》等，以“重、拙、大”之说最为著名。代表作《水龙吟》：

声声只在街南，夜深不管人憔悴。凄凉和并，更长漏短，彀人无寐。灯炧花残，香消篆冷，悄然惊起。出帘栊试望，半珪残月，更堪在，烟林外！　愁入阵云天末，费商音无端凄戾。鬓丝搔短，壮怀空村，龙沙万里。莫谩伤心，家山更在，杜鹃声里。有啼乌见我，空阶独立，下青衫泪。

此词作于甲午战争后一年，所谓“天时人事为之”，故有如此沉痛悲切之作。以“重、拙、大”衡之，当无愧也。

## 第三节　清代散文

关于清代散文的数量，目前尚无明确的数字，但可以肯定这是一个极为巨大的存在。其内容也相当丰富，如贺长龄、魏源等编《皇朝经世文编》、盛康编《皇朝经世文续编》和陈忠倚编《皇朝经世文三编》，所收官方文书、论著、奏疏、书札等，涵盖了学术、治体、吏政、户政、礼政、兵政、刑政、工政、洋务等清代历史的主要层面。与清代小说、戏曲和诗词相比，散文更能代表清代的主流意识形态。

### 一、清代前期散文

清前期散文以侯方域、魏禧、汪琬三家号称正宗，为文人之文；黄宗羲、顾炎武、王夫之、廖燕、唐甄诸人以思想见长，为学者之文。

侯方域（1618年—1655年），字朝宗，河南商丘人。明末兵部尚书侯恂之子，少有才名，参加复社，与方以智、冒襄、陈贞慧称“四公子”。入清后里居，顺治八年（1651年）应河南乡试，中副榜。有《壮悔堂文集》《四忆堂诗集》。其散文最为人所传诵者有《马伶传》《李姬传》《郭老仆墓志铭》《癸未去金陵日与阮光禄书》等篇。叙事常有小说意味，如《郭老仆墓志铭》中一段：

司徒公尝道经华山，攀崖悬洞而陟其巅，老仆则手挽铁索从焉。华山老道士，年百八十岁矣，谓司徒公曰：“公，贵人也。然生平丰于功业，啬于福用。当腰围玉而陪天子饭，此后一月作难。凡有五大难，过此可耄耋。此仆，当济公于难者也，幸善视之！”

魏禧(1624年—1681年),字冰叔,号叔子,江西宁都人。明诸生,未仕。与兄际瑞、弟礼并有文名,号"宁都三魏",有《魏叔子集》。魏禧自谓"少好《左传》、苏老泉,中年稍涉他氏。然文无专嗜,惟择吾所雅爱赏者"(《与诸子世杰论文书》)。其文得力于《史记》、老苏者居多,凌厉雄杰,摹画淋漓。其叙事文最为人所称,《大铁椎传》《江天一传》等为名篇。

汪琬(1624年—1691年),字苕文,号钝翁,晚号尧峰,江苏长洲(今苏州)人。顺治十二年(1655年)进士,官部曹。康熙十七年(1678年)应博学鸿词试,授编修。有《钝翁类稿》《尧峰文钞》。汪琬论文主雅正,其作亦以雅正为宗,如《送王进士之任扬州序》:

诸曹失之,一郡得之,此十数州县之庆也。国家得之,交游失之,此又二三士大夫之憾也。吾友王子贻上,年少而才,既举进士于甲第,当任部主事,而用新令,出为推官扬州,将与吾党别。吾见憾者方在燕市,而庆者已翘足企首,相望江淮之间矣。王子勉旃,事上宜敬,接下宜诚,莅事宜慎,用刑宜宽,反是罪也。吾告王子止此矣。朔风初劲,雨雪载途,摇策而行,努力自爱。

黄宗羲(1610年—1695年),字太冲,号南雷,学者称梨洲先生,浙江余姚人。诸生,明末以反对阉党闻名,后积极抗清,鲁王授以左副都御史。清廷征召博学鸿词,聘修《明史》,皆辞不就。黄宗羲的散文兼具学识、史笔和情韵。如《万里寻兄记》写其六世祖黄玺万里寻兄之事,其中有一段云:

府君祷之衡山,梦有人诵"沈绵盗贼际,狼狈江汉行"者,觉而以为不祥。遇士人,占之,问:"君何所求?"府君曰:"吾为寻兄至此。"士人曰:"此杜少陵《舂陵行》中句也。舂陵,今之道州。君入道州,定知消息。"府君遂至道州。彷徨访问,音尘不接。

如此叙事,已然是"历史叙事"与"小说叙事"合二为一。又如晚年所作《思旧录》,写"桑海以前"之故交,有云:"余少逢患难,故出而交游最早。其一段交情,不可磨灭者,追忆而志之。开卷如在,于其人之爵位行事,无暇详也。"略其人之"爵位行事",多写过往之生活片段、追怀朋好、杂录见闻,缠绵恻怆,极富韵致。

## 二、清代中期散文

清中期散文的主流是桐城派,戴名世为前驱,经方苞、刘大櫆和姚鼐而极盛。

方苞(1668年—1749年),字灵皋,号望溪,安徽桐城人。康熙三十八年(1699年)解元,四十五年(1705年)会试中式,未殿试。五十年(1711年)因戴名世《南山集》案下狱,后获赦,官至礼部侍郎。有《望溪文集》。方苞论文标举古文"义法",有云:"义即易之所谓言有物也，法即易之所谓言有序也。义以为经，而法纬之，然后为成体之文。”（《又书货殖列传后》）“义”约指文章内容，“本经术而依于事物之理”（《答申谦居书》），“法”约指文章形式，特别是文辞必须雅洁。他奉旨选编《钦定四书文》，其《凡例》更是将“清真古雅”纳入古文理论之中，因此王若霖说：“望溪以古文为时文，以时文为古文。”

方苞的散文名篇有《左忠毅公逸事》《狱中杂记》《与王昆绳书》等。如《左忠毅公逸事》记东林党志士左光斗与史可法狱中相会一段，撼人心魄：

> 久之，闻左公被炮烙，旦夕且死；持五十金，涕泣谋于禁卒，卒感焉。一日，使史更敝衣草屦，背筐，手长镵，为除不洁者，引入。微指左公处，则席地倚墙而坐，面额焦烂不可辨，左膝以下，筋骨尽脱矣。史前跪，抱公膝而呜咽。公辨其声而目不可开，乃奋臂以指拨眦，目光如炬，怒曰：“庸奴！此何地也？而汝来前！国家之事，糜烂至此。老夫已矣，汝复轻身而昧大义，天下事谁可支拄者！不速去，无俟奸人构陷，吾今即扑杀汝！”因摸地上刑械，作投击势。史噤不敢发声，趋而出。

刘大櫆（1698年—1779年），字才甫、耕南，号海峰，安徽桐城陈洲（今属枞阳）人。科举不利，年逾六十乃得黟县教谕，数年后告归，有《海峰先生文集》。他早年游京师，极为方苞所赏，谓其“乃今世韩欧才也”，由是知名于时（姚鼐《刘海峰先生传》）。刘大櫆的古文理论主要见于《论文偶记》。略云：“故义理、书卷、经济者，行文之实，若行文自另是一事……故文人者，大匠也；神气音节者，匠人之能事也；义理、书卷、经济者，匠人之材料也。”他认为行文之能事，关乎三者：“神气者，文之最精处也；音节者，文之稍粗处也；字句者，文之最粗处也。余谓论文而至于字句，则文之能事尽矣。”其文风亦与方苞有所不同，大抵义理稍逊方苞而藻采过之。

姚鼐（1732年—1815年），字姬传，号惜抱，安徽桐城人。乾隆二十八年（1763年）进士，官兵部主事、刑部郎中、四库馆纂修官。归后掌教扬州梅花、安庆敬敷、歙县紫阳、江宁钟山书院，凡四十年。著有《惜抱轩诗文集》，编有《古文辞类纂》。姚鼐的古文理论在方、刘的基础上又有所发展，其说以“道与艺合，天与人一”（《敦拙堂诗集序》）为基础，大要有三：一是“义理、考证、文章”兼济。二是文有“粗”“精”。“神、理、气、味”为“文之精”，“格、律、声、色”为“文之粗”，强调“学者之于古人，必始而遇其粗，中而遇其精，终则御其精者而遗其粗者”（《古文辞类纂》卷首，《四部备要》本）。三是文有“阳刚”“阴柔”。姚鼐要求对这两种风格作一定程度的结合：“文之雄伟而劲直者，必贵于温深而徐婉。”（《海愚诗钞序》）姚鼐自己的散文创作词旨渊雅，风格偏阴柔者居多。名篇有《登泰山记》《游媚笔泉记》《李斯论》《复鲁絜非书》《袁随园君墓志铭并序》等。

## 三、清代晚期散文

突破桐城派的牢笼,开创经世散文新风者,当以龚自珍为第一人。龚自珍的散文包括两大类,政论文如《乙丙之际箸议》,记叙文如《己亥六月重过扬州记》《病梅馆记》,均传达了龚氏强烈的忧患意识和经世致用思想。梁启超便指出,龚自珍"往往引《公羊》义讥切时政,诋排专制","晚清思想之解放,自珍确与有功焉。光绪间所谓新学家者,大率人人皆经过崇拜龚氏之一时期"(梁启超《清代学术概论》二十二)。

桐城派至清代晚期势头渐弱,姚鼐之后有方东树、管同、刘开、姚莹、梅曾亮等弟子传承桐城道统和文统。姚门弟子之后,光大桐城派者为曾国藩及其弟子张裕钊、吴汝纶、黎庶昌、薛福成,论者名之湘乡派。

曾国藩(1811年—1872年),字伯涵,号涤生,湖南湘乡人,道光十八年(1838年)进士,官至两江总督、武英殿大学士、谥文正、有《曾文正公全集》。他以继承桐城古文为号召,同时针对桐城派空疏褊狭的流弊,在理论上有所修正。首先,在姚鼐提出的"义理、考证、文章"的基础上,将"经济"从"义理"中独立出来,并比之孔门四科:"义理者,在孔门为德行之科,今世目为'宋学'者也。考据者,在孔门为文学之科,今世目为'汉学'者也。辞章者,在孔门为言语之科,从古艺文及今世制义诗赋皆是也。经济者,在孔门为政事之科,前代典礼、政书及当世掌故皆是也。"(《劝学篇示直隶士子》)其次,又将姚鼐"阳刚""阴柔"之说细分为八:"余昔年尝慕古文境之美者,约有八言:阳刚之美曰雄、直、怪、丽,阴柔之美曰茹、远、洁、适。"(《古文之八种美境》)最后,调和汉宋之争,主张骈散兼容,其古文眼光较之前辈宗师更为阔大。所编《经史百家杂钞》,可补姚鼐《古文辞类纂》摒弃经史而造成的空疏之弊。其散文创作与桐城派前辈相比,较多雄奇瑰玮之气,卓然为一大家。

在湘乡派复兴桐城古文的同时,冯桂芬、王韬倡导经世之文,与桐城古文相抗衡。晚清文体变革自此酝酿,至康有为、梁启超而成"新文体"。

梁启超(1873年—1929年),字卓如、任甫,号任公,广东新会人。光绪十五年(1889年)举人。他以政治活动家、启蒙思想家、史学家、文学家等多重身份知名于世,在散文方面最重要的活动是鼓吹"文界革命",创造"新文体"(又称"新民体""报章体")。维新运动期间,梁启超曾主北京《万国公报》和上海《时务报》笔政;变法失败后流亡日本,先后创办《清议报》和《新民丛报》。他在报纸上撰文宣传启蒙、维新、西学,文辞晓畅,感情直露,思想新颖,在当时有相当大的影响。他后来总结说:"启超夙不喜桐城派古文,幼年为学,学晚汉魏晋,颇尚矜炼,至是自解放,务为平易畅达,时杂以俚语韵语及外国语法,纵笔所至不检束,学者竞效之,号新文体。老辈则痛恨,诋为野狐,然其文条理明晰,笔锋常带情感,对于读者,别有一种魔力焉。"(《清代学术概论》二十五)所谓的"文界革命"便是在此种"新文体"创作过程中形成的关于文体革新的思考,其要求有二:内容上要输入"欧西文思""文明思想",形式上要"流畅锐达"。

# 第四节　清代骈文辞赋

元明以后,骈文辞赋日趋衰落,至清代而称“中兴”。这一时期,不仅骈文辞赋数量可观,如清人所编《赋海大观》收录赋作12000余篇,其中大部分都是清代作品,而且名家辈出,佳作纷呈。骈文辞赋的“中兴”,与清代博雅的学术文化氛围、骈散争胜及融通的文学观念、以赋取士的选举制度等皆有或多或少的关联。

## 一、清代前期骈文辞赋

清前期骈文辞赋作者有毛际可、王夫之、彭兆骞、吴绮、吴兆骞、尤侗诸人,而以陈维崧、毛奇龄最为著名。

毛奇龄(约1623年—约1716年),字大可,号秋晴,学者称为西河先生,浙江萧山人。康熙十八年(1679年)以廪监生举鸿博,授检讨,预修《明史》。所著《西河合集》分经集、史集、文集、杂著四部编排,凡400余卷。毛奇龄所自负者,独在经学。其骈俪之作,亦自名一家。”如《复沈九康成书》:

累接来章,并讽妙句。知文衣在御,犹恋乌裘;炙毂争先,不遗穷辙。所恃子云待诏,笔札是好;东方执戟,阻饥无恙。是为慰耳。

昨者子长漫游长安,寓情赋物。登楼四望,雅似仲宣;研精十年,乃思元晏。推其意旨,非谓藉此标榜,当有所遇。只以游子流离远道,同兹颠沛;曲借遐讯,慰我沦落。乃自春徂秋,中间迁隔,偶愆裁叙,竟乖报谂。顷始因风,有所写寄。

陡接来示,乃知秣陵之书,未经栖目;山阳之笛,居然在耳。探怀袖之攸藏,痛音徽之未灭。而徐生所著,其文尚在;滕王饷序,至今未见。夫以仆遭逢,当此侘傺,虽使故交通显,荣问日接。犹且过杨侯之邱,多所记忆;挹黄公之酒,不无浩叹。况以知交零落之年,加之远道栖迟之顷,自分憔悴,应先朝露;而斯人无故,陨为秋草。则梁生之殡,异地堪怜;任咸之寡,同侪所念。又况乎览长途而悲薛收之亡,睹遗文而悼孔璋之逝者哉!

曩时延陵贻剑,失之生前;今者西河赠篇,迟于身后。死而有知,古今同痛。兹丏足下焚前寄序,复诵是书。非敢云巨卿之信,能绍前期;庶几效栾公之哭,犹为反命而已。

其文立言真挚，笔意疏宕。

## 二、清代中期骈文辞赋

雍正、乾隆之际，胡天游为清代骈文承上启下之关键人物。胡天游(1696年—1758年)，字稚威，浙江山阴(今绍兴)人。其负才名三十余年，两举乡贡，皆抑为副，应博学鸿词报罢，后举经学，又报罢。客游山西，卒于河中书院。著有《石笥山房集》。胡天游工于造句炼字，以沉博绝丽、奥衍奇肆见长。

胡天游之后，骈文作者林立。吴鼒选辑袁枚、邵齐焘、刘星炜、孔广森、吴锡麒、曾燠、孙星衍、洪亮吉之文为《国朝八家四六文抄》，以此有“骈文八家”之目。八家之选，后人不无訾议。胡天游、汪中皆未入选，论者谓其“去取较隘”(《清稗类钞·文学类·吴山尊选八家四六文钞》)。清代中叶之骈文家，世所公认成就卓异者，首推汪中。

汪中(1744年—1794年)，字容甫，江苏江都人。乾隆四十二年(1777年)拔贡生，以母老不赴朝考，绝意仕进。五十九年(1794年)，因校勘《四库全书》，往浙江借书雠对，卒于西湖旅次。有《述学》《容甫遗诗》。

汪中一生，“少苦孤露，长苦奔走，晚苦疾疢”，“未尝有生人之乐”(汪喜孙《容甫先生年谱》)。“经学、词术，足称乾隆中巨手”(平步青《霞外捃屑》卷八下《汪容甫》)。负狂名，于当代名流，多否少可，人目之曰“狂生”。但为文作诗，格度皆谨饬过甚，曾曰：“一世皆欲杀中，倘笔墨更不谨，则堕诸人术内矣。”(洪亮吉《又书三友人遗事》)。所为骈体文，哀感顽艳，志隐味深。《哀盐船文》《广陵对》《黄鹤楼铭》《自序》《经旧苑吊马守贞文》《吊黄祖父文》《狐父之盗颂》《汉上琴台之铭》等篇皆负盛名。

汪中二十七岁时以《哀盐船文》名满天下。文记两年前仪征盐船连片失火、死伤千人之事，其叙现场惨状有云：

亦有没者善游，操舟若神。死丧之威，从井有仁。旋入雷渊，并为波臣。又或择音无门，投身急濑。知蹈水之必濡，犹入险而思济。挟惊浪以雷奔，势若阶而终坠。逃灼烂之须臾，乃同归乎死地。积哀怨于灵台，乘精爽而为厉。出寒流以浃辰，目睊睊而犹视。知天属之来抚，憖流血以盈眦。诉强死之悲心，口不言而以意。若其焚剥支离，漫漶莫别。圜者如圈，破者如玦。积埃填窍，攦指失节。嗟狸首之残形，聚谁何而同穴！收然灰之一抔，辨焚余之白骨。呜呼，哀哉！

杭世骏序此文云：“中早学六义，又好深湛之思，故指事类情，申其雅志，采遗制于大招，激哀音于变徵，可谓惊心动魄，一字千金者矣。”

汪中四十二岁作《自序》。南朝刘孝标曾以自己与汉代冯敬通对比，作《自序》慨叹人生。汪中则以自己与刘孝标对比，写他与刘氏有“四同”“五异”。试各择其第一、二条如下：

孝标婴年失怙，藐是流离，托足桑门，栖寻刘宝。余幼罹穷罚，多能鄙事，赁舂牧豕，一饱无时。此一同也。孝标悍妻在室，家道轗轲。余受诈兴公，勃奚谷累岁。里烦言于乞火，家构衅于蒸梨。蹀躞东西，终成沟水。此二同也。

孝标生自将家，期功以上，参朝列者十有余人；兄典方州，余光在壁。余衰宗零替，顾景无俦，白屋藜羹，馈而不祭。此一异也。孝标倦游梁楚，两事英王；作赋章华之宫，置酒睢阳之苑；白璧黄金，尊为上客。虽车耳未生，而长裾屡曳。余簪笔佣书，倡优同畜。百里之长，再命之士，苞苴礼绝，问讯不通。此二异也。

文末云："嗟夫！敬通穷矣，孝标比之，则加酷焉。余于孝标，抑又不逮。是知九渊之下，尚有天衢。秋荼之甘，或云如荠。我辰安在？实命不同。劳者自歌，非求倾听。目瞑意倦，聊复书之。"其辞激昂悲愤，慨当以慷，数百年之后，犹令人感怀嘘唏。

## 三、清代晚期骈文辞赋

光绪间王先谦辑有《国朝十家四六文钞》，选刘开、董基诚、董祐诚、方履篯、梅曾亮、傅桐、周寿昌、王闿运、赵铭、李慈铭之文，以继吴鼒八家之选，世称晚清骈文十家。十家之中，王闿运和李慈铭声名最著。

王闿运（1833年—1916年），字壬秋，号湘绮，湖南湘潭人。咸丰七年（1857年）举人，历主成都尊经书院、长沙思贤讲舍、衡州船山书院讲席。有《湘绮楼诗文集》《湘绮楼日记》等。其骈体之作如《哀江南赋》《秋醒词序》《吊朱生文》《嘲哈密瓜赋》等篇皆为人所称。

李慈铭（1830年—1894年），字炁伯，号莼客，晚室名越缦堂，浙江会稽（今绍兴）人。凡十一次应南北乡试，同治九年（1870年）中式。五应礼部试，光绪六年（1880年）成进士，官至山西道监察御史。光绪二十年（1894年）中日甲午战争爆发，败讯传来，感愤扼腕，咯血益剧，郁郁而卒。有诗集、文集、诗话、读史札记等多种，以《越缦堂日记》最负盛名。

李慈铭涉猎广博，尤致力于史，自己所作，最得意者为诗。骈体虽不甚为本人所重，但在晚清卓然可成一家。《九哀赋序》《四十自序》《薛慰农太守烟云过眼图序》《极乐寺看海棠记》等篇皆有名。《九哀赋序》为追悼九位友人而作，其叙悲悼之慨云：

悲哉！白首穷涂，出门无侣；黄尘冗吏，暮夜独行。国门祖筵，惟送輀车之返；箧中箸作，偏多志墓之文。风雨莫慰于鸣鸡，梦寐常见夫新鬼。修龄已促，恒干早衰。归无兄弟之豆觞，出鲜友朋之车笠。人生积惨，造物难知。忧患之余，久伤于涕泪，哀挽之作，难概夫平生。故于诸君之亡，独不见于诗集。九原不作，千载谁征。纵见谅于幽冥，弥怀惭于后死。素秋九月，卧病三旬。严霜陨庭，朔吹在树。

寒鸦天末，犹见断字之来；落叶尺深，慨想逝者之积。追理曩契，综而诠之，为《九哀赋》云。

其骈体不以用典见长，而以情韵取胜，于此可见。

## 第五节　清代白话小说

白话小说在清代仍主要是作为商品出现在出版市场上的，但是清代白话小说在一批文人那里成了宣泄心绪、描摹世态甚至展示才学的载体，从而将古典白话小说推向高峰。与此同时，清代还是一个小说实验的时代，前中期白话小说流派的兼类现象特别严重，后期白话小说在技术革命和文化碰撞中实现了艰难的现代转型。

### 一、清代白话小说发展历程

清代前期白话小说领域的历史演义、神魔小说、英侠传奇、时事小说锐减，公案小说已经绝迹。其中，《隋唐演义》和《说岳全传》系作者在杂采此前同类著作的基础上修订而成，分别成为此期历史演义和英侠传奇的代表作。反映世态人情的白话小说则急速增加，比较著名的世情小说有《醒世姻缘传》《续金瓶梅》等，比较突出的色情小说有《肉蒲团》《桃花影》等，才子佳人小说著名者有《玉娇梨》《平山冷燕》等。白话短篇小说也迎来了繁盛期，比较著名的有《无声戏》《十二楼》《豆棚闲话》等。此期最为突出的创作现象是小说创作的文人化倾向和小说创作主体意识的强化。

清代中期白话小说的各大流派发展很不平衡。历史演义和才子佳人小说进入低谷，乏善可陈；英侠传奇兴盛，代表性作品有《粉妆楼全传》《飞龙全传》《说呼全传》等；神魔小说的独创性和现实性明显增强，代表性作品有《绿野仙踪》《何典》等。世情小说进入鼎盛时期，著名作品有曹雪芹的《红楼梦》、吴敬梓的《儒林外史》、李绿园的《歧路灯》、曹去晶的《姑妄言》、浦琳的《清风闸》、庚岭劳人创作，禺山老人编的《蜃楼志》。这一时期还出现了一批显扬才学的作品，夏敬渠的《野叟曝言》、李汝珍的《镜花缘》、屠绅的《蟫史》和陈球《燕山外史》就属于这类作品，前两者用白话写成，后两者则分别用文言和骈文写成。清代中期小说创作有两个突出的现象：其一是小说流派兼类现象特别严重，不少小说甚至很难归到以往的小说流派中去；其二是小说创作的自况性、思想化、才学化、抒情化倾向。

清代晚期的白话小说创作，其倾向之一是朝着旧有的轨道继续前行。在这个层面上，历史演义、英侠传奇和神魔小说均无佳作，稍微值得一提的有《荡寇志》《后水浒传》和《七真祖师列仙传》等；侠义公案小说和狭邪小说却获得了丰收。前者的代表作有《三侠五义》《施公案》《彭公案》《狄公案》，后者的代表作有邗上蒙人的《风月梦》、陈森的《品花宝鉴》、魏秀仁的《花月痕》、俞达的《青楼梦》等。其另一倾向则是朝着变革的方向发展。印刷技术和造纸技术的引进、期刊和报纸的出现、西方小说的介入、科举废除与职业小说家的出现，均对小说创作的变革产生了重要影响。其中，最重要的变革是1902年梁启超在日本横滨创办《新小说》杂志，吹响了“小说界革命”的号角。《新小说》杂志的诞生和“小说界革命”的提出是一次天翻地覆的革命，其意义可以概括为如下三个方面：第一，《新小说》征文确立了文学创作的稿酬制度，为职业小说家的成长创造了条件；第二，确立了小说的政治功用；第三，确立了现代小说的分类体系。被鲁迅称为谴责小说的晚清四大名著——《官场现形记》《二十年目睹之怪现状》《老残游记》和《孽海花》属于社会小说和历史小说，梁启超创作的《新中国未来记》则开启了政治小说的先河。

## 二、《儒林外史》

《儒林外史》是明清小说文人化的重要标志，真实地反映了一个时代的文人的心灵史。作为中国古代讽刺小说的代表作，《儒林外史》“秉持公心，指擿时弊，机锋所向，尤在士林；其文又戚而能谐，婉而多讽”（鲁迅《中国小说史略》第二十三篇《清之讽刺小说》），体现了高超的艺术技巧。

《儒林外史》的作者吴敬梓（1701年—1754年），字敏轩，晚年号文木老人，安徽全椒人。他有着“科第家声从来美”的光荣家族传统，曾祖辈兄弟五人，其中四人中进士，从此这一家族便以科举为业。吴敬梓18岁考取秀才后，一直困于科场，因此对科举考试有着极为复杂的心态。一方面，他有着浓烈的功名心；另一方面，他逐渐对科举失去了信心，转而淡漠功名憎恨时文。他开始追逐声色之乐，将兴趣转向诗词创作；又由于不善于理家，喜欢周济他人，将祖业挥霍殆尽，“乡里传为子弟戒”。在三十三岁那年，他变卖剩余的祖业，举家移居南京，靠卖文和朋友周济为生。三十六岁那年，安徽巡抚推荐他应博学宏词科，他参加了地方的考试，却没有参加更高一级的考试，从此放弃了科举考试，最后客死扬州。家族的传统和人生的经历激发了吴敬梓的创作欲望。在四十岁左右，吴敬梓开始写作《儒林外史》，用了十年的时间，全书才基本完成。小说中的杜少卿是以他本人为原型创作的，其他很多人物也都有原型。

吴敬梓开宗明义，在小说第一回就指出，明代礼部议定的科举取士之法不好：“将来读书人既有此一条荣身之路，把那文行出处都看得轻了。”这就是“贯索犯文昌，一代文人有厄”。《儒林外史》采用了纪传体结构来反映一百多年来文人的厄运，并采用了对比框架和重复情节来安置人物、强化主题。除楔子和最后一回幽榜外，《儒林外史》的情节可以分为三个部分，第二回至第三十三回为第一部分，第三十四回至第四十四回为第二部分，第四十五回至第五十五回为第三部分。只要我们仔细分析作品的情节，我们就会发现：在总体的情节框架上，作者运用对比原则将情节分成了两大类，其分类的依据就是有关人物是否遵行“文行出处”的人生信条；在具体情节的设计上，作者不断采用大量的重复情节来对士风进行穷形尽相的描写，其心理动因可以归结到作者的宣泄冲动。

作者以不同士人在各种生存境遇中的表现来展示他们因功名富贵而承受的屈辱，因功名富贵而丧失文化品格、道德水准的历程。作者通过一对老童生——周进、范进的发迹来说明士人所承受的屈辱，以及发迹后孝道的沦丧；作者通过二王（王仁、王德）、二严（严贡生、严监生）这两对本该体现社会良心、维护社会风化的地方乡绅来说明士子的堕落；作者还通过对西湖、莺脰湖聚会的重复性描写，展示了乌衣子弟的落寞情怀和名士的求名趁食心理，目的是说明名士们“假托无意功名富贵自以为高”，结果却“被人看破耻笑”（闲斋老人《儒林外史序》）；作者还通过描写两个青年——牛浦、匡超人的功名生涯、名士生涯来说明青年人是如何在功名富贵面前一步步走向堕落的。

作者以南京为中心描写真儒们、名士们为维持文运、恪守“文行出处”准则的种种努力，并一一展示了这种努力的悲剧性结局。以二杜（杜慎卿、杜少卿）为中心的南京名士聚会，除了以风流才情相激赏外，还以品行学问相称许，并希望通过祭祀泰伯祠弘扬礼乐教化来维持文运。尽管作者对杜慎卿不无微词，尽管杜慎卿很瞧不起名士选家们的俗气，但我们还是可以看到，作者对这次聚会中的风流才情激赏有加。除了风流才情之外，以杜少卿、虞育德为中心的名士还倡导礼乐兵农，因此，大祭泰伯祠后就有武书、杜少卿、虞博士、庄绍光等人，或写书信或送银子帮助郭孝子千里寻父，以示礼乐以孝为先；于是有清风城奏凯、野牛塘大战，以体现礼乐兵农思想。作者用对比手法对五河县士人的堕落和真儒的难以立足加以揭示后，便刻意用重复描写渲染真儒们对泰伯祠祭祀以及主祭虞博士的追忆，显示真儒们维持文运的彻底失败。

作为中国讽刺小说的代表作，《儒林外史》的特色在于第三人称客观叙事，即作者从不对事件和人物发表议论，而是通过事件的发展和人物自身的行动来展示世情的可笑。作者习惯于使用人物言行的对比来达到讽刺的效果。严贡生一向喜欢欺压、讹诈老百姓，与汤知县也没有什么交情，却对前来投奔汤知县的张举人和范进说自己和汤知县是如何要好，夸耀自己“只是一个为人率真，在乡里之间，从不晓得占人寸丝半粟的便宜”。话音刚落，家中小厮跑来报告：“早上关的那口猪，那人来讨了，在家里吵呢。”原来他的小猪在春节期间走到人家家里，他觉得不利市，逼着人家花钱买了；等人家把猪养得肥肥的，他却把猪关了，硬说是自己的，甚至把人家的一条腿打断了。人家告到县里，汤知县大怒，派人缉捕严贡生。严贡生也顾不得自己和汤知县如何有交情,一阵风跑到省城去了。

《儒林外史》的另一特色在于作者对讽刺的对象饱含悲悯,这一悲悯让读者的笑中充满着眼泪,备感人生的艰辛和苦涩。作者写周进撞号板、范进中举发疯是饱含着同情的。古人说得好,这二人“同是一副苦泪,真乃沆瀣一气”(齐评)。“但一是郁,一是喜,喜亦由于郁也。”(天二评)“功名富贵无凭据,费尽心情,总把流光误”(第一回卷首词)。

### 三、《红楼梦》

《红楼梦》的问世,标志着中国古代的人情小说和中国古典小说发展到了顶峰。作为富贵场中的过来人,曹雪芹饱含深情地追忆往昔生活,放弃以往小说中难以忘怀的功名念,塑造了一位“意淫”的崭新形象;作为诗礼簪缨之族的后裔,曹雪芹汲取传统文学的营养,对世情书、才子佳人和艳情小说进行了超越,创造了一部写实与诗意相结合的不朽巨著。

曹雪芹(1715年—1763年),名霑,字梦阮,号雪芹,又号芹圃、芹溪,祖籍辽宁辽阳,生于江苏南京。其先祖为汉人,但很早就成了正白旗内务府“包衣”(奴仆)。高祖曹振彦、曾祖曹玺、祖父曹寅、父辈曹颙、曹頫(有人认为曹雪芹为曹颙遗腹子,但大多数人认为曹雪芹是曹頫的儿子)均身居要职,与宫廷关系密切。从清兵入关,曹振彦曾任山西平阳府吉州知州、浙江盐法道;曹玺“随王师征山右有功”而成为顺治亲信侍臣,做了二十一年江宁织造;曹玺妻子为康熙乳母,曹寅为康熙伴读,曹寅做了四年苏州织造、二十一年江宁织造,并四次兼任两淮巡盐御史;曹颙做了三年江宁织造后病亡,康熙特意下诏,令曹頫过继给曹寅,以奉养曹寅妻子,并令曹頫续任江宁织造(做了十三年)。曹家任织造这个肥缺达五十八年,为皇家采办物资的同时,还负责访察江南吏治民情,直接向皇帝密奏。曹府还是个“诗礼之家”。曹寅是著名的诗人、学者和藏书家,奉旨刊刻《全唐诗》,编纂《佩文韵府》,著有《楝亭诗钞》,藏有三千多种珍贵书籍。康熙帝六次南巡,有五次以曹家主管的江宁织造署为行宫,其中四次是在曹寅任内。接驾的巨大开销,加上其他一些开支,造成了织造署的巨大财政亏空。康熙曾多次下诏让曹家想办法填补亏空。1722年11月,雍正即位,政海风波迭起。曹頫在雍正初年累受谕批斥责,雍正五年因“行为不端”“骚扰驿站”“织造款项亏空”被罢职抄家。曹雪芹小时候过的是纨绔子弟的生活。大约在雍正六年(1728年)六月间,曹家回到北方,从此离开了江南旧家。这一年曹雪芹大约十二岁。返北后,曹雪芹曾就读于“官学”,曾就职于宗学,家境贫困。乾隆二十三年(1758年)之际,曹雪芹由城内祖宅迁居西郊白家疃,过着“茅椽蓬牖,瓦灶绳床”(《红楼梦》第一回)、“举家食粥酒常赊”(敦诚《赠曹雪芹》)的生活。大约在乾隆二十八年(1763年),曹雪芹前妻之子病亡,曹雪芹忧伤过度,在这年的除夕弃世。

《红楼梦》是曹雪芹于"悼红轩中批阅十载，增删五次"而成。现存抄本大都为八十回本，并附有脂砚斋评语，题名为《脂砚斋重评石头记》，这就是所谓的"脂评本"。《红楼梦》一百二十回本是书商程伟元请高鹗根据其所收集的曹雪芹稿本整理而成的。脂砚斋是曹雪芹的亲朋辈。他非常了解曹雪芹的身世遭遇和创作情况，看过一百二十回稿本，对曹雪芹修改《红楼梦》提出了许多意见，其评点透露了曹雪芹创作《红楼梦》的情况，尤其是稿本八十回后的一些情节线索。

《红楼梦》塑造了一个"意淫"典范贾宝玉。所谓意淫，是警幻仙姑对贾宝玉的定评："如尔则天分中生成一段痴情，吾辈推之为'意淫'。'意淫'二字，惟心会而不可口传，可神通而不可语达。汝今独得此二字，在闺阁中，固可为良友，然于世道中未免迂阔怪诡，百口嘲谤，万目睚眦。"结合作品，我们可以知道，意淫的精髓之一为美的欣赏。贾宝玉对女孩推崇备至，认为女孩之美是大自然恩赐给她们的："原来天生人为万物之灵，凡山川日月之精秀，只钟于女儿，须眉男子不过是些渣滓浊沫而已。因有这个呆念在心，把一切男子都看成混沌浊物，可有可无。"第四十九回，大观园女子齐聚一堂，诗社队伍蔚为壮观：李纨为首，余者迎春、探春、惜春、宝钗、黛玉、湘云、李纹、李绮、宝琴、邢岫烟，再添上凤姐儿和宝玉，一共十三个。贾宝玉像发现新大陆般对新来的姐妹赞叹不已，袭人认定他起了"魔意"。这魔意就是对美的欣赏。意淫的精髓之二为爱的体贴。脂砚斋就曾敏锐地指出："宝玉一生心性，只不过是'体贴'二字，故曰意淫。"这种体贴是对女孩子的一种关心、呵护、安抚。贾宝玉超越了男女恋爱的排他性和肉欲满足，将爱的体贴推广到所有女孩身上。这是爱的诗意表达，也是爱的哲学思考。龄官画蔷、平儿理妆、晴雯撕扇、香菱解裙将爱的体贴发挥到了极致。爱的体贴带来的后果是，爱博而心劳，苦恼丛生，最后不得不从老庄中寻求解脱。贾宝玉的意淫遭到现实的重创，经常为青春的无常、美丽的无常而伤心欲绝。群芳陨落的悲剧震撼着贾宝玉，经过悲剧洗礼的贾宝玉大彻大悟，认识到眷恋尘缘是"反认他乡是故乡"，最后毅然决然地跟着和尚道士走了。

《红楼梦》是曹雪芹缅怀往昔、寄托"意淫"的产物。他特意设计了一座大观园，慷慨地送给了贾宝玉和他的姐妹们，并通过园内与园外的互动来展示家族的衰败和青春(美丽)的毁灭。

大观园是个青春王国。怡红公子和一大群豆蔻年华的女孩子在大观园里吟诗作赋，宴饮嬉戏，青春的气息和生命的活力洋溢在大观园的每一个角落。青春期的女孩子，各有各的美，贾宝玉置身其间，呆意不断；青春期的女孩子，才情四溢，林黛玉、薛宝钗、史湘云等人的诗赋令贾宝玉为之倾倒；青春期的女孩子，性情各异，贾宝玉周游其间，领略其魅力，如行山阴道上，目不暇接。史湘云之豪爽，薛宝钗之宽厚豁达、从容大雅，带给贾宝玉无尽的快乐，带给贾府上上下下无数的温馨。薛宝钗"罕言寡语，人谓藏愚，安分随时，自云守拙”，“行为豁达”。她懂得奉承长辈，点贾母喜欢的热闹戏文、爱吃的甜烂之食；她懂得体贴大人的心理，解除王夫人的心理障碍，甚至不忌讳把自己的新衣服拿出来装裹金钏尸身；她懂得持家，帮着薛姨妈料理被薛蟠、夏金桂闹得天翻地覆的家；她懂得关照弱小，一视同仁地关照连丫鬟都敢瞧不起的贾环，送土仪时也有贾环的一份；她懂得关爱同辈，非常细心地体察到史湘云、邢岫烟和林黛玉的艰辛和苦闷，给予尽可能的帮助，尤其是宽和地对待林黛玉的挑衅，成了林黛玉的知己。薛宝钗的贤德来自艰苦的自我修养。率性、任情是一种美，律己、宽和何尝不是一种美呢！

大观园还是个绝尘脱俗的精神乐园。贾宝玉在大观园里可以无拘无束地生活，可以回避他不喜欢的一切：读正经书，与贾雨村等士大夫交往，学习八股文，吊贺往返，晨昏定省，辅国安民。相反地，他可以尽情地毁谤一切不喜欢的东西，他可以尽情地杂学并蓄，他可以尽情地欣赏《西厢记》，他可以尽情地意淫。他最后还从林黛玉那里得到了精神的共鸣，因为林黛玉从不劝他做他不喜欢的事情，从不扫他的兴。与林黛玉交往，贾宝玉没有压力。大观园里没有压力，大观园成了贾宝玉超越尘寰的精神乐园。

大观园外的贾府却是一个现实的世界，一个日趋没落的世界。冷子兴演说荣国府，指出贾府“外面的架子虽未甚倒，内囊却也尽上来了”。尽管如此，秦可卿出殡、元妃省亲、贾母八十大寿，贾府极尽豪奢之能事。贾母八十大寿，排场依旧，贾琏把所有的银子都用光了，接下来的开支无从筹措，偷偷向鸳鸯借贾母的金银家伙来典当。史太君寿终归地府，贾赦辈连老太太自己留下去的殡葬费都不肯拿出来，丧事只好草草了事。贾府衰败与此可见一斑。

大观园外的贾府还是个欲望的渊薮。贾府的奢华刺激了家人、仆人和丫鬟们的欲望，作家多次安排贾府管事的主人全部外出，从而展示贾府家人、仆人乃至亲戚、丫鬟如何无法无天，吞噬贾府的钱财，危及贾府的命运。为了利益，仆人们挑拨主子之间的矛盾，激化了贾府内部的争斗，这无疑加速了贾府的衰败。

君子之泽，五世而斩。贾府迫切需要有人来中兴家族、重振家风，可是“这样钟鸣鼎食之家，翰墨诗书之族，如今的儿孙，竟一代不如一代了”！唯一有希望的贾宝玉又拒绝承担中兴家族的重任。对于贾府的危机，王熙凤这位管理天才也回天乏术，众叛亲离，势败奴欺主，身患血崩之症，心力交瘁，含恨而亡。

贾府的衰败、世态的炎凉吞噬着大观园，大观园群钗风流云散，大观园最后成了一个妖异时现、阴森恐怖的所在。神瑛侍者降凡大观园，到头来，饮的是万艳同杯（悲），品的是千红一窟（哭）。

曹雪芹的伟大之处在于他超越了以往的世情描写。《红楼梦》继承了世情书《金瓶梅》描写世态炎凉的传统,却多了一份超然和淡定。作为过来人,曹雪芹以“白头宫女在,闲坐说玄宗”的方式叙说着悠悠往事,少了一份愤慨,却多了一份缅怀,没有了功名念,却多了一份风月情。这种超然的态度使得《红楼梦》显得非常通脱、大气,营造了诗意的心理基础。《红楼梦》弘扬了才子佳人小说的诗意却发现了现实的缺陷美:林黛玉的小性儿,贾探春、薛宝钗的“无情”,史湘云的口吃,贾迎春的木讷,贾惜春的冷口冷心。现实感使得《红楼梦》更加富有生命气息,而生命气息却是诗歌的灵魂。曹雪芹关注到了艳情小说中的性描写却采用了虚写的方式。如在描写秦可卿事件、秦钟事件、贾瑞事件、尤三姐事件时采用了异常干净的笔墨,就连贾琏和王熙凤的床第生活也写得非常隐晦。这种干净笔墨尊重了事实却无损全书的诗意。

曹雪芹的伟大之处还在于他让世情描写拥有了诗意和意境。诗意和意境来自日常生活的诗化。作者把贾府豪奢的日常生活写成了一首诗,大观园中的贾宝玉和姐妹们都像诗人一样诗意地栖息着。贾母是能将日常享乐诗化的人。第七十六回,“贾母因见月至中天,比先越发精彩可爱,因说:‘如此好月,不可不闻笛。’因命人将十番上女孩子传来。贾母道:‘音乐多了,反失雅致,只用吹笛的远远地吹起来就够了。’”“这里贾母仍带众人赏了一回桂花,又入席换暖酒来。正说着闲话,猛不防只听那壁厢桂花树下,呜呜咽咽,悠悠扬扬,吹出笛声来。趁着这明月清风,天空地净,真令人烦心顿解,万虑齐除,都肃然危坐,默默相赏。”如此行乐,真正雅得不得了。

《红楼梦》的诗意和意境还来自人物性情的诗化。林黛玉美丽无比,其弱不禁风的体态简直就像一首诗;潇湘馆馆如其人,那斑竹似乎在悠悠地述说一个动人的爱情悲剧。林黛玉秉性率真,没有人格面具。林黛玉出现于大观园就是为了写诗和谈恋爱,而谈恋爱本身就是在作诗。恋爱没有诗意,那就不成其为恋爱。林黛玉的诗清奇悲凉。葬花是诗意般的举动,《葬花吟》述尽天下伤心事:“试看春残花渐落,便是红颜老死时。一朝春尽红颜老,花落人亡两不知!”吟者心碎,听者悲恸!林黛玉的身世、病体和恋爱充满着悲剧意味,那流淌不完的眼泪足以让世界动容。请看:林黛玉“越想越伤感起来,也不顾苍苔露冷,花径风寒,独立墙角边花阴之下,悲悲戚戚呜咽起来。原来这林黛玉秉绝代姿容,具希世俊美,不期这一哭,那附近柳枝花朵上的宿鸟栖鸦一闻此声,俱忒楞楞飞起远避,不忍再听。真是:花魂默默无情绪,鸟梦痴痴何处惊。因有一首诗道:颦儿才貌世应希,独抱幽芳出绣闺。呜咽一声犹未了,落花满地鸟惊飞”。木石前盟是一首朦胧诗,木石前盟的悲剧赋予这首朦胧诗以隽永的魅力。

# 第六节　清代文言小说

清代是中国文言小说取得全面收获的时期，传奇小说与志怪小说的成就尤为卓著。其中，传奇小说以《聊斋志异》为代表，志怪小说以《阅微草堂笔记》为代表。《聊斋志异》问世后，深受人们欢迎，它对清中叶后期文言短篇小说尤其是传奇小说的创作有很大影响。清末冯镇峦在《读聊斋杂说》中写道："是书传后，效颦者纷如牛毛。"乾隆至光绪年间，从和邦额的《夜谭随录》，到邹弢的《浇愁集》等，都明显受到《聊斋志异》的影响，形成我国文言小说史上模拟《聊斋志异》的一个创作流派。其中较有名的是沈起凤的《谐铎》、长白浩歌子的《萤窗异草》、宣鼎的《夜雨秋灯录》、王韬的《遁窟谰言》《淞隐漫录》《淞滨琐话》等。清代志怪小说的发展历程，可大体分为三个阶段：从王士祯《池北偶谈》到袁枚《子不语》，这是第一阶段，清代志怪小说逐渐向高潮推进；纪昀的《阅微草堂笔记》代表第二阶段，是清代志怪小说的典范之作；此后是第三阶段，《阅微草堂笔记》的仿作、拟作大量产生，其中较为出色的是俞樾的《右台仙馆笔记》。

## 一、《聊斋志异》

《聊斋志异》是中国古代最为卓越的文言小说集，它奠定了蒲松龄在中国文言小说史尤其是传奇小说史上的崇高地位。

蒲松龄(1640年—1715年)，字留仙，别号柳泉居士，世称聊斋先生，淄川(今山东淄博)人。其祖辈有蒲生池、蒲生汶等人登第入仕。其父蒲槃因年逾二十尚未考上秀才，加之家境贫困，遂弃儒从商。蒲松龄十九岁，以县、府、道三个第一名"补博士弟子员，文名籍籍诸生间"(张元《柳泉蒲先生墓表》)，受到当时山东学道、清初著名诗人施闰章的赏识。次年，与本邑友人张笃庆、李尧臣等结"郢中社"，砥砺学问，作诗寄兴。蒲松龄此后屡试不第，其中康熙二十六年(1687年)乡试，系因"越幅被黜"。这使蒲松龄十分痛苦。"惨淡经营，冀博一第，而终困于场屋"，构成他怀才不遇、穷愁潦倒的一生。康熙五十一年(1712年)，蒲松龄才以七十二岁高龄援例补岁贡生。在漫长的应考岁月中，蒲松龄主要靠做幕宾和坐馆为生。1676年到本邑大族毕际有家坐馆，宾主甚相得，约在康熙四十八年(1709年)，蒲松龄七十岁，才从毕家撤帐还乡。应该说，毕家让蒲松龄有了一个较理想的读书、著书的条件。他于康熙元年(1662年)开始撰写狐鬼故事，他于康熙十八年(1679年)春将手稿结集成书，名为《聊斋志异》，由高珩作序，他自己也作了一篇序——《聊斋自志》，诉说他创作的缘由和苦衷:"才非干宝,雅爱搜神;情类黄州,喜人谈鬼。闻则命笔,遂以成编……浮白载笔,仅成孤愤之书。寄托如此,亦足悲矣!嗟乎!惊霜寒雀,抱树无温;吊月秋虫,偎阑自热。知我者,其在青林黑塞间乎?"此后,屡有增补,康熙三十九年(1700年)前后和康熙四十六年(1707年),该书还有少量补作。《聊斋志异》的写作历时四十余年,倾注了蒲松龄大半生精力。

蒲松龄的《聊斋自志》明确地告诉读者,他在描绘非人间题材时,自觉地用以书写"孤愤",其作品的抒情特征是异常鲜明的。他在《聊斋志异》中重点展示了他情感世界的三个侧面。一是恋爱题材和知己情结。他采用比兴手法书写期待知己的情怀,融入自己的审美理想和现实感受,创造出异常激动人心的情境。这类作品有《连城》《乔女》《瑞云》等。《连城》中的乔大年以其诗受到史孝廉之女连城的赏识,遂视之为知己,不仅割胸肉救连城一命,甚至在连城病逝后,甘愿与之同死,其人生已臻于"士为知己者死"的境界。爱情常常发挥着调节器的作用,纯真美丽的女性是衡量男子价值的重要尺度,只有"绝慧""工诗"而又怀才不遇的"狂生"才有可能得到少女们的青睐。这样的情节安排,意在对作家自我的才情在虚构的故事中予以认可,以补偿他在现实生活中失去的一切。二是豪侠题材与理想的生命形态。《聊斋志异》的主角是"狂生"、狐女,他们大都具有侠的风采。《青凤》《陆判》《章阿端》《小谢》《秦生》中纵逸不羁、自然纯朴、富于浪漫情怀和少年壮志的豪侠具有创新成分,体现了蒲松龄那种书生意气和向往建功立业的"狂"的人生态度。他的这种抱负作为一种人生理想,带有极强的少年人不知世事艰难的青春气息。当这种抱负经由情感的渲染和想象的发挥而渗透到作品中时,则具体展现为"豪放""磊落""倜傥不羁"等个性风度。三是隐逸题材和操守的砥砺。蒲松龄对于"拙"的人格有特别的好感。所谓"拙",指的是宁折不弯、固守节操的品质。以"拙"于逢迎为人格的立足点,蒲松龄借隐逸题材开辟了一片新的艺术天地。《聊斋志异》中的《长清僧》就集中描写了这种"拙"的人格精神。蒲松龄写这个故事,当然不是劝说富贵中人去当和尚,去过看破红尘的生活;作者着力突出的是"拙"的人格力量:它可以抵御"纷华靡丽之乡"的种种诱惑。

《聊斋志异》在艺术上取得了卓越的成就。其一,"用传奇法,而以志怪"。传统的"志怪"以"粗陈梗概"为正宗写法,传奇则注重按照生活逻辑经营细节,蒲松龄将志怪题材与传奇的文体特色结合,遂创作出了许多令人耳目一新的名篇。其二,在人物形象的塑造方面也取得了高度成就。或集中笔墨突出人物性格的一个方面,略及其余,将单一与丰满有机结合,如《婴宁》;或在各种对比中刻画人物性格,如真假阿绣(《阿绣》)、真假方氏(《张鸿渐》)的对比等;或借助于梦境、幻境将人物心理具体化,如《王子安》;或用富于特征的行动揭示人物内心世界,如《娇娜》写孔生因贪恋娇姿唯恐手术结束等。这类手法的灵活运用,使《聊斋志异》在塑造人物形象时精彩纷呈。其三,《聊斋志异》有不少作品诗情浓郁。作者将他所热爱、歌颂的人物和美好的事物加以诗化。如《黄英》中的陶黄英姊弟实是菊花的化身,他们售菊致富,“聊为我家彭泽解嘲”,使小说诗意盎然。其四,蒲松龄还是一位杰出的语言大师。他不仅追求文言的淳雅,而且力求在淳雅的文言中,注入生活的新鲜与清纯。其叙述描写的语言,往往能逼真地展现生活的面貌;其人物语言高度个性化,口吻惟妙惟肖。

## 二、《阅微草堂笔记》

《阅微草堂笔记》是《聊斋志异》之后又一部重要的文言小说集,它打破了《聊斋志异》在文言小说领域“一统天下”的局面。

纪昀(1724年—1805年),字晓岚,号观弈道人,谥文达,直隶河间府献县(今属河北沧县)人。三十一岁中进士,入翰林院为庶吉士。历任侍读学士、学政、知府等。乾隆三十三年(1768年),因姻亲两淮盐运使卢见曾罹法,纪昀为其通风报信而获罪,谪戍乌鲁木齐三年,四十八岁遇赦返京。乾隆三十八年(1773年),纪昀五十岁,担任《四库全书》总纂官,“始终其事,十有余年”,是其一生最重要的事业。

纪昀创作《阅微草堂笔记》,是有意别于《聊斋志异》的。盛时彦《〈姑妄听之〉跋》引述纪昀语曰:“《聊斋志异》盛行一时,然才子之笔,非著书者之笔也……今一书而兼二体,所未解也。”这表明他不赞成《聊斋志异》“用传奇法,而以志怪”的叙事体例;主张“文章流别,各有体裁”,小说创作,应揆情度理,直录其事,“简淡数言,自然妙远”。纪昀坚持目录学意义上的小说观念,并将之贯彻到《四库全书总目提要》“小说”的文体分类上。他以叙述性作为“小说”的基石,又将“小说”归入“子部”。这说明他的小说观念是这样的:小说必须重视叙述(包括叙事),其叙事内容允许一定程度的虚构,并且负有“议”即论事说理的责任。他的小说观念贯穿《阅微草堂笔记》的创作中,表现出和《聊斋志异》显然不同的风貌。

子部小说主要是相对史家纪传和集部叙事作品而言的,纪昀也正是着眼于相互之间的区别来把握子部小说的特点。就与史家纪传的差异而言,《阅微草堂笔记》不仅从形式上常用限知叙事而不用第三人称全知叙事,而且从内在气质上表现了叙述者的局限性,自觉使用存疑语气;以“理所宜有”作为子部小说的取材原则,以“事所实有”作为史家纪传的取材原则,适度地拓展了子部小说的虚构空间;还注意到子部小说在描写对象和叙述详略等方面的特殊性,大量志怪,不避琐屑。

《阅微草堂笔记》与集部叙事传统的差异,主要表现为与传奇小说的差异。子部小说与传奇小说存在写作立场的差异,前者“大旨要归于醇正,欲使人知所劝惩”,后者则是“以佳人才子相矜者”,甚至被盛时彦认为“诲淫导欲之书”(《阅微草堂笔记序一》)。在叙事准则的选择上,纪昀也一以贯之地保持了与传奇小说的距离和差异。他所关注的叙事准则,包括虚构限度、叙述手段等方面。关于虚构限度,纪昀认为,传奇小说中存在大量“欲神其说,不必实有是事”的虚构。这类虚构在传奇小说中具有体裁的合理性,但就虚构逻辑而言,却属于不合情理的过度虚构。纪昀创作《阅微草堂笔记》,即格外注意把握虚构限度。关于叙述手段的选择,传奇小说无疑更注重诱发读者的悬念,而《阅微草堂笔记》往往依次道来,平铺直叙,纪昀的目的不是讲述一个扣人心弦的故事,他更关注对哲理、知识的说明。

## 第七节　清代戏曲

清代杂剧基本上成为案头读物,已经彻底沦为文人表达心声的载体;清代传奇在重视抒情的基础上强化了叙事特性,编剧技巧进一步提升,并于清代前期诞生了两部巅峰之作——《桃花扇》和《长生殿》;清代传奇声腔和地方戏逐渐繁盛,导致花雅之争,昆腔失势,花部盛行,并于晚清催生了京剧。

### 一、清代戏曲的发展

清代前期最重要的剧作家是将传奇创作推向巅峰的洪昇和孔尚任。此外,还有三类作家颇为引人注目。一是苏州派作家群。这一作家群由一群下层文人组成,为市场演出而写作,属于一个比较松散的编剧集团。他们总计创作戏曲一百七十余部,代表作品有朱素臣《十五贯》、朱佐朝《渔家乐》、叶时章《琥珀匙》、李玉《清忠谱》《千忠禄》等。这些剧作关注广泛的社会生活,表达鲜明的爱憎情感,具有平民意识,道德意识非常强烈。十部传奇九相思。清代前期的一批文人自命风流,热衷于搬演才子佳人的遇合。代表作家有李渔、徐石麟、范希哲、万树、薛旦等人。清代前期还有一批传统文人,把戏曲当作抒愤寄怀的载体,其创作在一定程度上走上了案头化、寓言化的道路。代表作家有丁耀亢、黄周星、稽永仁、吴伟业、尤侗等。

其中,李渔还是个职业剧作家、戏班班主,其《闲情偶寄》对戏曲的舞台演出和剧本的编辑进行了全方位的理论阐述。他认为填词首先应该重视结构,并提出了“立主脑”“减头绪”“密针线”的主张。所谓立主脑就是要确立全剧结构的枢纽。减头绪就是要尽量减少情节的因果线,保证结构的单一性,以便于展开戏曲的矛盾冲突。密针线就是要注意情节照应,做到环环相扣,达成戏剧效果。他还倡导场上之曲,认为“填词之设,专为登场”,注重词曲和宾白的锻造,化俗为雅(《闲情偶寄》卷四)。

清代中期,戏曲创作诗文化、案头化,剧本长度进一步缩短,代表作品主要有杨潮观《吟风阁杂剧》三十二种、蒋士铨《藏园九种曲》。此一时期最为突出的戏曲现象是所谓的花雅之争。李斗《扬州画舫录》指出："雅部即昆山腔，花部为京腔、秦腔、弋阳腔、梆子腔、罗罗腔、二簧调，统谓之乱弹。"乾隆朝花部进京，尤其是乾隆末年三庆、四喜、春台、和春四大徽班进京，形成了南腔北调齐集京师的奇观。昆腔和高腔、弦索、梆子、皮黄号称当时的五大声腔，但在与后者的竞争中，在道光年间走向衰败。其中的皮黄腔是由湖北的西皮和安徽的二黄结合而成，道光年间又吸收昆、京、秦诸腔的优点，采用北方方言，形成了京剧。

清代晚期戏曲作家作品中，比较重要的有：黄燮清《倚晴楼七种曲》、杨恩寿《坦园六种曲》、陈烺《玉狮堂十种曲》、刘清韵《小蓬莱仙馆传奇》。吴梅的戏剧创作也值得一提。此期作家感于晚清内忧外患的现实，创作了一批抨击时政、带有爱国主义思想的作品。此一时期，京剧作为一门注重舞台表演的艺术，进入发展兴盛时期。到了二十世纪初，梁启超、陈去病、汪笑侬掀起戏剧改良运动；留日学生曾孝谷、李叔同成立春柳社，标志着一种迥异于传统戏剧的剧种——话剧的诞生。

## 二、《桃花扇》

孔尚任（1648年—约1718年），字聘之，号东塘。籍贯山东曲阜，乃孔子第六十四代孙。其家族传统和人生际遇造就了《桃花扇》，奠定了他在文学史上的崇高地位。康熙二十三年（1684年），孔尚任给康熙讲经，导游孔庙孔林，深得康熙赏识。第二年，孔尚任被破格擢升为国子监博士；第三年，孔尚任随工部侍郎孙在丰赴淮扬督办疏导黄河河口工程。康熙破格录用孔子后人孔尚任实际上是一种文化政策的象征，目的在于收买民心，笼络汉族知识分子。孔尚任本可以"好风凭借力"，但是，孔尚任不仅治河无功而返，而且创作了触犯禁忌的《桃花扇》。三年治河生涯给了孔尚任一个感悟南明历史绝好的机会，他在那里结识明朝遗老，探寻弘光遗事，探访京口、明孝陵、明故宫、燕子矶、秦淮河、栖霞山、梅花岭等历史遗迹。归来后，寻腔按拍，填词设科，三易其稿，于1699年完成了《桃花扇》。1700年，康熙突然下令将孔尚任罢免。对于这次罢免，就连孔尚任本人也不明就里，但有迹象表明，这是由于《桃花扇》的内容和朝野轰动的演出效果不利于清王朝的统治。

孔尚任撰写《桃花扇》，旨在揭示南明王朝灭亡的原因。崇祯皇帝自缢于煤山后，凤阳总督马士英等人在明朝陪都南京拥立福王，建立了南明王朝，但这个南明王朝仅仅支撑了一年就灭亡了。其灭亡原因，夏完淳有过精辟分析："朝堂与外镇不和，朝堂与朝堂不和，外镇与外镇不和，朋党势成，门户大起，虏寇之事，置之蔑闻。"（夏完淳《续幸存录》）孔尚任对此应该有深刻的体认，他在《桃花扇小引》中指出，"《桃花扇》一剧，皆南朝新事，父老犹有存者。场上歌舞，局外指点，知三百年之基业，隳于何人？败于何事？消于何年？歇于何地？不独令观者感慨涕零，亦可惩创人心,为末世之一救矣"。

为了准确传达这一创作目的,孔尚任采取了双线并进的叙述模式,即借助侯方域(字朝宗)与李香君的离合来揭示南明王朝的兴亡。孔尚任在《桃花扇小识》中宣示了自己的这一艺术构思:"桃花扇何奇乎?其不奇而奇者,扇面之桃花也;桃花者,美人之血痕也;血痕者,守贞待字,碎首淋漓不辱于权奸者也;权奸者,魏阉之余孽也;余孽者,进声色,罗货利,结党复仇,隳三百年之帝基者也。"作者将世家公子侯方域和秦淮名妓李香君的恋爱置于明末的复杂政治环境中,即魏忠贤阉党余孽与东林党、复社的政治斗争中,李香君"却奁"使得侯李恋情陷入了深深的政治漩涡:送来妆奁的阮大铖是个阉党余孽,此刻主动示好,是希望侯方域帮自己摆脱政治困境,李香君认为"阮大铖趋附权奸,廉耻丧尽",毅然决然地将妆奁退还给阮大铖,从此埋下了祸根;马士英、阮大铖勾结江南四镇黄得功、高杰、刘泽清、刘良佐等拥立昏庸的福王监国,左良玉打着清君侧的旗号东下,阮大铖诬告侯方域里通左良玉,侯方域被迫和新婚宴尔的李香君分离,前去投奔史可法。分离后的侯李二人见证了整个南明的党争与腐败:"争斗则朝宗分其忧,宴游则香君罹其苦。一生一旦为全本纲领,而南朝之治乱系焉。"(《媚座》总批)"争斗则朝宗分其忧",就是说侯方域被阮大铖诬告后逃亡到史可法那里,替史可法作参谋,试图化解各种政治争斗,见证了"朝堂""外镇"党争彻底葬送南明的整个过程。"宴游则香君罹其苦",就是说李香君被阮大铖陷害,被迫为南明君臣的荒淫享乐服务,见证了弘光王朝的腐败。宫扇是侯方域送给李香君的定情之物,扇上桃花乃李香君坚守爱情的象征,但与南明王朝的覆亡相比,桃花扇又算得了什么!自从侯方域投奔史可法后,李香君立志守节,不肯下楼,拒绝嫁给田仰。马士英派人逼娶,李香君一头向地上撞去,"血喷满地,连这诗扇都溅坏了"。杨龙友感其情,将点点血迹点染成桃花;苏昆生心痛弟子,替李香君千里送扇。侯方域感香君之情,无论在监狱里还是在逃亡途中,无时无刻不在思念李香君;李香君时时刻刻都在牵挂着侯方域,就是在逃难途中也不忘请师父打探侯郎消息。这对有情人终于在白云庵里相遇,双方互诉衷情。张道士抢过桃花扇,裂扇掷地,断喝一声:"呵呸!两个痴虫!你看国在哪里?家在哪里?君在哪里?父在哪里?偏是这点花月情根,割他不断么!"侯方域、李香君如梦忽醒,双双出家。"桃花扇底系南朝",此言是对《桃花扇》艺术构思的精彩概括。

《桃花扇》文辞音律俱佳,且词意明亮,词中典故无堆砌之病,歌者便利,听者明白。《桃花扇》中的佳曲很多,既富有抒情意味,又境界具足。如,续四十出《余韵》[离亭宴带歇指煞]将《桃花扇》的悲剧意蕴推向极致:

俺曾见金陵玉殿莺啼晓,秦淮水榭花开早,谁知道容易冰消。眼看他起朱楼,眼看他宴宾客,眼看他楼塌了。这青苔碧瓦堆,俺曾睡风流觉,将五十年兴亡看饱。

那乌衣巷不姓王，莫愁湖鬼夜哭，凤凰台栖枭鸟。残山梦最真，旧境丢难掉。不信这舆图换稿。诌一套《哀江南》，放悲声唱到老。

这种抒情段落，是极富感染力的。

## 三、《长生殿》

《长生殿》熔铸了洪昇失意人生的生命体验，诗化了唐明皇和杨贵妃的爱情，营造了浓郁的抒情气氛，从而登上了清代传奇创作的高峰。

洪昇（1645年—1704年），字昉思，号稗畦，钱塘人。出生于缙绅之家，曾进京依外祖父户部尚书黄机，为国子监监生；但功名失意，又遭遇家难，为父母不容，失去了家中的经济支持，从此开始了二十余年的清客生活，漂流于中原、越中、大梁、京城。1688年，《长生殿》稿成，演出后轰动京城。第二年八月，因伶工们在佟皇后丧期内为他专场演出《长生殿》，为人告发，一同观剧宴饮的赵执信被罢官，洪昇遭国子监除名。两年后，洪昇离京返家，过起了纵情山水的生活。1704年，苏州汇演《长生殿》，洪昇被奉为上宾，江南提督、江宁织造也纷纷招会，着实让这个才人风光了一次。返乡途中，友人招饮，不幸在吴兴落水而亡。真可谓"可怜一曲《长生殿》，断送功名到白头"（梁绍壬《两般秋雨庵随笔》）。在《长生殿》长达十余年的创作过程中，作者的心境和作品的主旨逐渐升华，由关注个人的失意到关注社会的兴亡，再到致力于爱情的诗化，一步步将作品推向高峰。

唐明皇李隆基和陈后主、隋炀帝、南唐后主、宋徽宗等一批帝王均富有诗人和艺术家气质，却不幸做了帝王，角色错位使他们的人生染上了浓厚的悲剧色彩。唐明皇曾励精图治，开创了开元盛世，后期纵情声色，导致了安史之乱，因此杨玉环与李隆基的爱情历来被史家否定。杨玉环封贵妃时，唐明皇六十三岁，杨玉环二十七岁，两人沉醉爱河，荒芜、扰乱了朝政。在洪昇看来，这是"占了情场，误了朝纲"。他详细描写了李隆基由用情不专到用情专一的心理过程，凸显了杨李爱情的纯粹性；他反复渲染了杨李之间浪漫的闺中情趣，揭示了李隆基专情杨贵妃的内在原因；他也客观地展示了李隆基专宠杨贵妃所导致的朝政腐败和安史之乱。马嵬兵变，杨李二人面临生死诀别。杨贵妃心里想的是："臣妾受皇上深恩，杀身难报。今事势危急，望赐自尽，以定军心。陛下得安稳至蜀，妾虽死犹生也。算将来无计解军哗，残生愿甘罢，残生愿甘罢！"李隆基的反应却是："妃子说那里话！你若捐生，朕虽有九重之尊，四海之富，要他则甚！宁可国破家亡，决不肯抛舍你也！"杨贵妃舍身赴死，这是一个政治悲剧，更是一个爱情悲剧，而这一悲剧使得杨李爱情获得了永恒。

作者从《临川四梦》中汲取灵感，以钗盒情缘作为贯穿全剧的叙事结构和抒情结构。从第二出《定情》开始，直到第五十出《重圆》，杨李的定情物钗盒始终是贯穿全剧的线索，《定情》《絮阁》《密誓》《埋玉》《冥追》《情悔》《哭像》《神诉》《尸解》《弹词》《仙忆》《见月》《改葬》《补恨》《寄情》《得信》《重圆》诸出中均有关于钗盒的情节。《埋玉》作为剧情高潮，将钗盒情缘分成了三个部分：埋玉之前的情节，见证了杨李爱情的成长；埋玉是杨李爱情的升华，埋钗埋盒实际上埋下了杨贵妃的无穷思念；埋玉以后的情节主要叙写杨李的悔恨和思念，直至往生忉利天。

在钗盒情缘这一叙事结构和抒情结构中，作者双线并进，一方面让生旦忏悔追念，另一方面通过天孙评判、天孙作合，深化钗盒情缘的表达。《密誓》一出中，牛郎感于杨李恩爱，建议对杨李爱情加以护持，天孙则表示："只是他两人劫难将至，免不得生离死别。若果后来不背今盟，决当为之绾合。"埋玉之后，天孙一直对杨贵妃之死耿耿于怀，从而怀疑李隆基对杨贵妃的爱情，作者设计了三重情节来确证杨李爱情：《冥追》《情悔》《尸解》《仙忆》《寄情》叙写杨贵妃的悔恨与痴情，《闻铃》《哭像》《见月》《驿备》《改葬》《雨梦》《得信》叙写李隆基的悔恨与痴情，《神诉》《纵合》《觅魂》《补恨》《重圆》写天孙对杨李悔恨与痴情的确认与评判，最后帮助杨李团圆。

《长生殿》的曲辞清丽流畅，善于人物心理刻画，富有抒情韵味和意境。《闻铃》和《弹词》中的[武陵花]、[南吕一枝花]这两支曲子堪称绝唱：

> 淅淅零零，一片凄然心暗惊。遥听隔山隔树，战合风雨，高响低鸣。一点一滴又一声，一点一滴又一声，和愁人血泪交相迸。对这伤情处，转自忆荒茔。白杨萧瑟雨纵横，此际孤魂凄冷。鬼火光寒，草间湿乱萤。只悔仓皇负了卿，负了卿！我独在人间，委实的不愿生。语娉婷，相将早晚伴幽冥。一恸空山寂，铃声相应，阁道崚嶒，似我回肠恨怎平！

> 不提防余年值乱离，逼拶得岐路遭穷败。受奔波风尘颜面黑，叹衰残霜雪鬓须白。今日个流落天涯，只留得琵琶在。揣羞脸上长街又过短街。那里是高渐离击筑悲歌，倒做了伍子胥吹箫也那乞丐。

这样的曲子，被广为传唱是理所当然的。

## 本章小结

作为全国性政权的清王朝，自顺治元年（1644年）清人入关到宣统三年（1911年）辛亥革命，前后共历十帝、二百六十八年。清代文学的发展可粗分为前中后三期，分别指顺治、康熙朝文学，雍正、乾隆、嘉庆朝文学和道光、咸丰、同治、光绪、宣统朝文学。清代的重要文化特征是集大成，文学也是如此，章回小说、戏曲、诗文、文言小说、词等都取得了重要成就，章回小说和传奇小说的成就尤为卓越。学习本章应重点掌握清代文学在不同发展阶段的特点、代表作家和作品、主要流派和风格；清代文学与此前文学有很多联系，也应注意从纵向的角度加以理解。

## 学习评价

| 评价维度 | 评价项目 | 评价内容 | 评价标准 | 自我评分 |
| --- | --- | --- | --- | --- |
| 知识 | 基础性知识 | 文学史各基础知识点 | 牢固掌握古代文学史基础知识；掌握代表作家、作品、风格特点；掌握文学史重要关键词；能够记诵并理解 | |
| | 体系性知识 | 对文学史的整体知识把握和理解 | 理解特定时段文学史的发展进程；熟悉各类文体的流变特征；掌握各文学流派、文学集团、文学运动的产生与特点，对一个时期的文学现象能够作出整体评价 | |
| | 背景性知识 | 影响文学史发展的背景知识 | 了解影响文学史发展的社会历史背景、政治思想背景、哲学宗教背景；了解社会生活特别是士人生活与文学创作的关系 | |
| 能力 | 专业能力 | 对古代文学作品的专业阅读与分析能力 | 拥有阅读古代文学作品的语言能力和文化知识背景；能够根据文学史知识对文学作品进行分析和鉴赏；能够对文学史现象进行解释；形成古代文学文本分析和理解的方法论 | |
| | 学习能力 | 文学史学习的态度、方法与技能 | 学习内在驱动力强；有自觉的学习方法和模式；独立思考；能够与他人充分交流，善于合作 | |
| | 创新能力 | 自我发展与提高 | 拥有良好的问题意识；善于利用前人研究成果；能够利用各种方式收集和处理信息并尝试解决问题；富于创新精神 | |
| 情感 | 素质培育 | 文学审美趣味 | 能够形成正确的文学审美态度和良好的审美趣味 | |
| | 情感培育 | 文化认同感 | 了解自身文化渊源，对优秀传统文化有认同感，树立文化自信 | |
| | 价值观培育 | 价值观实践 | 能够将审美态度和文化认同融入实际生活 | |

## 推荐阅读

1.朱则杰.清诗史[M].南京:江苏古籍出版社,2000.
2.谭帆.中国小说评点研究[M].上海:华东师范大学出版社,2001.
3.刘勇强.中国古代小说史叙论[M].北京:北京大学出版社,2007.
4.陈文新.《红楼梦》的现代误读[M].济南:齐鲁书社,2008.
5.郭英德.明清传奇戏曲文体研究[M].北京:商务印书馆,2004.

## 本章自测

### 1.填空题

(1)以陈维崧为宗主的阳羡词派,以(　　　)为宗主的浙西词派,以及由纳兰性德、曹贞吉、顾贞观组成的"京华三绝",乃清代前期词坛最为卓著的代表。

(2)清代中期词坛以浙西词派和(　　　)最为活跃。

(3)清前期散文以侯方域、魏禧、汪琬三家号称正宗,为(　　　);黄宗羲、顾炎武、王夫之、廖燕、唐甄诸人以思想见长,为学者之文。

(4)桐城派姚鼐的古文理论大要有三:一是(　　　　　　),二是文有"粗""精",三是文有"阳刚""阴柔"。

(5)梁启超在散文方面最重要的活动是鼓吹(　　　　),创造"新文体"。

(6)清代中叶之骈文家,世所公认成就卓异者,首推(　　　)。

(7)1902年,梁启超在日本横滨创办《新小说》杂志,吹响了(　　　　)的号角。

(8)被鲁迅称为谴责小说的晚清四大名著是:(　　　　　)《二十年目睹之怪现状》《老残游记》和《孽海花》

(9)《聊斋志异》在艺术上取得了卓越的成就,其最著名的特点是(　　　　)。

(10)《阅微草堂笔记》的作者是(　　　)。

(11)李渔的(　　　　)对戏曲的舞台演出和剧本的编辑进行了全方位的理论阐述。

(12)(　　　　)熔铸了洪昇失意人生的生命体验,诗化了唐明皇和杨贵妃的爱情,营造了浓郁的抒情气氛,从而登上了清代传奇创作的高峰。

### 2.简答题

(1)简述清代各个时期的代表性诗歌流派和诗人。

(2)简述《桃花扇》的艺术构思。

(3)《儒林外史》如何采用对比框架和重复情节来安置人物、强化主题。

3.论述题

如何理解《红楼梦》中的意淫？

## 参考文献

[1]刘世南.清诗流派史[M].北京:人民文学出版社,2004.

[2]王小舒.中国诗歌研究史·清代卷[M].北京:人民文学出版社 ,2020.

[3]严迪昌.清词史[M].北京:人民文学出版社,2011.

[4]陈惠琴,莎日娜,李小龙.中国散文通史·清代卷[M].合肥:安徽教育出版社,2013.

[5](美)余国藩.《西游记》、《红楼梦》与其他:余国藩论学文选[M].李奭学,编译.北京:生活·读书·新知三联书店,2006.

[6]廖奔,刘彦君.中国戏曲发展史[M].太原:山西教育出版社,2000.

[7]苗怀明.二十世纪戏曲文献学述略.[M].北京:中华书局,2005.

# 后记

中国古代文学史教材的编写已有一百余年的历史，产生了许多重要成果。改革开放以来，百废俱兴，这一领域也取得了可喜进展，袁行霈主编的《中国文学史》，章培恒、骆玉明主编的《中国文学史新著》，中国社会科学院文学研究所主纂的《中国文学通史系列》，袁世硕、陈文新担任首席专家的马克思主义理论研究和建设工程重点教材《中国古代文学史》，得到学术界、教育界的广泛认可。这次编写《中国古代文学》，其总体思路是，在吸收中国古代文学史教材编写已有经验、成果的基础上，结合近四十余年来的学术进展，致力于对中国古代文学发展的历史做出准确、简明的叙述，以服务于中国古代文学的教学和研究。

《中国古代文学》以时代为经，以文体为纬。根据其历史发展进程，共分八章。第一章，先秦文学，包括中国神话、《诗经》、先秦叙事散文、诸子散文、屈原和楚辞等内容。第二章，秦汉文学，包括秦代文学、汉赋、汉代诗歌、汉代史传文学、汉代论说散文等内容。第三章，魏晋南北朝文学，包括建安诗坛与正始诗坛、两晋诗歌与陶渊明、南朝诗歌、北朝诗歌与南北朝乐府民歌、魏晋南北朝的赋与文、魏晋南北朝小说等内容。第四章，隋唐五代文学，包括隋与初唐诗歌、盛唐诗歌、杜甫与中唐诗歌、晚唐五代诗歌、隋唐五代词曲、隋唐五代的文与赋、唐人传奇等内容。第五章，宋代文学，包括北宋前期文学、北宋后期文学、南宋前期文学、南宋后期文学等内容。第六章，辽金元文学，包括辽金诗歌、集大成的文学家元好问、宋金元时期的戏曲、小说和说唱文学、元前期杂剧、元后期杂剧、元代南戏、元代散曲、元代诗文等内容。第七章，明代文学，包括明代诗歌、明代词曲与民歌、明代散文、明代八股文、明代文言小说、明代话本小说、明代章回小说、明代戏曲等内容。第八章，清代文学，包括清代诗歌、清词、清代散文、清代骈文辞赋、清代白话小说、清代文言小说、清代戏曲等内容。先秦两汉是中国古代文学发生、发展的重要阶段，中国文学的各种体裁几乎都孕育于这个时期。魏晋南北朝隋唐五代的主导文体是诗，五言古诗、七言古诗、五律、七律、绝句臻于极盛，出现了三曹、陶渊明、谢灵运、鲍照、庾信、李白、杜甫、王维、白居易等成就辉煌的诗人，所谓"建安风骨""盛唐气象"等都是就诗而言的。魏晋南北朝骈文、小说、民歌，隋唐五代散文、传奇、词等也成就不俗。宋辽金元文学，其显著趋势是俗文学的崛起，宋词、元曲引人注目。明清的重要文化特征是集大成，文学也是如此，章回小说、戏曲、诗文、文言小说、词等都取得了重要成就，章回小说和传奇剧的成就尤为卓越。

《中国古代文学》的叙述对象主要是具有文学史意义的作家作品，同时也努力展现文学发展的机理和连续性轨迹，例如中国古代文学发生、发展、演变的社会机制、社会条件和文化生态；文学流派的发生、发展和兴衰；不同文类之间的相互影响和内在联系，特别是由其内在联系促成的文学总体发展趋势；一定时期占主导地位的文学风尚，以及潜在的、预示未来发展前景的文学态势；中国古代具有代表性的文学社团和文学观念。限于篇幅，部分内容只是点到为止，未能展开。

《中国古代文学》的编写实行主编负责制，由主编聘请副主编，主编、副主编和主要撰稿人组成编委会。全书先由主编提出编写的指导思想和宗旨，对全书的体例、篇幅、大纲和整体编写工作做总体设计，编委会讨论通过后，试写样稿。在交流、审阅样稿的基础上，全面展开编写工作。书稿先由副主编分别审阅、修改，再请专家审读，提出修改意见，撰稿人根据专家意见对书稿做进一步加工。最后由主编对全部书稿作增删、修改和润色。兹将各位撰稿人所承担的章节说明如下：

**曹建国**（武汉大学文学院教授、博导），先秦文学；

**张玖青**（中南民族大学文学与新闻传播学院教授、博导），秦汉文学；

**周西宁**（武汉大学国际教育学院教授），魏晋南北朝文学、隋唐五代文学（其中魏晋南北朝小说和唐人传奇由陈文新执笔）；

**谭新红**（武汉大学文学院教授、博导），宋代文学；

**晏选军**（中南大学文学与新闻传播学院教授、博导），辽金元文学（其中白话小说由王同舟执笔）；

**吴光正**（武汉大学文学院教授、博导），明清小说、戏曲（其中明清文言小说和话本小说的基本知识由陈文新执笔；晚清小说由王同舟执笔）；

**余来明**（武汉大学中国传统文化研究中心教授、博导），明代文学（小说、戏曲除外）；

**鲁小俊**（武汉大学文学院教授、博导），清代文学（小说、戏曲除外）；

**王同舟**（中南民族大学文学与新闻传播学院教授），辽金元小说、晚清小说。

在《中国古代文学》的编写过程中，武汉大学文学院、西南大学文学院给予了大力支持，西南大学出版社诸位领导、编辑始终关心这套教材，并适时督促和提供必要的帮助，谨一并致以衷心感谢。本书的编写，广泛参考了学术界的相关成果，限于体例，未能一一注明，敬请有关作者给予支持和谅解。教材中未能尽如人意之处，也恳请读者给予指教。